Ich lese *Drift* als Entführung oder Ausflug, ein geschmeidiger Krimi, der mich mitreißt und mitnimmt, dann über die Grenzen des Genres driftet und seine ganz eigene Geschichte erzählt, Methas Geschichte. Die folgt keinem Schema, unterläuft Erwartbarkeiten und geht mir lange nach.

Anne Kuhlmeyer schreibt über die Wirklichkeit, sie spürt sozialen Brüchen und Rissen nach und fördert Geschichte zutage. Rastlos erschafft sie lebensechte moderne Figuren und schickt sie in manchmal surreale, aber höchst weltliche Szenarien. So ist es auch hier in *Drift*. Straßen und Brücken versinken in schlammigen Fluten. Ein Grüppchen Überlebender sitzt mit knappen Vorräten fest: Fremde, unfreiwillig zusammengepfercht mit ihren Vorgeschichten und Geheimnissen. Die Anordnung stellt geläufige Verhaltensmuster auf den Prüfstand, ein klassisches Spannungsfeld aus Verantwortung und Schuld, Beziehung und Fremdheit, Erinnerung und Verdrängung. Dann übernimmt die Literatur eine navigierende Rolle, und die Membran zwischen Historie und Mythos wird durchlässig – im Bezugssystem des Politkrimis regelwidrig, geläufiger in der Topographie des magischen Realismus. Es entspinnt sich ein mehrstimmiger, abenteuerlicher Trip mit Krimi- und Thriller-Elementen, ein Mosaik aus Geschichte, Gegenwart, Hierzulande und Anderswo.

Schön finde ich das, bereichernd, dieses grenzüberschreitende Erzählen, in dem ganz Vertrautes sich mit Unerklärlichem mischt. Realität, so lese ich dieses Buch, ist das, was wir tun. Wie wir mit anderen umgehen. Wie wir unsere Geschichte in die Welt tragen, so gestalten wir die Wirklichkeit mit. Aber Vorsicht: Die Welt ist nicht in Ordnung. Und Methas Geschichte ist unsere.

Else Laudan

Anne Kuhlmeyer, Jahrgang 1961, studierte Medizin in Leipzig. Nach einigen Stationen als Anästhesistin, Rettungsmedizinerin, Schmerztherapeutin und Mutter von zwei Söhnen lebt sie heute mit ihrer Familie in Coesfeld, ist als ärztliche Psychotherapeutin tätig und schreibt. Sie ist Redakteurin bei CULTurMAG und Mitglied des kriminalliterarisch-feministischen Netzwerks *Herland*.

ANNE KUHLMEYER

Drift

Ariadne 1225
Argument Verlag

Ariadne
Herausgegeben von Else Laudan
www.argument.de

Deutsche Originalausgabe

Glashüttenstraße 28, 20357 Hamburg
Telefon 040/4018000 – Fax 040/40180020
www.argument.de
Lektorat: Else Laudan
Umschlag: Martin Grundmann
Umschlagfoto: © chaoss – fotolia.com
Satz: Iris Konopik
Druck und Bindung: CPI books GmbH, Leck
Gedruckt auf säure- und chlorfreiem Papier
ISBN 978-3-86754-225-8
Erste Auflage 2017

Für einen, den ich kannte.

Einen
mit scharfgrauem Blick,
redlichen Falten,
solidem Gesicht.
Das tauschte er
in diesem Sommer
nicht.
Aber später.
Für meinen Lieblingsverräter.

Freitag, 15. Juli

1

Es regnet.

Ich möchte tot sein.

Oder in Amsterdam. Dann weiter ans Meer und die Atlantikküste entlang, dorthin, wo die Sonne scheint und das gute Leben wohnt.

Seit Tagen, vielleicht seit Wochen schon, ich bin nicht sicher, regnet es. Ich habe nicht darauf geachtet. Wetter spielt normalerweise in meinem Leben eine untergeordnete Rolle. Ausgerechnet jetzt regnet es. Ein einziges Mal in all den Jahren, ja Jahrzehnten, fahre ich in Urlaub und es schüttet, als hätte die Atmosphäre sämtliche Wasser über mir versammelt und kippt sie nun auf die Straßen, die ich passiere.

Hinter der Frontscheibe ist es grün – Wald, Mais, dazwischen Weiden, von Regenschleiern verhangen. Das Navigationsgerät zeigt nichts, nur die Himmelsrichtung, vielleicht sind die Gewitter schuld, oder es sind die Wolken. Eine Karte habe ich nicht dabei. Wozu auch? Früher, als ich zu Fortbildungen oder Symposien unterwegs war, bin ich natürlich immer nach Karte gefahren. Heute verlässt man sich auf die Technik, was mir jetzt wirklich leidtut.

Kühl ist es, Herbst im Sommer. Ich stelle die Klimaanlage hoch und die Musik aus. Zwar mag ich den sanften Sound von Ruths CD, doch momentan machen mich alle Geräusche nervös. Das Radio gibt seit einer halben Stunde nur statisches Rauschen von sich, vermutlich ist der Sender weggeschwommen, also empfange ich keine Verkehrsnachrichten. Seit ich wegen einer Vollsperrung die Autobahn verlassen musste, habe ich mich auf Nebenstraßen westlich gehalten.

Zuerst folgte ich einem LKW in der Hoffnung, er fände den Weg zurück auf die Autobahn, bis er abbog, in ein Industriegebiet oder was das war, ich konnte es nicht genau erkennen. Kurz darauf hielt ich an einer Tankstelle, sechs Wagen standen vor meinem. Die Leute befüllten nicht nur ihre Autos, sondern auch mitgebrachte Kanister mit Treibstoff, dessen Preis, während ich wartete, in die Höhe schnellte. Sie kauften Wasser, Chips und was es sonst an Tankstellen gibt, schleppten pralle Plastiktüten in ihre Wagen, als sei der Notstand ausgebrochen, und tuckerten mit besorgten, verwirrten Gesichtern davon.

»Der Deutsche Wetterdienst hat erneut eine Unwetterwarnung herausgegeben. Das Sturmtief *Noah* erreicht in einigen Regionen Windgeschwindigkeiten bis zu 150 Stundenkilometer. Besonders betroffen sind die Höhen der Mittelgebirge. Mit Gewittern und Starkregen ist zu rechnen. Es wird empfohlen …« Der Ratschlag verlor sich im Rauschen, als auch das Radio im Verkaufsraum der Tankstelle aufgab. Kurz darauf dudelten Schlager aus den Boxen, für Notfälle konservierte Musik. Möglich, dass die Verkäuferinnen den gereizten Ton der Kundschaft nicht ertrugen, der über den Regalen schwebte, die sich mehr und mehr leerten. Ich bezahlte meine Tankfüllung und floh zurück in die Stille meines Wagens. Nur der Regen prasselte aufs Dach.

Die Straße vor mir ist keine hundert Meter zu sehen, danach verschwindet sie im Regengrau.

Ein Blitz zerreißt für Sekundenbruchteile die kompakte Wolkenmasse, unmittelbar kracht der Donner. Der Tacho zeigt knapp fünfzig Stundenkilometer. Und da, da vorn, zuckt schon wieder Blaulicht. Neben einem Streifenwagen winkt jemand. Ich bremse und halte. Der Polizist schlurft heran, von seiner Uniform, seiner Mütze, seinem Gesicht fließt Wasser.

Sein Schnäuzer tropft, als er sich zu mir herunterbeugt. Wasserratte, denke ich kurz und unangebracht. Der arme Mensch im kalten Regen tut seinen ungemütlichen Dienst, während ich in die Sonne darf.

»Sie müssen umkehren«, sagt er in mein Auto. »Hier geht's nicht weiter.« Er deutet hinter die Absperrung, wo es nichts als Regen gibt.

Ich lächele ihn an. Lächeln ist immer gut. Das mache ich oft. Vielleicht sollte ich das nicht tun, zumindest nicht so oft und nicht jetzt. Dieser Regen ist eine zu ernste Sache.

»Etwas passiert?«

»Kommen Sie vom Mond oder was? Haben Sie kein Radio?«

Bevor ich auf das Rauschen hinweisen kann, sagt er: »Nun hau'n Sie schon ab, wenn Sie keine nassen Füße kriegen wollen, Lady. Wir steh'n hier nich aus Jux.«

»Mein Radio ...«, werfe ich nun doch ein. »Gibt es keine freie Straße nach Westen? Ich will in den Urlaub, wissen Sie.«

Erst kräuselt er die Stirn, dann lacht er kratzig. »Verschwinden Sie, bevor Sie das Technische Hilfswerk behindern. Die LKWs von denen brauchen die Straßen. Schalten Sie Ihr verdammtes Radio ein!«

Er tritt einen Schritt zurück, winkt ungeduldig dem nächsten Wagen, hebt die Hand, als sei ihm noch etwas eingefallen. Ehe ich das Seitenfenster schließen kann, sagt er: »Ihr linker Scheinwerfer ist kaputt.«

»Das kann nicht sein. Der Wagen ist neu.« Fast neu jedenfalls. Was sind schon zehn Jahre? Er hätte zur Inspektion gemusst, ich bin einfach nicht dazu gekommen. Die Leichen stapeln sich bei uns.

Er strafft sich. »Fahrzeugpapiere und Führerschein bitte.«

Ich reiche sie ihm und sehe sie nass werden.

»Metha?«

»Engelhart«, füge ich an. Das ist mir schon öfter passiert.

Zu meiner Zeit gab es so viele Methas wie heute Lauras, inzwischen sind sie ausgestorben. Nachdem er sich ausreichend über meinen Vornamen gewundert hat, gibt er mir die Papiere zurück, brummt: »Denken Sie an den Schweinwerfer, Frau Doktor. Fahren Sie weg von der Werra«, und wischt sich das Wasser aus dem Gesicht. Ein dunkler Audi steht an meinem Heck. Ich wende etwas umständlich auf der engen Straße, dabei sehe ich es durch den Regen hindurch jenseits der Böschung: Der Fluss, die Werra offenbar, brodelt und kocht, reißt Holz und Müll mit sich, der Asphalt weiter vorn führt direkt in ihn hinein.

»Danke«, sage ich noch, er hört mich nicht mehr, ist längst bei dem Audi und stoppt mit ausgestrecktem Arm den übernächsten Wagen.

Also muss ich zurück. Was heißt zurück? Zurück nach Leipzig ins Institut? Zu meiner Arbeit? Oder in mein Haus voller Echos?

Ich muss nachdenken. Mit so viel Wasser habe ich nicht gerechnet und nicht damit, dass es meine Pläne durchkreuzt.

Die Heizung hüllt mich in warme Luft. Ruths CD habe ich wieder in den Player geschoben, der weiche Jazz-Sound wiegt mich durch das graugrüne Nass da draußen. Ich will nicht zurück, diesmal nicht. Ich werde mir eine kleine Pension suchen und den Regen abwarten. Hier in Thüringen gibt es sicher irgendwo ein freies Zimmer mit Frühstück, eines mit einem weichen Bett, karierter Bettwäsche und der Toilette auf dem Flur von mir aus. Ich brauche nicht viel. Ich will nur die Toten nicht mehr, die habe ich lange genug gehabt. Längst ist es Zeit für meinen eigenen Tod. Wie lange soll das denn gehen? Jedes Leben muss doch eine vernünftige Struktur haben dürfen. Anfang, Mittelteil, Schluss. Man kann nicht verlangen, dass es gut ausgeht, das gewiss nicht, meiner Erfahrung nach tut es das nie, aber einen Schluss muss es haben. Täglich begegne ich dem Schluss, oder vielmehr dem, was nach dem Schluss kommt. Und ausgerechnet mir soll er verwehrt sein? Ungerecht ist das. Außerdem habe ich Urlaub. In meinem Alter sind die meisten Menschen längst in Rente. Ich blicke in den Rückspiegel und in mein glattes Gesicht. Mir ist zum Heulen. Tot sind sie, die Menschen, die ich kannte, alle außer Ruth. Sie hat mich gewarnt vor der Reise. Metha, hat sie gesagt, fahr nicht.

Aus ihren wimpernlosen Augen blickten Klarheit und Weitsicht. Sonst dämmert sie in ihrem Zimmerchen im Nexö-Heim dahin, bringt alles durcheinander – die Menschen, die Ereignisse, die Zeit. Ich habe sie in dem Altenheim besucht, obwohl es mir das Herz bricht, sie so zu sehen. Ruth war die liebenswerteste Frau, die ich kannte. Lange hat sie mein Haus gesäubert, hat Reinheit und Heiterkeit darin verbreitet, gleichgültig wie sehr sich ihre Hand sträubte, die Lappen zu wringen, oder wie schwer ihr Schmerz wog. Über ihre Hand mit den von Narbenzügen gekrümmten Fingern zog sie den Ärmel ihres Pullovers, wenn ich sie darauf ansprach, drehte sie sich um und ging fort. Dann wurde sie alt. Ruth ist jetzt einundneunzig. Als sie achtzig war, fragte sie mich, wie ich das mache, dass mein Haar glänzend bleibt, meine Taille rank und ich fast keine Falte im Gesicht trage. Ruth versuchte nicht mehr, ihre kranke Hand vor mir zu verstecken, legte das Tuch ab, das ihre narbige Stirn verbarg, zumindest im Haus, manchmal sang sie sogar mit flüsternd rauchiger Stimme. Sie ist die Letzte, die ich noch habe, die Letzte aus meiner Zeit, so ungefähr jedenfalls. Ich konnte ihr nicht sagen, warum ich bin, wie ich bin, kann es selbst nicht verstehen. Stattdessen erzählte ich etwas von Genen und dieser glatten Zeit, vom Sauberen, Geschliffenen, Abgerundeten, Angemessenen. Von Laptops, Autos, Make-up, Möbeln, All-inclusive-sorglos-Paketen. Von den Dingen, die wir kaufen, um sie in den Müll zu werfen, wenn sie die ersten Risse zeigen, damit wir sie durch Blankpoliertes ersetzen können. Von den Implantaten, die sogar meine Leichen glätten, erzählte ich. Sie nahm ihren Wischmopp, brummelte etwas von Sprung in der Schüssel und verfügte sich ins Badezimmer. Längst schrubbte sie nicht mehr die Böden, konnte es nicht mit ihrem Rücken, mit der Hand, sondern trug nur den Wischer durchs Haus und verbreitete Frohsinn. Eines Tages konnte sie auch das nicht mehr.

Bring mich weg, Metha, hat Ruth in einem der seltener werdenden lichten Momente gesagt, und: Ich habe alles arrangiert.

Sie gab mir einen Ordner mit Papieren, und ich habe nach ihrem Willen gehandelt. Nun lebt sie im Nexö-Heim. Die Warnung vor meiner Reise habe ich ihrer Umnachtung zugeschrieben. Jetzt bin ich nicht mehr sicher, ob sie nicht einer besonderen Hellsicht entsprang. Doch ich bin keine, die so leicht aufgibt, schon gar nicht wegen des Wetters.

Mein Auto, es ist ein Citroën C5, ich mag die sanfte Art, wie seine hydropneumatische Federung mit den Schlaglöchern umgeht, biegt rechts ab. Soll es. Es hat Urlaub. Einige Kilometer führt die Straße geradeaus, dann schlägt sie einen weiten Bogen, und mir kommt es so vor, als kenne ich den Wald, den Mais und die Weiden schon. Wenn die Wasserratte wieder auftaucht, bin ich im Kreis gefahren. Der Regen verhängt mit dicken Strippen die Sicht. Die Scheibenwischer geben ihr Bestes, doch sie schaffen es nicht, hinterlassen nur kurze wasserfreie Lücken. Inzwischen fahre ich kaum dreißig. Zuweilen glitzert ein Blitz zackige Linien an den Himmel, der Donner grummelt von ferne. Meine Aufmerksamkeit taktet meinen Puls, Schweiß klebt mir die Bluse an die Haut. Jeden Augenblick erwarte ich, dass ein liegengebliebenes Fahrzeug vor mir auftaucht oder eine Kuh, die nicht nach Haus gefunden hat. Eine Kuh würde mich ratlos machen. Ich bin kein Landmensch. Überhaupt habe ich mir Urlaub lustiger vorgestellt. Kurz blicke ich nach links, und da ist der Fluss, die Werra, wie

Wasserratte gesagt hat. Links müsste Westen sein, doch die Straße führt mich wieder nach rechts.

Ich fahre, lausche dem Motor, der Musik, fahre, ich weiß nicht, wie weit, die Zeit dehnt sich, da entdecke ich eine Brücke. Schmal spannt sie sich über den Fluss, so weit ich sehen kann.

Geradeaus oder links?

Ich halte einen Augenblick am Brückenkopf, rolle dann langsam weiter, taste mich zwischen den Geländern entlang bis zur Mitte, unter mir tosen die Wasser. Die Werra ist höchstens einen Meter von meinen Reifen entfernt, noch. Noch wütet sie in ihrem Bett.

Fast am anderen Ufer angelangt, sehe ich die Werra im Rückspiegel, wie sie über den Asphalt schwappt und den Weg über den Fluss in Besitz nimmt. Nur ein Wimpernschlag, und die Straße ist weg, Regen schraffiert die Stelle über dem Fluss, an der sie sein müsste. Gerade war da die Brücke, über die ich gefahren bin, nun ist sie weg, einfach weg. Vielleicht irre ich mich.

Denn es regnet und regnet.

2

Es regnet.

Hinter ihnen wälzt sich der Fluss durchs Tal. Die Flut steigt.

Sie haben nichts, nur sich selbst und das Hoffen auf ein gutes Leben, das nun vom Hoffen auf ein Leben abgelöst wird.

PKWs, LKWs, Lieferwagen, dazwischen Polizei und Feuerwehr rollen vorbei, eine endlos dahinschleichende Kolonne. Die enge Straße, die sich sonst verlassen zwischen Wald und Feldern schlängelt, ächzt unter dem Verkehr.

Der Junge friert. Die Frau schmiegt sich an einen Baum und atmet die nasse Luft. Der Mann tastet nach der Pistole im Hosenbund, sie ist noch da.

Wieder warten. Seit sie fort sind, warten sie. Auf Papiere, auf einen Zug, auf Arbeit, damit sie das Geld für einen Zug haben, auf neue Papiere, andere Arbeit, andere Züge. Zuerst in Bulgarien, dann in Ungarn, in Polen, danach in Berlin. Grau war es dort und sie mussten weg. In Burgas hätten sie bleiben wollen, konnten nicht. Dort hatte die Sonne das Schwarze Meer beglänzt.

Den halben Sommer immerhin durften sie ausruhen in diesem Dorf im Werratal. Der Mann reparierte nachts Gartengeräte oder räumte den Keller im Haupthaus des Hofes auf. Die Frau kochte für alle, was Fausto, der sie beherbergte, ihr aus dem Garten brachte, prächtiges Gemüse – Möhren, Bohnen, Tomaten. Abends tranken sie Rum und rauchten, während der Junge neben dem Hund schlief. Der Junge ist still, freundlich und sechs Jahre alt. Er kennt es nicht anders. Die Flucht ist sein Kinderzimmer.

Sie kamen im März und nun müssen sie weiter wegen des Regens.

Geht, sagte Fausto. Geht! Oben am Berg ist ein Haus. Dort könnt ihr bleiben, bis alles vorbei ist.

Die Flut meinte er, die die Helfer nach Falkenheim spült.

Der Mann, die Frau und das Kind lauern auf eine Lücke im Verkehrsstrom. Sie wollten ein gutes Leben, wenigstens ein besseres als das in Skopje und das auf dem Weg in den Norden. Und nun warten sie wieder. Diesmal im Wald, bis sie aus der Deckung treten und die Straße überqueren können. Sie müssen den Berg hinauf, denn hinter ihnen droht der Fluss.

3

Es regnet. Das Wetter macht keine Zugeständnisse.

Albrecht ist nass bis auf die Knochen. Wenn er nur einen Schirm und nicht diesen verdammten Koffer bei sich hätte. Üblicherweise reist er mit leichtem Gepäck oder gar keinem. Er hat alles, was er braucht, dort, wo er es braucht. Hosen und Hemden in Weimar bei Theresa, Anzüge und Sportsachen bei Melanie in Hamburg. Wieso er die vielen Bücher eingepackt hat? Er versucht sich zu erinnern, während er die Landstraße entlangschlurft, es fällt ihm nicht ein. Immer häufiger klaffen Lücken in seinem Alltag, kleine schwarze Löcher, in denen der Schlüssel versteckt ist, die Brieftasche oder was Melanie über die Nachbarin gesagt hat, nichts Wichtiges. Vielleicht würde er sich Sorgen machen, wenn er nicht vergessen würde, an seine Besorgnis zu denken.

Seine Hose heftet sich kalt an die Beine. Die Gedanken nehmen ihren eigenen Weg. Das ist das Gute am Gehen, man kann ihnen nachhängen, sie dahinfließen lassen oder gar nicht denken, nur gehen. Dieser Marsch war allerdings nicht geplant. Albrecht ist nicht sicher, wann er den Abzweig verpasst hat. Ursprünglich wollte er von Weimar nach Hamburg fahren, wie er es die letzten Jahre ein, zwei Mal im Monat getan hat. Die Strecke ist ihm vertraut: von Weimar nach Erfurt mit der Regionalbahn, von Erfurt nach Hamburg mit dem ICE, lesen, während der Zug rollt. Gewöhnlich nutzt er die Wochenenden, um Theresa zu besuchen, nur hat er das in den letzten Monaten immer seltener getan. Theresa, sie ist seine Noch-Ehefrau, hat wieder getrunken, obwohl er ihr gesagt hat, er würde auf dem Absatz umkehren, wenn sie es täte. Die Drohung wirkte den Samstag und die Hälfte vom Sonntag lang. Dann kamen sie auf das Geld zu sprechen, das er ihr monatlich überweist, und am

Sonntagabend war sie breit. Er kann ihr nicht mehr schicken, beim besten Willen nicht, nicht einmal seinem schlechten Gewissen zuliebe. Wie soll er sonst leben in Hamburg? Schon die Miete frisst die Hälfte seines Einkommens, zöge er nach Berlin, wäre es nicht besser. Die Menschen strömen in die Städte zurück, nachdem sie sich jahrzehntelang in den Außenbezirken und Speckgürteln der Metropolen eingerichtet hatten. Nun, da die Kinder aus dem Haus sind und sie zu alt werden fürs Landleben, suchen sie sich altersgerechte Wohnungen in den Innenstädten für ihr gutes Leben, zumindest die, die es sich leisten können. Die anderen ziehen nach abseits, wo die Mieten erschwinglich sind. Und dort leben sie dann, im Abseits.

Albrecht würde ja hinaus aufs Land ziehen – gute Luft, Stille und Weite –, aber er kann nicht. Der Arbeitsweg würde den schmalen Rest seiner Zeit fressen, Zeit, die er dann nicht den Papierbergen auf seinem Schreibtisch widmen kann. Außerdem bräuchte er einen Wagen, mit dem er in Staus herumstehen würde, und letztlich blieben ihm weder Geld noch Zeit. Egal wie Theresa ihn beschimpft, sich selbst beschimpft, mit Selbstmord droht, das Geld wird nicht mehr davon. Von irgendetwas muss er schließlich leben.

Er verließ sie, als er Melanie traf. Da trank Theresa schon und hatte aufgehört, Bücher zu schreiben. Nächtelang saß sie am Schreibtisch, ein leeres Blatt vor sich, neben sich die Flasche, die am Morgen ebenso leer war wie das Blatt. Sie weinte nicht mehr, seit sie den Wein entdeckt hatte. Albrecht hatte ihre Tränen gehasst, oder vielmehr sich ihrer geschämt und Theresa für seine Scham gehasst. Und für die Ohnmacht, in die ihr Weinen ihn versetzte.

Ein LKW fährt dicht und viel zu schnell an ihm vorbei, hupt und sprüht einen Tropfennebel über Albrecht. Er ist zu matt zum Fluchen. Fast fünf Stunden lang geht er, geht und geht. Wie konnte das nur passieren?

Er ist einfach weitergelaufen, mit dem Kopf in den tief hängenden Wolken, immer neuen Gedankenketten ist er nachgeeilt, einzelnen Worten, Satzfetzen, Erinnerungsfragmenten, die sich nicht zu einem Erinnern fügen wollten, wenn er stehen blieb, ausruhte, Atem holte.

Heute noch Hamburg zu erreichen, hat er am Ende der zweiten Stunde aufgegeben. Nur irgendwo ankommen, an einer Bushaltestelle, einem Bahnhof, einem Taxihaltestand zum Beispiel wäre schön, oder ein Hotel finden. Warm duschen, sich ausstrecken und schlafen. Natürlich müsste er im Verlag anrufen. Mit Verständnis wird er kaum rechnen können, sein Schreibtisch ist vollgepackt mit Manuskripten, die bearbeitet werden wollen, neue, alte, längst überfällige. Die wenigen freien Tage, die er für Theresa brauchte, haben die Berge von Arbeit auf Zugspitzenniveau anwachsen lassen, er wird die gestohlene Zeit büßen müssen. Über sein Training braucht er sich gar nicht erst den Kopf zu zerbrechen, das fällt definitiv aus, weshalb er sich den Halbmarathon im nächsten Frühjahr abschminken kann. Zwar ist er groß und schwer, etwas zu schwer, aber er hat sich vorgenommen, den Lauf noch einmal zu schaffen, außerdem gesünder zu leben, mit Sport, frischer Kost und ausreichend Schlaf. Albrecht hat die magische Zahl 60 überschritten, hinein ins Alter, da wird es Zeit, etwas für die Gesundheit zu tun. Wer weiß, wie lange das Leben noch reicht. Bisher hat es gelegentlich mit dem Laufen geklappt. Jetzt zum Beispiel geht er, wenn auch unfreiwillig, geleitet von nichts als den Gedanken, von denen sich einer an den anderen reiht, die sich verlieren im Vergessen, sobald sie gedacht sind, wieder heraufgespült werden, ohne zu Ende gedacht zu sein.

Der Schrittzähler, er trägt immer so ein winziges elektronisches Teil bei sich, zeigt 19 Kilometer. Die Fersen schmerzen. Hätte er geahnt, dass er zu Fuß unterwegs sein würde, hätte er Schuhwerk ausgewählt, das den Regen auch wieder herauslässt. Er wollte nicht zu Fuß gehen, er wollte mit dem Zug nach Hamburg. Nur hielt der in Mühlhausen/Thüringen, und es hieß, er würde nicht weiterfahren. Keine weitere Erklärung von der Bahnhofsstimme. Nach einer halben Stunde sickerte durch, dass Bäume aufs Gleisbett gestürzt seien, den Schaden zu beheben könne dauern. Nach und nach verließen die Reisenden das Großraumabteil, Albrecht mit ihnen. Rasch schickte er Melanie eine Nachricht, er hänge fest, es würde später werden. Sie schrieb zurück, er solle sich zum Teufel scheren samt der Tussi, die er gewiss im Schlepptau habe. Er seufzte das Unbehagen weg, das ihre Eifersucht ihm verursachte, und bereute, dass er nicht von vornherein den Fernbus statt des Zuges genommen hatte. Von Nordhausen oder Erfurt aus gab es Verbindungen nach Hamburg, sie waren ihm zu unbequem erschienen. Einen Baum auf den Gleisen hatte er natürlich nicht erwartet. Er hatte einfach keine Zeit, mit Widrigkeiten auf einer lächerlichen Bahnfahrt zu rechnen. Jedenfalls ist er raus aus dem Zug, aus dem Bahnhof, hinaus in den Regen auf der Suche nach dem Busbahnhof, von dem aus doch sicher ein Zubringerbus nach Nordhausen abfahren würde. Vor dem Bahnhof strudelten Wasserströme in die Gullys, die die Massen nicht aufzunehmen vermochten, sondern in einem See sammelten, der sich weit über das Pflaster erstreckte, keine Chance, dem auszuweichen, seitdem schlappt er in nassen Schuhen dahin. Den Busbahnhof hat er nicht gefunden, dabei hatte er im Zug einen Halbsatz aufgeschnappt, dass der unmöglich zu verfehlen sei. Er ist einfach weitergelaufen, menschenleere Straßen entlang, an Plätzen vorüber, immer weiter hinaus, bis die Häuser niedriger, die Fassaden aber nicht weniger trostlos wurden, den Kopf bei seinen Bücherbergen, bei Melanies Eifersucht und Theresas Wein. Immer weiter den Gedanken hinterher, gehen und gehen …

Theresa. Sie okkupiert ganze Regionen seines Hirns mit ihrer Feindseligkeit. Nach der ersten Flasche war sie eingeschlafen, Wein und Valium hatten den Streit ums Geld beigelegt. Als er sie verließ, dämmerte sie mit einem Lächeln im Gesicht auf der Couch vor sich hin, ihre alte Schönheit schimmerte durch die Patina, die die Trunksucht ihr hinterlassen hatte. Er hörte noch das Geräusch des Fernsehers, während er die Tür hinter sich zuzog und erleichtert aufatmete, voller Vorfreude auf Melanies Abendessen. Sie kochte göttlich! Es hatte ja keiner ahnen können, dass es mit dem Essen gar nichts würde.

Die Wolken hängen schwer und schwarz überm Land, lassen kaum Licht auf den Boden. Wie spät ist es eigentlich? Albrechts Armbanduhr hat ihre Tätigkeit eingestellt, und seinem Handy scheint die Nässe ebenso zugesetzt zu haben. Er ist gelaufen und gelaufen, und nun ist er irgendwo. Wald, Mais und Weiden. Kleine Örtchen hat er durchschritten und wäre jetzt froh, wenn er in einem von ihnen ein Nachtquartier erbeten hätte. Weiter unten im Tal rauscht ein Fluss. Die Straße führt bergan. Er lehnt sich einen Moment an ein Verkehrsschild, es schwankt ein wenig.

Wieso ist er hier? Und das noch mit diesem Koffer? Er muss sich besinnen, dann wird es ihm wieder einfallen, bestimmt. Der Griff drückt in seine Finger. Albrecht hofft, dass das Innere des Koffers trocken geblieben ist, die Bücher, die Kleider, die Schuhe. Während er so dasteht und rückwärts und vorwärts denkt, meint er, das Wasser rausche lauter vom Tal herauf. Er hebt den Kopf und späht ins Dämmerlicht. Nichts zu sehen. Der Regen, der Wind im Geäst des Waldes und das Rauschen vom Fluss sind zu hören. Blitze und Donner hat er hinter sich gelassen, weder Licht noch Lärm konnten ihn von seinen Gedanken lösen, Gedanken, die ihm jetzt banal, überflüssig und sinnlos vorkommen, die er nicht mehr nachvollziehen kann, als habe das Wasser ihren Sinn verwaschen.

Er steht allein an diesem Verkehrsschild und fragt sich, wie lange er nicht mehr so abgeschieden von allem gewesen ist. Er kann sich nicht erinnern. Überhaupt kann er sich oft nicht erinnern, nur will er gerade jetzt nicht daran denken. Also holt er Luft und geht weiter, den schmerzenden Fersen zum Trotz, eine Straße hinauf, die gerade die Breite eines Lastwagens haben mag. Auf halber Höhe zum Gipfel entdeckt er hinter den Bäumen Mauerwerk. Verengt von jungem Gebüsch führt eine Einfahrt zum Haus. Ein Haus? Wärme und Ausruhen. Albrecht seufzt und spürt den Schmerz in seinen Fersen heftiger. Er biegt ein und tappt durch den Matsch. Die Einfahrt weitet sich zu einem Vorplatz, der Wald tritt zurück, Büsche und Gestrüpp wuchern wild. Die steilen Dachschrägen zeichnen sich gegen den dämmrigen Himmel ab – wie ein Miniaturschloss liegt das Haus umgeben von einer Mulde auf einer Anhöhe. Über die Senke, in der sich Wasser gesammelt hat, führt ein Steg zur Haustür, die eher ein Portal ist. Die Fenster sind dunkel, verlassen wirkt das Gebäude. Hoffentlich findet sich darin ein trockenes Plätzchen zum Ausruhen. Mit seinem Obergeschoss, dem Türmchen auf der rechten Seite und der massiven Tür wirkt es wie eine Art Herrenhaus, nur Stallungen und Scheunen fehlen, stellt Albrecht auf seinem Rundgang fest. Auf der Rückseite jenseits der Senke parkt ein Wagen am Ende eines asphaltierten Weges. Dahin führt ein weiterer Steg, besser gesagt eine richtige Brücke, unter ihr schäumt ein Bach.

Also doch nicht unbewohnt, obwohl der bröcklige Putz, die abweisende Fassade und das rostige Gerümpel, über das er beinahe gestolpert wäre und von dem er nicht weiß, was es einmal war, das nahelegen. Zurück an der Eingangstür findet er seinen Koffer, er muss ihn hier abgestellt haben, kann sich nicht erinnern. Schließlich sucht er nach der Klingel, das Schild darüber ist nicht zu entziffern, die Schrift darauf längst vom Regen verwaschen, drückt den Klingelknopf und hört nichts, nur das Rauschen des Flusses und das des Regens.

»Hallo«, ruft er, klopft gegen die Tür, ruft erneut: »Hallo.« Nichts rührt sich.

Nach einer ganzen Weile, während der er überlegt, was er jetzt machen soll, sagt jemand: »Wer ist da?« Die Stimme ist hinter der Tür.

»Jackwitz«, sagt Albrecht. »Albrecht Jackwitz. Hätten Sie vielleicht einen Busfahrplan zur Hand?«

»Nein«, sagt die Stimme, und Albrecht weiß nicht, wie er auf Busfahrplan kommt und was er weiter sagen soll. Dabei hat er sonst so viele Worte, ein Übermaß an Worten, eine ganze Flut davon. Keines, das er jetzt gebrauchen könnte, um die Stimme hinter der Tür um Einlass zu bitten. Sie ist weiblich.

»Es regnet«, sagt er.

»Ja«, sagt die Stimme.

»Bitte ...« Er ist nicht sicher, wann er dieses Wort zuletzt benutzt hat. Normalerweise ist es tief in seinem Wortschatz vergraben. Er muss niemanden um nichts bitten, nie. Es wird am Regen liegen, dass es plötzlich aus der Versenkung auftaucht, und daran, dass seine Füße schmerzen, er hungrig und durstig ist, der Abend hereinbricht, hier draußen im Nirgendwo.

Die Tür öffnet sich einen Spalt, drinnen ist nichts zu erkennen. »Sie sind ja ganz nass«, sagt die Stimme, während die Tür vollständig aufgezogen wird. Albrecht sieht den Umriss einer schlanken hohen Gestalt.

»Danke«, sagt er, auch ein Wort aus den Katakomben seines Wortschatzes.

»Guten Abend, Herr Jackwitz. Treten Sie ein.« Die Frau macht ihm Platz, und er findet sich in einem Raum wieder, dessen Ausmaße er nicht genau ausmachen kann, einer Art Diele vielleicht. »Haben Sie eine Kerze dabei? Oder eine Taschenlampe? Der Strom funktioniert nicht. Einen Sicherungskasten konnte ich nicht finden.«

»Sie wohnen nicht hier?«

Die Frau, deren Gestalt Albrecht nur erahnt, lacht hell und leicht. »Nein.« Sie lacht erneut. Es ist, als ob ihr Lachen Lichtpartikelchen im Raum verstreue, er wird ein wenig heller davon. Ein Raum, in dem man Geweihe und Schwarzwildschädel über den Türen vermuten könnte, doch da sind keine, in der Mitte vier Sessel um ein Tischchen, an der Längsseite ein Kamin. Albrecht wagt sich einige Schritte weiter.

»Wer wohnt hier?«

»Ich weiß es nicht. Gar niemand, nehme ich an. Spüren Sie nicht die Jahre?«

Jetzt, wo sie es sagt, bemerkt er den muffigen Geruch eines unbelebten Hauses. Er sieht sich um, doch das Licht war flüchtig, die Dunkelheit ist kompakt.

»Und Sie? Was führt Sie her, Herr Jackwitz?«

»Dürfte ich mich einen Moment setzen? Ich bin schon eine Weile unterwegs.«

»Selbstverständlich. Verzeihen Sie. Gleich hier in den Sessel. Kommen Sie.« Damit verschwindet sie im Dunkel. »Kommen Sie schon.«

Albrecht folgt ihrer Stimme, den Schritten, die einen leichten Nachhall hinterlassen, stößt schmerzhaft an den Sessel, tastet sich an der Lehne entlang und lässt sich in die Polster fallen. Er streckt sich und seufzt vor Erleichterung. Neben ihm knarren die Federn des anderen Sessels, von draußen gleichmäßiges Rauschen.

»Was ist das für ein Haus?«, fragt er, nachdem er den Impuls, sofort einzuschlafen, niedergekämpft hat. »Und was machen Sie hier, wenn Sie hier nicht wohnen?«

»Ich habe es eben erst gefunden und mich ein wenig umgesehen, solange es noch hell genug war. Die Straße unten im

Tal ist gesperrt. Ich musste umkehren. Kurz nachdem ich über eine Brücke gefahren bin, schwappte der Fluss darüber. Plötzlich war sie weg. Einfach weg, eine ganze Brücke. Können Sie sich das vorstellen? Es ist unglaublich schnell gegangen.« Ihre Stimme hat eine feine Rauigkeit bekommen. »Vielleicht ist die Birne kaputt, oder hier gibt es wirklich keinen Strom mehr. Ich hatte gehofft ...« Sie hält inne und erklärt ihre Hoffnung nicht. »Was treibt Sie durch dieses scheußliche Wetter?«, fragt sie stattdessen.

»Haben Sie eine ungefähre Ahnung, wo wir hier sind?«

»Sie wissen es nicht?«

»Ich habe mich verlaufen, wenn man so will.« Allmählich kriecht die Kälte aus seinen nassen Schuhen an ihm hoch. Die Bewegung hatte ihn gewärmt, nun zittert er. Langsam gewöhnen sich seine Augen an die Lichtverhältnisse. Er nimmt die Brille ab, putzt sie, und er betrachtet die Frau neben sich. Sie muss jung sein. Gegen ein Fenster, das karges Restlicht hereinlässt, hebt sich ihre Silhouette ab, das Haar trägt sie hochgesteckt.

»Ich müsste eigentlich morgen früh, spätestens, in Hamburg sein. Mein Zug fuhr nicht, kein Bus, nichts. Es ist das reinste Chaos.«

»Ich hatte mir meinen Tag auch anders vorgestellt«, sagt sie.

Plötzlich donnert es. Kein Donner wie bei den Gewittern, die den ganzen Tag über sie hinweggezogen sind, eher ein Grollen, anhaltend, sich steigernd, zu einem Getöse anschwellend, ein Dröhnen, das den Boden unter ihren Füßen vibrieren lässt.

»Was ...?«

Sie hebt die Hand, er schweigt, und sie lauschen dem Lärm, angespannt, dreißig Sekunden, eine Minute, bis nur der Regen rauscht.

4

Hinter den Fenstern strömt der Regen, im Bus ist es stickig.

»Was ist denn jetzt schon wieder?« Der dicke Typ neben Sydney schiebt sich aus dem Sitz und geht nach vorn. »Ich frag mal«, sagt er an Sydney gewandt. Er hat ihn die ganze Fahrt lang zugetextet, von irgendwelchen Konzerten gequasselt, die er angeblich besucht hat, von seinen coolen Kumpels, von Zeugs, das Sydney nicht interessierte. Wieso glauben die Typen immer, ihm alles Mögliche erzählen zu müssen? Sydney streckt die Beine aus und atmet auf. Eigentlich benötigt er nicht viel Platz, er ist klein, zu klein für sein Alter. Nur hat der Dicke ihn fast durch die Wand des Busses gedrückt, weitergebrabbelt und vor sich hin geschwitzt. Eine Weile beobachtet er, wie die Tropfen die Scheibe hinabrinnen, dahinter beginnt der Wald, der einen steilen Hang bewuchert. Vages Licht sickert in den Bus, kaum merklich geht der Tag in den Abend über. Vorn beim Fahrer wird es laut.

»Sie sehen doch, dass ich nicht weiterfahren kann.« Der Fahrer, ein Mann mit Glatze und massiver Statur, ist hinterm Lenkrad hervorgeklettert und weist mit dem Arm in Fahrtrichtung. Sydney reckt den Hals und sieht Wasser. Die Straße verschwindet einfach darin. Keine Straßensperre, keine Umleitung, nichts. Umleitungen hatten sie heute schon zwei. Eine wegen eines umgekippten Lasters und eine wegen Straßenbauarbeiten, die bekanntlich pünktlich zum Ferienbeginn aufgenommen werden. Ist ja nicht das erste Mal, dass der Bus nicht geradewegs nach Dortmund durchfahren kann. Ferien haben eine magische Anziehung auf Straßenbaumaßnahmen. Ein Mann und eine Frau mischen sich ein.

»Ich will mein Geld zurück! Sofort!«, sagt die Frau. Sie trägt eine zu knappe Jacke in Leopardenoptik.

»Wenden Sie sich an Ihren Anbieter, wenn Sie zu Hause sind«, sagt der Busfahrer.

»Ich will aber nicht nach Hause. Ich will nach Dortmund.«

»Dann wenden Sie sich eben in Dortmund an Ihren Anbieter, falls Sie bis dahin kommen. Hier geht's nämlich erst mal nicht weiter.«

»Stellen Sie sich nicht so an. Die Pfütze werden Sie doch wohl durchfahren können«, sagt der Mann. Sein graues Haar steht vom Kopf ab, als hielte die aufgeladene Atmosphäre es unter Spannung. »Oder soll ich das machen?« Er bewegt sich auf den Fahrersitz zu.

»Finger weg von meinem Bus.« Breitbeinig versperrt der Fahrer dem Mann seinen Hoheitsbereich. Ein Gerangel um den Sitz entsteht, während Sydneys Sitznachbar sich umdreht und den Gang wieder zurückwackelt.

»Geht nicht weiter«, sagt er. »Überschwemmung.«

Sydney liebt es, wenn ihm Leute sagen, was auf der Hand liegt. Das machen sie alle, außer Emily. Als ob er ein kleines Kind wäre. Wenn er Emily doch erreichen könnte. Er hat versucht, sie anzutexten, aber das Funkloch verfolgt sie schon mindestens eine halbe Stunde. Nun probiert er es wieder, ebenso vergebens. Er hätte ein paar Tage bei Emily bleiben sollen, Games spielen, Musik hören, chillen. Ihre Eltern hätten nichts dagegen gehabt. Sie sind zwar komisch, aber anders komisch als seine Alten. Wenn Eltern anfangen, seltsam zu werden, ist das Pubertät. Nur seine sind schon immer so. Ob sie ihn erwarten? Gestern rief seine Mutter an und fragte, wann er käme. Sie hat irgendwas von einer Veranstaltung heute Abend in ihr Phone geblubbert, Sydney hat nicht so genau hingehört. Es geht immer um Veranstaltungen, Reisen, Wichtiges. Nachdem sie aufgelegt hatte, wusste er erst nicht, was er machen sollte. Die meisten waren schon in die Ferien abgedüst, nur Sydney hat im Netz rumgedaddelt und konnte sich zu nichts entschließen. Dann hat er noch eine Weile mit Ali gechattet, der lebt in Marrakesch und lernt Deutsch. Er will auf Deutsch chatten, Sydney auf Arabisch, raus kommt ein Mix, über den sie sich jedes Mal schrottlachen. Macht Spaß mit Ali, obwohl er ihn nicht persönlich kennt, nur über Facebook, aber es ist super, das Arabisch zu benutzen, das er auf dem Internat in diesem Kacknest lernt, Waltershausen-Schnepfental heißt es. Wäre er nicht von seinen Alten in diesem Kacknest ins Internat gesperrt worden, stünde er jetzt nicht hier rum. Seit einer Viertelstunde passiert nichts. Angeblich hat der Fahrer bei seinem Busunternehmen einen Kleinbus bestellt beziehungsweise zwei, damit alle reinpassen, denn wenden kann er auf der engen Straße nicht. Sydney fragt sich, wie er das gemacht haben will. Vielleicht hat er ein anderes Netz. Vielleicht hat er das auch nur so gesagt, damit nicht alle ausflippen.

Der Bus hat ein Stück zurückgesetzt auf der Suche nach einer Wendemöglichkeit, die Abzweigung zum Beispiel, an der sie vorbeigekommen sind, doch auf einmal lag ein Baum im Weg. Zum Glück haben sie den Stamm nicht aufs Dach gekriegt, als er auf die Straße stürzte.

Das Wasser leckt über den Asphalt, steigt, kommt näher. Von wegen Pfütze! Es bildet eine Fläche, deren Grenzen an Wäldern und Weiden verschwimmen. Dabei ist die Werra normalerweise ein friedliches Gewässer.

Nach weiteren zehn Minuten sagt der Busfahrer durchs Mikro: »Ich denke, es ist besser, wenn wir jetzt alle ruhig und geordnet aussteigen und uns den Hang hinaufbegeben.« Dabei starrt er durch die Frontscheibe auf das Wasser. Im Bus hebt Geschrei an. Was für eine Frechheit, sie einfach auf die Straße setzen zu wollen bei einem Unwetter wie diesem. Man wird sich beschweren. So was nennt sich Busfahrer. Wahrscheinlich besoffen. Das kennt man ja aus der Zeitung. Man wird ihn anzeigen und so weiter und so weiter.

Der Graubefluste und die Leopardige krakeelen auf den Fahrer ein. Sie nerven, genauso wie der Dicke neben Sydney, der sagt, er sei doch nicht bekloppt, raus in den Regen zu gehen. Vorhin habe es sogar geblitzt, er sei ja nicht lebensmüde.

Vollhonk, denkt Sydney und sagt: »Lass mich mal durch.«

»Du willst doch nicht etwa da raus? Bist du irre? Keinen Millimeter bewege ich mich hier weg, bis die verdammten Busse da sind.«

»Es wäre aber vielleicht besser, wenn du deinen Hintern heben würdest.« Sydney zeigt auf die Straße, deren Asphaltdecke nur noch ein paar Meter zu sehen ist und danach im Fluss verschwindet. »Das dauert nicht mehr lange und wir saufen ab. Komm lieber mit.« Sydney möchte den Dicken nicht unbedingt bei sich haben, trotzdem muss er es der Dumpfbacke vorschlagen, der rafft ja offenbar gar nichts. Ein bisschen verunsichert ist der Dicke nun schon, fängt aber rasch seinen unsteten Blick ein.

»Die holen uns schon rechtzeitig ab. Mach dir bloß nicht dein Höschen nass, Kleene.«

»Wenn du mich nicht vorbeilässt, muss ich die Scheibe einschlagen.«

»Okay, okay. Mach, was du nicht lassen kannst. Ich hab's ja nur gut gemeint.« Der Dicke quält sich aus dem Sitz, und Sydney drückt sich an ihm vorbei.

»Willst du nicht doch mit?«

»Guck dich um. Geht einer raus? Die wissen schon, was sie machen.«

»Beeil dich, Junge«, sagt die alte Frau auf dem Platz vor ihnen.

»Und Sie?«

Sie ist sehr blass und wendet den Blick nicht vom Wasser.

»Beeil dich«, wiederholt sie. »Ich kann nicht. Ich bin nicht mehr schnell genug.«

Sydney schluckt und nickt. Mühsam schlägt er sich zum

Fahrer durch. Die Stimmen der Leute, es mögen zwanzig, vielleicht fünfundzwanzig sein, verdichten die Luft. Bleiben oder gehen? Die meisten sind für bleiben. Endlich ist Sydney vorn angekommen. Die Stufen vom Einstieg sind feucht. Der Fahrer hatte die Tür geöffnet und sie, als niemand ausstieg, wieder geschlossen. Nun sitzt er hinterm Lenkrad und starrt dem Unvermeidlichen entgegen, während die Leopardige auf ihn einzetert und der Graubefluste neben ihr die Fäuste ballt.

»Darf ich?«, fragt Sydney und schiebt sich zur Tür. »Wären Sie so nett, zu öffnen?«, ruft er dem Fahrer zu.

»Hier wird gar nichts geöffnet«, schreit die Leopardenfrau. »Wir bleiben! Und zwar alle! Gerade die Kinder. Wo sind eigentlich deine Eltern? Da sieht man es wieder. Den Kindern wird Zucker in den Arsch geblasen, aber wenn die Eltern sich mal kümmern sollen …«

Sydney setzt sein freundlichstes Lächeln auf und legt den Kopf schief. »Wenn Sie nicht wünschen, dass ich Ihnen auf die Pumps pisse, wäre es besser, Sie lassen mich durch.«

Die Frau holt Luft für eine Entgegnung, doch bevor sich ihr Redeschwall über ihn ergießen kann, grinst der Fahrer, und die Tür klappt auf.

»Geh schon, Junge«, sagt er. »Am besten den Berg hoch. Ich seh zu, dass wir alle nachkommen.« Dabei blickt er die Frau an. Sydney hört ihn ins Mikro sprechen beim Aussteigen: »Nun reicht's. Auch für Sie, Gnädigste. Jetzt mal Klappe halten. Wir begeben uns sofort, und zwar genau jetzt, aus dem Bus und gehen bergauf. Dort sind wir in Sicherheit. Die Busse werden uns von weiter oben abholen. Los geht's. Ich hoffe, Sie haben alle Ihre Schirme dabei.«

Der Regen trifft Sydney kalt ins Gesicht, er zieht die Kapuze tiefer und stapft los. Es ist kein Problem, den umgestürzten Baum zu überwinden. Wenige Meter dahinter findet er einen befestigten Forstweg. Wasser schießt über den Asphalt talwärts.

Es macht ihm nichts. Er trägt seine besten Sportschuhe, außen wasserdicht, innen klimatisiert. Das sind Treter, die nicht jeder hat. An Dingen lassen seine Eltern es ihm nicht fehlen.

Während er den Hang hochwandert, plötzlich Krachen. Mächtig dröhnt, bollert und donnert es. Das ist kein Gewitter. Das ist etwas ganz anderes. Sydney hat es schon einmal auf Youtube gesehen. Und gehört.

Das ist …

Er beginnt zu laufen, bergan, läuft und läuft. Der Rucksack drückt in seine Schultern. Das Getöse hält an. Er weiß, was das ist.

Und er hat Angst, dass … dass die Hölle losbricht. Er läuft, schneller, aufwärts, Hauptsache weg vom Chaos. Seine Jacke lässt keinen Regen durch, trotzdem ist Feuchtigkeit darunter, Schweiß kitzelt auf seinem Rücken. Sydney läuft, läuft. Sein Atem keucht ihm in den Ohren.

Dann plötzlich Stille. Das Getöse hat aufgehört. Aber er kann nicht stehen bleiben, jetzt nicht. Er läuft immer weiter bergauf, Schweiß rinnt. Minuten später öffnet sich der Wald – Sydney eilt über die Lichtung, dreht sich um – und gibt den Blick ins Tal frei. Regen von oben, tief unten Wasser. Nur Wasser, ein Meer. Der Bus mittendrin.

Leute haben sich aufs Dach des Busses geflüchtet, einige wenigstens. Er kann keine Einzelheiten erkennen, aber die Oma, die vor ihm gesessen und ihm einen Schokoriegel angeboten hat, ist gewiss nicht unter ihnen. Er kann nicht wegsehen, kann nicht weiter. Das Wasser. Die Schreie der Leute, die hier oben wie Gewimmer ankommen, verdünnt von Regenrauschen. Eine Minute, zwei, dann schwappt das Wasser über das Dach des Busses und reißt die Menschen mit sich fort. Kein Bus mehr, keine Straße.

Wasser, Wasser, wie ein Ozean.

Sydney setzt sich auf seinen Rucksack und stiert auf die Stelle, wo eben noch der Bus stand und nun Wasser ist. Hier oben ist er ganz alleine. Hier kann er weinen, so viel er will. Die Tränen werden liebevoll vom Regen aufgenommen, fortgespült, die Forststraße hinab zum Fluss, der kein Fluss mehr ist, sondern ein uferloses Monster.

Als er keine Tränen mehr hat, vorerst nicht, schleppt er sich weiter bergauf. Nach einer kurzen Strecke entdeckt er eine Schneise zwischen den Bäumen, ein Weg führt zu einem Gebäude, das finster mitten im Wald kauert. Unterstellen, Hilfe holen. Vielleicht haben die ein Telefon. Obwohl das Quatsch ist. Die Menschen da unten hat der Fluss.

Er platscht die Einfahrt entlang, zwar ist es dunkler geworden, doch mit dem Handy, das er im Ärmel vor der Nässe schützt, beleuchtet er den Weg, einen Steg, die Fassade, soweit das möglich ist. Ein komischer alter Kasten ist das. Hier wohnt keiner mehr, das sieht er sofort. Also kein Telefon. Aber trocken wird es sein, und irgendwo kann er sich bestimmt hinhocken, den Regen abwarten. Er drückt die Klinke, offen, und tritt ein.

»Wer ist da?«, fragt eine Stimme. Sie ist freundlich und weich.

»Entschuldigen Sie. Ich wusste nicht …« Sein Herz schlägt schnell, freudig und bang. Er hört Schritte auf sich zukommen, dann sieht er die Frau im Licht seines Displays.

»Mein Gott. Komm rein, Kind. Was suchst du denn da draußen? Bist du etwa allein? Nein, warte. Du kannst gleich erzählen. Ich bringe dir ein Handtuch. Du wirst dir den Tod holen.« Die Frau nimmt seine Hand, zieht ihn mit sich und drückt ihn in einen Sessel neben einem Mann, der Sydney auf den ersten Blick entgangen ist.

»Das ist Herr Jackwitz. Herr Jackwitz, das ist … Wie heißt du?«

»Sydney.«

»Das ist Sydney. Und weiter?«

»Sydney Nowarra.«

»Freut mich.« Sie drückt ihm die Hand. »Ich bin Metha Engelhart. Verzeihen Sie, Herr Jackwitz. Ich hatte mich Ihnen noch nicht vorgestellt. Moment. Ich habe hier irgendwo meinen Koffer und da ist ein Handtuch drin. Du hattest doch eben etwas zum Leuchten, gibst du es mir mal?«

»Kannst du telefonieren?«, fragt Jackwitz, als Sydney sein Phone rüberreicht.

»Nein.«

»Kannst du Feuer machen?«

»Nun lassen Sie ihn doch. Er soll sich abtrocknen. Wer weiß, wie lange er schon unterwegs ist«, sagt die Frau.

Sydney weint leise mit dem Handtuch im Schoß. »Sie sind tot. Alle.«

»Moment. Wer, Junge, ist tot?« Jackwitz beugt sich zu ihm herüber. Er ist alt. Die Alten verstehen nie richtig.

»Alle. Alle, die im Bus waren.« Mehr kann Sydney nicht sagen wegen der Tränen, die nun doch wieder da sind, nicht da sein dürften, weil Jungs ja nicht weinen, sagt Vater, und Mutter sieht das genauso. Wenn er ein Mädchen wäre … Er wäre gern ein Mädchen, was seine Eltern lächerlich finden, alle für völlig bekloppt halten, alle außer Emily. Ihr ist egal, was er ist. Einmal haben sie geknutscht, da war es ihr lieber, dass er ein Junge ist. Aber sie hätte auch mit ihm geknutscht, wenn er ein Mädchen wäre. Sie ist eben seine Freundin, eine gute, die beste, eine, mit der man Pferde stellen könnte, so man denn welche bräuchte.

Metha Engelhart kramt in ihrem Koffer weiter hinten im Raum und kommt mit einer kleinen Plastikflasche Wasser zurück. Wasser! Ungefährlich in einer Flasche. »Nimm das«, sagt sie und drückt ihm eine Kapsel in die Hand.

»Was ist das?« Jackwitz blinzelt. Sehen kann er offenbar auch nicht gut, obwohl er eine fette Brille aufhat.

»Ein Beruhigungsmittel.«

»Aber Sie können dem Jungen doch nicht …«

»Ich bin Ärztin. Ich habe das Wichtigste dabei. Für meine Reise. Schmerzmittel, etwas gegen Durchfall, ein Antibiotikum. Und ja, auch ein Beruhigungsmittel. So etwas braucht man manchmal, wie man sieht.« Sie setzt sich wieder.

»Wir könnten versuchen, den Kamin anzumachen«, sagt Jackwitz.

»Tun Sie das.« Metha Engelhart rührt sich nicht.

»Ich habe nichts, womit man es anzünden könnte. Sie vielleicht?«

»Holz liegt rechts neben dem Kamin.«

»Feuerzeug? Streichhölzer?«

»Schauen Sie selbst nach, Herr Jackwitz. Ich habe keine.«

»Ich würde ja. Aber ...« Der Mann stockt. Sydney hört seinen Atem und das Zittern darin. »Ich würde ja. Ich kann das nur nicht besonders gut. Eigentlich gar nicht. Mein letzter Versuch ist über vierzig Jahre her. Das war ein Fiasko, weil ...«

»Das können Sie uns später erzählen. Es ist wirklich kühl hier. Probieren Sie es. So schlimm wird es nicht werden.«

»Ich wollte nach Dortmund zu meinen Eltern über die Ferien. Ob sie mich da haben wollen, weiß ich nicht. Vielleicht ist es besser, dass es nicht geklappt hat. Sie werden mich noch mehr hassen, wenn sie erfahren, was ich getan habe.«

»Aber was ...?« Diese Frau Doktor legt Sydney eine Hand auf die Schulter. Sie fühlt sich warm an.

»Ich hätte sie dazu bringen müssen, aus dem verdammten Bus auszusteigen und mit mir den Berg hochzugehen, hierher.« Er macht eine Pause, die der Regen füllt. »Und nun sind sie tot. Auch die nette Oma. Und der Vollhonk. Man muss doch auch Vollhonks vor dem Tod bewahren, wenn man kann, oder nicht?«

Metha Engelhart und Albrecht Jackwitz schweigen. Jetzt fällt ihnen nichts mehr ein. Gemeinsam lauschen sie hinaus, dahin, wo das Wasser tötet.

5

Der Mann, die Frau und das Kind finden in einem Gebäude, halb Stall, halb Scheune, am Fuße des Berges Unterschlupf, an der Rückseite wuchert der Wald. Sie schütteln sich wie nasse Hunde, stellen ihre Habseligkeiten auf den Boden und sehen sich nach einem Sitzplatz zum Ausruhen um. Zwei Strohballen modern in einer Ecke, gegenüber rostet ein Pflug, zum Balken hinauf führt eine wacklige Leiter, einige Sprossen fehlen, Spinnweben verhängen die Fenster, aufs Dach prasselt der Regen.

Der Junge sieht es zuerst, doch er sagt nichts, ein stilles Kind, das schon viel gesehen hat, da redet man nicht groß über eine kleine Pfütze.

»Komm«, sagt die Frau, legt ihm die Hand auf den Rücken und sucht nach etwas, womit sie sich einrichten können. Es ist ihre Arbeit, das Einrichten. Das Säubern und Sorgen, das Kochen und Ordnen. Das hat sie immer getan. Und tut man nicht, was man zu tun gewohnt ist, wenn das Chaos losbricht? Aber hier ist nichts, womit sie die Ihren versorgen könnte. Da sind nur das Stroh, der Pflug und die Leiter. Und Wasser, das sich von der Tür her über den Boden ausbreitet. Sie haben den Lärm gehört, das Rumpeln von Steinen und Erdmassen, gehofft, sie seien in Sicherheit, als sie die Tür schlossen. Nun kommt das Wasser zu ihnen, erst langsam, rinnt über den Betonboden, schneller, es steigt, steigt, sprudelnd und drohend, bis …

Das erste Fenster splittert.

Der Mann brüllt: »Rauf mit euch! Los, geht da rauf!«

Junge und Frau sehen das zerborstene Fenster, durch das Wasser hereinschießt, sich im Raum verteilt, ihnen um die Füße spült, die neue Freiheit in Besitz nehmend. Die Frau reißt die Habseligkeiten hoch, schiebt den Jungen zur Leiter. Als eine Sprosse bricht, schreit sie, hebt den Fuß auf die nächste, die hält, und treibt den Jungen an. Der Mann folgt ihnen, der schwere Mann, Sprosse für Sprosse, Überwinden der Lücken. Und die leichtere Frau mit dem schweren Gepäck. Sie kämpft sich nach oben, hütet den Jungen. Man muss in die Dinge vertrauen, wenn man keine Wahl hat, sonst ist man tot.

Der Junge ist oben auf dem Balken, auf dem wohl Stroh gelagert wurde – Halme, Staub, Spinnweben und jede Menge Holz, Bretter und Pfosten aufeinandergestapelt. Ein zweites Fenster zerspringt, die Wasser fluten herein, in die Falle, in der sie sitzen. Sie können nur nach oben, immer weiter, nirgends sonst ist Raum für sie. Die Frau wirft die Gepäckstücke, es sind zwei Rucksäcke und ein Plastiksack, hin. Sie sind in Sicherheit, erst einmal. Der Mann hangelt sich rauf, bevor der Rest der Leiter ins Wasser stürzt, das steigt und steigt.

Noch haben sie Boden unter den Füßen, Dachboden, aber wer weiß. Der Mann, bleich vor Anspannung unter seiner Bräune, schaut sich um, sucht das Dach ab, bemerkt ein Fenster, gottlob, andernfalls hätte er die Schindeln abdecken müssen, aber so gibt es einen Ausweg, falls das Wasser zu ihnen kommt und sie hinaus auf die Dachschräge klettern müssen. Bang lugen die drei nach unten, wo es strömt und brodelt, sich Zentimeter um Zentimeter nähert, bis … Wer weiß. Von oben der Regen. Sie können nicht aufs Dach, es würde ihnen nichts nützen.

»Wir müssen ein Floß bauen«, sagt der Mann.

»Womit?« Die Frau kann den Blick nicht vom Wasser losreißen. In Burgas hatten sie das Meer. An sonnigen Sonntagen haben sie abseits der Touristenstrände darin gebadet, die warmen Wellen bis zur Hüfte. Geschwommen sind sie nie, das hat keiner von ihnen gelernt. Es gab keine Notwendigkeit und niemanden, der es ihnen beigebracht hätte. Das Leben war angefüllt mit der Sorge ums Abendessen, mit Umzügen, weil die Nachbarn sie, die Zigeuner, nicht in ihrer Nähe haben wollten. Keine Zeit, Unnützes zu tun, schwimmen zu lernen zum Beispiel. Manchmal, selten, gab es diese sonnenbestrahlten Sonntage am Meer.

»Warte«, sagt der Mann, geht hinüber zu dem Holzstapel, zerrt Balken und Bretter herunter, eine Europalette, noch eine, die müssten gehen. Legt sie nebeneinander, passt Hölzer in die Lücken, tauscht die ungeeigneten aus, kommt zurück, öffnet einen der Rucksäcke, nimmt Kleidung – Shirts, Strumpfhosen, Hosen – heraus und zurrt die Bohlen in den Paletten damit fest. Das dauert eine Weile.

Der Junge sieht ihm zu, hoffnungsvoll, entdeckt in der hintersten Ecke Plastikkanister, sie riechen nach Diesel, schleppt sie heran. Der Mann nickt, streicht ihm über den Kopf und bindet sie an alle vier Ecken der Konstruktion.

Die Frau betrachtet das Gebilde skeptisch. »Wir sind keine Flößer, Mann.«

»Wir sind auch keine Toten.«

Sie starren einander in die Augen. Eine Weile führen sie dieses lautlose Duell, bis die Frau den Blick senkt, weil das Wasser ihre Schuhspitzen erreicht.

»Helft mir«, sagt der Mann. Alle drei drücken Schindeln vom Dach, scheppernd rasseln sie die Dachschräge hinab, die Lücken lassen den Regen herein. Das Wasser reicht ihnen schon bis zu den Knöcheln. Sachte schaukelt das Floß.

6

Der Regen lullt mich ein. Ich weiß nicht, wie spät es ist. Wir sitzen hier im Dunkel, dieser merkwürdige Jackwitz, der kleine Sydney und ich, wie eine Familie in einer Bombennacht. Dabei ist die Bombe längst geplatzt. Jackwitz und Sydney unterhalten sich über die Folgen von Erdrutschen. Denn daran, dass dieser Radau einer war, gibt es keinen Zweifel. Zu unserem fragwürdigen Glück ist er weiter weg ins Tal gerutscht, wie weit, weiß keiner, und ob jemand außer den Menschen im Bus zu Schaden gekommen ist auch nicht. Jackwitz erzählt etwas über die geologischen Bedingungen, die zu Erdrutschen und Bergstürzen führen können. Hat er wohl gelesen. Sydney kennt die Phänomene aus Filmen, die er auf Youtube gesehen hat, beeindruckende Bilder. Er redet ganz gelassen davon. Das Beruhigungsmittel wirkt. Nur will er sich nicht vorstellen, dass hier ganz in der Nähe … Er schüttelt sich leicht. Das kann ich mehr spüren als sehen, sein Sessel ächzt verhalten. Sie sind froh, dass sie davongekommen sind.

Ich sage nichts zu alldem. Was auch? Dass ich nicht froh bin? Sie würden mich für eine Irre halten. Aber wann hat man schon einmal so eine Chance auf den Tod? Da geht dieser vermaledeite Erdrutsch oder Bergsturz einfach zu weit nördlich nieder. Ich lehne den Kopf an und hänge den Blick ins Dunkel, bin unendlich müde. Die Vorstellung, was hätte sein können, wie schnell es hätte gehen können, hält mich im Niemandsland zwischen Tag und Traum. Ein Vergnügen wäre es mir gewesen, Todesursache und Grabstätte in einem – perfekt. Denn sollte ich doch eines Tages sterben, wüsste ich keinen, der sich um mein Grab kümmern könnte. Natürlich habe ich Vorsorge getroffen und die Art meiner Beisetzung verfügt – anonym soll sie sein, ohne alles. Vielleicht wird bis zu meinem seligen Ende die Resomation erlaubt sein. Wobei ich dem Gedanken, mich aufzulösen, gerade wenig abgewinnen kann.

Der Regen ist sanfter geworden, oder ich habe mich einfach an sein Geräusch gewöhnt. Ich sitze mit ihnen im Dunkel, höre ihre Stimmen, höre sie von etwas reden, das es draußen gegeben hat, draußen in der Welt, wie wir sie bisher kannten. Aber keiner von uns ist hinausgegangen, um nachzusehen, ob sie noch da ist. Ich werde das tun, morgen. Morgen ist früh genug, um sich dem Weltuntergang zu stellen. Ich habe Erfahrung mit Weltuntergängen. Einer von denen, die ich erlebte, war der Tod meiner Brüder. Damals, ich war ein Kind kaum älter als Sydney, habe ich mich noch vor dem Tod gefürchtet, obwohl Vater ihn jeden Tag mit nach Hause brachte, zumindest seinen Geruch, egal wie sehr er sich schrubbte. Man gewöhnt sich daran, wenn man mit ihm aufwächst.

Ich frage mich natürlich, ob ich jetzt auch rieche, ob sie mich deshalb nicht mit hineinnehmen in ihr Gespräch.

Ruth hat manchmal gesagt, du riechst komisch, und mich vorwurfsvoll angesehen. Man selbst merkt das ja nicht mehr. Ich dusche täglich zwei Mal, creme mich, lege Parfüm auf. Aber kein Parfüm der Welt, nicht das teuerste, kommt gegen den Geruch des Todes an. Er gehörte zu meinem Vater, und längst gehört er zu mir.

In die Stimmen hinein, in den Regen, mischt sich plötzlich ein neues Geräusch, leise, entfernt zunächst, lauter werdend, ein Brummen, tief, wie von einer großen Maschine. Sydney verstummt.

»Hörst du das?« Jackwitz. Er sagt es zu Sydney, als habe er meine Anwesenheit vergessen. »Ein LKW?«

»Eine Umleitung wahrscheinlich«, sagt Sydney.

»Nein. Das ist ein einzelnes Fahrzeug.« Das Brummen wird lauter, der Motor heult auf. Noch einmal, und wieder. Plötzlich stirbt er.

»Soll ich nachsehen?« Sydney steht auf, ich höre seine Schritte, sehe seinen Umriss, erhebe mich, folge ihm. Vor der Tür platscht Regen auf die Stufen, die Regenrinnen des Hauses halten ihn nicht. Ich habe mich geirrt, er hat nicht nachgelassen. Vielleicht habe ich mich auch bezüglich des Brummens geirrt. Vielleicht war es nur die Hoffnung, dass jemand käme, der uns sagt, wo wir sind, der in der Nähe wohnt, ein Bett für uns Gestrandete hat. Die Hoffnung, dass einer auftaucht, der einen Weg weiß, einen Plan hat, der sagt, dass alles gut ist. Aber da ist nichts außer dem Regen.

Sydney steht neben mir in der Tür und späht ins Dunkle, er hat es auch gehört. Es muss etwas gewesen sein, was nun nicht mehr da ist. Sydney hebt sein Handy und leuchtet über den Steg, auf den Vorplatz, so weit das Licht eben reicht, spärliches Licht, das auf halber Strecke versackt. Kies. Weiter hinten die Andeutung der Baumstämme, dazwischen ein hellerer Streifen – die kurze Auffahrt. Wir stehen dicht beieinander und blicken schweigend ins Nichts. Sydney hat sein Handy wieder eingesteckt. Ich spüre seine Lebendigkeit neben mir. Außerdem frage ich mich, ob ich mich getäuscht habe. Ist er ein Junge oder ein Mädchen?

»Ein Junge.« Er hält inne. »Ich wäre lieber ein Mädchen.«

Ich weiß nicht, wie er das gemacht hat.

»Sie riechen gut, Frau Engelhart.«

»Man soll sich nicht lustig machen über ältere Damen, Sydney.«

»Mach ich nicht.«

»Gehen wir rein.«

»Warten Sie!«

»Was immer das war, jetzt ist es weg. Wir können …«

»Pst.« Er greift nach meinem Arm, seine Hand krallt sich in meinen Muskel. »Da ist jemand«, flüstert er, dann lauter: »Hallo?«

Keine Antwort. Einen Moment später wankt ein kompakter, breiter Schatten die Auffahrt herauf, der Kies knirscht, Ächzen. »Was haben Sie hier zu suchen?« Eine Männerstimme, angestrengt, aber klar. Mein Herz klopft heftig.

»Es regnet«, sage ich dem Schatten. Der lacht auf.

»Wenn schon so ein Klugscheißer in mein Haus einbricht, komm gefälligst her und pack an.« Der Schatten schleppt sich über den Steg zu uns herauf, und nun sehe ich, dass es zwei sind, zwei Schatten, ein großer und ein kleiner daneben.

Sydney lässt meinen Arm los und stolpert ihnen entgegen.

»Herr Jackwitz«, rufe ich nach hinten ins Haus. »Können Sie mal bitte kommen. Wir haben Besuch.« Es rumpelt hinter mir, Jackwitz flucht unterdrückt.

Inzwischen sind die Schatten heran. Sydney hat die Frau untergefasst, auf der anderen Seite hängt sie einem Hünen von Mann am Arm. In seinem anderen Arm zappelt etwas, das ich nicht erkennen kann.

»Weg da! Versperren Sie nicht die Tür.«

Jackwitz steht in meinem Rücken, greift endlich an Sydneys Stelle zu, und sie bugsieren die angeschlagene Frau ins Haus.

»Da in den Sessel. Ich mache Licht.« Es poltert wieder, Füße scharren, ein Trippeln und Klacken auf den Dielen. Ein Taschenlampenstrahl schneidet durchs Zimmer, außerhalb seiner Reichweite wieder ein Schatten, klein, er huscht davon.

Türenknarren, Schritte, die sich entfernen, ein Brummen, ein anderes als vorhin, unten im Haus, dann wird es hell. Der Mann kennt sich hier aus, er hat einen Generator angeworfen. In den Keller bin ich nicht vorgedrungen, andernfalls hätte ich ihn gewiss gefunden. Ein gigantischer Kronleuchter unter der Decke, an dem nur ein Viertel der Kerzen intakt ist, verbreitet fragwürdiges Licht, genug, um sich kennenzulernen.

»Wie kommen Sie dazu, in mein Haus einzubrechen«, sagt der Hüne, seine Worte haben wenig Kraft. Er spricht sie, weil man so etwas sagt, wenn man fremde Menschen in seinem Haus vorfindet.

»Verzeihen Sie«, sage ich deshalb. »Wir hätten Sie bestimmt um Erlaubnis gebeten, wenn …«

Er macht eine Handbewegung, die »geschenkt« bedeuten könnte, und wendet sich der Frau zu. »Ich habe den Verbandkasten nicht rausgekriegt.«

Erst jetzt bemerke ich die Kopfplatzwunde an der Stirn der Frau, das Blut auf ihrer weißen Lederjacke, auf dem Kleid mit den Röschen, in ihrem nassen hellen Haar. Sie hält die Augen geschlossen, und ich muss *Dornröschen* denken.

»Nun machen Sie schon was, Frau Doktor«, sagt Jackwitz, die Augen aufgerissen, den Mundwinkel vor Ekel gekräuselt. Er schiebt ihr ein Kissen unter den Kopf und hebt ihre Beine auf den Tisch. Über das Schienbein der Frau schlängelt sich einen breite Laufmasche, auf der Haut darunter Risse und Hämatome.

»Sie sind Ärztin?«, fragt der Mann. Ich nicke, verrate ihm nicht die Art meiner Tätigkeit. »Dann können Sie bleiben. Machen Sie was.«

Während ich mich zu der Frau hinabbeuge, frage ich hinter mich: »Und Sie?«

»Bauer.«

»Wer ist sie?«

»Keine Ahnung. Ich hab sie gefunden.«

»Wo?«

»In ihrem Auto.«

Ich sehe den Mann an, ein massiger Mensch mit dunklem Haar und hellen Augen. Er trägt eine Weste über einem Karohemd und schlammverschmierte Stiefel. »Könnten Sie ein wenig ausführlicher sein?«

»Ich denke, Sie sind Doc. Tun Sie was.«

»Dazu wäre es nützlich, wenn ich wüsste, wie sie in diese

Situation gekommen ist.« Leise stöhnt die Frau. Ich setze mich zu ihr, nehme ihre eiskalte Hand. »Wie heißen Sie, meine Liebe?«

»Das habe ich auch schon gefragt, sie …« Ich blitze in seine Richtung, und er hält den Mund.

Die Frau fährt sich mit der Zunge über die Lippen, lässt die Lider zucken. »Rosalie.«

Ich atme auf. So schlimm ist es hoffentlich nicht. Aber man weiß das natürlich nicht, also frage ich weiter. »Sie sind verletzt. Wie ist das passiert?«

»Ich bin nicht verletzt. Ich hab dafür keine Zeit.« Sie entzieht mir ihre Hand überraschend kraftvoll, öffnet die Augen und stellt die Füße, die in abenteuerlich hohen Pumps stecken, auf den Boden. »Iiiih«, macht sie, als sie das Blut auf ihren Kleidern entdeckt.

»Wahrscheinlich ist es nicht sehr schlimm, Rosalie. Sie haben eine Platzwunde. Das heilt. Aber …«

Sie schaut in die Runde, ihr Blick schlingert, stabilisiert sich, dann drückt sie den Rücken durch. »Kann ich mich irgendwo frisch machen?«

»Nun sagen Sie schon: Was ist passiert?«

»Ich weiß nicht, was Sie das angehen sollte«, sagt's und versucht sich aus dem Sessel zu stemmen.

»Hör mal zu, Tante. Oder Rosalie, wie immer du heißt. Ich schleppe dich nicht den ganzen Weg hierher und setze meinen neuen Holland in den Dreck, damit du jetzt abhaust.« Der Mann drückt ihr seine Pranke auf die Schulter. »Wenn du wieder fit bist, haben wir noch einiges zu klären.«

»Sie können mich nicht …« Weiter kommt sie nicht, sondern kotzt dem Mann auf die Stiefel, der springt fluchend zurück, Jackwitz würgt.

»Es wäre möglich, dass Sie eine kleine Gehirnerschütterung haben, Rosalie. Vielleicht leisten Sie uns ein wenig Gesellschaft.

Ich kümmere mich um Ihre Wunde, und Sie ruhen sich aus? Es ist dunkel und es regnet stark. Ich vermute, ein Taxi wird nicht herfinden. Und wir sind ein bisschen zu weit ab vom Schuss, als dass Sie in Ihren hübschen Schuhen irgendwohin gehen könnten.«

Endlich fixiert ihr Blick mich. Ich beobachte das Begreifen in ihren blauen Augen. Als die Einsicht im Frontalhirn aufschlägt, lässt sie sich zurück gegen die Sessellehne sinken.

Ich schaue zu ihrem Retter und warte. Er hebt die Schultern, setzt sich ebenfalls und streckt die Beine aus, sieht das Erbrochene auf seinem Stiefel und zieht sie wieder heran. »Ich habe sie gefunden.«

Ich warte weiter.

»Wie kann man denn jemanden finden? Was haben Sie mit ihr gemacht?« Jackwitz. Er steht aufgerichtet über dem Mann im Sessel, mit bleichem Gesicht unter der grauen Haarfülle. Ein markantes Gesicht, dicke, dunkle Brauen, die sich über der Nasenwurzel treffen, ein scharf gezeichneter Mund, noch volle Lippen, obwohl er nicht mehr der Jüngste sein dürfte. Die Augen unbestimmter Farbe schnellen hinter seinen Gläsern hin und her.

»Es ist doch recht kühl hier. Es wäre nett von Ihnen, Herr Jackwitz, wenn Sie den Kamin anmachen würden.«

»Aber …«

Mein Mund schickt ihm ein Lächeln, das keinen Widerspruch duldet, und er schweigt tatsächlich. Im Hintergrund höre ich wieder das Trippeln und Klacken. »Sydney«, rufe ich. »Hast du ein Feuerzeug?« Diese jungen Menschen rauchen ja schon so früh. Wenn sie nur ahnten, wie so eine Raucherlunge aussieht. Bevor Sydney antwortet, reicht der Mann Jackwitz ein Zippo. Die gab es schon, als ich selbst noch rauchte. Jackwitz nimmt das Feuerzeug und macht sich am Kamin zu schaffen. Ich warte.

»Sie kam mir entgegen. Die Straße ist sehr eng, kaum Platz für ein Fahrzeug, jedenfalls für ein großes. Sie hätte anhalten und rückwärts fahren müssen.« Der Mann spricht mit gesenktem Kopf, seine Nasenflügel beben. »Sie kam mit einem Affenzahn. Bei dem Wetter! Wahnsinn war das. Ich konnte nicht ausweichen mit dem Holländer. Wohin denn?«

Rosalie verfolgt seine Rede sichtlich überrascht.

»Sie ist die Böschung runter, rein in den Fluss. Außerdem war sie nicht angeschnallt. Sie hat verdammtes Schwein gehabt, wenn Sie mich fragen. Sie kann froh sein ...«

»Sie haben Rosalie aus dem Wagen gezogen, Herr ... Wie war noch mal Ihr Name?«

»Jan. Jan Rother.«

»Das ist sehr mutig gewesen unter diesen Umständen.«

Ich denke an all das Wasser, auch an die Brücke, die plötzlich weg war hinter mir. Wenn ich einen Augenblick später darübergefahren wäre ... Einverstanden, Wasserleichen sind nicht schön. Der Erdrutsch wäre mir lieber gewesen, noch lieber auf dem Rückweg. So gern wäre ich jetzt am Atlantik oder irgendwo, wo die Sonne scheint.

Ich hole meine Reiseapotheke aus dem Koffer, hätte nicht geglaubt, dass sie mir nützlich sein würde, bevor meine Reise überhaupt richtig begonnen hat. »Haben Sie etwas im Haus, womit ich die Wunde säubern könnte?«, frage ich Jan Rother, der angeblich der Besitzer ist.

»In diesem Haus gibt es alles.« Ein Anflug von Stolz huscht über das Gesicht des Mannes. »In der Küche.« Er zeigt auf eine offenstehende Tür an der Stirnseite des Raums. »Küchentücher. Links unten neben der Spüle steht ein Kasten Mineralwasser. Die Wasserpumpe für das Brunnenwasser ist letzte Woche kaputtgegangen, muss repariert werden. Mineralwasser ist da.«

»Würden Sie? Danke.« Ich nehme die eingeschweißten Pflaster und ein Schmerzmittel aus der Tasche. »Eigentlich müssten

Sie in ein Krankenhaus, Rosalie. Eine Computertomographie machen lassen oder wenigstens drei Tage zur Beobachtung bleiben. Bei einer Gehirnerschütterung weiß man nie.«

Jan Rother kommt mit einer Wasserflasche und einem Geschirrtuch zurück.

»Wäre es zu viel verlangt, Herr Rother, Rosalie in ein Krankenhaus zu fahren, wenn Sie sich ein wenig ausgeruht haben?« Ich feuchte das Tuch an und wische der jungen Frau Blut und Wimperntusche vom Gesicht. Ein beachtlicher Riss klafft über der Braue und noch einer über dem Jochbogen. Ich hoffe, der Knochen darunter hat gehalten. Früher, bevor die Anschnallpflicht eingeführt wurde, hatten wir viele Mittelgesichtsfrakturen, Frakturen von Jochbögen, Stirn- und Nasenbeinen, die Nase direkt ins Hirn gedrückt, Massenblutungen in den Rachenraum, keine via naturalis mehr zu finden, über die der Rettungsarzt einen Tubus für die Beatmung hätte schieben können, was mit dem Leben nicht sehr lange vereinbar ist. Rosalie hat rundum fürchterliches Schwein gehabt, wie Jan Rother richtig bemerkte. Ich klebe die weißen Pads auf ihr Gesicht und lächele wieder, aufmunternd, wie man das eben tut.

Ihr Lächeln kippelt unsicher. »Danke«, murmelt sie. Es klingt ein wenig kloßig. Hoffentlich hat ihr Kehlkopf nichts abgekriegt.

»Wie sind Sie überhaupt reingekommen?« Jan starrt in die Flammen, die Jackwitz im Kamin entzündet hat, zaghaft kosten sie das Holz.

»Die Tür war offen.«

»Und dann gehen Sie einfach in irgendein Haus, bei dem gerade die Tür offen ist.«

»Es brennt«, sagt Jackwitz.

»Ich glaube, Rosalie sollte wirklich in ein Krankenhaus. Könnten Sie sie nicht bringen, Herr Rother?«

»Sind Sie vom Himmel gefallen, Doktorin? Wissen Sie nicht, was da draußen los ist?«

Ich sage nichts, habe die Flut ja selbst erlebt, aber ein Einheimischer müsste doch einen Weg fort von hier kennen, oder nicht?

Er schaut unter schweren Lidern hervor zu mir herüber. »Sie wissen es nicht.«

Ich warte.

»Die Werra ist keine hundert Meter von hier auf der einen Seite des Berges. Auf der anderen geht's noch. Aber nicht mehr lange. Es hat einen Bergsturz gegeben. Haben Sie den nicht gehört? War doch laut genug. Ich habe so was noch nicht erlebt, und ich wohne hier schon … immer.«

»Und jetzt?« Also kein Krankenhaus für Rosalie. Ich werde sie im Auge behalten müssen, was allerdings wenig Sinn hat. Falls eine Hirnblutung eintritt, kann ich nichts tun, gar nichts, außer hoffen und beten.

Ich bin nicht religiös. Dafür habe ich keine Veranlassung und einfach zu viele Tote. Sie sind bei mir und nicht im Himmel, oder in der Hölle, was manchem vielleicht zu wünschen wäre. Das Leben nach dem Tod findet bei mir statt. Und ich bin alles andere als ein Engel. Jedenfalls bin ich nicht als einer auf die Welt gekommen. Was ich jetzt bin, weiß ich nicht. Es widerspricht allen wissenschaftlichen Grundsätzen. Ich habe Bücher gewälzt, im Internet recherchiert, mir die Meinungen von Kollegen angehört, selbstverständlich ohne sie ins Bild zu setzen. Ich habe keinen plausiblen Grund finden können, warum ich … bin.

Die Flammen züngeln an den Scheiten, mein Blick hängt an ihnen fest. Rosalies Hand liegt schlaff in meiner.

»Rosalie?«

Sie erwacht aus ihrem Dämmer, die Augen verhangen, aber die Pupillen sind rund und isocor, soweit ich das in dem matten Licht feststellen kann.

»Ist gut.«

»Wir haben nur einen begrenzten Vorrat an Diesel«, sagt Rother. »Ich mache jetzt mal den Generator aus und wir warten die Nacht ab. Sollte das Wasser steigen, müssen wir rauf.« Er nickt zur Empore.

»Wo ist das Kind?«, fragt Jackwitz, der in seinem Koffer gekramt, Schuhe, Shirts, Unterwäsche danebengelegt, dann alles wieder eingeräumt hat bis auf die Bücher, einen ganzen Stapel davon hat er dabei. Er muss ein altmodischer Mensch sein. Ich habe meine Lektüre auf dem Smartphone.

»Bei Olga.« Rother.

»Klar.« Jackwitz.

Schweigen. Warten. Rosalie schläft schon wieder.

»Würden Sie uns gütigst informieren, wer Olga ist, wo sie sich aufhält und was der Junge ...«

»Ist Sydney ein Junge? Ich dachte ...« Jackwitz.

»... mit Olga zu schaffen hat?«, beende ich meinen Satz.

»Olga?« Rother ruft den Namen in Richtung Küche. Trippeln, Klacken, dann blicke ich in waagerechte Pupillen.

»Oblomows Schaf«, sage ich.

»Bitte?« Rother krault dem Tier ein Ohr, und Sydney schlendert herein.

»Nichts. Ist eine alte Geschichte.«

»Erzählen Sie sie doch, Frau Dr. Engelhart«, sagt Jackwitz. »Geschichten sind das, was wir haben, das, was bleibt. Hätten wir keine Geschichten ...« Er blickt ins Feuer, als wäre etwas darin zu finden, was er vergessen hat.

Vielleicht. Vielleicht erzähle ich die Geschichte einmal, später, wenn alles vorbei ist. »Was dann?«, frage ich.

»Hätten wir nichts«, sagt er. »Nichts, wissen Sie?«

Nein, ich weiß nicht. Ich habe meine Toten, ihre Geschichten kenne ich nicht, nur das, was sie mir zuletzt über ihr Leben anvertrauen. Dafür lege ich einen Schnitt vom Manubrium bis zum Schambein, zersäge ihr Brustbein, um ihr Herz zu erkennen oder was davon übrig ist, wenn ein Projektil das Myocard zerfetzt hat.

»Was meinen Sie mit *nichts*, Herr Jackwitz? Wir haben unser Leben!« Dass ich das einmal sagen würde …

»Ich habe Hunger.« Sydney hat irgendwoher eine Decke besorgt, sich nahe am Kamin niedergelegt und seinen Rucksack unter den Kopf geschoben.

»Willst du einen Schokoriegel?« Rosalie. Sie ist wach. Ich kontrolliere kurz ihre Pupillen, da verlischt das Licht und mit ihm endet das Brummen, die Begleitmusik des Regens.

Keiner sagt etwas. Wir sitzen, starren ins Feuer, sogar Olga, während sich die Luft mit Dampfwölkchen vollsaugt, die unsere Kleider abgeben.

»Ich schlage vor, wir wechseln uns mit der Wache ab.« Rother ist zurück.

»Ich bin wach.« Rosalie.

»Rosalie nicht. Sie braucht Ruhe.« Eigentlich braucht sie noch einiges mehr, Cortison wäre nicht schlecht, Kreislaufmonitoring, aber das haben wir eben nicht.

»Mir wäre es lieber, wenn ich nicht die Nacht hier verbringen müsste. Haben Sie nicht einen Wagen, Herr Rother? Sie sagten doch …« Jackwitz.

»Herr Rother sagte, sein … Was ist das noch einmal für ein Fahrzeug?«

»Ein nagelneuer New Holland T 9.506.«

»Was ist ein New Holland-Dings?« Jackwitz.

»Ein Trecker.« Sydney.

»Woher willst du das denn wissen?«

»Ich habe es ihm gesagt.« Rosalie.

»Herr Rother sagte, sein nagelneuer New Holland T 9.506 ist nicht mehr fahrtüchtig. So sagten Sie doch, Herr Rother?« Ich betrachte Jackwitz genau. Er sieht fit aus für einen Mann seines Alters, groß mit kräftigen Schultern und einem angemessenen

Bauch, nur ein wenig vergesslich wirkt er. Vielleicht ist er einfach müde, oder unterzuckert.

»Wir wechseln uns mit der Wache ab. Jede halbe Stunde geht der, der dran ist, einmal ums Haus und sieht nach, was los ist. Besonders hinten auf den Bach muss geachtet werden. Wir können nicht warten, bis das Wasser uns im Schlaf erwischt. Falls es noch steigt, müssen wir hoch. Hat jemand ein Handy?«

Alle schauen zu Sydney. »Kein Netz, und ihr so?«

Ich habe auch kein funktionstüchtiges, der Akku ist leer. Rosalie schüttelt den Kopf, Jackwitz sagt nichts.

»Herr Jackwitz?«

»Was?«

»Ob Sie ein Handy haben?«

»Ja, selbstverständlich.«

»Und?«

»Was und?«

»Haben Sie Empfang?«

»Das weiß ich nicht. Es ist kaputt. Der Regen.«

Der Mann macht mich wahnsinnig. Rother schüttelt ebenfalls den Kopf.

»Was nützt es dann, Wache zu halten, wenn wir doch niemanden zu Hilfe holen können?« Rosalie.

»Wir ersaufen später.« Jackwitz zittert ein wenig, falls es nicht die Lichtreflexe des Kaminfeuers sind, die über seinen Körper huschen.

»Sie haben Angst zu sterben?« Ich erinnere mich noch genau meiner eigenen Angst, obwohl es so lange her ist, dass sie mich besuchte.

»Nein.« Jackwitz. Ich glaube ihm nicht.

»Aber ich«, sagt Rosalie. »Ich übernehme die erste Wache. Vielleicht sucht man uns schon.« Ich bezweifle das. Sie wirkt ein wenig naiv, die gute Rosalie.

Rother drückt ihr sofort eine Taschenlampe in die Hand,

rückt seinen Sessel näher ans Feuer, legt noch einen Scheit auf und hängt einen Jutesack an einen Haken über dem Kamin, auf dass er trockne.

»Wovor dann?«, frage ich Jackwitz.

»Vor dem Totsein.«

Und ich denke, dass er das Vergessenwerden meint.

Rosalie schält sich aus dem Sessel, schwankt leicht, streicht ihr Röschenkleid glatt und stöckelt nach draußen.

»Rosalie …« Sie sollte das nicht tun. Ich kann hier keine Toten gebrauchen. Ich habe Urlaub. »Haben Sie einen Schirm?«, frage ich ihren Rücken, bekomme keine Antwort. Sie geht einfach davon.

Nachdem ich mich einmal entschlossen habe, mich um sie zu kümmern, raffe ich mich auf und finde Rosalie unter dem Dachüberstand, wie sie den Strahl der Taschenlampe auf den Vorplatz richtet, an den Bäumen entlangstreifen, über die Zufahrt und den Steg gleiten lässt – Kies, Regen, Bäume, sonst nichts. Dann wagt sie sich ins Nass, ich begleite sie. Wenigstens können wir nun den Schrott an der Seite des Hauses beleuchten, bevor wir über ihn stolpern, und den Büschen an der Hauswand ausweichen, bevor wir uns in ihnen verfangen. Ich habe keine Ahnung, wie sie mit ihren High Heels auf dem unebenen Weg gehen kann, vermutlich braucht man eine Ausbildung darin. Was sie wohl überhaupt in diese Einöde verschlagen hat?

»Wohin wollten Sie eigentlich, bevor Sie den Unfall hatten?«

Sie schwenkt die Taschenlampe über ein Ding, das irgendein landwirtschaftliches Gerät gewesen sein mag, daneben verrottet ein Fahrrad. »Nach Treffurt.«

»Schöne Stadt?«

»Das weiß ich nicht. Ich war verabredet.«

»Macht sich Ihre Verabredung keine Sorgen um Sie?«

Sie hebt die Schultern. »Vielleicht. Ich hoffe. Ich kenne ihn ja nicht. Wahrscheinlich ist er sauer, dass ich nicht da war.«

Ich will nicht neugierig wirken, obwohl ich es bin, frage deshalb nicht, wie man dazu kommt, in einem kleinen Ort in Thüringen einen Fremden zu treffen. Jedenfalls erklärt sich so ihre Kleidung – sie hat sich für ein Rendezvous herausgeputzt. Die jungen Menschen heutzutage verabreden sich schon mal zu Blind Dates. So etwas wäre mir seinerzeit im Traum nicht eingefallen, abgesehen von Leo vielleicht.

Ihn heiratete ich nach einem längeren Briefwechsel und gegen den Willen meines Vaters, als er auf Fronturlaub war. Er war ein lustiger Kerl, Musiker und ein Witzbold. Wir verbrachten zwei wundervolle Ehewochen miteinander. Ein großherziger Mann war er und hinterließ mir die Erinnerung an zügellose Nächte, und Tage, in seiner Mansarde in Leipzig-Schönefeld. An einem beschaulichen Samstag betrachtete ich vergnügt seinen nackten Hintern. Leo war einfach erstaunlich, sogar sein Hintern lachte. Beim Nachbarn wurde die Tür eingetreten, während wir noch den dumpfen Ton der BBC-Nachrichten durch die Wand hörten.

Nicht, dass ich Leo geliebt hätte. Keinen von meinen Ehemännern habe ich geliebt, und von denen, die ich nicht ehelichte, auch keinen. Ich habe sie gemocht, manche sehr, nie habe ich verstanden, was das mit der Liebe auf sich hat, obwohl ich viel darüber nachgedacht habe. Leo war ein begnadeter Liebhaber, und die Erinnerung an das Niemehr schmerzt mich bis jetzt, wenngleich ich mich an die Niemehrs gewöhnt haben sollte.

Ich sah Leo nie wieder und den Nachbarn auch nicht. Vater war's recht. Er hätte mich nicht in die Hörsäle gelassen, damit ich mein Leben mit Leos verbrächte, sagte er. 1915, drei Jahre nach Mutters Tod, hatte ich begonnen, Medizin zu studieren. Eigens zu meiner Sicherheit, wie Vater es nannte, hatte er ein Fräulein engagiert, das mich auf Schritt und Tritt begleitete, obwohl das Frauenstudium seit 1906 offiziell eingeführt war an der ehrwürdigen Alma mater lipsiensis. Fünf Frauen studierten im gesamten Jahrgang, und die Herren Studenten gaben sich ruppig uns gegenüber. Nicht so die Dozenten, die ignorierten uns geflissentlich und so lange wie möglich, bis zu den Prüfungen hieß das. Die drei von uns mit wunderbarem blondem Haar ließ man regelmäßig durch die Examina fallen, gleichgültig wie belesen, vorbereitet und informiert sie waren. Mir erwies man die Gnade, mich durch die Prüfungen zu hieven. Man drücke ein Auge zu, hieß es, wobei ich es doch nicht nötig hätte: Bei meinem Aussehen würde ich gewiss bald im Hafen der Ehe ankern und meiner natürlichen Bestimmung entsprechend reizende Kinderchen gebären. Ich sehe den Anatomen heute noch süffisant grinsen. Weil sie meinen Vater schätzten und vor allem nicht riskieren wollten, dass er ihre Söhne besonders hart examinierte, nahmen sie es in meinem Fall nicht so genau. Ich schämte mich für mein Tochtersein.

Die hohe Durchfallquote von Blondinen hielt sich bis weit in die 1980er Jahre hinein, wie ich mir sagen ließ. Längst war ich in meinen Keller hinabgestiegen und hatte mit Lehre nichts am Hut. Nur gelegentlich verirrte sich ein Seminar in mein Refugium, meist wenn das halbe Institut mit Grippe daniederlag oder anlässlich eines Parteitags durch andere Aufgaben gebunden, ich somit die Einzige war, die das Seminar übernehmen konnte. Dann führte ich die Studenten durch die Räume, langweilte sie mit Geschichte und machte mich so unsichtbar, dass sie sich an meine Anwesenheit nicht würden erinnern können.

Einmal, das weiß ich noch, es war im Frühsommer kurz nach neun, die jungen Leute waren zur nächsten Vorlesung marschiert, ging ich in den Park, der die Kliniken miteinander verband und den sie *Garten* nannten, und rauchte. Nebenan nahe der Pathologie hatte jemand eine Bahre vor den Hintereingang gestellt, das musste in der Nacht gewesen sein, denn die Katzen hatten Zeit gehabt, das Gesicht des Toten zu fressen.

Tauben gurrten, es roch nach Flieder und ich fühlte mich leer. Jemand würde, das war abzusehen, den Toten zu uns rüberschieben. Man würde wissen wollen, ob eine Straftat begangen worden war, die der Katzen ausgenommen. Ich würde ihn untersuchen und berichten, er sei an einem Herzinfarkt, Leberkarzinom, einer Lungenembolie, Hirnblutung, Sepsis oder was auch immer gestorben, und dann wäre es Abend, und ich würde allein in das Haus am Johanna-Park zurückkehren, dachte ich, als ich da stand und die Frühlingsluft atmete. Es würde genauso leer sein wie mein Herz, das keinen Leo mehr hatte, der es zum Lachen brachte. Bringt einen jemand zum Lachen, ist das doch das Beste, was passieren kann, wenn dieses komische Herz schon keine Liebe kennt. Ich rauchte zu Ende und trat die Kippe auf dem Pflaster aus. Später bei der Leichenöffnung fand ich heraus, dass der Mann an karzinombedingter Kachexie gestorben war. Sein Magen enthielt dunkelrot bröcklige Substanz – Rotwein mit Ei und Traubenzucker zur Stärkung hatte man ihm gegeben, bevor der Hunger ihm den Herzschlag nahm. Niemand hatte ihm Gewalt angetan. Und zuletzt hatte er mit seinem Wenigen die Katzen im Garten genährt.

Den Abend verbrachte ich allein in meinen stillen Zimmern.

Ich weiß nicht, weshalb mir all das einfällt. Immer mehr Begebenheiten werden aus der Erinnerung heraufgespült, oft kann ich mich auf die kleinsten Details besinnen, als versage mein Vergessen mir den Dienst. Ich werde Jackwitz fragen, wie er das macht mit dem Vergessen.

Inzwischen sind wir über die Brücke marschiert, haben den Bach inspiziert und meinen Wagen auf der Rückseite des Hauses erreicht.

Rosalie beleuchtet die Reste seines Hinterreifens. »Haben Sie kein Ersatzrad?«

»Doch, nur kein Werkzeug, um es anzubringen. Andernfalls wäre ich nicht hier, Kindchen, sondern auf dem Weg in die Sonne.«

»Man kann auch so in die Sonne.« Rosalie scheint in Gedanken.

»Auf der Felge? Hab ich ein Stück weit getan. Sie sehen es ja. Vielleicht wäre der Wagen noch ein paar Meter weitergefahren, aber der zweite Scheinwerfer fiel aus. Einen Unfall wollte ich nicht riskieren.« Wenn ich auch den Tod nicht fürchte, den Schmerz schon, von ihm habe ich genug, mehr als genug. »Kommen Sie. Lassen Sie uns den Rundgang beenden. Es scheint ja keine neuen Katastrophen zu geben.«

Als wir das Haus fast umrundet haben, richtet sie die Lampe noch einmal auf den Wald. Das Licht frisst sich durch den Regen, durchs Dunkel, gleitet über die Stämme, zwischen ihnen ein kleiner Reflex.

Da ist etwas, aber ich kann mich irren.

7

Auf der Strömung dümpelt das Floß. Das Wasser fließt jetzt langsamer, nachdem es vom gesamten Tal Besitz ergriffen hat. Eisig klatscht der Regen auf ihre Köpfe. Der Mann hält Ausschau nach Treibgut, das ihnen gefährlich werden könnte, die Frau hält den Jungen im Arm und wischt ihm die Tränen weg.

Ihr Gepäck haben sie verloren, nun haben sie nur noch einander und ihr Leben. Noch. Im letzten Augenblick konnten sie sich selbst und das Floß durch die Dachsparren schieben, eine gab nach, sonst hätten sie es nicht geschafft.

Der Mann denkt an Fausto, den Fremden, der im Werratal gestrandet war, und was wohl aus ihm geworden ist. Hoffentlich hat er sich retten können, denn sein Hof muss irgendwo da in den Fluten liegen. Fausto war freundlich zu ihnen, hat sie aufgenommen. Nun ist er fort. Oder tot. Wenn sie nur jemals irgendwo bleiben könnten. Niemand will sie, nirgendwo. Die Frau und der Mann haben beschlossen, dass sie sich ein Stück Leben greifen, ein gutes, richtig fettes Stück Leben. Und jetzt diese verdammte Flut.

Ein Ast schwimmt ganz nah am Floß vorbei, verhakt sich mit seinen Verzweigungen an einem der Kanister, wird mitgeschleppt, bremst das Floß und kippt es in Schieflage.

»Haltet euch fest«, ruft der Mann, kriecht auf Knien zur vorderen Ecke, erkennt nicht, wo dieser verflixte Ast hakt, tastet im Wasser am Kanister entlang, spürt das Geäst, zieht und rupft, schafft es nicht, ihn zu lösen. Nach einer Weile ist sein Arm taub vor Kälte.

»Haltet euch fest«, sagt er wieder. Es muss eben so gehen, in Schieflage.

Die Frau betet. Dass sie ein Ufer finden, ein Haus und ein bisschen Gemüse für eine Suppe. Und dass der Junge am

Leben bleibt. Der Junge ist doch das Einzige, was sie hat. Dass er ihnen nach all den Jahren noch geschenkt wurde – ein Segen. Man muss dankbar sein für die Kinder, die wieder Kinder haben werden. Sie brauchen ihre Familie, auf nichts sonst ist Verlass. Der Junge soll ein gutes Leben haben. Deswegen sind sie fortgegangen. In Burgas hatte er keines, und sie und der Mann auch nicht. Der Mann hat sich als Tagelöhner durchgeschlagen. Manchmal war er wochenlang unterwegs, irgendwo im Ausland. Sie weiß nicht, wo und was er da gemacht hat, sie hat nicht danach gefragt. Wenn er zurückkam, hatten sie wieder für ein paar Wochen Milch, eine Hose für den Jungen oder Schuhe. Mit den Schuhen ist es am schlimmsten, die Kinder wachsen einfach zu schnell heraus. Einmal hat der Mann sogar einen nagelneuen Fernseher mitgebracht. Sie wollte nicht wissen, woher die Sachen kamen, sonst hätte sie den Mann womöglich verlassen müssen.

Plötzlich ruckt das Floß, schwankt und schlingert. Die Frau, der Mann und der Junge pressen sich auf die Bretter, krallen sich fest. Noch ein Ruck, dann schwimmt es ruhiger auf der braunen Brühe. Der Ast hat sich gelöst, driftet davon ins Dunkel.

Wenn sie wenigstens mehr sehen könnten.

Wenn nur der Regen aufhören wollte.

Wenn es nur Tag würde.

Manchmal begegnen ihnen die Spitzen von Fichten und Kiefern. Der Mann hat keine Uhr, aber er weiß, die Nacht ist noch lang, schwarz und kalt.

»Sieh mal«, sagt der Junge. Er zeigt auf etwas in der Ferne. Einen Punkt, kaum zu erkennen, winzig, ein Licht womöglich. Dann ist er wieder weg. Und wieder da. Weg. Da. Wo Licht ist, sind auch Menschen. Irgendwo müssen schließlich noch Menschen sein. Kein Wasser, nichts ist so groß, dass es kein Ende hätte. Außer Gott, denkt die Frau, in ihrem Herzen keimt Hoffnung. Dann ist der Punkt wieder weg.

8

Das Feuer glimmt ohne Flammen, seine Glut legt Röte über die schlafenden Gesichter. Im Haus ist es warm. Beschwert ist die Luft von Wasserdampf und etwas anderem, der aromatische Geruch einer guten Zigarre lagert darin.

Jan pafft kleine Rauchwölkchen und nimmt einen Schluck aus der Flasche. Wirklich feines Zeug, das ihm Fausto da gegeben hat, der hat den Rum von einem Freund direkt aus Kuba geschickt bekommen. Die verstehen zu leben, die Kubaner. Außerdem haben sie besseres Wetter.

Als Fausto sich vor Jahren in dem kleinen Gehöft am Rande von Falkenheim niederließ, das an Jans Land grenzte beziehungsweise an das von seinem Alten, tranken sie Sommerabende lang Bier auf Faustos Terrasse, nachdem Fausto den Trecker vom Alten wieder auf Vordermann gebracht hatte. Jan mochte ihn, obwohl er Ausländer war. Mit seiner freundlichen, zurückhaltenden Art fiel er nicht auf, und er sprach gutes Deutsch. In den Jahren wurde er ein Hiesiger, fand Jan. Mit Zurückhaltung und gutem Deutsch kann jeder ein Hiesiger werden. Jan ist da vorurteilsfrei und weltoffen. Der Alte sah das anders und wütete gegen Fausto, den Dreckskubaner, was Jan bestärkte und ihre Freundschaft festigte.

Und jetzt? Was für eine verdammte Scheiße. Nicht nur, dass der Hof abgesoffen ist, so was lässt sich reparieren, Jan ist versichert, aber sein neuer Holländer. Zweihundertfünfzigtausend Investition in den Sand gesetzt, besser gesagt in den Fluss. Okay, vielleicht ist es nicht so schlimm. Er wird sich den Schaden anschauen, wenn das Wasser erst mal abgeflossen ist.

Sie hatten einige Überschwemmungen, die waren ein Witz gegen diese Wahnsinnsflut. Wer weiß, wie lange der Regen anhält? Wie viele Tage er hier ausharren muss? Wer weiß, wie es in der Umgebung aussieht, weiter oben im Tal? Falkenheim wird nicht der einzige Ort sein, den es erwischt hat. Vielleicht haben sie die Bundeswehr geholt. Das Technische Hilfswerk und die Feuerwehr waren schon am Nachmittag im Einsatz, und das war vor dem Erdrutsch. Das muss ein Riesending gewesen sein. Sein Land dürfte von den Schlamm- und Geröllmassen nichts abbekommen haben, vom Wasser schon. Er muss eben neu anfangen, was nun möglich sein wird ohne den Alten. Jan atmet tief ein. Wenn der bloß nicht so ein Sturkopp gewesen wäre … Noch einen Schluck vom köstlichen Rum, er nimmt die Taschenlampe und geht pissen.

Vor dem Haus ist alles in Ordnung, hinterm Haus steht der Citroën von dieser Frau Doktor. Der Hinterreifen ist aber so was von im Arsch. Wie sie es überhaupt bis hierher geschafft hat … von ihm aus hätte sie nicht gemusst. Alle könnten sie bleiben, wo der Pfeffer wächst, diese Invasion von Leuten in seinem Haus. Er hätte schreien mögen vor Zorn, hätte er nicht dieses Geschöpf am Hals gehabt. Wenigstens hat diese Frau Doktor ein Auge drauf. Deshalb und nur deshalb hat er sie, diesen Jackwitz und das Gör in seinem Haus akzeptiert. Hätte er eine Wahl gehabt, hätte es nicht geregnet, würde nicht gerade die verdammte Welt untergehen, dann wären sie rausgeflogen, aber achtkantig.

Es ist ungewiss, was aus dem Unfall wird, ob die Tussi ihn anzeigt. Doch wer will das Geschehen schon nachvollziehen, wenn er bei seiner Version bleibt? Sie war zu schnell, fertig.

Den Alten hätte er ja mitgenommen. Der hat aber auf stur gestellt, hat es einfach nicht geglaubt, dachte, Jan wolle ihm was, hat er immer gedacht. Jan sieht ihn noch am offenen Fenster stehen.

Komm endlich, Vater, hat Jan gesagt. Das ist doch völlig idiotisch.

Du nennst mich keinen Idioten, du nicht, hat der Alte gebrüllt und dagestanden wie ein Kapitän auf seinem sinkenden Schiff. Und dann ist er tatsächlich untergegangen, sein maroder Kahn von einem Hof. Nur der Giebel ragte aus dem Wasser mit Licht im Giebelfenster wie das Signal einer Boje, als Jan von seinem Traktor aus zurücksah, den kleinen Flitzer von dieser Röschen-Tussi nicht bemerkte …

Er hat eigentlich weg von der Werra fahren wollen, hat einen Kollegen in Wichmannshausen angerufen, der viel von seinem Projekt hält, im Gegensatz zum Alten. Nun ist er gerade mal ein paar hundert Meter vom Hof entfernt gestrandet. Dieses verfickte Dreckswetter!

Jan zieht am Türgriff des Citroëns, nur mal so. Offen. Na, so was? Aber hier in der Nähe ist auch keiner zu erwarten, der einen alten Citroën mit zerfetztem Reifen gebrauchen könnte. Er lässt sich auf den Fahrersitz fallen, kramt ein bisschen in den Sachen in der Mittelkonsole: CDs, Kaugummi, ein Schlüssel, Taschentücher. Es riecht merkwürdig hier drin. Im Handschuhfach geht das Licht an. Noch mehr CDs, Eiskratzer, Ladekabel, ein dunkles Fläschchen mit einem unleserlichen Etikett, das aussieht wie aus dem Museum, nichts Interessantes. Auf die Frontscheibe pladdert der Regen. Jan hievt sich raus, schlendert zurück über die Brücke und nimmt den Weg ums Haus herum, leuchtet den Wald an, die Büsche in der Nähe, alles okay. Sollte das Wasser weiter steigen, würde man es zuerst auf der Ostseite erkennen.

Erfreulicherweise besitzt er dieses Haus überhaupt, wobei er sich jetzt wünscht, es stünde weiter oben, am besten auf der Kuppe. Es muss ein Anfall von Weitsicht gewesen sein, es zu erwerben, denn eine Weile hat er gezweifelt, ob das klug war. Einiges an Renovierung und Reparaturen wäre nötig, dabei ist das Haus ein ordentlicher Klotz, der Denkmalschutz macht Vorgaben, kostspielig wird das alles. Nun, es muss ja nicht sofort sein. In seinem früheren Leben war es Forsthaus. Nachdem 1961 die Grenze endgültig dichtgemacht wurde, stand es lange leer. Während man in den Jahrzehnten danach Zäune zog, Schießanlagen baute, Wachtürme errichtete, wurde es von der Ostgrenztruppe genutzt. Wozu, hat Jan nicht rausgekriegt, abgesehen von dem Zweck, den das Zeug im Keller nahelegt. Schränke, Betten, Klos – da hat man Leute untergebracht. Der Keller ist ein Bunker, mit Belüftung, Stromversorgung und allem Drum und Dran. Bis auf die Sanitäranlagen funktioniert alles. Oder könnte funktionieren, den Strom muss er wieder anschließen lassen. Vielleicht haben die Bonzen Jagden im Niemandsland veranstaltet oder Partys. Jan jedenfalls hat schon einige Partys gefeiert, hier, wo man niemanden stört, mit den paar Freunden, die ihm aus der Ausbildung geblieben sind. Die Jahre auf der Berufsschule in Weimar waren super. Nach dem Abschluss kam er zurück und der Alte machte einfach so weiter wie vorher, hat sich darauf berufen, wie gut es ihnen ging, seit die landwirtschaftlichen Produktionsgenossenschaften wie das ganze Land untergegangen waren und er seinen Boden zurückhatte.

Mais, sagte der Alte, und wenn die uns was für Weizen geben, von mir aus Weizen. Ich mache alles mit: Biogas, Genmaisflächen, egal, wenn die Kohle stimmt. Aber Kaffee? Wer subventioniert schon Kaffee? Und wie bringst du ihn über den Winter? Du spinnst. Der Schwarze hat dir Flausen in den Kopf gesetzt. Der soll heimgehen zu seinem Fidel. Ich geb doch nicht meinen Acker für so einen Humbug her.

Fausto kann nicht heim zu seinem Fidel, weil es den Fidel nicht mehr gibt, sondern den Raúl, und weil Fausto weder mit dem einen noch mit dem anderen viel im Sinn hat. Nur in den letzen Tagen ist er melancholisch gewesen, hat dauernd Nachrichten geguckt. Als berichtet wurde, dass Washington und Havanna Botschafter austauschten, hatte er Tränen in den Augen.

Der Alte war ein verknöcherter Sack. Ohne Innovationen würde alles den Bach runtergehen hier draußen im Niemandsland. So nannten sie es. Niemandsland. Sogar die Hiesigen nannten es so und zogen fort in die Städte. Oder in den Westen.

Jan schüttelt das Wasser von seiner Jacke und tritt ins Haus. Warm ist es drinnen. Alle schlafen, nur Olga schaut auf. Behutsam die Füße setzend geht er zum Kamin, prüft den Jutesack, etwas trockener ist er bereits, hoffentlich hat Faustos Saatgut überlebt.

Und Fausto, der doch ein Hiesiger ist, irgendwie. In den letzten Monaten hatte er ein Geheimnis, etwas Gehetztes und Fahriges hatte er. Jan wird ihm schon noch draufkommen, wenn erst das Wasser weg ist.

Samstag, 16. Juli

9

Der Tag beginnt so grau, wie der letzte aufgehört hat. Oder war es der vorletzte? Es muss noch früh sein, Dämmerung fällt durch die matten Scheiben. Jackwitz hängt in seinem Sessel und schnarcht, das hat er die ganze Nacht getan, und Rosalie hat kaum ein Auge zugemacht. Sie friert und in ihrem Kopf hämmern Schlagbohrer gegen die Schädeldecke. Mühsam quält sie sich in die Senkrechte und kommt sich vor wie neunzig, jeder einzelne Knochen im Leib schmerzt. Sie sieht sich um. Der Junge hat sich auf dem Boden vorm Kamin zusammengerollt, das Feuer ist aus, graue Asche. Der Bauer pennt im Sessel daneben, eine Flasche im Schoß, die Hand auf dem Schaf. Diese Frau, eine fürchterliche Klugscheißerin, ist nicht da. Vielleicht ist sie abgehauen.

Vielleicht hat der Regen aufgehört, das Wasser ist weg.

Vielleicht hat Rosalie das alles nur geträumt.

Sie versucht ein paar Schritte und befindet, dass es kein Traum gewesen sein kann. Bei Träumen endet der Schmerz mit dem Erwachen, ihrer ist über das Ende des Schlafs hinaus geblieben. Jelenas Pumps liegen unter dem Tisch, ihr Rot ist kaum mehr zu erkennen unter dem braunen Schlamm. Jelena wird sie zur Schnecke machen. Und die Freundin ihrer Mutter, die ihr den kleinen Opel geliehen hat, auch. Zuletzt hat sie nur noch sein Dach gesehen, wenn sie sich recht erinnert. Die Bilder liegen im Nebel. Von dem Unfall weiß sie gar nichts mehr, nur dass sie diese Straße entlanggefahren ist, nach zig Umleitungen keine Ahnung hatte, wo sie war, dass sie schrecklich müde war … Dann nichts mehr.

Sie hatten die Nacht davor gefeiert, Jelena und sie, mit den Russen, obwohl sie sonst nie mit denen feiern. Vater ja. Sie nicht. Na gut, die feiern nicht, sie trinken einfach, entweder vor dem Kiosk zwischen den Häusern oder manchmal in der Kneipe, der einzigen im ganzen Wohngebiet. Was heißt Wohngebiet? In dieser scheiß Plattenbausiedlung. Rosalie hat nicht nach Neubrandenburg gewollt, sie musste mit. Tobias hätte sie rausbringen können aus diesem Mief von Pommes, Dreck und Pisse in den Treppenhäusern, aus Ohnmacht, Abhängigkeit und Frust, die wie giftige Gase zwischen den Mauern wabern. Jetzt allerdings wird er wütend sein, weil sie nicht gekommen ist. Dabei haben sie sich wirklich gut verstanden. Er hat ihr so nette Sachen geschrieben, dass sie schön ist, dass er sich schon auf sie freut, dass sie einen Ausflug machen werden. Ganz anders als Malte, an den sie jetzt nicht denken will. Malte war ein hübscher Kerl, aber Jelena hat Rosalie gleich gewarnt. Der passt nicht zu dir, hat sie gesagt, der quatscht doch nur.

Schluss! Sie will nicht an Malte denken!

Über drei Wochen schrieb sie mit ihrer neuen Bekanntschaft, mehrmals täglich, oft stundenlang. Jelena ist auch in dem Dating-Portal angemeldet, hat Rosalie beneidet um den Mann. Aber weil sie eine gute Freundin ist, hat sie ihr diese genialen Schuhe geborgt, den Abend zuvor mit ihr gealbert, da bei den Russen, die ihnen Wodka nachgegossen haben, und ihr Glück gewünscht. Jelena hat ihr nachgewinkt, als sie los ist. Sie will auch heiraten. Was soll man sonst machen in Neubrandenburg?

Rosalie steht am Fenster und sieht hinaus in den Regen. Er hat nachgelassen, plätschert auf das Wasser in der Mulde, die das Haus umgibt wie ein Burggraben. Wenn er aufhört, verschwindet Rosalie, irgendwie wird sie schon weiterkommen. Zwar ist ihre Tasche auf dem Beifahrersitz des Corsa in der Werra geblieben, aber sie kriegt das schon hin. Die wichtigsten Dinge hat sie in den Jackentaschen, Lippenstift, Mascara, eine Mini-Bibel, so was eben. Außerdem sieht sie gut aus. Wenn man nichts hat, ist es wichtig, gut auszusehen. Die Pflaster in ihrem Gesicht müssen natürlich runter. Gibt es eigentlich nirgends einen Spiegel in diesem Haus? Sie wird sich ein bisschen aufhübschen, vielleicht das Kleid durchwaschen und am Kamin trocknen, okay, mit den Blutflecken auf der weißen Lederjacke wird es schwierig, die Strumpfhose ist auch im Eimer. Vielleicht kann die Frau Doktor ihr eine geben. Mit ihrer Gluckennummer ist sie Rosalie fürchterlich auf den Zeiger gegangen. Sie ist doch keine dreizehn mehr wie dieser Zwerg, der fast den ganzen Abend nichts gesagt hat. Was der überhaupt hier zu suchen hat, alleine? Wenn sie in dem Alter ... Da wäre aber was los gewesen! Ihr Vater hätte sie grün und blau geschlagen. Getobt hätte er. Hat er immer, besoffen noch mehr. Waldemar macht das ja nichts, der verpisst sich einfach, weiß der Teufel, wohin, oder steckt sich die Stöpsel von seinem Player in die Ohren. Er ist eben ein Junge. Sie sagen nicht mal was, wenn er nicht zur Schule geht, das heißt, Mutter sagt was, aber das geht ihm am Arsch vorbei. Kein Wunder, wenn aus dem nichts wird. Ein bisschen tut es ihr leid für den Bruder, nur ein bisschen. Aus Rosalie ist auch nichts geworden, noch nicht. Aber bald! Sie wird heiraten, ein Häuschen haben, Kinder bekommen. Tobias hat geschrieben, er will viele, und sie hat zurückgeschrieben, dass sie gut kochen kann. Kann sie wirklich. Hätte sie jetzt ein paar Sachen da, würde sie ein ordentliches Frühstück machen. Kaffee, Eier mit Schinken, geschmorte Tomaten, Pancakes, dazu eine frisch bereitete Konfitüre.

Ihr Magen knurrt. Seit gestern Mittag hat sie nichts gegessen, kaum etwas getrunken. Gab es nicht Mineralwasser in der Küche? Barfuß tappt sie an den Schlafenden vorbei, nur dieses Vieh trippelt ihr nach. Wieso hat der Bauer es nicht eingesperrt, hinter eine der Türen zum Beispiel oder in den Keller? Man lebt doch nicht mit seinen Haustieren in einem Zimmer. Ein paar von den feinen Mädels in der Schule haben sie damit aufgezogen, sie, die Russin, wo sie doch gar keine ist. Dreckige Russin, haben sie gesagt, du musst mal deine Ziege aus 'm Zimmer lassen, haben gelacht und sich die Näschen zugehalten. Ihre Eltern sind Deutsche aus Wolgograd, kamen nach Deutschland, damit ihre Kinder es besser hätten. Rosalie war lange nicht mehr dort, wo die Eltern dreckige Deutsche waren, selten besuchten sie die Oma, die eigentlich Rosalies Urgroßmutter ist, die blieb an der Wolga. Dreckige Deutsche, dreckige Russen ... dem Fremden wird immer der Dreck unterstellt. Nur ist Rosalie hier so fremd, wie ihre Eltern es da waren. Aber sie wird es nicht bleiben. Sie wird heiraten.

Die Küche ist ein großer Raum, schwarz-weiße Fliesen auf dem Boden, ein massiver Tisch in der Mitte, Sechzigerjahre-Küchenmöbel unter der Fensterfront, alles bedeckt mit einer Staubschicht wie das Fell eines jungen Tiers. Rosalie klappt Schranktüren auf. Töpfe, Teller, Besteck für ein ganzes Bataillon. Eine Kiste mit Wasserflaschen im Schrank neben der Spüle, nichts Essbares.

Wenn sie nicht bald was kriegt, kippt sie um. Dabei ist sie noch nie umgekippt, so weit kommt's noch! Sie achtet auf ihre Linie und macht regelmäßig Sport, joggt mit Jelena. Wenn es schon sonst nichts gibt in Neubrandenburg, Landschaft ist da jede Menge, durch die man joggen kann. Gleich hinter den Plattenbauten beginnen die Felder, grün und weit, darüber der Himmel ganz nah. Man läuft direkt durch ihn hindurch, so eben ist das Land. Nur, Landschaft ist Rosalie ziemlich Latte. Sie wäre lieber in Berlin geblieben. Bestimmt hätte sie dort längst eine Ausbildung. Und einen Mann. Tobias wohnt auch nicht gerade im Zentrum städtischer Vergnügungsmöglichkeiten. Treffurt. Von dem Ort hatte sie noch nie gehört, bevor sie im Dating-Portal auf Tobias stieß. Der Mann ist solide, Maschinenbauingenieur, sein Alter macht ihr nichts. Er hat ihr ein Foto von sich gemailt, dunkles Haar, blaue Augen, ein echt schicker Typ. Jelena ist fast der Mund offen geblieben, als sie es gesehen hat.

Rosalie hört jemanden über die Fliesen schlurfen, eine Tür klappt, dann ist es wieder still bis auf das Schnarchen. Ein Intercity donnert durch ihren Schädel. Ob die Frau Doktor Kopfschmerztabletten hat? Wo ist die überhaupt? Rosalie nimmt eine Wasserflasche aus der Kiste und trinkt sie zu einem Viertel aus. Wasser ist gut für den Körper. Wenn sie Kinder hat, wird sie ihnen nur reines, klares Wasser zu trinken geben, keinen Saft, der macht die Zähne kaputt. Sie wird sie auf eine vernünftige Schule in einer ordentlichen Gegend schicken, sie werden Klavier spielen und reiten lernen. Sie werden es gut haben, ihre Kinder. Und der Mann, den sie heiraten wird, auch. Wenn er kein Säufer ist. Ein Säufer kann gleich wieder gehen. Mit einem Säufer hat eine Frau kein gutes Leben. Und das ist es, was sie will – ein gutes Leben. Das kann doch nicht zu viel verlangt sein.

Wieder eine Tür, Schritte, Stimmen.

»Haben Sie zufällig einen Kaffee hier, Herr Rother?« Jackwitz hat vielleicht Ideen. In einem Haus mitten in der Pampa einen Kaffee.

»Einen löslichen, ja«, sagt Rother.

Rosalie ist so fix aus der Küche, dass sie sich selbst wundert, wie ihre Muskeln schon wieder funktionieren. Nur der Kopf dröhnt. »Ich auch!«

»Gut, ich mache für alle Kaffee.« Damit drückt Rother die Klinke der Tür, die vermutlich die Kellertür ist und die Rosalie erst jetzt auffällt. Woher soll denn das heiße Wasser kommen? Gab es nicht Licht gestern, oder täuscht sie sich? Egal. Hauptsache Kaffee.

»Pancakes und Eier«, murmelt sie.

»Dürfte es noch ein Gläschen Sekt sein?« Rother dreht sich um und schaut sie abschätzig an. Nur sein Mundwinkel zuckt, nicht unfreundlich.

»Gern.« Sie starrt zurück. Was du kannst, kann ich schon lange, Bauer.

Nach einer Weile, in der Sydney aufwacht, sich die Augen reibt, Jackwitz durchs Zimmer schreitet, die an die Diele grenzenden Türen öffnet und wieder schließt, das Schaf hinter ihm hertrottet, hebt das Brummen wieder an. Rother schleppt eine Kiste in die Küche und setzt sie auf den Tisch.

»Wow«, sagt Sydney. Die Kiste enthält Kaffeepulver, Konserven mit Vollkornbrot, Fleisch, Pilzen, Gurken, Tomatensoße, außerdem drei Päckchen Nudeln und zwei Flaschen Sekt.

Rother grinst zu Rosalie rüber. »Pancakes sind aus.«

Sie schenkt ihm einen Augenaufschlag. Die Aussicht auf Nahrung stimmt sie versöhnlich. »Jemand Lust auf Spaghetti?« Fix packt sie die Sachen aus der Kiste und macht sich auf die Suche nach einem Topf.

»Gibt es inzwischen Wasser?« Jackwitz, der nach dem Kaffee giert.

»Gehen Sie. Ich mach das schon.« Es ist schön, eine Aufgabe zu haben, eine, die anderen nützt. So eine wollte sie immer. Es hat ihr Freude gemacht, wenn ihre Eltern Gäste hatten, die zu bekochen. Das kam zugegeben nicht oft vor. Vater kennt ja nicht viele Leute, außer den Russen. Aber Mutter hat eine gute Freundin, die gelegentlich mit ihrem Mann zu Besuch kam, die Rosalie auch den Corsa geliehen hat, die sich sicher schwarzärgert, wenn sie erfährt, was damit passiert ist …

Rosalie schaltet die Kochplatte ein, sieht Rother an, der nickt. Während sie Teller und Tassen auf den Tisch räumt, das Mineralwasser für den Kaffee heiß macht, die Tomatensoße blubbern lässt, damit die Nudeln darin garen, eine Pfanne findet für das Fleisch, Gewürze in einem Hängeschrank entdeckt, während sie also das Frühstück bereitet, schaufelt Rother die Asche aus dem Kamin, Sydney legt seine Decke zusammen, Olga rollt die Rumflasche hin und her, und Jackwitz sagt: »Wo ist eigentlich Doktor Engelhart?«

Niemand beachtet ihn. Rosalie hat zu tun, allmählich wird ihr wärmer. Eigentlich müsste sie sich um ihre Garderobe kümmern. Später. Erst essen. Essen ist wichtig. Heiraten kann sie nach dem Frühstück.

10

Ich will mich nicht bewegen, schon gar nicht die Augen öffnen, wenn ich das tue, ist er fort. Also lausche ich mit geschlossenen Lidern dem Trommeln des Regens und halte den Traum fest.

Die Sonne steht tief über dem Meer und seine Haut riecht warm, vollgesogen mit der Hitze des Tages. Sein Haar, zerzaust vom salzigen Wind, kitzelt an meiner Stirn. Schräges Licht liegt über der Ebene, die sich sanft hebt und senkt. Licht, das die Einzelheiten schärft und blaue Schatten in die Täler wirft. Spärlicher Bewuchs kräuselt sich im Gegenlicht über den Höhenzügen. Von Osten rückt die Nacht heran und bringt Kühle mit. Ich lasse die Fingerspitzen über den Horizont gleiten, als sich unzählige winzige Hügel aufwerfen. Er zittert und lacht mir unter der Hand. Ich weiß nicht, wer er ist, nur dass er mich hält, dass es gut und dass es das Ende ist.

Alles hat seine Zeit, so auch die Phase, in der man die Augen geschlossen halten kann, jedenfalls zu Lebzeiten. Nur einen Moment noch, in dem ich »Werd ich zum Augenblicke sagen: Verweile doch …« denke, obwohl ich den Herrn Geheimrat nicht leiden kann, aber wo er recht hat, hat er recht. Etwas schmerzt hinter meinem Brustbein. Junge Elefanten hocken auf meinen Lidern. Als es mir gelingt, sie zu verscheuchen, sehe ich nichts, was ich nicht erwartet hätte – Wasser, auf der Frontscheibe. Ich drehe den Zündschlüssel und lasse die Scheibenwischer laufen. Nun sehe ich etwas, das ich nicht sehen will – Wasser, direkt vor dem Kühler. Viel Wasser. Der Wagen steht mittendrin. Woraufhin der Herr Geheimrat sich erneut meldet: »Dann magst du mich in Fesseln schlagen, dann will ich gern zugrunde gehn!«

Ich würde mich Letzterem anschließen, wenn ich nicht zuvor die anderen warnen müsste. Immer hat man etwas zu tun vor dem Tod. Immer!

Um den Wagen herum kräuselt der Regen das Wasser. Nahe am Haus ragen die Geländer der Brücke heraus, so dass ich mich orientieren kann und hoffentlich nicht im Bach lande. Heimelig leuchten die Fenster durchs Grau herüber. Die drinnen schlafen also nicht mehr.

Tief in der Nacht hüllte ich mich in die Hälfte der Kleider aus meinem Koffer, streifte die Regenjacke über und setzte mich in den Wagen. Ich konnte nicht schlafen, bin es einfach nicht gewohnt, in solchen privaten Momenten mit anderen zu sein. Ob sie den Anstieg der Flut schon bemerkt haben? Ob sie mich vermissen?

Ich packe Ruths CD in meine Tasche zusammen mit dem Fläschchen aus dem Handschuhfach. Ich habe es immer bei mir, Vaters vermaledeite Tropfen sind darin. Noch keinem habe ich je von dem Inhalt gegeben, denn es ist nicht recht. Als Arzt soll man vor allem niemandem schaden, was nicht so leicht ist, wie es klingt, nicht einmal in meinem Fach. Es hieße frei nach Aristoteles, den ich besser leiden kann als den Geheimrat, die Mitte zu wählen. Nichts machen ist falsch. Ich müsste endlich aussteigen, solange ich noch kann. Aber ich kann gerade nicht. Neben dem Wasser schwappt die Erinnerungsflut heran, die mich stärker heimsucht als je. Dabei müsste ich das Richtige tun. Und wenn nicht das, so das Bestmögliche. Hinüber ins Haus gehen. Stattdessen belagern mich die Geschichten, meine eigenen und die meiner Toten.

Manche sind einfach gestorben, ohne mir die Geschichte, die dazu führte, zu hinterlassen. Früher, als Vater noch lebte, glaubte ich, man könne alles herausfinden, wenn man schon keinen retten kann. Es war nicht unser Beruf, Leute zu retten. Mit den Jahren bin ich demütiger geworden, trotz meiner … Besonderheit. Oder soll ich es Fluch nennen? Die seltsamsten

Dinge passieren, und keiner bekommt die Ursachen heraus. Aber das wollen Leute – wissen, warum etwas geschehen ist. Ich tue ja auch nichts anderes, als nach Ursachen zu suchen. Als wären Katastrophen zu verhindern, wenn man ihre Herkunft kennt. Manchmal mag das so sein, nach meiner Erfahrung selten.

Ich taste nach dem Taschenspiegel in meiner Jackentasche. Er ist das Einzige, was mir von Mutter geblieben ist, kein Grab zeugt mehr von ihrem Dagewesensein. Gelegentlich klappe ich den korrodierten Silberdeckel hoch, darinnen der Spiegel hat trübe Flecken. Ich sehe hinein, um Hoffnung zu schöpfen. Nur jetzt nicht. Jetzt mag ich der Wahrheit nicht begegnen, ihre Abbilder in meinem Hirn genügen mir. Glatt und rund liegt das Andenken in meiner Hand. Äußerlich ist es so eben, dass es wunderbar in diese polierte Zeit passt.

Manchmal habe ich gelogen für meine Toten. Das soll man ja nicht, sagt Aristoteles, weil man ein gutes Leben zu führen habe. Und die Lüge gehört nicht dazu, angeblich. Vater quälte mich mit dem Griechen genau wie mit dem Geheimrat, bevor ich im Institut anfangen durfte. Nun kann ich sie nicht vergessen. Sie haben sich in meine Geschichten gegraben, als gehörten sie zu ihnen als eine Wahrheit. Aber sorgt Wahrheit für ein gutes Leben? Und was soll ich mit ihr, wenn sie das nicht tut?

Den Mann von der Kioskfrau, bei der ich täglich meine Zeitung holte, bevor der Kiosk geschlossen wurde, brachte man uns, nachdem er vom Gerüst gestürzt war. Er hatte eine Dachrinne ausgebessert und fiel vier Stockwerke tief auf den holprigen Gehweg. Ich verschwieg den Herzinfarkt, der zu dem Sturz führte, und sicherte der Kioskfrau die kleine Unfallrente. Wird die Untugend der Lüge in dem Falle durch die Tugend des Mitgefühls aufgewogen? Die Kioskfrau war eine freundliche Person. Sie war eine Hiesige. Den Hiesigen muss man helfen.

Regen auf der Scheibe, graues Nass und die Gedanken, die sich verlaufen, ohne dass ich sie hindern könnte. Meine Glieder fühlen sich so schwer an, als wären sie so alt wie ich. Langsam drehe ich das Fläschchen zwischen den Fingern, vergilbtes Etikett, angelaufener Schraubverschluss. Vorsichtshalber habe ich es immer dabei, falls es einmal jemand braucht, obwohl ich nicht sicher bin, wie tauglich die Substanz darin noch ist und wie sie sich auf dessen Leben auswirken würde. Alle sind so furchtbar versessen auf die Ewigkeit. Ich hätte gern auf sie verzichtet, wirklich. Vater verabreichte mir die Tropfen, diesen neuartigen Stoff, den er zu Gold hätte machen können. Zuerst war ich glücklich damit. Vielleicht nicht glücklich, nein, aber froh, dass ich ihn froh machen konnte, nachdem er jahrelang kein Lächeln mehr zustande gebracht hatte. Ich ahnte nicht, wie es sein würde …

Es war der 3. Oktober 1925 – ein goldgelber Samstag. Ich hatte die Fenster zum Johanna-Park hin weit geöffnet, der Duft der letzten Mahd verbreitete sich heiter. Vater kam schon mittags aus dem Institut und ich trug eine leichte Suppe auf, danach sollte es frisches Obst geben, köstlich die Birnen in diesem Jahr. Der Klang seiner Schritte war anders, leichter, beinahe unbeschwert, und als er das Esszimmer betrat, strahlte er tatsächlich. Seit Jahren hatte ich ihn nicht so fröhlich gesehen. Eigenhändig nahm er die Champagnergläser aus der Vitrine, die Flasche für besondere Anlässe aus dem Eisschrank und schenkte ein.

»Was feiern wir?«, fragte ich.

»Das Leben«, sagte er. »Das ewige Leben!«

Er schob den Teller zur Seite, zog mich auf einen Stuhl und legte mir die Hand auf den Arm. »Du wirst schön bleiben, mein Liebes.«

Er forschte nach etwas in der Innentasche seines Jacketts

und stellte schließlich ein braunes Fläschchen, wie wir sie im Institut für verschiedene Substanzen benutzten, auf den Tisch. Ich sah ihn fragend an. Schelmisch kniff er die Augen zusammen, maß mit einer Pipette einen Milliliter Flüssigkeit ab und gab ihn in meinen Champagner.

»Trink, Metha. Auf dein Leben!« Er hob sein Glas und wartete darauf, dass ich gehorchte. Ich hatte ihm immer gehorcht seit Mutters Tod. Nun meldete sich Misstrauen.

»Was ist das, Vater?«

»Das Ergebnis meiner Forschungen. Du wirst die Erste sein. Bisher kennt niemand die Zusammensetzung. Eines Tages werde ich sie dir hinterlassen. Ich werde dir meine gesamten Forschungsergebnisse übergeben, bevor ich … Ich hoffe, mir bleibt noch Zeit. Du bist der einzige Mensch, von dem ich sicher bin, dass er sie zu würdigen weiß und achtsam damit sein wird. Wenn es für mich so weit ist, wirst du jung sein, für immer.« In seinen Augen glitzerte etwas, das mich schaudern ließ.

Ich machte mich von ihm los, das Eis auf meiner Haut, wo seine Hand gelegen hatte, blieb. »Was, bitte, Vater, ist das?«

»Das Wasser des Lebens«, sagte er. Ernst.

Ich lachte auf. »Sei bitte nicht albern, Vater. Oder hast du getrunken?« Er trank manchmal. Wenn er glaubte, ich schlafe, saß er bis spät in die Nacht unter der Lampe und las, morgens darauf war eine Kognakflasche leer.

Sein Gesicht verfinsterte sich, dann wütete er, als ich mich weigerte, das Glas anzurühren. So still er die letzten Jahre gelitten hatte – nun entlud sich der alte Schmerz im Zorn gegen mich. Ich sah ihm dabei zu, während der Herbstwind hereinfächelte. In mir weinte es. Ich wollte gut mit ihm sein. Aber ich konnte doch nicht diesen Unfug …

Eine Stunde oder länger hielt er einen Vortrag über seine Arbeit im Institut, die er nach Mutters Tod aufgenommen und die nun endlich – endlich! – Ergebnisse gezeitigt habe. Und ich ungehörige Tochter würde ihn der Früchte seiner Arbeit berauben, sollte ich die Substanz ablehnen, die er mit aller Gewissenhaftigkeit entwickelt habe. Ich ahnte nicht einmal, welch bahnbrechende Entdeckung … ich dummes, undankbares Geschöpf, ich.

»Was sagt Professor Kockel dazu?«

Prof. Richard Kockel hatte meinen Vater im Bereich der Toxikologie verpflichtet und ihn komfortabel mit Mitteln ausgestattet. Die Toxikologie war schon vor den Hexenprozessen des Mittelalters von Interesse für Mediziner, nur fehlten ihr Technik und moralische Sanktion, um zu ermitteln, wer am Arsenik starb und wer durch göttlichen Beschluss. Hätten sie damals die Leichen öffnen dürfen … Wer weiß, welcher König und welcher Vasall des Henkers gewesen wäre? Neue Nachweismethoden für tödliche Gifte zu entwickeln, war nicht meines Vaters Sache, ihm ging es ums Leben, wie ich allmählich begriff. Um sein unendliches. In mir.

Vater schüttelte müde den Kopf.

»Professor Kockel weiß nichts davon?«

Als er sich erschöpft in dem Sessel am Fenster niederließ und sein altes Brüten über ihn herfiel, gab ich nach. Ich wollte keine Stille, keine Trauer und keine Leere mehr. So lebendig wie vorhin hatte ich ihn zuletzt in meiner Kindheit erlebt. Inzwischen war ich dreißig, unverheiratet, aber noch ansehnlich.

Nachdem ich die erste Dosis zu mir genommen hatte, wies er mich ein, wie die Substanz weiter zu gebrauchen sei. Einen Monat lang täglich, danach schloss sich ein Jahr Beobachtungsphase an, in der er zahlreiche Messungen und Untersuchungen an mir vornehmen wolle. Man müsse sich beeilen, um das Ergebnis beurteilen zu können, immerhin seien seine Jahre im Gegensatz zu den meinen gezählt. Ich glaubte ihm nicht. Ich wollte nur, dass er war wie früher.

Fast zwanzig Jahre später starb er einen plötzlichen Tod, nachdem das Institut von Bomben schwer beschädigt worden war und die Ordner mit seinen Forschungsergebnissen in Rauch aufgegangen waren. Ich war keinen Tag gealtert. Nicht einmal eine Erkältung hatte ich bekommen, während die Welt um mich herum niederbrannte.

Der Spiegel in meiner Hand ist ganz warm geworden, ich lasse ihn in meine Jackentasche zurückgleiten. Ich war jung und bin es noch, behauptet der Spiegel.

Längst ist es Zeit, auszusteigen. Ein- und ausatmen, dann fasse ich mir ein Herz und setze die Füße ins Wasser. Es reicht mir bis zu den Knien. Seine Kälte schüttelt mich. Vorsichtig tasten meine Füße über den Untergrund. Noch zehn Meter bis zum Brückengeländer, zwanzig bis zur Hausmauer. Hoffentlich steht dort das Wasser nur flach über dem Boden. Jemand hat dieses Haus vorsorglich auf einer eigenen Anhöhe errichtet und mit einem Wassergraben umgeben. Ich halte mich am Geländer fest, um den Bach zu überwinden. Wenigstens meinen Händen kann ich trauen, wenn schon meine Füße nicht wissen, ob sie Halt finden werden. Einen Schritt nach dem anderen tue ich. So soll man vorgehen, wenn man nicht weiß, wohin einen der Weg führt.

»Das Wasser«, sage ich. Wärme schlägt mir entgegen, hinter mir fällt die Tür ins Schloss.

Die Diele ist leer bis auf Olga. Graues Licht hängt im Raum. Von weiter hinten tönt Gelächter, Geschirr klappert, Gläser klingen. Ich gehe hinüber zu dieser Fröhlichkeit und entdecke die Küche. Erstaunte Blicke über einem beladenen Tisch, die Gespräche verstummen.

»Das Wasser«, sage ich wieder. »Es ist da.«

»Wo haben Sie gesteckt? Wir haben Sie vermisst.« Jackwitz, der eine Kaffeetasse hebt. Rother hält ein Streichholz an seine

Zigarre, Glut glimmt auf. Rosalie füllt Sydneys Glas mit Sekt, ihre Wangen sind gerötet von der Wärme, vom Alkohol, vielleicht auch von dem mangelnden Abstand zwischen ihrem und Rothers Arm. Es ist offensichtlich, dass niemand hinausgeschaut hat. Sie werden ertrinken oder unter Schutt begraben werden, wenn sich das Haus dem Wasser ergibt. Aber sie sitzen, lachen und reden. Keiner tut etwas. Man lässt es sich gut gehen.

»Wie wär's mit ein bisschen Musik, während draußen die Welt wegschwimmt?«, sage ich.

Sydney versteht als Erster, blickt aus dem Fenster, setzt sich wieder, schweigsam, den Rücken steif. Ich sinke auf den freien Stuhl neben ihm, fühle mich, als hätte ich den Mount Everest bestiegen. Dabei musste ich nur ein paar Meter durch braune Brühe waten. Jackwitz schiebt mir einen Kaffeepott zu.

»Wird schon wieder«, sage ich. »Irgendwie wird immer alles wieder.«

Ich glaube mir nicht.

Der Zweifel in Sydneys Gesicht ist meeresgrundtief. Rosalie kichert. Die Falte auf Rothers Stirn hat sich unter dem Sekt geglättet. Wahrscheinlich kann man ihnen sagen, der Atomkrieg sei ausgebrochen, und sie freuen sich über die Aussicht auf großartige visuelle Eindrücke.

»Was machen wir, wenn es weiter steigt?«

»Machen Sie sich mal keinen Kopf, Frau Doktor. Wir sind hier sicher. Oder können Sie sich vorstellen, dass das Wasser bis unters Dach steigt?« Rother.

»Bestimmt hört der Regen bald auf.« Rosalie. »Dann kommen sie und holen uns. Man legt uns Decken um die Schultern und steckt uns in Rettungswagen, wie im Film.« Sie hält sich die Hand vor den Mund und gluckst.

Die Sektflasche ist leer.

»Nein!« Niemand wird kommen. Ich kann mir alles vorstellen. Heute. Gestern dachte ich nicht, dass ich in eine Flut geraten würde, und plötzlich war sie da. Gestern hätte ich mit allem, verstopften Autobahnen, Pannen, unfreundlichem Servicepersonal in den Hotels, aber nicht damit gerechnet, dass ich mit vier Unbekannten und einem Schaf in einem Forsthaus auf Rettung, das Ende der Flut oder das Ende überhaupt warten würde.

»Es geht uns doch ganz gut hier«, sagt Jackwitz, der mir erstaunlich gelassen vorkommt.

»Was ist das eigentlich für ein Zeug, das Sie da trinken?« Wenn es derart blauäugig macht, möchte ich auch etwas davon.

Rother gießt mir tatsächlich ein Glas mit Sekt aus einer neuen Flasche voll. Es ist ein Wasserglas. Pragmatismus vor Ästhetik angesichts eines möglichen Ertrinkungstodes, den offenbar außer mir nur Sydney in Erwägung zieht.

»Möchten Sie sich nicht einmal überzeugen, dass Ihre Zuversicht durchaus in Frage stehen könnte?«, frage ich Jackwitz. Er ist ein wenig vergesslich, aber er hat einen aufmerksamen, wachen Blick hinter seinen Gläsern.

»Ehrlich gesagt? Momentan nicht.« Er grübelt in seinen Kaffee, bis er sich doch entschließt. Als er zurückkommt, sagt er: »Sie haben recht, Frau Doktor Engelhart.«

»Das weiß ich.« Meine Hose schlottert nass um die Waden, und die Schuhe sind durchweicht. »Und nun?«

»Warten?«

»Sollten wir nicht Vorkehrungen treffen?«

»Was denn für Vorkehrungen?« Rother, der auch einen Blick aus dem Fenster geworfen, genickt und sich wieder zu Rosalie gesellt hat.

»Dinge in die erste Etage tragen zum Beispiel. Ich sehe ja, dass Sie gut bevorratet sind. Es ist gewiss klug, alles nach oben zu bringen, vorsichtshalber.« Hat er das nicht selbst vorgeschlagen gestern, bevor die Nacht hereinbrach? Was hat die Nacht aus ihnen gemacht? Oder der Sekt? Oder der volle Bauch?

Ich sitze unter ihnen am Küchentisch, schwer und schweigend, und andere Hochwasser werden nach oben gespült.

2002: Zwei Tote aus Grimma, ertränkt von der Mulde, die das Städtchen unweit von Leipzig malerisch durchfließt, legte man mir auf den Tisch, als alles vorbei war. Abends in meinem Wohnzimmer die Fernsehbilder – überschwemmte Straßen, geborstene Brücken, zerstörte Gebäude, einen halben August lang. Als das Wasser abgeflossen war, sah die Stadt aus wie nach dem Krieg. Es folgte Gerede um Hochwasserschutz, der nie verwirklicht wurde, denn 2006 erwischte es Grimma erneut. Die Medienbilder haften stärker in meiner Erinnerung als die Toten. Ich hatte zu viele von ihnen. Gegen Bilder kann man nichts tun, sie belagern mich bis heute, diese und andere Bilder, die sich in mein Hirn schürften und meine Tatenlosigkeit dokumentieren. Sekundärerleben, das mich zur Voyeurin, zur Katastrophenstatistin macht.

»Also was jetzt? Packt jemand mit an?« Ich greife nach einem Stuhl.

»Das ist Unsinn, Frau Doktor.« Wie Rother *Frau Doktor* sagt, könnte er auch *Idiotin* sagen.

»Ach, ja? Und warum?«

Rother legt den Arm auf Rosalies Stuhllehne ab und senkt die Stimme. »Das Haus braucht zwar Farbe, aber der Keller ist dicht. Da kommt keine Maus, geschweige denn Regenwasser rein.«

Großkotz! Ich schaue vermutlich ungläubig genug.

»Wollen Sie ihn sehen? Ich muss sowieso runter, den Generator ausmachen. Sprit ist nicht mehr viel.«

Die anderen wollen auch mit, außer Olga.

Rechts von der Eingangstür führen wenige Stufen zu einer grün gestrichenen Brettertür, in dem kurzen Gang dahinter ist es dunkel und trocken. Wieder eine Tür, diesmal eine massive aus Stahl mit Dichtungen in den Zargen. Ich muss über eine hohe Schwelle steigen. Rother dreht den Lichtschalter, Neon flackert auf. Wir folgen ihm eine Treppe hinunter, die Schritte donnern auf den Metallstufen, und finden uns in einem Gang wieder mit Wänden aus Beton und weiteren dichtungsbewehrten Stahltüren. Hinter der dritten liegt ein Raum, vielleicht halb so groß wie die Diele oben.

Hier ist die Luft kühl und trocken wie in einem Museum. Zu diesem Eindruck passen die Möbel, abgesehen von dem verhältnismäßig neuen Generator. Tische, Stühle, Regale, Spinde – aus den 1970ern, schätze ich, funktionales, hässliches Zeug, wie man es in Kasernen benutzte.

»Was ist das hier?« Sydney.

»Forsthaus, Stützpunkt der Grenztruppen, Bunker – keine Ahnung, wozu das Gebäude jeweils gedient hat. Ich wusste erst nicht, dass es das Haus überhaupt gibt. Es lag ja in der Schutzzone vor dem Zaun, die keiner von uns, die in der Nähe, im Sperrgebiet wohnten, je betreten hat. Außerdem war ich Kind. Ich habe es erst vor zwei Jahren gekauft, als der Vorbesitzer Stress mit dem Denkmalschutz bekam.«

Sydney erkundet den Raum, betrachtet die Regale und Wände, nimmt die Atmosphäre in sich auf. »Bunker«, beschließt er.

»Die gab es bei uns auch«, sagt Jackwitz. »Ich habe darüber gelesen.«

»Waren Sie beim Bund?« Rosalie.

»Ging ja nicht anders.«

Er hätte verweigern können, sage ich nicht. Die Jungen wissen das vielleicht nicht, und ich will Jackwitz nicht kompromittieren.

»Ich hätte verweigern können«, sagt er.

Ich wundere mich kurz, dass er es nicht getan hat. Aber er ist ein Friedenskind.

»Ich wollte auch zum Bund.« Rosalie.

»Sie?« Ich bin überrascht.

»Was soll man denn sonst machen in Neubrandenburg? Ich wollte Krankenschwester werden, beim Bund haben sie welche gesucht. Das ist ein sicherer Job, aber mich haben sie nicht genommen.«

Ich denke, dass die Arbeit bei einer Armee nicht unbedingt als sicher gelten kann, rechnet man ein, dass Kriege nicht völlig außerhalb des Denkbaren liegen. Sie haben Schneisen ins Erinnern geschlagen so breit wie Autobahnen, aber offenbar nicht bei jeder.

»Meine Brüder haben auch gedacht, sie sind schnell zurück.« Das waren sie aber nicht. Nicht einmal ihre Leichen sind zu uns zurückgekommen, nur Briefe in steifer Sütterlin.

»Ach, Krieg. Es gibt doch keinen Krieg. Sie sind aber echt mies drauf«, sagt Rosalie. »Genau wie mit der Überschwemmung. Man muss positiv denken.«

Positiv denken, gewiss. Das wird sie in einer Zeitschrift beim Friseur gelesen haben. Sie erinnern sich nicht an Krieg, höchstens an Afghanistan, diesen kleinen Krieg mit hunderttausend Kriegstoten und wer weiß wie vielen Verletzten. Nicht an Russland und nicht an Verdun. Niemand, der mich kennt, glaubt, ich könnte den einen Bruder in Russland und den anderen in Verdun verloren haben.

»Und wieso meinen Sie, dass kein Wasser reinkommt? Das ist ein Keller, weiter nichts.« Sydney. Schlaues Kerlchen.

Rother hebt die Hand und zeigt auf eine Leitung, die in der Decke verschwindet. »Weil ich selbst das Loch durch den Beton gebohrt habe. War eine verdammte Plackerei durch die fette Betondecke. Außerdem habe ich die Dichtungen an den Türen erneuert. Da kommt im Leben kein Wasser durch.«

Das Kabel ist mit Schellen auf dem Putz befestigt, das Loch in der Decke sauber verschlossen. Der Auspuff des Generators steckt ebenfalls fest im Beton und mündet in einem Abluftschacht.

Der nächste Raum ist kleiner und leer bis auf ein paar Regale voller Lebensmittel und Krimskrams.

»Was ist in den anderen Zimmern?« Jackwitz.

»Nichts weiter. Betten, Karteischränke, Staub. Nur hier habe ich ein bisschen Ordnung gemacht.«

Rosalie nimmt eine Dose aus einem Regal, liest das Etikett und pfeift durch die Zähne. Kaviar, russischer.

Dieser Ort befremdet mich, dass mich friert. Und doch bin ich froh, geschützt zu sein. Beton, Dichtungen, Stahltüren.

Einmal habe ich einen Freund besucht, 1979 muss das gewesen sein. Das Geräusch, das Stahltüren beim Zuschlagen machen, ist mir geblieben. Er wollte übers Pirin von Bulgarien nach Griechenland. Er hat es nicht geschafft. Man hat ihn zu seinem Glück in Sicherheit gezwungen. In diesen Jahren hieß es, man müsse die Menschen zu ihrem Glück zwingen, so ihnen die Einsicht in die Notwendigkeit des Sozialismus und der Glaube an das Füllhorn des Kommunismus fehle. Ich habe ihn in Untersuchungshaft besucht, hinter den Stahltüren und mit einem Wächter zwischen uns. Es hieß, nach einem Jahr Bautzen, dem Knast für Republikflüchtlinge und andere suspekte Subjekte, sei er nach Westdeutschland abgeschoben worden. Ob er das gute Leben fand, das er sich wünschte, weiß ich nicht, denn ich habe nie wieder etwas von ihm gehört.

»Na? Überzeugt?« Rother hält die Arme vor der Brust verschränkt.

»Lange reicht das Zeug aber nicht.« Rosalie hantiert immer noch mit den Konserven im Regal, eine weitere Dose mit Kaviar klemmt unter ihrem Arm.

»Ein paar Tage kommen wir aus, wenn wir es einteilen. Ich habe ja nicht mit Besuch gerechnet.«

»Und warum haben Sie dann Lebensmittel hier?« Jackwitz.

»Sind übrig von der letzten Feier mit ein paar Leuten.«

Der Rum auch. Ich denke an die Flasche, die heute Morgen zu Dreivierteln leer war.

»Schluss jetzt. Gehen Sie rauf, solange Licht ist. Ich komme nach, wenn ich den Generator ausgemacht habe.«

Jackwitz eilt voran. Sydney beäugt die Türen, an denen wir vorüberkommen, gewiss täte er gern einen Blick dahinter.

»Was ist eigentlich in den Zimmern auf der Empore?« Sydney dreht sich zu Rother um.

»Nichts Besonderes. Zeig ich dir später.«

In der Küche gießt Rosalie Sekt nach, öffnet die Büchse und löffelt sich die Störeier in den Mund. Ein Hochwasser kann auch schöne Seiten haben.

Ich nehme mit Jackwitz in der Diele vor dem Kamin Platz. Meine Kleider sind klamm, mir ist kalt.

»Wir werden das überleben«, sagt er. Ich weiß nicht, ob er sich oder mich beruhigen will. »Nur was machen wir, bis wir hier rauskommen?«

»Ich hab ein Game auf dem Phone.« Sydney, der auf der Decke hockt, Olga neben sich.

»Lass es lieber aus«, sage ich. »Wenn wir wieder Netz haben, ist dein Akku leer. Oder hat sonst noch jemand ein Phone?«

Rosalie steht in der Tür und schüttelt den Kopf, Rother ebenso.

»Ich habe eins, aber der Akku ist leer.« Mein Ladekabel liegt im Handschuhfach. Ich war mit den Erinnerungen beschäftigt, kein Gedanke an Praktisches, was mich jetzt ziemlich ärgert. Der Weg ist zu nass, um es zu holen.

»Also was machen wir?« Jackwitz' Hände flattern unruhig.

Jetzt, wo wir von dem Bunkerkeller wissen, von einem Ort, der uns Sicherheit verspricht, trödelt die Langeweile heran. Ich bin nicht sehr begabt darin, Leute zu unterhalten, bei mir geht es normalerweise schweigsam zu.

»Spiele?«, fragt Rosalie, erntet wenig Begeisterung. Dafür,

dass sie ein Schädelhirntrauma erlitten hat, ist sie ganz munter. Dennoch schaue ich ab und zu unauffällig in ihre hellen Augen, um die Weite der Pupillen zu prüfen. Drei Tage, dann sinkt die Wahrscheinlichkeit einer Hirnblutung deutlich. Nein, ich bin nicht pessimistisch. Ich habe nur schon alles gesehen.

Müde, ja. Müde bin ich davon. Mein Körper fühlt sich bleiern an, Erschöpfung breitet sich allmählich darin aus. Einiges an Unterhaltung muss an mir vorbeigerauscht sein, vielleicht bin ich eingenickt.

»Frau Doktor Engelhart?«

Ich will die Augen nicht öffnen, draußen ist doch nur die Realität. »Könnten Sie mich Metha nennen, Herr Jackwitz, wenn wir schon gemeinsam eingesperrt sind.«

»Albrecht, und Du, falls es Ihnen recht ist.«

Wir sitzen still beieinander. Es sei nicht so einfach, mit jemandem zu schweigen, heißt es. Mir macht das nichts, und mit diesem Mann, Albrecht, schweigt es sich angenehm. Der Regen mischt sich mit den Stimmen der anderen, dem Gemurmel aus der Küche. Es ist warm und friedlich, durch die Fenster diffundiert fades Licht. Ich bin da und muss nichts tun als warten, dass der Regen aufhört. Das Leben ist gar nicht so übel.

Nach einer Weile, in der ich nichts gesehen, nichts gehört, nichts gespürt habe, poltert es und Rother sagt: »Leg es dahin, den Rest dort oben zum Trocknen.«

Sydney und Rother bringen Kühle mit, tragen jeder einen Korb mit Holz herein, auf den Scheiten liegt Gras.

»Mach die Schafsköttel weg.« Rother an Rosalie, während er den Korb abstellt.

»Wieso ich? Wie komme ich dazu?«

»Weil ich es sage.« Rother funkelt sie an, und Rosalie senkt die Lider, verdrückt sich in die Küche und bringt brav Kehrblech und Besen herein. Sie ist bestens vorbereitet auf die Ehe.

Olga hat tatsächlich einiges an Kot auf dem Boden hinterlassen. Erfreulicherweise ist sie klein und hat bisher kein Futter gehabt. Sydney und Rother lagern das Gras, das sie an noch begehbaren Stellen rund ums Haus gezupft haben müssen, auf dem Kaminsims.

»Was ist draußen los?« Albrecht.

»Alles okay. Kein Anstieg. Hab ich es nicht gesagt, Frau Doktor?«

Ich glaube ihm nicht, deshalb sehe ich selbst nach. Meine Müdigkeit folgt mir vor die Tür.

Der Tag ist so bleich geblieben, wie er begonnen hat, hakt mit seinem Nebelgrau zwischen den Bäumen fest. Keine Wolken über mir, es ist mehr, als stünde ich mitten in ihnen, Regen umgibt mich, das Haus, durchdringt die Landschaft. So ist es also, im Himmel angekommen zu sein.

Rother hat nicht recht, das Wasser ist sehr wohl gestiegen. Noch ein paar Stunden und das Gras für Olga ist weg, in der braunen Brühe ersoffen, in der gerade ein Ding herantreibt. Ich kann nicht genau erkennen, was es ist. Wenn ich es erkennen würde, müsste ich sagen, es ist ein Arm.

11

Das Wasser klatscht an die Stufen. Jan lehnt am Türpfosten unter dem Dachüberstand und raucht. Nicht eine Minute hat der Regen aufgehört. Er hat nachgelassen, ist in einen alles durchdringenden Niesel übergegangen, um kurz darauf wieder loszuprasseln.

Sie haben geplaudert, um die Zeit totzuschlagen. Rosalie hat versucht, ihr Kleid zu säubern, ist in einem Shirt von Metha umherspaziert, während sie an den Rosen herumschrubbte. Jan hat sie angeblafft, sie soll nicht das Mineralwasser verplempern, und sie hat sich schmollend auf die Empore verzogen, aber eine Flasche Wasser mitgenommen, ebenso wie den Kaviar.

Jan beobachtet die braune Suppe zu seinen Füßen und fragt sich, was zu tun ist, wenn sie die Stufen hochsteigt und in die Diele hineinrinnt. Alle nach oben? Oder alle in den Keller. Der Keller ist sicher. Ein Bunker für schlechte Zeiten. Und die sind ja wohl angebrochen. Aber er könnte sich als Falle erweisen, sollten die Mauern nachgeben, wobei sie dann oben genauso beschissen dran wären. So oder so ist es an der Zeit. Das Wasser versteht keinen Spaß. In der letzten Stunde ist es bestimmt um weitere zehn Zentimeter gestiegen. Wenn sie wenigstens Informationen über die Wetteraussichten hätten und darüber, wie es am Oberlauf aussieht, damit sie abschätzen können, was sie erwartet.

Jan schnippt die Kippe ins Wasser. Von den Büschen, die das Haus umstehen, ragen zwei Drittel der Kronen aus dem See, der sich an der Ostseite übers Tal erstreckt, der Wald lässt nur noch die Spitzen der Fichten sehen. Äste, Hausrat, Gerümpel verfangen sich in ihnen.

Jan denkt an den Alten, der auf dem Hof geblieben ist. Sie

werden ihn begraben, wenn das große Aufräumen beginnt. Danach wird Jan Kaffee anbauen. »Chico Havanna« wird seine Plantage heißen, und das dazugehörige Café auch.

Später. »Chico Havanna« muss warten. Die Zufahrt zum Haus ist ein Fluss geworden. Jan sollte hineingehen und mit den anderen in den Bunker umziehen. Erst zündet er sich eine weitere Zigarette an, raucht. Wer weiß, wann man wieder dazu kommt, denn inzwischen leckt das Wasser an der zweiten Stufe, bringt Treibgut aus den Dörfern am Oberlauf mit – Holz, Plastikeimer, Folie, einen Schutzhelm, den Arm einer Schaufensterpuppe. Zwischen den Bäumen ein Floß.

Jan überlegt, wo er noch Eimer hat. Sind sie erst einmal vom Wasser eingeschlossen, müssen sie irgendwo ihre Notdurft lassen. Für ein paar Tage muss er sich mit diesen Leuten einrichten, wie wenig ihm das auch passt, sieht man von Rosalie ab, die er hübsch findet.

Welcher Laden hatte eigentlich Schaufensterpuppen? In den Dörfern oben am Fluss gibt es bestenfalls winzige Supermärkte, die nun nass sein werden, verwüstet oder weggeschwemmt. Es kann Jahre dauern, bis alles wieder aufgebaut ist, falls das überhaupt geschieht. Vielleicht lässt man sie verrotten hier im Werratal, keine Hilfe wie an der Oder seinerzeit. Dann werden die Bewohner umziehen, abwandern in die Großstädte. Oder, falls sie sich die Mieten dort nicht leisten können, in die Gemeinden und Kleinstädte, deren Infrastrukturen bröckeln.

Jan nicht. Jan wird bleiben und neu anfangen. Er hat einen Traum, »Chico Havanna« und Faustos Saatgut. Fausto hat diesen widerstandsfähigen Kaffee nach einer langen Phase des Tüftelns und Experimentierens vor vier Jahren zum ersten Mal erfolgreich angebaut. Und siehe da – er hat die Winter bestens überstanden, blühte im letzten Jahr und trug die ersten Früchte. Fausto hat sich auf die Schenkel geschlagen vor Freude. Sie haben die Bohnen in der Pfanne geröstet, den guten Stoff gemahlen und gebrüht. Die Sonne schien ins Küchenfenster, und sie stießen mit ihren Tassen auf ein neues Leben an.

Der Kaffee in Kuba, Faustos Heimat, benötigt mindestens 15 °C zum Gedeihen, fallen die Temperaturen unter 5 °C, geht er ein. Weil Fausto Jans Freund ist, hat er ihm von seinem frostresistenten Schatz abgegeben. Möglich, dass er mehr als ein Freund ist, eher eine Art Vater, die Stelle war bei Jan nicht gut besetzt, auf jeden Fall ein unruhiger Geist, den Jan bewundert.

Viel los war in Falkenheim nie, ein bisschen Landwirtschaft, magerer Tourismus, vor allem Landschaft. Sanft ansteigende Hänge, auf denen prächtiger Weizen wächst, im Tal schlängelt sich glitzernd die Werra. Dörfer in die Hügel getupft, sauber und menschenleer, wann immer man hindurchfährt. Gutes Land ringsumher. Und ein Teil davon gehört Jan. Großartig, den Boden, auf dem man steht, sein eigen nennen zu können. Ein paar Hektar hätte er gern dazu. Als die Flächen neu verteilt oder besser: verschachert wurden, war er zu jung, und der Alte hat nicht zugeschlagen, konnte nicht. Die Bank gab ihm keinen Kredit. Sicherheiten wollte die Bank, als wäre das Land selbst keine. Großbauern aus Bayern und Hessen haben ihre Wagen neben den Resten der alten LPG-Gebäude geparkt und ihre Stiefel auf die Felder gestellt. Die meisten haben die Köpfe geschüttelt, sind weiter ostwärts gezogen und haben die horizontweiten Felder an der Oder besetzt. Der Alte war froh darüber. Und Jan ist es auch.

Hat er erst neu gebaut, werden die Leute zu ihm kommen, hierher nach Falkenheim, zu Erholung von Lärm und Abgasen, von Enge und Straßenpflaster. Womöglich sehen sie gerade jetzt in Berlin und Hamburg, München und Düsseldorf Bilder des Hochwassers in ihren Fernsehern, auf ihren Computern und Smartphones. Sie werden sich den Namen Falkenheim einprägen. Und erinnern, wenn alles tipptopp in Ordnung ist. Sie werden Zimmer auf seinem neuen Hof buchen.

Jan wird ihnen zeigen, wie fabelhaft das Landleben ist, und ihnen den besten Kaffee anbieten, den sie je genossen haben. Später, wenn dieser Scheißregen vorbei ist.

Hoffentlich haben sich die Tiere retten können. Bevor er sich auf den Traktor gesetzt hat, öffnete er die Ställe. Viel Vieh haben sie nicht, ein paar Hühner und Schweine, auf der Weide eine kleine Herde pummeliger Galloways. Denen wird wohl nichts passiert sein, wenn sie schlau genug waren, nicht in die falsche Richtung zu rennen. Olga musste er mitnehmen. Sie ist eine Skudde und an ihn gewöhnt. Und er an sie. Sie ist handlich und stellt keine Bedingungen. Seine Gedanken schweifen über das Land, über Weiden, einen Hang mit Blauem Portugieser und einen mit Kaffee. Er sieht die bebaute Anhöhe vor sich, dunkelgrün mit roten Früchten, genau oberhalb des neuen Hofes …

»Jan?« Rosalie hinter ihm. Er hat sie nicht kommen hören.

»Gleich.« Er kann sich nicht lösen vom Draußensein, fürchtet die Enge im Bunker.

»Hast du es gesehen?«

»Ja. Wir müssen jetzt mal hinnemachen.«

»Womit?« Die Pflaster auf Stirn und Wange sind bräunlich von Blut verfärbt. Klebten sie nicht in ihrem Gesicht, wäre sie schön. Das dunkelblonde Haar hat sie zu einem dicken Zopf geflochten, der ihr über die kräftige Schulter hängt. Drall ist sie, und er findet, dass sie eine gute Bäuerin abgeben könnte.

»Komm, wir fangen schon mal an, das Zeug nach unten zu räumen.« Er legt ihr die Hand auf die Schulter und schiebt sie durch die Tür.

»Da sind Leute.«

»Weiß ich. Deswegen ja.«

»Da auf dem Floß.«

»Was für ein Floß?« Ein Floß, klar, er hat es auch gesehen – und nicht gesehen.

»Ich hab aus dem Fenster oben geguckt. Es sind drei.«

Das Floß war ziemlich weit weg, Menschen hat er darauf nicht erkannt, die Bäume waren dazwischen, nur ein schwankendes Etwas. »Echt clever, mit einem Floß.« Er lächelt in den Regen. Hätte er eines, könnte er Hilfe holen. Und wiederkommen. »Gehen wir rein. Es gibt noch viel zu tun.«

Jan und Rosalie schauen nach draußen – Wald im Wasser. Das Floß ist nicht mehr da.

Statt anzupacken hockt Jackwitz über einem Buch, Metha steht stumm am Fenster, blickt ins Trübe. Sydney schichtet Holz in den Kamin, die Flammen knistern gegen die Ödnis an. Rosalie rumpelt in der Küche, Olga trampelt umher und Jan raucht.

Das Wasser …

Es regnet.

Eine Stunde vergeht, und eine weitere.

Jackwitz beugt sich über sein Buch. Metha hält die Augen geschlossen, Sydney wischt über sein Display, Rosalie putzt ihre Pumps, Olga liegt, Jan raucht.

Festgefroren sind sie, bis …

… Wasser über den Boden fließt und einen flachen See entstehen lässt.

»In den Keller!« Jan schnappt sich einen Sessel, stolpert, flucht, brüllt: »Los, hebt eure Ärsche!«

Plötzlich sind alle auf den Beinen, aus der Erstarrung erwacht. Das Wasser treibt sie. Jackwitz drückt seine Bücher an die Brust, Metha packt ihren Koffer, Sydney klemmt die Decke unter den Arm, Rosalie rafft Geschirr zusammen, Jan schleppt einen Sessel in den Keller.

Füßescharren, Trippeln, Stühlerücken, Regenprasseln.

»Hallo?« Leise. Das ist draußen.

»Hallo!«

Draußen?

12

Seit einer Stunde döse ich im Keller vor mich hin. Ich sitze in meinem Sessel ganz in der Ecke und bin so müde, als ob ich nie wieder richtig wach werden könnte. Das muss am Wetter liegen. Wenn man keine Begründungen findet, liegt im Zweifelsfall alles am Wetter.

Still ist es hier unten, nur der Atem der anderen, das Rascheln von Seiten beim Umblättern, wie in einem Wartezimmer, wäre da nicht das Brummen des Generators.

Ich halte die Lider geschlossen, will für mich sein. Bilder tauchen dahinter auf, Ausschnitte wie Filmsequenzen.

Ein Treppenhaus mit abgeblätterter Farbe.

Ruth in der hereinfallenden Sonne, wie sie Blumen auf dem Tisch in meinem Wohnzimmer arrangiert, Margeriten und Rittersporn.

Die Hand meiner Mutter, eine feingliedrige Hand, meine Kinderhand in ihrer, Militärkapellen ohne Ton, Menschen in festtäglichen Kleidern – das Völkerschlachtdenkmal in Leipzig wird eingeweiht.

Rauch, der aus den Trümmern des Instituts steigt. Noch mehr Trümmer.

Geflieste Flure, die Sektionssäle.

Wasser, ein Fluss wie ein Meer zwischen Häusern, Luftaufnahme, die Mulde.

Schnee. Atemwolken aus den Nüstern eines Pferdes vor einem Schlitten. Leute, die Koffer und Bündel Treppen hinauftragen, ihre Namen an meine Zimmer schreiben.

Die russische Kommandantur mit Akten, Bakelittelefonen, einem Uniformierten, der den Kopf schüttelt. Eine neue Familie in meinem Haus. Bett, Geschirr und ein Tauchsieder in meinem Wohnzimmer.

Draußen der Schnee …

Draußen.

Als ob jemand gerufen hätte. Da ist das Wasser. Niemand kann draußen sein.

Ich wuchte meine Lider hoch. Kellerwände starren mich an. Um mich herum vier Menschen, die nichts tun als warten.

»Wo ist eigentlich Olga?«

Keiner reagiert, nur Jans Augen blicken sich suchend um.

»Scheiße.«

»Das arme Tier«, sagt Rosalie, ein Hämatom unter dem Auge, das sich dunkel von ihrer blassen Haut abhebt. »Hol sie.«

»Wenn ich die Tür aufmache …« Vielleicht lauert die Flut dahinter.

»Du kannst sie nicht da lassen. Sie ist doch noch ein Kind.«

»Ich gehe«, sagt Sydney, legt sein Phone weg, windet sich aus dem Sessel.

»Nein!« Jan. »Ich. Vielleicht …« Er lässt den Satz in der Kellerluft.

Vielleicht ist es nicht so schlimm.

Vielleicht haben wir uns umsonst versteckt.

Vielleicht fließt das Wasser schon wieder ab.

»Haltet die Tür geschlossen. Keiner geht raus, klar!«

Natürlich muss er Olga retten, die treue Seele, sie ist eine Hiesige.

Jan zieht sich seine Jacke über.

Stille.

Brummen, an das ich mich gewöhne wie an das Rauschen meines Blutes. Nicht einmal das Scheppern der Metallstufen unter Jans Füßen dringt herein.

Als er zurück ist, macht er nasse Tapsen auf den Beton, setzt Olga auf den Boden, bleibt selbst stehen, alle Blicke sind auf ihn gerichtet.

»Nun sagen Sie schon.« Sydney zappelt.

Jans Lippen sortieren die Worte. »Da sind welche.«

»Rum ist vielleicht nicht das Richtige momentan«, sage ich. Er hat sich eine neue Flasche (er muss ein Versteck oben haben) in die Tasche gestopft.

»Sie sind auf einem Floß. Du hast sie doch auch gesehen, Rosalie?«

Sogar Jackwitz schaut von seinen Büchern auf. Die Augen hinter den Gläsern werden groß.

»Hab ich doch gesagt. Du wolltest mir ja nicht …« Rosalie.

»Menschen? Auf dem Wasser? Was …« Sydney.

»Es sind Schwarze.«

»Glaub ich nicht«, sagt Jackwitz, befeuchtet einen Finger und blättert um.

»Das will ich sehen.« Rosalie streicht ihr Kleid glatt und stöckelt zur Tür. Alle, auch ich, obwohl ich so müde bin, folgen, nur Jackwitz bleibt und liest.

Der Kellergang ist trocken, die Treppe ebenfalls. Hinter der Stahltür glitzert ein wenig Feuchtigkeit auf dem Boden, mehr nicht. Aber jenseits der Schwelle, die eine Barriere bildet, hinter der Brettertür steht das Wasser zentimeterhoch in der Diele, und ich frage mich erneut, ob der Keller eine gute Wahl ist. Jemand hat das Licht angelassen, nicht gut, der Kronleuchter flackert. Ich schalte ihn aus. Gleichzeitig ein Knall.

Jan und Rosalie erstarren, Sydney prescht an ihnen vorbei.

»Warte!« Jan fängt sich rasch, platscht durchs Wasser, öffnet die Tür der Räucherkammer neben dem Kamin, kommt mit einer Schrotflinte zurück.

»Sie können doch nicht …« Jackwitz hinter mir, doch zu neugierig, um im Keller zu lesen.

»Da hat jemand geschossen.« Rosalie.

»Eben.« Jan. »Ihr bleibt hier, ich seh nach.« Zwei Stufen auf einmal nehmend flitzt er zur Empore hinauf und reißt eine Zimmertür auf, ich höre seine Stiefel wummern.

Von draußen nun deutlich: »Hallo!« Mehrstimmig.

Sydney zieht die Tür auf.

»Bleib, Junge«, sagt Jackwitz.

»Mach die verdammte Tür zu. Da schießen welche.« Rosalie.

»Quatsch. Da sind welche auf dem Wasser. Wir müssen sie reinholen.« Sydney.

Ich stehe am Fenster und schaue hinaus. Es ist besser, die Lage zu beobachten, bevor man handelt. Erst nachdenken, Metha, sagte mein Vater, als ich ungefähr vier war. Später habe ich es in ach so vielen Büchern gelesen. Seitdem stehe ich am Fenster und denke nach, wie all die Leute in den Büchern, die ich las, als ich noch Zeit dafür hatte, am Fenster gestanden und nachgedacht haben. Vorzugsweise dachten sie über sich selbst nach.

Tatsächlich! Auf der Wasserfläche dümpelt ein Ding mit drei Menschen darauf. Ein Mann, eine Frau, ein Kind.

Sydney hüpft von einem Bein aufs andere, winkt ihnen zu.

»Verschwindet!« Jans Stimme von oben.

Der Mann ruft etwas. Ich verstehe seine Sprache nicht. Ich stehe am Fenster und überlege, welche es sein könnte.

»Wir müssen sie reinholen.« Sydney zittert am ganzen Leib. Vielleicht denkt er an die Menschen in dem Bus, mit dem er hergekommen ist, denen er nicht geholfen hat, nicht konnte, und die nun tot sind.

»Einen Scheißdreck müssen wir!«, brüllt Jan. »Das sind keine von hier.« Gleich darauf sprintet er an mir vorbei, Wasser spritzt, er reißt erst Rosalie vom Eingang weg, dann Sydney. Der stolpert und landet auf dem Boden, rappelt sich sofort auf. Jan presst sich an den Türrahmen und hält die Schrotflinte auf die drei da draußen gerichtet. »Haut ab! Verpisst euch!«

Durchs Fenster sehe ich den Jungen, er ist noch klein. Ich muss zumindest etwas sagen. Erst nachdenken, dann etwas sagen. »Aber wir können sie nicht …« Draußen lassen, wollte ich sagen, eigentlich.

»Wir müssen überlegen, ob wir sie aufnehmen sollten.« Jackwitz.

»Das ist mein Haus. Es ist voll.« Jan. »Hier kommt keiner mehr rein. Ihr reicht mir. Ich hätte euch rausschmeißen sollen. Ach, Scheiße.«

Jetzt ruft die Frau etwas, und der Mann fuchtelt mit den Armen in der Regenwolke. In der Hand hält er eine Pistole.

»In Deckung«, brüllt Jan.

Ob sie gefährlich sind, frage ich mich. Doch da ist das Kind. Sie sind eine Familie. »Die wollen nur herein«, sage ich. »Albrecht?« Er soll etwas sagen.

»Es sind Schwarze.« Rosalie.

»Das ist doch irrelevant.« Jackwitz. »Aber wie können die denn …? Auf einem Floß?«

Das Floß ist gut dreißig Meter entfernt.

»Wo sie wohl herkommen?«, sage ich. »Und welche Sprache ist das? Weißt du das, Albrecht?«

»Sollen sie die paar Meter mit den Händen paddeln oder schwimmen.« Sydney. »Ist doch egal. Hauptsache, sie schaffen es ins Haus. In Sicherheit.«

Jackwitz steht so nah hinter mir, dass ich seinen Atem spüre. »Wir sollten ihnen etwas zuwerfen, ein Seil oder etwas in der Art. Ein Seil ginge sicher. Herr Rother, haben Sie ein Seil?«

»Halt die Klappe. Die kommen nicht rein. Das Wasser reicht nicht, das Essen auch nicht. Wer weiß, wie lange wir hier hocken müssen. Außerdem sind das Fremde. Ich will keine Fremden.«

»Sie werden sterben da draußen«, sage ich, zaghaft, leise, weil ich nachdenken muss, den Blick durch das staubige Glas des Fensters gerichtet.

Noch ein Schuss aus der Waffe, die der Mann in die regenschwere Luft zum Himmel reckt.

»Oder wir sterben.« Jan schießt ein paar Meter neben das Floß.

Die Frau schreit.

»Sind Sie irre, Herr Rother?«, sagt Jackwitz, rührt sich nicht, bleibt nah an meinem Rücken. »Wir müssen sie aufnehmen.« Den letzten Satz flüstert er.

»Blödsinn. Die können weiter auf ihrem Floß. Da sind bestimmt Rettungskräfte irgendwo. Die werden sie rausfischen. Die haben ganz andere Möglichkeiten. Die haben Decken und alles.« Rosalie trippelt auf ihren High Heels hin und her. Das klingt ein wenig wie Olga.

»Fragt sich nur, ob sie bis dahin kommen.« Wer weiß schon, ob dort Decken zu haben sind, wo die Welt anfängt, wie wir sie kannten. Es wäre nicht die erste, die ich untergehen sehe. Und neu erstehen. Vielleicht haben Rother und Rosalie sogar recht. Viel zu bieten haben wir nicht. Wenn wir noch Tage ausharren müssen, gehen die Vorräte aus, vor allem das Wasser. Und ein kleines Kind braucht Wasser.

»Hier hängen sie so fest wie wir.« Jackwitz. »Es wäre wirklich besser, wenn sie weiterfahren.«

Ich drehe mich nicht zu Jackwitz um, starre aus dem Fenster. Eigentlich müsste ich etwas dagegen sagen. Ebenso wenig wie er will ich jemanden hierhaben, der uns bedroht. Nur, der Junge. Der Kleine da auf dem Floß. Ihm ist sicher kalt, er braucht Wasser und Nahrung. Unverantwortlich, mit dem Kind auf einem Floß zu fahren. Niemand kann für seine Eltern. Wir müssen alle mit ihnen auskommen. »Es ist nicht in Ordnung«, sage ich ohne viel Gewicht. Ich stehe am Fenster, schaue auf die braune Flut, in der Müll treibt und ein Floß mit Menschen darauf, und denke nach.

»Nein«, flüstert Jackwitz, der immer noch hinter mir steht.

»Es ist nicht richtig«, flüstere ich zurück, würde am liebsten den Blick senken, aber ich kann nicht. Da ist das Kind.

»Wir können nichts richtig machen. Wir haben nicht angefangen zu schießen.« Sein Körper strahlt Wärme ab, er legt mir die Hand in den Nacken, was mich durchaus nicht beruhigt. Seine Nähe fühlt sich seltsam wohlig an.

»Haut ab, ihr Penner. Das ist mein Haus.« Jan lädt nach und schießt. »Verschwindet!«

Das Floß schaukelt sanft auf den Wellen, der Regen fällt darauf.

Der Mann ruft in seiner Sprache, die Frau klagt laut.

»Das Essen reicht nicht für alle«, sagt Rosalie.

»Los, in den Keller und geht mir nicht auf den Sack.« Jan, der die Patronenhülsen auf den Boden scheppern lässt.

Sydney steht da mit hängenden Armen.

Noch ein Schuss. Wasser spritzt auf, Holz splittert.

»Er wird sie erschießen.« Jackwitz. »Das geht nicht.«

»Verpissen Sie sich endlich in den Keller.«

»Ich mach Kaffee.« Rosalie trollt sich.

»Nein, das geht nicht.« Ich muss nachdenken. Ich will keine Toten.

Ein Schuss. Sydney fällt um.

»Drecksgesindel!« Wieder ein Schuss, von Jan. Das Plastikding am Floß platzt auf. Noch einer. Der zweite Kanister auch.

Ich bin bei Sydney. Der Junge sieht mich mit weiten Augen an. Sein Bein blutet. Ich kann nicht erkennen, wie schlimm es getroffen ist. Sind Knochen gesplittert? Ist die Arterie zerfetzt? Und falls nicht: Wie viele Tage wird er mit der Verletzung durchhalten, hier in diesem Haus mit der Flut rundherum? Meine Gedanken verdrillen sich zu einer Abwärtsspirale. Sydney wird sein Bein verlieren, sterben vielleicht. Ich habe nichts, womit ich die Katastrophe aufhalten kann. Mein Atem hastet, mein Puls überschlägt sich, Schweiß in Bächen in meinen

Kniekehlen, Adrenalin bis unter die Kalotte. Stopp! Atmen! Denken, nachschauen, wie schlimm es tatsächlich ist.

»Da ist ein Kind auf dem Floß«, sagt Jackwitz, der neben mir kauert. Er nimmt Sydney auf den Arm und will ihn zur Treppe tragen, fort von den Schüssen, hinunter in den Keller hinter die sicheren Stahltüren, zögert, Blut tropft ins Wasser, blutige Schlieren im Braun.

Jan presst die Schulter gegen die Türzarge, lehnt da, halb verdeckt vom Mauervorsprung, brüllt in den Regen, schießt. Ein Schuss zurück.

»Hören Sie endlich auf, Rother«, sage ich. »Sie werden sie noch umbringen.«

»Oder die uns. Die bleiben draußen!«

»Wir sollten aber ...«, sagt Jackwitz mit Sydney auf dem Arm.

»Ja«, sagt der leise, Tränen auf den mädchenhaften Wangen.

Noch ein Schuss von Jan, keiner mehr von draußen. Sie haben nichts, nicht einmal Munition.

»Es war ein Versehen«, sage ich, zittere noch. »Der Mann hat zuerst in die Luft geschossen. Er wollte Sydney nicht ... Er ist auch Vater.«

Jan dreht sich zu mir um. »Wie dämlich sind Sie eigentlich?«

Ich schweige und sehe zu, wie Jackwitz Sydney endlich nach unten trägt. Einen Moment bleibe ich noch, stehe mit dem Rücken zum Fenster, festgenagelt: Sie sind da draußen mit dem Jungen, mit dem Jungen, draußen, sie sind mit dem Jungen draußen, mit dem Kind, auf dem Wasser, auf dem Floß, sie werden die Rettungswagen erreichen, mit dem Kind, Decken bekommen sie und Tee, nur jetzt sind sie draußen, im Regen, mit dem Jungen ...

Ich kann mich nicht bewegen, in meinem Kopf denkt es wirr. Ich sollte aus dem Fenster schauen und selbst nachdenken. Sieht man aus einem Fenster, kommt man auf die besten

Gedanken. Aber ich kann mich nicht umdrehen. Der Junge, der Junge, der Junge …

Dann ein Schuss hinaus. Ich tue einen Schritt. Das Klicken der Waffe hinter mir. Noch einen. Jans Atem wie Zähnefletschen. »Wenn die reinwollen, müssen sie an mir vorbei.«

Meine Füße schlappen durchs Wasser, einfach so, die Treppen hinab, ins Begrenzte, Trockene, zu den Unsrigen, dorthin, wo ich helfen muss. Falls ich kann.

13

Jackwitz hat ein Geschirrtuch auf den Sessel und unter Sydneys Bein gelegt. Blut tropft auf Beton, Sydney weint lautlos. Ich mache Geräusche, die ich für mütterlich beruhigend halte, nehme zwei weitere Tücher von dem Stapel, den Rosalie mit nach unten gebracht hat, kremple die zerrissene Hose auf, feuchte ein Tuch mit Mineralwasser an, tupfe das Blut weg, das nachläuft, tupfe, entdecke die Furche im Fleisch und atme auf.

Fest presse ich das Tuch auf die Wunde und wickele das andere um den Unterschenkel. »Blutet wie verrückt, ist aber nicht so schlimm.« Ich lege ein Lächeln an und schicke es dem Jungen. Tatsächlich jubelt es in mir, ich spüre, wie sich meine Gefäße weiten, wie mein Blut wieder zu zirkulieren beginnt, als habe es auf gute Nachrichten gewartet.

»Es brennt«, sagt er, wirkt trotz der Tränen ein wenig erleichtert.

»Ich gebe dir ein Schmerzmittel. Bis morgen wird es gehen. Und morgen holen sie uns hier raus.«

»Wer?«

»Die Rettungsmannschaften, die sicher zu uns unterwegs sind.«

»Die finden uns nie.« Noch mehr Tränen auf den glatten Wangen. In Momenten wie diesen bin ich froh, dass ich nicht Kinderärztin geworden bin. Meine Toten sind mir lieber als die Tränen der Kinder.

Der Junge, draußen.

»Sie schaffen es, Metha«, sagt Jackwitz und legt mir die Hand auf den Rücken. Beunruhigend warm ist sie.

Keine Schüsse sind mehr zu hören. Hier unten ist gar nichts zu hören außer unseren Stimmen, Olgas Trippeln, Rosalies Klappern.

Nachdem Sydney das Schmerzmittel geschluckt hat, ein starkes, muss ich mich setzen. Mir schwindelt.

Später poltert Jan herein. »Sie sind weg. Ich hab die Tür verriegelt und ein paar Bretter vors Fenster genagelt. Das müsste erst mal reichen.« Schwer sackt er in einen Sessel, stellt die Schrotflinte ab, streckt die Beine aus. Seine Stiefel tragen Spuren – Erde, Blut und Erbrochenes.

Das Fenster hat er verbrettert. Ich werde nicht mehr hinaussehen und nachdenken können.

»Kaffee?« Rosalie mit einem Wort wie ein Weckruf, Jackwitz und Jan strecken die Hände aus. Sie reicht jedem von uns einen Pott außer Sydney, der sich hinter geschlossenen Lidern verschanzt. Rosalie greift wieder die Kaviardose und versenkt den Löffel darin, hockt sich hin, zieht die wohlgeformten Beine auf die Sitzfläche.

»Wie, weg?« Jackwitz.

Jan zuckt die Schultern. »Die Strömung. Sie sind allmählich abgetrieben, während ich da stand. Als sie weit genug weg waren, hab ich das Haus dichtgemacht. Ich denke, das geht so.«

»Hören Sie, Herr Rother«, beginne ich nach einer Weile. »Wir können diese Menschen nicht da draußen lassen.« Er will zu einer Entgegnung ansetzen, ich hebe die Hand. »Ich weiß, ich weiß, es ist Ihr Haus. Ich bin Ihnen auch unendlich dankbar, dass Sie uns so freundlich aufgenommen haben. Aber keiner von uns hat mit diesem …« Mir fehlt kurz das Wort. »Mit diesem Bergsturz gerechnet und dass er uns hier festhalten würde. Auch diese Leute sind überrascht worden vom Hochwasser, haben sich auf dieses Ding gerettet. Sie haben keine Munition mehr. Sie können uns nicht gefährlich werden. Der Mann hat sicher nur geschossen, um auf sich aufmerksam zu machen, verstehen Sie? Es war ein Versehen, dass Sydney getroffen wurde. Wer weiß, wie lange sie da draußen schon auf eine Reaktion von uns gewartet haben. Wie lange sie unterwegs sind. Wir *müssen* …« Ich sage das, bin aber nicht sicher, ob ich mir glaube.

»Es reicht!« Jan knallt die Tasse auf den Betonboden, Kaffee spritzt. »Genau. Es ist mein Haus. Und da kommen keine Kerle mit Knarre rein. Außerdem ist nicht genug Wasser da, der Sprit ist fast alle, mit den Lebensmitteln kommen wir auch nicht lange hin. Die Schwarzen sind weg. Ich gehe nachher noch mal rauf und schaue nach. Ansonsten Ende im Gelände.« Er lehnt sich zurück und trinkt seinen Kaffee.

Alle schweigen, bis Rosalie sagt: »Es waren keine Schwarzen, aber weg sind sie, ja.« Sie lässt die leere Kaviardose neben sich fallen. »Und was machen wir jetzt?«

»Warten, bis die Scheiße hier vorbei ist?« Jan.

»Das kann dauern, puh.« Sie bläst sich eine Strähne aus dem Gesicht.

Langeweile sollte eines der kleineren Probleme sein.

Der Junge. Ihm wird kalt sein, Hunger und Durst wird er haben. Ich hätte … Wenn der Mann nur nicht die Pistole gehabt hätte. Hätte, sollte, könnte … Es ist vorbei. Wir müssen wirklich irgendwie die Zeit totschlagen, sonst kommen die Geister. Wahrscheinlich wird man sie finden. Sicher sind Rettungskräfte im Einsatz, Hubschrauber, Bundeswehr. Bestimmt sogar.

Der provisorische Verband um Sydneys Wade ist durchgeblutet. Ich erneuere ihn mit einem frischen Küchentuch, gebe etwas mehr Druck drauf. Sydney wimmert leise, schläft gleich wieder ein. Ich habe ihm eine ordentliche Dosis verpasst. Morphin, für den Notfall habe ich es dabei, und der ist ja nun eingetreten. Morgen wird sich Schorf auf der Wunde gebildet haben, ein feines Häutchen, womit der Körper sich vom Draußen abgrenzt. Das geht ganz schnell. Und im nächsten Jahr wird nur noch ein zarter weißer Streifen auf Sydneys Unterschenkel von dem Mann, der Frau und dem Jungen auf dem Floß berichten.

Ich sitze wieder in meinem Sessel, Zeit muss vergangen sein, denn als ich die Augen aufschlage, spielt leise Musik, Sydney kichert mit seinem Phone, das zwar keine Verbindung herstellen kann, aber trotzdem lustig sein muss. Rosalie ist nah an Jan herangerückt und Jackwitz liest, das Buch dicht unter die Notbeleuchtung haltend, die in einer Steckdose steckt. Schatten tanzen an den Wänden. Eine Familie in einer Bombennacht.

Ich frage mich, was aus mir geworden wäre, wenn wir nicht in den Keller gegangen wären, damals im Dezember Dreiundvierzig, und taste nach dem braunen Fläschchen in meiner Tasche. Hätten die Reste meines Leibs sich wieder zusammengefügt, wenn eine Bombe ihn zerrissen hätte? Kaum vorstellbar. Doch damals glaubte ich auch nicht, dass es so kommen würde, wie es gekommen ist. Sonst wäre ich vielleicht wirklich hinausgegangen. Wäre und hätte und … vorbei. Ich muss einen Weg finden, in die Sonne, erst einmal.

»Wir könnten uns Geschichten erzählen.« Meine Stimme klingt laut. »Rosalie? Was meinen Sie?«

»Oder Witze. Fernsehen is ja nich. Oder, Jan?«

Der grunzt kurz.

»Haben Sie denn eine auf Lager?« Rosalie.

»Viele eigentlich. Aber sie sind nicht sehr hübsch.«

»Kennen Sie den?« Sie öffnet den Mund.

Rasch sage ich »Ja«, bevor etwas herauskommt.

»Echt? Sie wissen doch gar nicht, welchen ich erzählen will.« Sie schmollt ein bisschen, aber mir ist nicht nach Witzen.

»Wie ist es mit Ihnen, Jan? Sie wohnen in der Nähe. Wie ist es hier so?«

»Nass.«

Ich atme ein. »Wahrscheinlich müssen wir eine Weile miteinander verbringen. Rosalie hat recht. Wir sollten etwas tun, damit uns die Zeit nicht lang wird.« Wir haben Geschichten erzählt, da im Keller, als die Sirenen heulten, gegen die Kälte, gegen den Hunger, gegen die Angst und damit wir einander nicht die Köpfe einschlugen.

»Dann fangen Sie an. Wir sind alle furchtbar gespannt, was so eine Frau Doktor zu erzählen hat.« Er gähnt ausgiebig.

»Warum bist du so gemein zu ihr? Sie will doch nur ... Was wollten Sie noch mal?« Rosalie verpasst Jan einen Stups auf den Oberarm.

»Du kannst ein Buch haben, Metha, wenn du magst.« Jackwitz. Er versteht nicht, dass ich mir nicht einfach die Zeit vertreiben muss, sondern dass wir etwas brauchen, was unsere Gedanken einfängt, damit wir nicht durchdrehen.

»Du könntest etwas aus deinem vorlesen.«

»Vorlesen ist super. Meine Kinderfrau hat mir vorgelesen, als ich klein war.« Zarte Röte hat sich auf Sydneys Wangen gelegt, sie und das Morphinlächeln stünden den klassisch schönen Zügen ausgezeichnet, wäre er eine Sie.

»Ihr quatscht alle einen Scheiß.« Jan springt auf. »Ich mach 'ne Runde«, spricht's, lässt die Tür ins Schloss fallen und ist weg.

Wir bleiben zurück, sitzen und brüten, hören dem Generator zu, warten. Die Musik, die die ganze Zeit leise gedudelt und sich mit dem Brummen zu einem heimeligen Grundrauschen vermischt hat, stoppt abrupt, es klickt und der Kassettenrecorder hat sich ausgeschaltet. Erst jetzt fällt mir das Ding im mittleren Regalfach auf. Ich lebe in einem Museum.

Tatsächlich tue ich das längst mit all den Erinnerungen und Geschichten, die mich nachts heimsuchen und wenn es still ist. Im Institut lasse ich auch Musik laufen, oder ich singe. Die Kollegen machen sich lustig hinter meinem Rücken, das weiß ich natürlich. Aber gehe ich zu einem von ihnen in den Sektionssaal, lausche an einer halboffenen Tür, sie rechnen nicht mit mir, glauben sich allein, höre ich sie auch singen, oder sie reden mit ihren Aufnahmegeräten.

An Sonntagen oder zu Weihnachten marschiere ich die verlassene Liebigstraße entlang, vorbei an den Rollstuhlfahrern mit Infusionsständer, die bibbernd am Eingang zur Chirurgie rauchen, nachdem man ihnen die Beine mit den arteriosklerotischen Adern abgeschnitten hat. An Schnee erinnere ich mich und an den Hall meiner Schritte im Institut. Lieber sitze ich an meinem Schreibtisch und tippe Liegengebliebenes, als zwischen meinen leeren Wänden auf nichts zu warten. Niemand ist mehr da von all den Menschen, die ich kannte, niemand außer Ruth. Und die ist nicht mehr Ruth.

Die Stille drückt die Zeit nieder, zerfasert sie in Sekunden, jede einzelne stirbt für sich. Ich bin froh, dass ich wenigstens den Atem der anderen habe und das Geräusch von Olgas Füßen auf dem Boden. Nach unzähligen Sekundentoden ist Jan wieder da und macht die Taschenlampe aus.

»Was ist?« Rosalie.

»Nichts, zu dunkel.« Er schaltet den Generator ab, und nun ist nur der Atem der anderen da in der Finsternis.

Sonntag, 17. Juli

14

Es regnet.

Der Wind peitscht Wasserschleier auf die braune Brühe. Ich spähe durch die Lücken zwischen den Brettern, die den Ausblick aus dem Fenster unvollständig versperren. Wieder ein Tag. Ich ziehe die kalte, muffige Luft in die Lungen. Die Nacht war lang, stickig und voll von den Träumen der anderen. Ich kann mich nicht erinnern, geschlafen zu haben. Dauernd stolperte einer durch den Raum, raus zum Pinkeln und wieder zurück. Sydney redete im Schlaf. Mein Nacken schmerzt, und ich würde mein Leben für die Sonne geben. Seit meiner Jugend habe ich unter dem deutschen Grau gelitten.

Gestern fiel der Regen schnurgerade vom Himmel, ein Vorhang, der mir die Sicht nahm. Heute hat der Wind aufgefrischt, kräuselt die Oberfläche, treibt Fetzen von Wasserfahnen über den See.

Ich patsche durchs Wasser, das immer noch zentimeterhoch auf den Fliesen steht, nicht gestiegen ist, schiebe die beiden Riegel an der Tür zurück, drücke die Klinke, rüttele daran, sie lässt sich nicht öffnen. Aber ich brauche Luft, dringend.

»Wo haben Sie den Schlüssel?«

Jan hantiert gerade in der Kammer neben dem Kamin, zerrt eine Kiste hervor und wuchtet sie hoch. »In der Nische rechts«, sagt er über die Schulter.

Ich suche die Wand ab, ertaste den Schlüssel in der Nische, und … endlich, die Tür springt auf. Ich atme die Regenluft, blicke hinauf in den Himmel. Mir kommt es vor, als wäre es heller geworden. Auch ein Unwetter muss einmal ein Ende haben, weil jedes Ding eines hat. Hoffnung steckt darin. Gewiss hat das Hochwasser endlich seinen Scheitelpunkt erreicht. Mag es noch ein oder zwei Tage dauern, sein Ende ist absehbar.

Jemand zupft an meinem Ärmel – Sydney mit schmerzzerfurchtem Gesicht. »Haben Sie noch eine Tablette?«

»Du solltest das Bein hochlegen. Aber, ja, hab ich. Warte.«

Mit einer Flasche Mineralwasser und der Tablette zurück, sehe ich Sydney hinaus ins Grau stieren, nach rechts.

»Da«, sagt er und streckt den Arm aus. Seine Augen liegen tief und dunkel im blutleeren Gesicht. Ich folge seinem Schrecken und schlage die Hand vor den Mund. Da sind sie. Der Mann, die Frau und das Kind. Ihre Leichen hängen zusammen mit Trümmern des Floßes im Geäst der Büsche, die neben der Hauswand ihre Arme aus dem Wasser recken.

»Rother!«, brülle ich. »Rother!«

Rosalie ist als Erste bei uns, begreift und schreit hoch und schrill. Jackwitz prallt gegen meinen Rücken, erkennt das Unsägliche. Ich höre ihn würgen. Er ist Leichen nicht gewöhnt, nur Bücher.

Jan schlurft heran. »Was zum Henker …?«, und schweigt.

Das Wasser schaukelt die Toten auf seinem Rücken. Der kleine Körper des Jungen wird gegen die Hauswand gespült, wieder und wieder.

»Wie konnte das …?« Jan.

»Wir haben sie nicht gehört da unten. Sie wollten sie nicht, Rother. Und jetzt …« Schmerz lodert hinter meinem Brustbein, heiß, treibt mir den Schweiß auf die Haut, mein Nacken wird eisig davon.

Rosalie schreit, schreit. Jan schlägt die Tür zu, packt sie bei den Armen, presst sie dagegen und zischt: »Halt die Klappe. Das macht es auch nicht besser.«

Das stimmt zwar, aber ich würde einiges darum geben, wenn ich wie Rosalie den Schmerz hinausschreien könnte, den

Schmerz, dass sie tot sind, dass ich keinen Weg gefunden habe. Nein, dass ich feige war. Und dass ich nicht über sie weinen kann, nur über mich. Das Versagen, den Verlust, die Furcht. Vielleicht wäre es besser ausgegangen, hätte ich ihre Sprache verstanden.

»Was machen wir jetzt?« Sydney zittert.

Ich drücke ihm die Tablette in die Hand und die Wasserflasche. »Reden«, sage ich. »Wir müssen reden.« Sprache ist die Brücke über die Flut aus Fremdheit. Mit denen draußen hatten wir nicht einmal einen Steg.

Ihr »Hallo« hallt in meinem Kopf. Es hätte ein Seil sein können, auf dem sie hätten balancieren müssen, wäre da nicht die Waffe gewesen.

Jan stemmt die Kiste hoch, die er aus der Kammer geholt hat, und schleppt sie in den Keller. Rosalie und Jackwitz haften an den Toten. Ich nehme Sydneys Arm und schiebe den Jungen vor mir her. »Geht, los, runter!« Ich will fort von hier.

Wir trampeln die Stufen hinab. Im Gang steht die Kiste. Werkzeug, Hammer, Säge, Stemmeisen, Schraubenzieher, Dinge, von denen ich nicht weiß, wie sie heißen, alles Mögliche ist darin. Nur wozu?

»Sie haben das zu verantworten«, sagt Jackwitz, als wir wieder in unseren Sesseln sitzen, schweigen, nur das Generatorbrummen zwischen uns, der Kassettenrecorder ist aus, jeder für sich auf einer Sesselinsel.

»Du hättest dich ja erschießen lassen können, Großmaul.« Die Schrotflinte lehnt neben Jan an der Wand.

»Warum sind sie nicht einfach zu den Rettungsmännern gepaddelt? Das war doch das Beste für sie.« Rosalie reibt sich die geröteten Augen, ein Pflaster löst sich von ihrem Gesicht.

Eine lange Weile sagt keiner etwas. Ich hatte reden wollen, nun fällt mir nichts ein.

Was sagt man angesichts eines dreifachen Todes? Nichts! Man sagt nichts. Singen kann man, so wie ich es zwischen den vergilbten Fliesen tue, bei meiner Arbeit. Ein Lied kommt daher, summt leise in mir. Es ist ein altes Lied. Textstücke, die meine Lippen formen, ganz von allein, ich höre meine Stimme …

The sun's shining down on these green fields of France
The warm wind blows gently and the red poppies dance
The trenches have vanished long under the plow
No gas and no barbed wire, no guns firing now
But here in this graveyard that's still no mans land
The countless white crosses in mute witness stand
To man's blind indifference to his fellow man
And a whole generation who were butchered and damned

Paul war mein Lieblingsbruder. Ich dachte, ich bekomme ihn wieder, aber wir erhielten nur einen Brief. Es war ein ähnlicher Brief wie der, den sie uns zwei Monate zuvor wegen Karl geschickt hatten. Der eine kam aus Russland, der andere aus Verdun. Mein Vater und ich weinten, obwohl ich geglaubt hatte, er habe alle Tränen auf dem Grab meiner Mutter gelassen.

Die kleine Luise hatte niemand beweint. Sie hatte nur ein kurzes Leben gelebt, nicht länger als sechs Wochen. Als Vater und ich von der Messe zurückkamen, die der Pastor für meine Mutter gelesen hatte, lag sie tot in ihrem Bettchen. Die Kinderfrau rang die Hände.

Karl und Paul waren aus Heidelberg und Berlin angereist, und wir begruben Luise in einem winzigen weißen Sarg neben meiner Mutter. Luise war ein Sommerkind gewesen, hatte es mit ihren knapp zwei Pfund, mit denen sie zur Welt gekommen war, gerade in den Herbst geschafft. Mutter nicht, sie starb, als Luises Leben begann. Das war vor dem Großen Krieg.

Dann starb Karl. Und nach ihm Paul.

Seitdem singe ich dieses Lied jedem Toten. *Green Fields of France.*

Ich höre meine Stimme. Und die von Sydney. Rosalie summt mit, und sogar Jackwitz. Der Generator rattert dazu.

Jan hält den Kopf gesenkt. »Hört auf! Ihr kanntet die doch gar nicht. Wir haben das Richtige getan.«

»Wir?« Jackwitz.

»Hast du mir die Knarre aus der Hand genommen oder was? Spiel dich bloß nicht auf, du Bücherfreak. Hinterher ist man immer schlauer.«

»Und jetzt?« Rosalie.

»Wir begraben sie.« Jan.

»Menschen werden auf Friedhöfen begraben, Herr Rother.« Jackwitz.

»Und was ist, wenn wir noch Tage hierbleiben müssen? Wir können sie doch nicht …« Rosalie schluckt. »… da lassen.«

»Nehmen wir mal an. Nur angenommen, wir würden sie begraben. Wo, bitte, stellen Sie sich das denn vor?« Jackwitz ist aufgestanden und wandert im Raum hin und her, etwas Steifes, Formales in seinem Gang. Hätte ich nicht seine Wärme gespürt, hielte ich ihn für einen herzlosen Gecken.

»Ich zeige euch, wo wir sie hinbringen.« Jan schlurft aus dem Kellerraum, Jackwitz ihm nach, Rosalie zögert, erhebt sich dann doch. Nur Sydney hat den Kopf abgewandt und rührt sich nicht. Ich bin neugierig, ob Pietät Rother treibt.

Die einzige Neonröhre flackert, Jan schließt eine Tür hinten an der Schmalseite des Ganges auf und wird vom Dunkel verschluckt. Es kostet Überwindung, ihm zu folgen, nur der Strahl der Taschenlampe stochert in die Finsternis. Soweit ich erkennen kann, handelt es sich um eine Art Stollen mit roh behauenen Wänden. Wir tappen vielleicht drei, vier Minuten hinter Jan her, dem Licht seiner Lampe nach, dann öffnet sich der Stollen zu einem größeren Raum, die hintere Begrenzung liegt im Schwarz, falls es überhaupt eine gibt.

»Was ist das hier?« Jackwitz.

»War. Es war der Weg in den Westen. Da vorne ist er dicht. Alles voller Geröll.«

So hat sich die Grenze unterirdisch geschlossen, während wir oben die große Freiheit hätten, wäre sie nicht überflutet von brauner Brühe.

Der Strahl der Taschenlampe fingert über den Boden, bis Jan findet, was er sucht, und am Griff eine Metallplatte aufruckt. Krachend lässt er sie zur Seite fallen. Das Licht versackt in einer Grube. »Hier können wir sie begraben.«

Aus meiner Kehle gluckst ein Lachen, ohne dass ich es verhindern kann. »Das ist …« Es muss ihm doch klar sein. Ich sage es trotzdem. »Lächerlich.«

Die Grube ist gut einen Meter lang, achtzig Zentimeter breit, dafür so tief, dass man ihren Grund nicht ausmachen kann.

»Abgesehen davon, dass es unangemessen ist für ein Begräbnis«, fügt Jackwitz an.

»Unangemessen? Sie sind tot.« Nervös umrundet Jan die Grube, rauft sich durchs Haar. »Ich wollte nicht, dass sie sterben. Sie sollten nur abhauen, Herrgott. Aber nun sind sie tot, und der Fluss war nicht so freundlich, ihre Leichen mitzunehmen. Sie wären gar nicht aufgefallen. Sie sind ja nicht die Einzigen.«

»Wie kommst du darauf?« Rosalie. Ich spüre ihre Wachsamkeit neben mir.

»Na, weil …« Die Stille im Stollen ist noch dichter als die im Keller. »Mein Vater. Er ist ertrunken. Ich konnte nichts machen. Wirklich nicht. Er wollte einfach nicht hören. Und es sind bestimmt noch mehr. Bei so einem Hochwasser ertrinken immer Leute, wenn die so dämlich sind zu bleiben, bis das Wasser ihnen bis zum Hals steht.«

»Das tut mir so leid, Jan. Ich hatte ja keine Ahnung, dass dein Vati …« Rosalie berührt seinen Arm.

Er schüttelt sie ab. »Lass den Scheiß.«

»Du bist nicht traurig? Er war dein Vater!« Rosalie.

»Ich will jetzt echt nicht über meinen Vater reden. Ich wollte euch nur den Platz zeigen, wo wir sie hinbringen.«

»Dieser Platz geht nicht. Er ist zu klein. Abgesehen davon ist es nicht nötig, sie zu begraben. Das Wasser stagniert. Spätestens morgen ist das alles vorbei«, sage ich. Optimismus verbreiten schadet nicht, finster ist es von allein.

»Eben. Und wie erklären wir dann die Leichen?« Jan.

»Gar nicht. Wir brauchen nichts zu erklären. Wir haben nichts getan.« Rosalie.

»Das ist der Punkt, oder?« Selbst in dem schwachen Licht sehe ich Rosalie an, dass sie nicht versteht.

»Sie haben Angst, dass man Sie belangt, und deshalb wollen Sie diese armen Menschen hier verrotten lassen. Aber nicht mit mir. Mit mir nicht!« Jackwitz dreht sich um, stolpert, fängt sich mit der Hand am Gestein ab.

»Dich werden sie auch belangen, wie du es nennst, Bücherfreak. Und Sie, Frau Doktor. Sollen Ärzte nicht helfen? Eid und so?«

»Ich bin Rechtsmedizinerin.«

»Umso besser. Da macht es Ihnen sicher nichts aus, die Leichen so zurechtzuschneiden, dass sie reinpassen.«

»Jan!« Rosalie zieht die Luft ein.

»Das ist ein Irrer.« Jackwitz von weiter vorn aus der Dunkelheit. »Erst ballert er in der Gegend rum, dann will er Leichen zerstückeln?«

»Von *wollen* kann keine Rede sein. Oder wie macht sich unterlassene Hilfeleistung, vielleicht auch Totschlag, in deiner Personalakte? Du bist doch bestimmt irgendwo aufm Büro. Aufm Amt wahrscheinlich. Da is dann aber Essig mit deiner Beamtenlaufbahn.«

»Ich bin nicht … Das spielt doch jetzt gar keine Rolle. Ich werde nicht zulassen, dass Leichen … Wir sind doch keine

Barbaren.« Jackwitz stampft durchs Dunkel zurück, nicht ohne zu fluchen, wenn er sich den Kopf stößt.

»Ich seh das genauso. Jan, das geht nicht. Wir werden es ihnen erklären. Wir müssen nur ein bisschen überlegen.« Rosalie.

»Dir scheint es ja nichts zu machen, wenn du in den Bau gehst. Mir schon. Ich habe meine Felder zu bestellen. Und wenn einer von euch quatscht, und einer quatscht immer, kriegen sie mich dran. Mich! Ihr könnt euch vielleicht noch rausreden. Das könnt ihr ja alle prima. Aber wenn einer mal was anpacken soll ...«

»Das kannst du so nicht sagen. Ich habe ...« Rosalie sagt nicht, dass sie Kaffee gekocht hat, sie schmollt.

Ganz falsch ist es nicht, was Jan sagt, nur nicht richtig. Andererseits möchte auch ich meine Tage nicht in einer Zelle verbringen, bis man herausfindet, dass ich keine Schuld an dem Tod der drei trage. Ich bin überzeugt, dass sie das herausfinden, die Frage ist nur, wie lange es dauert. Lange genug habe ich meine Zeit in geschlossenen Räumen verbracht. Ich will die Sonne und den Süden!

»Jetzt kennen wir schon einmal dieses ...« Loch? Grab? Wer hat es eigentlich in den Stein geschlagen, und zu welchem Zweck? »Gehen wir.«

Ich werde mir alles offenhalten, nachdenken, oben am Fenster, hinausschauen und nachdenken, nur bleiben will ich hier keine Minute länger.

Zurück finde ich mich schneller, muss nur dem Neonflackern entgegen. Sydney schläft mit rosigen Wangen. Beinahe luxuriös fühlt sich dieser Raum an mit den staubigen Sesseln, dem dämmrigen Licht, mit seiner Sicherheit und seiner Vertrautheit.

»Also was jetzt?«, fragt Jan, nachdem wir lange genug vor uns hin gegrübelt haben.

»Ich bin raus.« Rosalie. »Ich kann das nicht. Außerdem verschwinde ich, sobald das Wasser weg ist. Es wird gar nichts passieren. Niemand wird uns beschuldigen. Und wieso auch? Sie sind ertrunken.«

»Stimmt. Ihr haut alle ab, und ich habe die Arschkarte.« Jan nimmt einen tiefen Schluck aus seiner Rumflasche. »Glaubt bloß nicht, dass ich für euch den Dummen mache.«

Jackwitz sagt nichts, und ich tue es auch nicht.

Lange sitzen wir so. Draußen der Regen und der Tod. Drinnen die Ungewissheit, die Scham und die Angst.

Später sagt Jackwitz: »Wir müssen das alles genau durchdenken.« Er hat sich also entschieden. Er steht auf und wandert durch den Raum. Olga trippelt mit.

Ich schiebe die Tür auf und schlüpfe in den Gang. Es ist dunkel, nur von drinnen ein fader Lichtschein. Strom beziehungsweise Diesel sparen. Aber ich will nicht mit ihnen in einem Raum sein, ich habe an meiner eigenen Feigheit genug.

Die Wand in meinem Rücken ist eisig. Man wird uns die Toten nicht anlasten, das ist Blödsinn, zumindest nicht, solange wir das Gleiche sagen, falls sie uns befragen. Aber wie sollten sie? Wer auch immer die Leichen findet, wird genug mit Aufräumen zu tun haben. Kaum anzunehmen, dass die Waffe des Mannes gefunden wird in all dem Sand und Geröll, das die Flut mitgebracht hat. Und wenn? Man wird erkennen, dass daraus geschossen wurde, möglicherweise die Einschläge am Fensterrahmen entdecken. Na und? Die Menschen sind ertrunken und nicht erschossen worden.

Oder nicht? Jan. Er war noch eine ganze Weile allein da oben. Mein Herzschlag beschleunigt sich.

15

»Weiß einer, wie spät es ist?« Albrecht lässt sein Buch sinken, presst die Zeigefinger auf die Lider, erhält keine Antwort.

In den letzten Stunden hat niemand mehr gesprochen. Alle kehrten einander den Rücken zu. Rosalie hat sich mit der zweiten Dose Kaviar in den hintersten Teil des Kellergangs verzogen. Jan machte den Rest aus der Rumflasche nieder. Sydney schlief leise, wie Kinder leise schlafen, und morphingesichert. Metha brütete vor sich hin.

»Wie spät ist es?« Albrecht ist die Zeit ein wenig verlorengegangen.

Keine Antwort, nur das abweisende Knarren von Sesselfedern.

»Es ist sicher schon Mitternacht oder später.«

Knarren.

»Einer sollte einen Rundgang machen und den Wasserstand überprüfen.«

Knarren.

»Dann geh ich.«

Er schnappt sich die Taschenlampe, eilt nach oben, leuchtet die Diele aus. Das Licht der Lampe versackt in der kompakten Finsternis, blitzt nur kleine Reflexe aufs Wasser.

»Keine Neuigkeiten«, berichtet er, als er zurück ist.

Knarren.

»Also gut, wenn keiner Lust auf eine Unterhaltung hat …« Albrecht schlägt sein Buch auf und richtet die Taschenlampe auf die Seiten. »Leonardo Padura, *Ein perfektes Leben*«, sagt er. »Winter 1989.« Dann liest er: »Noch bevor er darüber nachdenken konnte, wusste er, dass es das Schwierigste sein würde, die Augen zu öffnen …«

Metha nickt und hängt ihren Gedanken nach.

Er liest, liest weiter.

Jan kommt schwankend aus seinem Sessel hoch, zerrt daran herum, bis er ihn umgedreht hat, und plumpst wieder hinein. Rosalie rückt den ihren nahe an Jans, lehnt ihre Schulter an seine. Metha reißt sich von der Grübelschleife los, betrachtet Albrecht, als sähe sie ihn zum ersten Mal.

Seine Hände zittern leicht. Er hält die Stille nicht aus, deshalb liest er. Sydney erwacht. Olga hebt ihren Schafsblick.

Albrecht liest, liest sich hinein in *Ein perfektes Leben* und hinaus in die Welt. Und plötzlich sind sie mit Teniente Conde in den Vorstädten von Havanna. Der melancholische Conde ist beauftragt, einen reichen, smarten Dreckskerl zu suchen, den er aus Jugendtagen in unguter Erinnerung hat. Erinnern ist gewissermaßen ein Hobby des Teniente, eines, um das ihn Albrecht beneidet. Vielleicht liest er deshalb aus diesem Buch, weil er das Erinnern vermisst. Schnell taucht er wieder ein in die Hitze der Karibik. Sonne, endlich Sonne. Und die See. Eine Stadt, in der alle Straßen zum Meer führen, in der die Rhythmen und der Tanz wohnen, direkt neben dem heiteren Fatalismus der Benachteiligten. Und Gewalt, wie überall auf der Welt.

Jan knackt den Verschluss einer neuen Flasche Rum, trinkt und gibt sie an Rosalie weiter. Die Flasche macht die Runde, auch Sydney nippt, bis sie wieder bei Jan ankommt. Der lässt Olga ein wenig Rum von seinen Fingern schlabbern, und Lachen erfüllt den Keller, als das Schaf sich schüttelt.

»Der Rum ist gut«, sagt Albrecht, als er das *Perfekte Leben* zur Seite legt. »Woher haben Sie den?«

Jan macht ein geheimnisvolles Gesicht. »Ich habe da einen Freund, Fausto, der hat einen Hof gleich unten im Tal, Gemüseanbau, nicht viel, nur für den eigenen Bedarf und für den kleinen Hofladen. Ist ein witziger Typ. Und er bezieht den Rum direkt aus Kuba, auf verschlungenen Wegen, versteht sich.«

»Er ist Kubaner?« Diese Rosalie stellt immer Fragen, Albrecht schüttelt den Kopf.

»Ein Kubaner aus Kuba, genau. Irgendwie hier hängengeblieben nach der Wende. Die haben ja die Arbeiter rausgeschmissen, die sie erst hergeholt hatten. Oder vielmehr wurden sie von Castro zurückgeholt, wenn sie keinen Job mehr fanden, als die volkseigenen Betriebe dichtmachten. Manche hatten aber Familien gegründet, das war ziemlicher Mist. Sie konnten ihre Kinder nicht mehr sehen, wenn sie zurückmussten. Fausto ist erst mal abgetaucht, und später hat er irgendwas getschinscht, damit er einen Pass kriegt. Wie der Saukerl das angestellt hat, weiß ich nicht.« Jan lacht. Zum ersten Mal, seit er mit Rosalie über die Schwelle getreten ist. Er hebt die Flasche, prostet in die Runde und lässt sie erneut kreisen.

Alle sind angetan vom köstlichen Aroma des Ron Caney in der etikettfreien Flasche. Ein Teufelszeug ist das. Es lässt die karibische Sonne strahlen, weitet den Kellerraum, die Wände treten zurück. Irgendwer schiebt eine Kassette in den Recorder, und eine Salsa erklingt. Rosalie springt auf, hebt die Arme, schwingt die Hüften. Jan nickt ihrem Hintern anerkennend zu, bis sie ihn bei der Hand nimmt und aus dem Sessel zieht. Unbeholfen, sich kaum auf den Beinen haltend vor Lachen und Rum, tappt er mit ihr durch den Raum.

Sogar Metha klatscht mit, und Albrecht lässt sich anstecken. Er erhebt sich, verneigt sich und hält ihr den Arm hin. Die Salsa endet und geht in einen Son cubano tradicional über. Sydney trommelt den Rhythmus auf seinen Oberschenkel.

Sie tanzen. Sie lachen. Vergessen der Regen, der Schmerz, die Schuld, die Feigheit, der Tod. Viva la Habana! Viva, viva!

Irgendwann klickt sich die Kassette aus. Albrecht begleitet Metha zu ihrem Platz, verbeugt sich dankend und geht zu seinem eigenen. Rosalie lässt sich auf Jans Schoß fallen, wirft den Kopf in den Nacken und erhält einen Kuss auf ihren muskulösen Hals, kichert trunken von Musik und Rum mitten in die Zeit hinein, die sie sich erkauft haben mit dem *Perfekten Leben.*

Am Ende des Rums ist es Nacht. Sydney schläft mit Olga im Arm, Jan mit Rosalie auf dem Schoß. Albrecht flüstert mit Metha, bis sie müde werden.

Das Notlicht bleibt wach, und der Generator auch. Niemand hat daran gedacht, ihn abzustellen. Niemand denkt an morgen.

Montag, 18. Juli

16

Meine Zunge liegt in der Größe und Konsistenz einer Seegurke in meinem Mund. Zähne putzen wäre gut. Fünf Flaschen Mineralwasser stehen noch in der Kiste, ein paar leere liegen auf dem Boden, daneben eine Chipstüte, Zigarettenkippen und eine halb geleerte Kaviardose. Ich winde mich aus Albrechts Arm, der rührt sich leicht im letzten Schlaf. Mir ist es peinlich, an seiner Schulter geschlafen zu haben. Ich hoffe, er hat meine Träume nicht gehört.

Mein Rücken schmerzt und ich fühle mich so alt, wie ich bin. Wenn man über fünfzig ist und morgens beim Aufstehen keine Schmerzen hat, ist man tot, hat einmal jemand gesagt. Darüber, wie es mit über hundertzwanzig ist, habe ich keine Informationen, es gibt wohl kaum Erfahrungen dazu. Steif rappele ich mich aus dem Sitz, nehme eine Wasserflasche aus der Kiste in der Ecke, greife frische Kleider aus meinem Koffer und gehe in den Raum mit den Eimern, die wir als Toilette benutzen. Der Gestank ist mörderisch. Später werde ich etwas suchen, womit man die Eimer wenigstens abdecken kann. Jan hat sie hergebracht, denn die Toiletten sind nicht angeschlossen, die Wasserhähne über den Waschbecken funktionieren ebenso wenig. Wenn man nur eine halbe Flasche Mineralwasser für die Morgentoilette hat, lernt man eine Dusche schätzen.

Die Taschenlampe klemme ich zwischen die Knie, während ich mir Wasser ins Gesicht spritze, eine umständliche Prozedur. Ich würde gern etwas Rouge auf die Wangen tupfen und Lippenstift auftragen, aber der einzige Spiegel im ganzen Haus ist blind. Es ist so, dass ich nie ohne Make-up bin, seit Ewigkeiten nicht mehr, und heute wird man für ein nacktes Gesicht sogar getadelt. Früher war das anders. Da malten sich nur die leichten Mädchen, wie meine Mutter sie nannte, die Lippen rot. Sie hätte es mir nie erlaubt, doch sie starb, bevor ich ins Make-up-Alter kam. – Mutters Spiegel, den könnte ich nehmen. Er steckt in meiner Jackentasche.

Sydney dreht sich im Schlaf, die anderen sind auch noch nicht wach. Ich lasse die Tür offen. Hier stinkt es auch, nur anders, nach Rum, kaltem Rauch und langer Nacht. Ich muss nach oben, raus aus dem stickigen Bunker, atmen. Vorsichtig, um Albrecht, den ich nun wirklich Albrecht nenne (man kann niemanden beim Nachnamen nennen, in dessen Arm man geträumt hat), nicht zu wecken, taste ich nach dem Spiegel in meiner Jacke über der Sessellehne. Feucht ist sie, wie alle meine Kleider einschließlich der Schuhe. Ich hocke mich auf den Rand des Sessels und klappe den Deckel des Spiegels auf. Das habe ich lange nicht getan. Mit dem Zeigefinger, dessen Spiegelbild verschwimmt, weil das Glas die Jahre nicht klar überstanden hat, streiche ich über die Stellen in meinem Gesicht, die faltig und gerunzelt sein müssten, zupfe an einer Strähne zu dunklen Haars, spüre dem Rand meiner Augenhöhle nach, aus deren Tiefe mich ein unbekanntes Wesen anschaut. Ich seufze und ziehe die Lippen dunkelrot nach. Dann klappe ich den Spiegel zu, höre ein Räuspern hinter mir.

Albrecht ist wach, fahl sein Gesicht. Aus seinem Blick ist nicht zu lesen, ob er mich erkannt hat. Und ich weiß nicht, ob ich es mir wünschen soll. Manchmal will man erkannt werden. Das steht schon in der Bibel. Ein Anflug von Scham für meinen unkeuschen Gedanken schießt mir Röte ins Gesicht. »Ich brauche Luft«, sage ich, damit es nicht so still ist. »Kommst du mit?«

Albrecht schält sich ebenso mühsam aus dem Sessel, wie ich es getan habe.

»Wer hat den Generator angelassen?« Rosalie. Ihr Zopf ist zerzaust, die Pflaster auf Stirn und Wange haben sich vollends gelöst, die Wunden sind von dicken Krusten überwuchert, das Hämatom um das Auge herum changiert ins Violette. »Ist ja auch egal. Ich koche Kaffee.« Beneidenswert leichtfüßig geht sie zum Regal und macht sich am Tauchsieder zu schaffen. »Noch einer außer mir?« Sie dreht sich um und lacht. Irgendetwas stimmt mit ihr nicht. Ich komme nicht drauf, was es ist. Mein Kopf braucht Luft und Licht und Kaffee, deshalb nicke ich.

Jan hievt sich hoch, reibt sich mit beiden Händen durchs Gesicht, so dass ich seine Bartstoppeln rascheln höre, sagt: »Ich mach mal 'ne Runde«, und stakst nach draußen. Olga trippelt ihm nach.

»Voll«, sagt Sydney, stöpselt sein Phone aus der Steckdose und trottet dem Schaf hinterher. Der Notverband an seiner Wade hält.

Rosalie gießt Wasser auf den Pulverkaffee und nimmt ihre Tasse mit. Vor mir steigt Albrecht die Metallstufen hinauf, unsere Schritte hämmern nach oben. Ich hoffe ein bisschen, dass alles nicht wahr ist, nur ausgedacht, nur eine Geschichte, wie Albrechts Geschichten welche sind.

Durch das halbverbretterte Fenster sehe ich die Leichen festgehakt am Gesträuch sich im Wasser wiegen. Mit ihnen ist der gestrige Tag zurück. Der Stollen, das Loch im Gestein, die Schüsse, die Rufe in fremder Zunge … Wären sie doch nie hergekommen. Aber sie sind, und sie sind geblieben, die Fremden. Deutscher Regen fällt auf ihre toten Rücken.

Das Wasser in der Diele ist nur leicht gestiegen, wenige Zentimeter, wie mir scheint. Trotzdem muss ich raus hier. Wenigstens auf die Stufen vor die Tür treten, Luft holen, andernfalls ersticke ich. Bevor ich die Tür aufreißen kann, hält mich Jan zurück.

»Lassen Sie das.«

»Ich brauche Luft! Außerdem fließt das Wasser sowieso unter dem Türspalt herein.«

»Nein. Ist halbwegs dicht. Für eine Weile jedenfalls. Ich habe Sand aus dem Stollen in ein paar Säcke geschaufelt und auf die Stufen gepackt. Haben Sie nicht mal mitgekriegt, was?«

Das habe ich tatsächlich nicht. Wann hat er das gemacht? In der Nacht? Vorher? Als er allein oben und wir im Keller waren? »Dann öffnen Sie wenigstens das Fenster.«

»Lass bloß Luft rein«, sagt Rosalie. Die Worte verwischen, ihre Zunge scheint schwer von der Nacht.

»Hier bleibt alles, wie es ist. Ich bin doch nicht euer Hausmeister.« Er platscht ein paar Schritte durch die Diele, dreht sich um. »Was ist? Mitkommen!«

Links vom Eingang führen zwei Stufen zu einer Tür, die noch keiner von uns geöffnet hat, dahinter liegt das, was man früher die gute Stube nannte. Zu Weihnachten und Ostern oder wenn besondere Gäste kamen, bei Hochzeiten und Taufen, wurde hier die Tafel gerichtet. Diese gute Stube hat zwei Büroschränke aus Eiche, in einem hängt die Tür schief, und ein Monstrum von Schreibtisch mit grüner Kunststoffbeschichtung. An der Wand ein Honeckerbild. Gardinen mit Rauten in Orange und Braun trauern vor den Fenstern, zwischen denen eine Glastür auf eine Art Balkon hinausführt.

Jan drückt den Hebel hinunter, und sie öffnet sich quietschend. »Vorsicht«, sagt er. »Das Geländer ist ab.«

Der Balkon ist zwei Schritte tief, die Reste des Geländers rosten zwischen brüchigen Ziegeln. Immerhin kann ich ihn trockenen Fußes betreten. Die Leichen weiß ich links von mir, sehe nicht hin. Ich schließe die Augen und atme die triefende Luft ein, die …

… mir plötzlich viel wärmer erscheint, sehr viel wärmer, trockener, mit einem Geruch … nach Meer und Diesel.

17

Als ich die Augen wieder öffne, tuckert ein hellblauer Chevrolet vorbei. Ich wanke rückwärts, bis mich die Fassade eines Hauses auffängt. Mir schwindelt. Ich mache die Augen wieder zu. Wieder auf. Wieder zu. Wieder auf.

»Meine Fresse«, sagt jemand neben mir. Jan.

Das ist kein Traum. Es ist eine Stadt.

Eine Stadt?

Und ein löchriger Gehweg unter meinen Füßen. Die Sonne sticht auf die staubige Straße nieder. Vom Haus gegenüber bröckelt der Putz, den Fenstern in der vierten Etage fehlt es nicht an Stuck, jedoch an Scheiben, ein Radfahrer in kurzen Hosen klingelt, von irgendwoher weht der Wind Musik heran und bringt den Geruch von Salz und Meer mit.

Sydney drückt seine Schulter an meine, während ein Buick vorbeifährt, eine Latina ihren schreienden Dreijährigen hinter sich herzieht, eine dunkelhäutige Alte etwas aus einem Fenster auf die Straße hinunterruft, auf Spanisch. Mir bricht der Schweiß aus.

»Wenn ich nicht sicher wüsste, dass das völlig unmöglich ist, würde ich denken …« Albrecht.

Olga trabt ein paar Meter die Straße runter. Weiter hinten schimmert das Meer.

»Havanna?«, sagt Sydney, und dann kippt mir Rosalie vor die Füße.

Ich weiß es, bevor der Gedanke in meinem Hirn Gestalt annehmen kann, knie nieder und prüfe sinnlos ihren Puls. Speichel läuft ihr aus dem Mundwinkel, und die rechte Pupille ist kirschkerngroß trotz des gleißenden Lichts.

»Drück meine Hand«, sage ich.

Mit der rechten tut sie es, mit der linken nur schwach. Rosalie ist wach, aber aus ihrem Mund gurgeln Geräusche, die sich nicht zu Worten zusammenfügen wollen.

»Halt einen Wagen an, Albrecht. Sie muss in ein Krankenhaus.«

Jan zerrt an Rosalies Arm. »Komm schon, hoch mit dir.«

»Hören Sie auf mit dem Unfug, Rother. Ich sage, sie muss in eine Klinik, am besten in eine Neurochirurgie, schnell.« Ich habe zwar keine Ahnung, wie wir hergekommen sind, aber dass wir uns in einer Stadt befinden, ist nicht zu übersehen. Die wird ein Krankenhaus haben.

»Aber …« Jan.

»Nein. Du hast schon genug Scheiß gemacht.« Sydney. Der Verband an seinem Bein ist runtergerutscht, die Wunde verkrustet. Er streckt den Arm aus, das nächste Auto fährt vorbei.

Zwei junge Männer, einer milchkaffeebraun, der andere fastschwarz, sie mögen Anfang zwanzig sein, rennen über die Straße auf uns zu, stoppen, taxieren Rosalie, die reglos auf dem Pflaster liegt, die ungleichen Augen in den Himmel gerichtet, sprechen schnell und aufgeregt, Albrecht mischt sich ein, redet langsam, aber sicher in der fremden Sprache. Der Hellere wedelt mit den Armen, der Dunklere flitzt die Straße hinunter, biegt in einen Hauseingang ein und kommt kurz darauf mit einem schrottreifen Chevrolet-Truck zurück. Die Männer heben Rosalie behutsam auf die Ladefläche, schieben mich neben sie. Albrecht steigt vorn ein.

Bevor wir losbrausen, reicht Albrecht einen Zettel, auf den er fix etwas gekritzelt hat, aus dem Fenster. »Nehmt den Bus ins Hospital General Calixto García. Dort müsst ihr euch durchfragen, wo sie uns hinschicken.«

»Aber …« Jan.

»Machen wir.« Sydney.

Hinter dem Wagen sehe ich die beiden kleiner werden, bis wir abbiegen.

Mir fehlt momentan der Sinn dafür, die Bauwerke aus der Kolonialzeit zu bewundern, an denen wir vorüberkommen, ihren morbiden Charme zu würdigen, der mich erinnert. An vierzig Jahre systematischen Verfalls wegen Mangel, das war nach dem zweiten Krieg, den ich überlebt habe. Der hatte wieder ein Russland, Stalingrad, aber ich keine Brüder mehr.

Hier ist alles erhalten in abbruchreifer Schönheit, wie in Leipzig damals.

Meine Hand liegt auf Rosalies, mehr kann ich nicht tun. Der Truck schüttelt uns durch die Schlaglöcher, bis er hält. Die jungen Männer springen heraus, einer hilft mir von der Ladefläche, der andere rennt ins Gebäude. Das Hospital General Calixto García ist ein großer heller Komplex mit einem prächtigen Portal, wir stehen an der Zufahrt für Krankenwagen.

Augenblicke später ist der Hellere mit einer Trage und zwei Helfern zurück, einer rundlichen kleinen Frau und einem schlaksigen Mann in weißer Klinikkleidung. Die jungen Männer sprechen schnell, gestikulieren, zuweilen nickt Albrecht oder wirft einen Satz dazwischen. Auf der Trage schieben sie Rosalie eilig davon, Albrecht zieht mich am Ärmel hinter ihnen her.

»Gracias«, ruft Albrecht den jungen Männern, die uns hergefahren haben, zu. Sie winken und rufen etwas zurück, Albrecht bejaht.

In Mangelgesellschaften hilft man sich. Notgedrungen. Ein Umstand, den die neuen Herren bestaunt haben, damals nach dem Umbruch, nach der friedlichen Revolution. Dann haben sie mein Leipzig auf Kredit renoviert und es samt seinen Leuten gekauft mit einer Währung, die sie »Freiheit« nannten, während ich in meinem Keller weiter obduzierte, über die Verhältnisse hinweg. Obduktionen seien systemunabhängig, dachte ich und rechnete die kleinen Lügen nicht ein, mit denen ich so manches Protokoll versehen hatte. Nicht direkt

Lügen, eher winzige Korrekturen, um die Geschichten anzupassen, der Gerechtigkeit halber gewissermaßen.

»Hast du ihren Pass?« Albrecht eilt neben mir her.

»Ich habe nicht mal selbst einen. Du denn?«

»Das wird schwierig.«

»Woher willst du das wissen?«

»Wir sind auf Kuba. Auf Kuba ist alles schwierig. Es sei denn, man hat Geld, Beziehungen oder reguläre Papiere.«

Damit unterscheidet sich Kuba kaum vom Rest der Welt.

»Andererseits wird es immer irgendwie. Wir brauchen einfach ein wenig mehr Zeit.«

Die haben wir nicht. Rosalie hat sie nicht, wenn sie die Hirnblutung überleben will, denn dass es eine ist, daran habe ich keinen Zweifel.

Wir landen in einem Räumchen in der Aufnahme und werden von einem Kollegen empfangen, den ich für kaum volljährig halte. Mit einem Klemmbrett steht der junge Blonde vor uns und liest seine Fragen ab. Merkwürdig klingen sie.

»Wir haben keine Zeit, verdammt!« Du sollst nicht fluchen. Aristoteles. Unsinn, natürlich nicht Aristoteles, mir verrutschen die Zeiten.

Sein Gesicht hellt sich auf und seine Apfelbäckchen röten sich. »Sie sprechen Deutsch?«

»Sie muss ins MRT«, sage ich. »Oder ins CT. Ich weiß ja nicht, wie Sie ausgestattet sind.«

»Erst muss ich wissen, wie sie heißt. Am besten, Sie geben mir ihre Dokumente. Pass, Visum, Hoteladresse.«

»Wir sind nicht zum Quatschen hier. Sie hatte vor drei Tagen einen Autounfall mit einem Schädel-Hirn-Trauma. Kurze bewusstlose Phase, retrograde Amnesie, Erbrechen, danach freies Intervall ohne Neurologie. Ob sie Brüche hat, weiß ich nicht. Ich konnte die Wunden nur notdürftig versorgen. Seit einer halben Stunde etwa Pupillendifferenz, rechts größer links, unvollständige Parese des linken Arms, Sprache verwaschen. Also los jetzt.«

»Sie sind Kollegin?«

»Ja.« Schon, obwohl ich lange, Jahrzehnte, nicht klinisch gearbeitet habe.

»Und Sie? Holen Sie einen Arzt!« Albrecht.

Der Blonde schiebt die Unterlippe vor, fängt sich aber rasch, verschwindet im Nebenraum und kommt mit einem untersetzten Mann mit Stirnglatze zurück. Sein Kittel ist nicht mehr ganz frisch. Der Blonde erklärt ihm etwas, Albrecht nickt dazu.

Perez heißt der Arzt, sagt mir Albrecht.

»Ich habe sie noch nicht aufgenommen.« Der Blonde hebt bedauernd die Schultern.

Wieder reden die drei über meinen und Rosalies Kopf hinweg, dabei geht es genau um den. Das Gespräch dauert nicht lange, dann nimmt Perez Rosalie mit. Ihre Trage wird durch die Tür gerollt, durch die der Doc hereingekommen ist.

»Was ist jetzt?«

Der Blonde füllt weiter seinen Zettel aus. »Moment.« Als er fertig ist, haben wir wieder seine Aufmerksamkeit. »Frau Staub wird jetzt ins MRT gefahren, danach in die neurochirurgische Abteilung verlegt. Ich zeige Ihnen den Weg.«

»Frau Staub?« Meine hochgezogenen Brauen fragen Albrecht, ich wusste nicht, dass er Rosalies Nachnamen kennt. Und dass er ihn sich gemerkt hat. Wieso merkt er sich Staub und sonst nichts?

Das Telefon auf dem Schreibtisch klingelt, an der Tür klopft es.

»Sie sind aus Deutschland?« Neugierig bin ich trotz allem.

»Auslandssemester. Man lernt unglaublich viel hier.« Seine Mundwinkel heben sich erfreut. »Aber ich muss jetzt. Sie haben ja gesehen, was draußen los ist.«

Albrecht nimmt mich am Arm, ich mache mich los. »Wie geht es denn jetzt weiter?«

»Das kann ich Ihnen nicht sagen. Finden Sie sich einfach in der Neurochirurgischen ein.«

»Ich wäre froh, wenn ich verstehen würde, was gesprochen wird. Wir sind nämlich ganz zufällig hier, wissen Sie.« Und ich bin erleichtert, dass jemand meine Sprache spricht, und möchte ihn nicht so schnell abgeben, ohne ein paar Informationen bekommen zu haben, wie wir uns durchschlagen können, wo der Flughafen ist, wie man an Geld und an ein Bett kommt. Wie man überlebt in der Fremde.

»Sie sind keine Touristen?«

Ich: »Nein.«

Albrecht: »Doch.«

Der junge Mann schwenkt seinen Blick zwischen uns, überlegt, bis er zu einem Ergebnis kommt. »Ich geben Ihnen meine Nummer. Nach Dienstschluss können Sie mich erreichen. Hier ticken die Uhren ein bisschen anders, aber man kriegt alles, was man braucht, wenn man die richtigen Leute kennt.« Durch sein Grinsen schimmert Neugier.

Den Zettel mit der Nummer reicht er Albrecht. Offensichtlich wirkt der seriöser für die Aufbewahrung von Telefonnummern. Männer wirken immer kompetenter. Ich werfe einen Blick auf das Papier und habe sie im Kopf. Es kann auch von Nutzen sein, wenn man sich jeden Mist merkt.

»Nachmittags bin ich am Strand«, sagt der Blonde noch und schiebt uns aus der Tür. Der Flur ist voller Menschen, Alte in improvisierten Rollstühlen, Kinder, ganze Familien, manche still brütend, andere in heftige Debatten verwickelt.

In der Neurochirurgie müssen wir warten, hocken auf einem anderen Flur, mit anderen Menschen, die ebenfalls warten. Tragen, leere und besetzte, werden dicht an unseren Füßen vorbeigeschoben, Personal hetzt hin und her, Türen klappen. Keine Spur von Doc Perez.

Licht, das durch halbgeschlossene Jalousien fällt, schneidet die Wände in Streifen. An diesem Ort vergeht die Zeit nicht kontinuierlich. Die Unrast der Menschen und das Warten schaben aneinander und hinterlassen Späne auf dem Boden. Während die Frage – wie zum Teufel sind wir hierhergekommen? – in meinem Kopf scheppert, zähle ich sie. Die Frage findet nicht auf meine Zunge, denn ich traue Albrecht keine Antwort zu, die nicht irre wäre. Und mir auch nicht. Deswegen sage ich: »Woher kannst du eigentlich so gut Spanisch?«

»Kann ich gar nicht so gut. Es ist ziemlich eingerostet. Ist ewig her, dass ich Gelegenheit hatte, es zu benutzen. Ich habe ein paar Semester in Barcelona studiert. Linguistik. War eine gute Zeit.« Ein winziges Strahlen glitzert über Albrechts Gesicht. Wenn er lächelt, erglänzt es, als wohne die Freude von Natur aus in seinem Inneren. »Was glaubst du, was wird?«

»Ich hoffe für Rosalie, dass es nur eine kleine Blutung ist. Und ich hoffe, sie beeilen sich mit der Entlastung.«

»Entlastung?«

»Trepanation. Ich denke, wenn die Diagnose steht, werden sie trepanieren.«

»Oh«, macht Albrecht und will nicht mehr wissen. Vielleicht hat er etwas darüber gelesen (seine Hauptbeschäftigung, seit ich ihm begegnet bin), zum Beispiel, dass man schon in der Steinzeit Schädel öffnete, um die bösen Geister aus ihnen zu entlassen. Dies scheint mir zuweilen eine Methode, die generalisiert gehörte. Ein Loch in jedermanns Kalotte würde womöglich sämtlichen Todsünden den Garaus machen. Kein Hass, kein Krieg, und die Kirchensteuer könnte unmittelbar im Straßenbau Verwendung finden. Wege zwischen Leuten zu bauen wäre nützlicher als welche zu Gott, der sowieso nie zu Hause ist, wenn man ihn braucht. Man sollte diese Technik einführen, wie man die Tuberkuloseschutzimpfung eingeführt hat, flächendeckend.

Eine lange Weile lausche ich dem Klang der fremden Stimmen und beobachte, wie die Sonne in den Zenit wandert. Albrecht bringt Wasser aus dem Wasserspender am unteren Ende des Ganges. Kaffee gibt es nicht.

Endlich werden wir aufgerufen. Eine junge Frau führt uns in ein Zimmer mit Liege, Computer, einem altmodischen EKG-Gerät in der Ecke, daneben ein topmodernes Pulsoximeter, Blutdruckmanschette und Kram, den man zur klinischen Untersuchung benötigt. Hier und da fehlt eine Ecke am Inventar, die Wände bräuchten einen frischen Anstrich, nichts ist glatt und glänzend wie in unserer Welt, an den meisten Dingen haftet die Zeit, doch über allem scheint die Sonne. Ich denke einen Moment an Ruth, der das Glatte nicht gefällt, die nichts anfangen kann mit dem Perfekten.

In diesem Raum hat man das Licht mit Jalousien ausgesperrt, Neon nimmt den Dingen ihre Schatten. Doc Perez' Gesicht glänzt flach, er tippt auf seiner Tastatur herum, als er fertig ist, schaut er uns freundlich an.

Ich verfolge Albrechts Reaktionen genau, versuche zu entschlüsseln, was die Männer miteinander reden. Hin und wieder zuckt Perez' Blick zu mir herüber, nur kurz hält er ihn auf mich gerichtet, um ihn gleich wieder fortzunehmen, wenn ich ihn erwidere. Schließlich schüttelt er uns beiden die Hände, wir sind entlassen.

»Und jetzt?« Draußen auf dem Flur bin ich so schlau wie vorher.

»Sie ist fertig.«

»Wie fertig?«

»Wir können sie besuchen.«

»Fertig? Ganz fertig? Wach und alles?« Ich glaub es nicht.

Albrecht zuckt die Schultern und schreitet aus, ich muss fast laufen, so schnell, hoffe, dass er den Weg gut beschrieben bekommen hat. Flure, Treppen, wieder Flure. An einer Glastür steht etwas, das Intensivstation bedeuten könnte. Albrecht klingelt, und der Bärtige, der nach einigen Minuten erscheint, schickt uns weiter.

Rosalie liegt in dem Bett am Fenster, vier Frauen teilen das Zimmer mit ihr. An ihrer rechten Kopfhälfte klebt ein Verband, den Großteil ihres Haars hat sie behalten. Ich setze mich an ihr Bett. »Na?«

»Na.« Ihr Blick schlingert noch. Ich greife nach ihrer Linken, und sie drückt meine Hand. Fest. Das ist gut. »Wie lange muss ich hierbleiben?« Sie schaut sich um, als nähme sie das Zimmer erst jetzt richtig wahr. Die Frau im Bett neben ihr, die Haut wie Packpapier, die faltige Hand in der glatten einer jungen dicken Frau, ihrer Tochter vielleicht, der Tränen über die kirschholzbraunen Wangen laufen. »Wo ist hier?«, fragt sie, und Unruhe flattert über ihre Miene.

Ich würde ihr gern sagen, dass wir in Havanna sind, aber ich bringe es nicht fertig. Wir können nicht in Havanna sein, einfach so, eigentlich. Also sage ich: »In einem Krankenhaus.« Das ist nicht gelogen, und Rosalie will nicht mehr wissen. Man muss Wissen aushalten können, vielleicht kann sie jetzt nicht.

»Ich frage noch einmal nach, wie lange du bleiben musst. Doktor Perez hat etwas von einer Woche gesagt. Wenn in der Zeit nichts passiert, dürfen wir dich zu Hause pflegen.« Albrecht, der auch keine Erklärung abgeben will, die er sowieso nicht hat. »Eine Woche erscheint mir ziemlich kurz.«

Mir erscheint sie eher lang, wenn man nicht weiß, wo man sein müdes Haupt betten soll in der Fremde. Wahrscheinlich sind die Nächte warm, wir könnten sie am Strand verbringen, das wollte ich schon immer. Ich nicke vage, weil ich nicht sicher bin, was Albrecht mit *zu Hause* meint.

»Sie haben mich nach meinen Papieren gefragt. Hier ist einer, der Deutsch spricht. Ich habe ihn trotzdem nicht verstanden.«

»Mach dir jetzt keinen Kopf.« Blöde Formulierung, aber gesagt ist gesagt. Ich bin froh, dass sie nicht tot ist, der Rest findet sich. Man kann gegen alles etwas machen, nur gegen Totsein nicht. »Ruh dich aus. Morgen kommen wir wieder.«

»Wo ist der Kleine, und Jan?«

»Sie warten unten«, lügt Albrecht, dabei habe ich mich das auch schon gefragt.

Selbst wenn sie zu Fuß gegangen sind, müssten sie längst da sein.

18

Auf dem Platz vor dem Hospital General Calixto García sind sie nicht. Schweiß läuft mir den Nacken hinunter, den der heiße Wind nicht zu trocknen vermag.

»Und jetzt?«

»Warten wir.« Albrecht sucht nach einem schattigen Platz.

Ich will nicht warten, nicht schon wieder, nachdem wir Stunde um Stunde auf dem Krankenhausflur verbracht haben. Sehr überzeugt von der Idee sieht Albrecht auch nicht aus. Ihm rinnen Schweißtropfen von der Stirn. »Zum Strand?«, locke ich.

»Also gut.« Er nimmt mich bei der Hand. Lange hat mich niemand bei der Hand gehalten. Ich weiß nicht, warum er das tut und warum ich das tue. Ein merkwürdig altmodisches Gefühl lacht in meinem Inneren. Seine ist eine gute Hand, trocken und heiß. Wir wandern die Straße entlang, Autos hupen, es riecht nach Bohnen mit Hühnchen und nach Kaffee. Geschlossene Läden, Menschen in Hauseingängen und welche, die von Fensterbänken aus das Treiben auf der Straße verfolgen. Radfahrer, Kinder, Staub und Trommeln.

In einer kleinen Touristenbar, abseits in einer Gasse gelegen, bestellen wir Kaffee. Er ist so aromatisch, wie ich noch keinen getrunken habe. Es ist gut, wenn die Sonne scheint, es Kaffee gibt und man Euros hat, die man in Dollars tauschen kann. Nur wenn es in Wirklichkeit regnet, regnet und regnet, umgeben von braunbrackiger Flut, in Anwesenheit dreier Toter, nützen sie einem nichts.

Das zarte Bitter des Kaffees ist die Wirklichkeit. Oder nicht? Wenn ich nur wüsste, was ich glauben soll.

»Woher weißt du, dass da«, ich zeige in die Richtung, die ich meine, »das Meer ist?«

»In Havanna führen alle Straßen zum Meer.«
»Du warst schon einmal hier?«
»Ich kann mich nicht erinnern.« Er lacht nicht, zu ernst ist sein Vergessen.
Unsere Tassen lassen wir auf dem Tischchen vor der Bar und schlendern weiter. Schön ist es, neben ihm zu gehen. Leicht ist sein Schritt, und er hält mich, als könnte ich ihm abhandenkommen. Was aus einem Menschen wird, wenn es nicht regnet …
Auf dem Malecón, der sich kilometerweit an der Küste entlangzieht, tummeln sich Urlauber, Studenten, Trompetenspieler, Bettler, Alte und Junge, von schwarz bis weiß. Die vielfältigsten Kombinationen aus den Ethnien der Welt scheinen sich auf Kuba versammelt zu haben. Wir setzen uns auf die Kaimauer und schauen ins karibische Blau. Ein Schiff balanciert über den Horizont, die Sonne blinkt auf seinem Weiß, es muss groß sein.
Ich käme mir vor wie in einem Märchen, quälte eine Frage mich nicht. »Hast du irgendeine Erklärung dafür?«
»Es sind kaum Schwebstoffe im Wasser, anders als in unserer Nordsee auf ihrem Festlandsockel, der Himmel spiegelt sich darin und … voilà.« Er streckt den Arm aus: »Blau«, lacht.
Ich warte seine Fröhlichkeit ab. Nachdem der Gitarrenspieler hinter uns sein Stück beendet hat, spricht er weiter:
»Wenn etwas schön ist, braucht es keine Erklärung.«
Unten im Sand dreschen drei Paar Jungenfüße auf einen Ball ein, ihre braunen Oberkörper glänzen im Licht. Sie schlagen Haken, trippeln umeinander, kicken den Ball in die Brandung, Wasser spritzt auf in glitzernden Tropfen, sie schreien und jubeln. Wahrscheinlich hat Albrecht recht, wenngleich die Frage nicht still sein will in meinem Kopf. Dabei habe ich, was ich wollte – Sonne und Meer. Das müsste doch genügen, oder nicht? Ich halte mein Gesicht in die Wärme, lasse es vom

Wind berühren und lege meinen Verstand in Ketten, für diesen Augenblick wenigstens.

»Wenn man einmal so alt geworden ist wie ich, kann einem nicht mehr viel Neues begegnen.« Albrechts Mundwinkel zuckt.

Grünschnabel! Sag ich natürlich nicht. »Du bist schon einmal aus einem Keller direkt ans Meer … ähm, geraten?«

»Nicht so, nein.«

»Bücher zählen nicht.« Die Jungs balgen sich im Sand.

»Was zählt denn für dich?« Er lacht nicht mehr, dabei war es schön, sein Lachen, das so eilig ist. Kaum angekommen, brandet es über sein ganzes Gesicht.

Zu sagen: »Der Tod«, kommt mir ein bisschen groß vor inmitten der Heiterkeit um uns herum. Also sage ich: »Die Arbeit, die Aufklärung, Verstehen, so was. Und die Erinnerung.« Sie ist eigentlich der Grund, der mich am Leben hält. Wer soll sonst all die Dinge erzählen, die passiert sind, wenn nicht die, die sie erlebt haben? Nur sind die meisten schon tot und haben ihr Erinnern mitgenommen. Albrechts Hand hält meine noch.

Albrecht schluckt. »Steht alles irgendwo geschrieben. Es gibt nichts Neues.«

»Das ist nur das Abbild des Echten.«

»Das Erinnerte auch.« Er nimmt ein Steinchen von der Mauer und wirft es in den Sand. Eine kleine Vertiefung bleibt, wo es versank.

»Vielleicht. Mir kommt die Erinnerung echter vor. Sie ist doch selbst gelebt. In jeder Zelle findet sie sich wieder, Stoff geworden.«

»Nur im Einzelnen. Im Wort sammelt sie Bedeutung für alle.« Er guckt ziemlich romantisch auf die See. Ich hätte ihm so ein romantisches Gucken gar nicht zugetraut. Das Blau der Karibik, daran wird's liegen. »Ist wie mit der Liebe, von der es ja doch nur ein Abbild gibt.«

An so einem prächtigen Tag will ich nicht über die Liebe reden. »Dopamin, Adrenalin, Serotonin, günstigstenfalls Oxytocin. Echte Stoffe«, sage ich und nehme meine Hand an mich.

»Das sind nur die Zutaten. Siehst du die Welt in ihre Zutaten, in lediglich ihre Einzelteile zerlegt?« Einen Moment denkt er vor sich hin. »Ist die Dekonstruktion nicht der Schritt zum Verstehen dessen, was nicht zu verstehen ist, nicht in seiner Gänze?«

Das Meer, das Blau, die Sonne und ein Ort, an dem wir eigentlich nicht sein können, da kommen einem schon mal so Gedanken. Ich denke an meine Toten, deren Tod ich … dekonstruiere?

»Hast du eigentlich jemanden, der dich erwartet?« Er wendet den Kopf.

Ich würde gern lügen, aber das »Nein« ist schneller über meine Lippen, als mein Hirn bereit ist, eine Lüge zu kreieren. »Schon lange nicht mehr.«

Er lacht. »Nun übertreib nicht. So lange kann das rein altersmäßig gar nicht sein.«

»Und du?«, sage ich schnell, weil ich Altersfragen im Augenblick nicht erörtern will.

»Melanie. Und Theresa.«

»Aha.«

»Theresa nur, weil sie allein nicht zurechtkommt. Ich unterstütze sie. Wir sind noch verheiratet, leben aber getrennt, seit ich nach Hamburg gezogen bin.«

»Und Melanie stört das nicht?«

»Doch.«

Die Sonne brennt auf uns herunter. Vier ältere Jungen pflügen durch den Sand zu den Kids hinüber, breitbeinig mit durchgedrückten Rücken und angewinkelten Armen.

»Wir streiten viel. Sie ist hübsch und kocht gut. Und wenn ihre fürchterliche Eifersucht nicht wäre, könnten wir ein gutes Leben haben.«

»Hat sie denn Grund dazu?«

»Wenn Bücher ein Grund sind?«

»Du verbringst viel Zeit mit ihnen, oder?«

»Ich muss.«

»Und keine mit ihr.«

»Ihr Frauen seid doch alle gleich.« Sein Blick mildert den Unfug.

»Zeit.« Das Beste, was man jemandem schenken kann. »Wenn du sie deinen Büchern gibst, bleibt nichts für sie. Und nichts für dich.« Ein gutes Leben braucht vor allem Zeit.

»Jetzt habe ich ja welche. Ich werde mir eine eigene Wohnung suchen, wenn ich zurück bin.«

»Falls wir zurückkommen.«

Ich mag sein Gesicht, in dem angemessen die Jahre stehen. Ich hätte auch gern so eins. Ein Strahlen blitzt über seine Züge. »Dann bleiben wir eben hier. Hier gibt es Sonne, Musik, Kaffee, Zeit. Freundliche Leute. Man könnte es das Paradies nennen.«

Das Schiff ist näher gekommen. Es ist riesig. Unten am Strand umkreisen die älteren die jüngeren Kids, versuchen den Ball wegzukicken, rempeln und schubsen. Ein Pärchen weicht der Gruppe aus.

»Wir sollten zurück zum Hospital. Irgendwann müssen Jan und Sydney doch dort auftauchen, selbst wenn sie sich verlaufen haben.« Ich stehe auf und nehme meine Jacke über den Arm. Sie ist zerknittert und wirkt falsch in dieser Glut, so als würde ich der Hitze nicht trauen und den Winter befürchten. Es ist, als verriete sie meine Nationalität und gäbe mich der Lächerlichkeit absurder Befürchtungen preis.

»Also gut.« Albrecht bleibt sitzen, kann nicht vom Anblick des Blaus lassen. Oder schaut er das Schiff an? Mit der Sehnsucht nach dem Regen im Herzen?

Ein großer Junge drischt einem kleinen die Faust in den Bauch, der knickt ein und bleibt liegen. Das andere Kind weicht zurück. Den Kleinsten schleppen die Älteren zum Wasser und drücken seinen Kopf ins Meer. Dann rennen sie mit dem Ball, ihrer Beute, davon.

Das Paradies hat einen Riss bekommen, also gehen wir den Weg zurück.

»Wir haben Glück gehabt.« Meine Hand liegt wieder in Albrechts, während wir zwischen den verfallenen Fassaden entlangwandern.

»Na ja, Glück?«

»Mit Rosalie, meine ich.«

Dazu sagt er nichts. Natürlich sind wir nicht auf der Welt, um glücklich zu sein, aber ein bisschen davon hält uns in ihr. Zum ersten Mal seit … Ewigkeiten schleicht sich eine kleine Hoffnung in mein Hirn. Dass doch alles gut werden könnte. Und ein neues, völlig unbekanntes Ziehen in meiner Brust verlangsamt meinen Schritt. Ein Herzinfarkt, der sich ankündigt, eine Embolie womöglich, wäre kein Wunder bei der Hitze. Wieso fallen mir zuerst potenziell tödliche Erkrankungen ein? Man soll sich nicht lebenszeitlang mit dem Tod umgeben, das hat schon meine Mutter gesagt und ein wenig die Nase gerümpft über meinen Vater. Das Geld, das er mit seinen Leichen verdiente, rühre sie nicht an, meinte sie einmal während einer in die Länge gezogenen Debatte. Sie hätte lieber einen Internisten, einen richtigen Arzt heiraten sollen.

Ich atme tief den Duft der fremden Stadt, schließe die Augen und lasse mich zwei, drei Schritte blind treiben.

»Wo habt ihr gesteckt? Wir waren in der Klinik verabredet. Wisst ihr noch? Eine Stunde in dieser Affenhitze, wir sind fast geschmolzen.« Jan. Unerwartet steht er vor uns, zwei Meter hinter ihm Sydney. Bevor ich mich über die Vorwürfe beschweren kann, sagt er: »Ist ja egal.« Das Motorengeräusch eines vorbeifahrenden Chryslers verschluckt Jans nächste Worte. Ein Lada rattert hinterher. »… abends. Wollt ihr mit, oder habt ihr euch ein Hotelzimmer gemietet?« Er grinst anzüglich, und ich lasse unwillkürlich Albrechts Hand los. Gleichzeitig denke ich: Was für ein Blödsinn. Ich bin erwachsen und das schon ziemlich lange. Nun ja, Erziehung sitzt tief, egal wie Zeiten und Werte sich ändern.

»Wohin?«, frage ich und bemerke erst da die beiden Kubaner, die lässig an der Hauswand lehnen, zwei junge Männer in abgetragenen Jeans, Muscleshirts und Turnschuhen, ein bisschen Nineties des letzten Jahrhunderts.

Jan nickt zu den beiden hin. »Großneffen von Fausto. Wir können zu ihnen, bis wir Papiere, eine Bleibe und einen Flug haben, bis wir Rosalie mitnehmen können. Darf nur keiner wissen.« Olga presst sich an Jans Schenkel.

»Könnten wir uns in den Schatten setzen?« Albrecht. »Dann noch mal für mich ganz langsam.«

Die jungen Männer führen uns zwei Straßen weiter, in eine Einfahrt hinein, auf einen Hof, durch einen Gang zwischen zwei Häusern, Türen beidseits, unter dem Himmel Wäscheleinen von Haus zu Haus – sie winken mit bunten Kleidern.

Schließlich gelangen wir zu einem Geviert aus versengtem Gras, Palmen und Lorbeerbäume werfen ihre lichten Schatten darauf. In der Mitte des Hofes, der deutlich größer ist als jene, die wir durchschritten haben, kauert ein bunt gestrichenes Holzhäuschen, eine Art Kiosk, mit grob gezimmerten Tischen und Bänken davor. Alte Männer sitzen dort, Zigarren rauchend und Kaffee trinkend, manche haben Bierflaschen vor sich und Dominosteine.

»Wer ist Fausto?«, fragt Albrecht, nachdem wir auf die Bänke unter Palmenwedeln gesunken sind.

»Fausto ist mein Freund. Hatte ich das nicht gesagt? In Falkenheim ist er gelandet, als man ihn nirgends bleiben ließ. Zurück wollte er nicht.«

Ja, das hat er erzählt. Albrecht wird es vergessen haben.

»Wo hast du die Neffen aufgetrieben?« Es ist mir ein Rätsel, wie er sich verständigt haben will.

Der eine junge Mensch, der mit dem längeren Haar und der dunkleren Haut, bringt uns Bier von dem bunten Häuschen. Jan legt ein paar Euro auf den Tisch, die in der Tasche des anderen verschwinden. Der grient über ein freundliches Doppelkinn hinweg.

»Ich habe eine Adresse.« Umständlich fingert Jan ein zerknittertes Zettelchen aus seiner Brieftasche. »Dort sind wir vorbei. Und siehe da: Blas und Dario hängen rum und haben gerade nichts anderes vor.« Triumphierend hebt er seine Flasche und prostet uns zu. Sydney sagt die ganze Zeit kein Wort, abwesend wirkt er.

»Und woher, bitte schön, wissen Sie, dass diese Männer Großneffen Ihres Freundes sind? Haben Sie sie gefragt? In welcher Sprache denn? Sie sind stundenlang verschwunden mit dem Jungen«, Albrecht nickt zu dem stillen Sydney, »tauchen wieder auf und schleppen zwei Fremde an, die …«

»Auf Deutsch«, sagt Blas, der mit dem längeren Haar, das ihm schwer ins Gesicht fällt, und Albrecht interessiert sich nun gründlich für seine Bierflasche.

Jan genießt sichtlich die kleine Genugtuung.

»Mein Vater hat in der DDR gearbeitet«, sagt Blas, trinkt einen Schluck, wischt sich den Schweiß von der Stirn. »Anlagenbau, Ingenieur. Er hat uns Deutsch gelernt. Wir sollen nicht nach Miami. Alle gehen nach Miami, und keiner hat Glück da.«

Ich war noch nie in Miami, aber es kommt mir nicht wie ein Ort vor, der unglücklicher macht als andere Orte, nur wie einer mit weniger Regen. »Willst du nach Deutschland?«, frage ich und mir graust, wenn ich an die braune Flut und die Kälte denke.

Blas lacht und schüttelt den Kopf. Kurz übersetzt er, Dario

lacht mit. »Nein. Wer verlässt schon sein Land, wenn er nicht muss?«

»Viele sind fortgegangen, genau wie aus der DDR«, sagt Albrecht.

»Ja. Und manche sind zurück. Weil es schön ist hier. Ihr seht nur, was ihr seht. Wir haben die Sonne.« Blas lacht wieder und klirrt seine Flasche gegen die von Dario.

»Ich bleibe«, sagt Sydney, der die ganze Zeit nichts gesagt hat.

Ein paar Bänke neben uns beginnt ein Alter einen Bolero zu singen, langsam, tief und melodiös.

»Du hast kein Visum«, wirft Blas ein.

»Die anderen auch nicht.« Sydney.

Dokumente sind allerdings ein Problem, wenn wir zurückwollen.

Ich frage mich, ob ich will. Irgendwie wird man an Papiere kommen, an ein Visum, einen Pass, an etwas, das bestätigt, dass ich die bin, die ich bin. Darum geht es doch. Sie wollen wissen, wer man ist, hier und überall auf der Welt. Über die Jahre bin ich erfahren geworden darin, ihnen zu sagen, wer ich bin, sie zumindest in dem Glauben zu lassen, ich sei die, die ich zu sein vorgebe. Hätten sie eine Ahnung davon, wer oder was ich wirklich bin, sie hätten mich längst … als Betrügerin vor Gericht gestellt? Mir eine psychiatrische Klinik empfohlen? Ich weiß es nicht. Niemand außer mir selbst kennt mein wahres Geburtsdatum. Ich habe es der Glaubwürdigkeit halber wieder und wieder angepasst. Nicht ganz ohne Hilfe, zugegeben. Ich kenne da ein paar Leute. Bei mir im Institut hat niemand Verdacht geschöpft, zum einen, weil die Verwaltungsangestellten gewechselt haben, die Institutsleiter und die Gesellschaftsordnungen, und zum anderen, weil mich niemand wahrnimmt da unten in meinem Keller, solange ich meine Arbeit mache.

Gerade in meiner Abwesenheit werden sie anderes zu tun

haben, als sich um meine Personalakte zu kümmern. Sie werden sie zu den Akten legen und vergessen. Leichen werden angeschwemmt werden. Tote, die identifiziert, obduziert und bestattet werden wollen. Das wird auch diesmal so sein, falls der Regen auch andere Flüsse über die Ufer gedrängt, andere Täler, Dörfer und Städte überschwemmt hat. Da bleibt keine Zeit für die Lebenden.

Ich glaube, ich will nicht zurück. Ich könnte im Hospital nach einer Stelle fragen. Tote gibt es überall. Und wenn der erste Eindruck nicht trügt, herrscht Personalmangel, womöglich nicht nur in der Neurochirurgie, sondern auch in anderen Abteilungen. Der junge Blas könnte mir Spanisch beibringen. Ich könnte eine Wohnung im vierten Stock mit Blick aufs Meer nehmen, eine, unter deren Fenster ein Banner mit »Viva la Revolución« flattert. An den Sonntagen würde der Wind den ausgeblichenen Stoff an die Hauswand schlagen, und ich würde den Kirchenglocken lauschen. Ich würde mir starken Kaffee zum Frühstück brühen und später an den Strand gehen, durch die Straßen und Museen streifen, in den Bodegas anstehen und meine Kleider selbst nähen. Wäre ja nicht das erste Mal. Nach dem zweiten Krieg, als mein Haus mit Familien und Fräuleins bevölkert war, mit Heimkehrern und Selbstmördern, habe ich das wie alle anderen getan. Extravagante Stücke sind damals entstanden – Blusen aus Chintzvorhängen, Kleider aus Damastbettwäsche und Röcke aus Sofadecke. Vielleicht könnte ich eine kleine Schneiderwerkstatt eröffnen oder in eine eintreten – Couture statt Obduktion.

Natürlich kenne ich niemanden in Havanna, habe keinen Freund, nicht einen. Zu Hause habe ich auch niemanden, außer Ruth, die nicht mehr von mir weiß. Ich könnte ein neues, gutes Leben anfangen hier in der Fremde. Tief atme ich die heiße Luft ein, die nach Zigarrenrauch, Hibiskusblüten, Müll und Verheißung riecht, und meine Brust wird weit.

»Würden Sie uns helfen, Papiere zu bekommen, Blas?«, frage ich.

»Du bleibst auch?« Sydney.

»Viele Optionen haben wir nicht, oder?« Daheim wartet der Regen. Und wer weiß, ob wir überhaupt hinkommen. Vielleicht landen keine Flieger mehr in Deutschland, weil die Flughäfen abgesoffen sind. Weil die Wolken so undurchlässig sind, dass man das Land darunter bezweifeln muss. Weil das Land zur Gänze in brauner Brühe versunken ist. Und es warten drei Leichen dort, wo mein Wagen steht. Ich will nicht an sie denken müssen.

Ich sehe dem jungen Kubaner ins Gesicht. Seine Zähne blitzen. Den wirklichen Reichtum eines Landes erkennt man an seinem Zahnstatus. Und an der Bildung seiner Ärmsten.

Er wiegt den Kopf. »Halb, halb. Sie haben Euro? Und Zeit? Mit Geld und Zeit geht alles. Und Beziehungen.« Ein breites Grinsen bemächtigt sich seiner Züge, jungenhaft arrogant, nicht verschlagen. Ich schweige, weil ich weiß, dass weder meine Euros noch die Zeit der anderen reichen werden. Sydney hat kein Geld, Rosalie vermutlich auch nicht, bleiben Jan und Albrecht. Die Männer haben das Geld, das Frauen und Kindern fehlt.

Das Bier ist alle, Jan windet seine Beine aus der Bank, um neues zu holen.

Blas legt ihm die Hand auf die Schulter und schüttelt den Kopf. »Ich gehe.«

Jan schiebt ihm einen Schein zu, kurz darauf lacht Blas mit dem Dicken am Kiosk, dann steht frisches Bier auf dem Tisch und wir prosten einander zu. Albrecht hat mit Dario gesprochen, leise und auf Spanisch.

»Entspannt euch«, sagt Blas, steckt sich eine Zigarette an und bläst den Rauch in die Luft. »Unas días brauche ich. Vielleicht ein Woche. Eure Frau im Hospital muss gesund, dann in den Flieger und nach Deutschland. Bis sie fliegen kann, hab ich Papiere. Sicher.«

»Was kostet das?« Albrecht.

Wieder wiegt Blas den Kopf. »Weiß nicht. Muss sprechen.« Er strahlt. »Alles wird gut.«

Was auch immer das bedeuten mag. Wieso strahlt er so? Auch Dario guckt fröhlich. Der Kioskmann freut sich. Die Alten mit den Zigarren lachen. Nur in ihren Augenwinkeln hockt ein kleines Misstrauen, das sie zu uns herüberschicken.

»Kommt«, sagt Blas. »Ausländer sollen nicht hier sein. Wir gehen zu meiner Schwester.«

»Du hast kein Problem mit Ausländern?« Sydney.

»Ich lebe von euch, chica.«

Sydneys Mundwinkel freuen sich. Blas hat ihn *chica* genannt. Er klärt das Missverständnis nicht auf, sondern trottet hinter den Cubanos her.

Wir durchqueren Höfe, passieren Gassen und finden zurück auf eine größere Straße, die uns fortführt vom Weltkulturerbe der Altstadt. Nur die alten Schlitten begleiten uns, die auch als Weltkulturerbe gelten, wie Blas halb stolz, halb resigniert erklärt, denn die Wagen dürfen nicht ins Ausland verkauft werden, was den Besitzern ein Vielfaches von dem brächte, was sie in Havanna für die Mühlen kriegen, und wovon sie ein gutes Leben leben könnten. Die Häuser werden kleiner, die Fassaden poröser, Lücken mit Schutt zwischen ihnen, vor den Türen Männer, die Domino spielen, Frauen, die sich über schreiende Kinder hinweg unterhalten, und Musik. Überall Musik. Eine Trompete von irgendwo, eine Gitarre, Trommeln. Die Stadt ist voll davon.

Über allem liegt eine Gelassenheit, als verfüge Kuba über mehr Zeit als der Rest der Welt. Reichtum, denke ich, ist das, bis mir der Riesendampfer einfällt, der sich dem Hafen nähert. Vielleicht kommt er, um die Zeit mitzunehmen und statt ihrer Coca-Cola-Poster an die maroden Fassaden zu pappen. Menschen in kleinen Grüppchen schlendern an vor Jahren geschlossenen Geschäften vorbei, an Schutthaufen und Ruinen. Nichts ist glatt und glänzend. Es ist, als lebe man hier in einer friedvollen Vergangenheit. Aber das stimmt nicht.

Wir weichen einem Pärchen aus, das Salsa tanzt. Die Musik tönt aus einem Recorder ganz ähnlich jenem, den Jan in seinem Keller hat. Strom bezieht er aus einer abenteuerlich auf einer Hauswand verlegten Leitung, die sich mit anderen Leitungen bündelt und verwirrt. Wir gehen und gehen, die breiten Straßen entlang. Sie sind breiter als in allen Städten, die ich kenne. Sie sind wie früher, als noch keine parkenden Autos die Sicht auf das Pflaster, auf die Häuser und den Raum dazwischen verstellten.

Wir gehen nicht schnell, sondern gemächlich, dem Rhythmus des Lebens angepasst. Nach etwa einer Stunde bleibt Blas stehen und sagt: »Hier.« Er drückt die Klingel neben einer ehemals blauen Tür, links von ihr blanke Ziegel, darüber Balkone. An einem weht Wäsche im Wind, eine Palme protzt auf einem anderen. Der ist frisch gestrichen in Blau und Gelb. Eine Weile hänge ich meinen Blick an das Bunt, das grell vom Grau absticht.

Blas ist weg, eingetaucht ins Dunkel der Einfahrt. Dario macht eine Geste, die uns bedeuten soll, hineinzugehen.

»Nun komm schon, Metha.« Albrecht. Dabei möchte ich nicht. Ich will auf der Straße bei der Sonne bleiben, zwischen den scharfen Schatten, inmitten der Musik.

Jan drängt sich an mir vorbei, Olga ihm nach. Olga ist zwischendurch manchmal stehen geblieben und hat an trockenen Grasbüscheln gezupft. Mir ist noch etwas schwummerig vom Bier, oder von der Hitze, oder von dem Duft nach Rosmarin. Auf dem Balkon über mir wallt das Kraut üppig übers Geländer, was mich daran erinnert, dass man etwas essen müsste.

Ehe ich weiter nachdenken kann, befinde ich mich in einer

Küche, vollgestopft mit Leuten, Geräuschen und Gerüchen. Ich lehne am Türpfosten und schaue dem Treiben zu. Die Küche ist spärlich möbliert. Ein Holztisch in der Mitte, ein Regal mit Gewürzen und Geschirr an der Wand, daneben ein Sofa, ein altersschwacher Herd und ein ziemlich neuer Kühlschrank, aus dem eine Schönheit gekühltes Wasser, Käse und Gurken auf den Tisch räumt.

»Die Regierung hat uns Kühlschränke verordnet«, sagt Blas, nachdem alle Platz gefunden haben. Olga drückt ihren Körper an die Lehne des Sofas, auf dem eine Frau thront, die ihre Falten trägt wie eine Diva ihre Juwelen und eine Zigarre raucht.

Jan gluckst. »Verordnet?«

»Ja. Wegen Strom. Sie haben unsere alten Kühlschränke abgeholt und neue gebracht. Jetzt haben wir oft Strom.« Stolz schwingt in seiner Stimme. »Vorher gab es wenig Strom. Die Kühlschränke haben viel gebraucht.« Ich denke an die Leitungen draußen auf der Mauer.

Sie haben ihn sicher nicht für nichts bekommen. Ich erinnere mich, als wir unseren Eisschrank auf die Straße schafften und der erste elektrische Kühlschrank gebracht wurde. Vater zeigte ihn mir mit Glanz in den Augen, über den Preis sprach er nicht, aber ich wusste, dass er ihn eine Stange Geld gekostet hatte. Ich freute mich für Vater, leid tat es mir um den Eismann, der nun nicht mehr kommen würde. Er war ein lustiger Mensch und ein beschwingter Sänger, trotz der schweren Eisblöcke, die er in die Wohnungen schleppte. Das neue Gerät bekamen wir im August 1932, es war eines der ersten, die gebaut wurden. Der Eismann erhängte sich im Februar das Jahr darauf.

Die Schönheit, rank ist sie, braun mit ebenmäßigen Gliedern, schneidet Brot.

»¡Que aproveche!«, sagt Dario und greift nach dem Käse, der el queso heißt, sagt Albrecht, und ich denke, er will mich veralbern.

Essen. Zusammen essen ist gut. Man kann sich nicht vor Leuten fürchten, mit denen man isst. Draußen auf der Straße habe ich ein Flirren hinter dem Brustbein gespürt, eine Befürchtung, eine kleine Angst womöglich. Zum ersten Mal, seit wir in Havanna sind. Es wird an dem finsteren Hauseingang gelegen haben, an dem Gefühl von Fremdheit, das plötzlich da war, weil ich so viel Zeit hatte nachzudenken auf dem Weg hierher.

Und nun essen, keine Angst mehr. Wenn du willst, dass dir jemand gewogen ist, iss mit ihm. Mirtha, das ist die schöne Schwester von Blas, schenkt Rum in Wassergläser.

»Wer hat die Sachen besorgt?«, flüstere ich Albrecht zu.

»Wie, besorgt?«

»Jemand muss sie besorgt haben. Den Käse, den Rum.«

Er blickt mich verständnislos an. Du bist ein Westkind, Albrecht. Im endlosen Frieden aufgewachsen, immer schon satt.

»Wir müssen ihnen etwas dafür geben. Hast du Geld?« Meine Frage ist nicht uneigennützig, denn wir werden welches brauchen. Für Papiere, für die Heimreise von Rosalie, für Dinge.

Albrecht nickt. »Kreditkarte.«

Ich bin erleichtert, fast. »Auch Bares? Sie werden mit Plastikgeld nichts anfangen können.«

»Ein bisschen.«

»Dann gib ihnen was.« Ich nehme mir noch ein Stück el queso, während Mirtha einen Topf mit Bohnen und Reis vom Herd hebt und auf den Tisch stellt.

Sie reicht der Alten, die sich nicht vom Sofa bewegt hat, eine Schale. Das einfache Gericht duftet köstlich nach Kräutern. Ich tauche meinen Löffel hinein. Um mich herum Klappern und Lachen, Gespräche gemixt aus Spanisch und Deutsch mit einem Schuss Rum, der sie anschwellen lässt, bis jemand anfängt zu singen, tief und klar. Es ist Alba, die Alte. Eine Stimme so stark wie der Süden und eine Melodie blau wie die See. Sie erhebt sich, breitet die Arme aus und singt mit großer Geste. Alle lauschen andächtig.

Meine preußische Erziehung beschwert sich heftig und presst die Lippen schmal, aber die kleine Prinzessin in mir schluckt vor Rührung. Dabei habe ich ihr schon hundert Mal gesagt … Blas schlägt den Takt auf den Tisch, Alba nickt ihm zu, singt, Mirtha fällt ein, beschleunigt das Lied, Dario dreht einen Topf um und trommelt. Die Musik schwillt an, bis sogar Albrecht und Jan mitsummen, Sydney lässt dazu die Löffel klappern. Dann endet das Lied und sie stimmen ein neues an.

Rum wird nachgegossen, Mirtha schwingt die Hüften im Takt, und dann singen sie eines … das kenne ich! Das einzige Lied auf Spanisch, das ich kenne, sogar den Text. Diesmal freu ich mich über mein verflixtes Gedächtnis und singe mit, ausgerechnet von Che. Aber wenn das Leben so leicht ist, ist es egal, wovon man singt. Ich höre meine Stimme, alle sehen mich an, nicken, während sie singen …

Aquí se queda la clara,
la entrañable transparencia
de tu querida presencia,
Comandante Che Guevara …
»¡Hasta siempre, Comandante!«

… singe ich. Ich habe keine Ahnung, was die Worte bedeuten. Jedenfalls gucken immer alle sehr revolutionär bei diesem Lied. Das war damals schon so, in den 1960ern. Ich konnte es nicht vergessen. Sie haben es auf der Parteiversammlung gesungen, nachdem Che Guevara gestorben war. Auch danach immer mal wieder, aber nie mehr mit dieser Inbrunst und dem revolutionären Feuer wie in dem staubigen Zimmerchen unterm Dach des Instituts, in dem die Parteiversammlungen abgehalten wurden. Che war schließlich auch Arzt gewesen, einer von uns, quasi. Ich weiß noch, dass es regnete.

Ein ganzes Jahr nahm ich an den Versammlungen teil, dann hatte ich keine Lust mehr. Ich mochte meine Kollegen nicht diesen Schwachsinn reden hören und dieses Flackern in ihren Augen sehen, ob aus wahrem Glauben oder Misstrauen. Sie waren doch sonst blitzgescheite, feinsinnige Leute mit pathophysiologischem Gespür und messerscharfen Diagnosen. Ich schämte mich ihrer und warf mein Parteibuch auf den Tisch, dessen Sprelacart mit einem roten Tuch bedeckt war, ausgefranst an den Rändern. Vor dem Fenster wurde es Mai. Mit einem Parteiverfahren, wie sie es nannten, verbannten sie mich aus ihren Reihen. Man trat nicht einfach aus der Sozialistischen Einheitspartei aus. Nie! Man wurde als konterrevolutionäres Element entfernt. Ich landete für fünf Jahre im Archiv. Aber was sind schon fünf Jahre in meinem Leben? Ich habe den Kaiser noch gekannt.

Mirtha tanzt, Sydney klappert die Löffel, Dario trommelt den Topf zu »Hasta siempre« und draußen scheint die Sonne auf La Habana. Nach einer Weile spüre ich den Rum im Blut und den Rhythmus. Ich ziehe Albrecht vom Stuhl, Mirtha lacht hell auf, und wir tanzen, tanzen … Lange.

Außer Atem lasse ich mich auf einen Stuhl fallen, mein Herz schlägt, richtig, getaktet vom Sound und vom Leben.

Blas und Dario fehlen, ich habe ihr Fortsein nicht bemerkt. Draußen senkt sich die Nacht zwischen die Häuser. Keine Leuchtschrift, keine Straßenlaterne, nur einzelne helle Vierecke schweben im Schwarz. Als ich hinausschaue, sehe ich zwei Männer im kargen Schein des Lichts, das aus den Fenstern auf die Straße fällt. Sie müssen es sein, eine der Gestalten wedelt mit den Armen, die andere liegt auf dem Pflaster.

»Albrecht!«

Nichts.

»Sydney!«

Der Junge ist sofort bei mir, als habe er nur auf ein Wort

gewartet. Er schwankt ein wenig. Der Rum. Kinder sollten ja keinen Rum, aber …

Plötzlich ist auch Mirtha da, schreit, rennt los, ruft Alba etwas zu. Die begreift und erhebt sich umständlich.

»Was …?« Albrecht. Dann sieht er es und folgt Mirtha auf die Straße.

Ich stehe am Fenster und denke, dass …

»Was ist los?« Jan. »Plötzlich alle keine Lust mehr?« Mit unsicherer Hand gießt er Rum nach und leert das Glas in einem Zug. »Was macht ihr denn alle für Gesichter?«

Durch das Fensterglas höre ich Mirtha schreien, erst schrill, dann klagend. Und ich stehe an diesem Fenster in Havanna und schaue hinaus und denke, dass man nachdenken muss, weil man immer erst einmal nachdenken muss. Da draußen auf der Straße spielt sich die Katastrophe ab. Eine Menschentraube hat sich gebildet, und ich kann nicht genau erkennen, was vorgeht. Nach wenigen Minuten tragen sie die Männer ins Haus, nach weiteren Minuten bringen sie sie in die Küche und legen sie auf den Boden. Alba sagt etwas zu den Nachbarn, vier sind es, die nicken, grüßen verhalten und gehen wieder.

Blas ist weiß im Gesicht, bläuliche Lippen, ein dunkler Fleck breitet sich auf seinem Shirt aus. Sein Brustkorb hebt sich kaum, er atmet mit offenem Mund und bebenden Nasenflügeln. An seinem Hals tritt eine Ader hervor. Spannungspneu, denke ich kurz, ohne Genaueres zu wissen. Es muss schnell gehen, wenn er weiterleben soll.

Dario daneben hat die Augen geschlossen. Er sieht ganz aus. Nur sein Atem fehlt. Mirtha kniet zwischen ihnen, weint. Alba hantiert am Herd mit Töpfen und Kräutern, Gläschen und Fläschchen, wendet den Kopf und fährt Mirtha an. Augenblicklich schweigt die junge Frau. Alle stehen herum, die Hoffnung ist auf Alba gerichtet.

Gegen die Vernunft untersuche ich Dario. Ich weiß, dass er

tot ist, vielleicht fast tot. Mit Toten kenne ich mich aus. Ich sollte mich um Blas kümmern, den Regeln folgen. Rette, wer zu retten ist, die anderen zu den Moribunden. Kriegslogik.

Ich müsste wahrscheinlich ein Löchlein in Blas' Thorax machen. Der junge Blonde aus dem Krankenhaus, dessen Telefonnummer in meinem Kopf raschelt, könnte mir einen Trokar bringen, eine Absaugpumpe, alles, was ich bräuchte, nur bleibt keine Zeit für einen Telefonplausch. Es müsste schnell gehen für Blas. Aber ich untersuche Dario. Tatsächlich sind seine Pupillen noch rund und reagieren auf das fade Licht, ein feiner Luftstrom kommt aus seinem Mund.

»Was?«, frage ich.

Da öffnet er die Augen. Schaut. Schaut nur. Zu wenig Luft zum Sprechen.

»Jemand hat ihm einen Knüppel ins Genick gedroschen. Hat ein Nachbar gesagt.« Albrecht.

Wirbelfraktur? Welche Höhe? Ich drücke seine Hände, sie bleiben schlaff. Sein Brustkorb hebt sich, kaum. »Wir brauchen einen Rettungswagen.«

Albrecht übersetzt. Alba sagt etwas, lacht rau und bissig. »Bis der hier ist …«, sagt Albrecht, schüttelt den Kopf.

Okay, keine Chance. Ich sollte mich um Blas kümmern. Dario zu den Moribunden. Aber …

Alba scheucht alle hinaus bis auf Albrecht, der dolmetschen soll, und mich. Sie hat irgendein Zeug gebraut, spricht mit geschlossenen Augen, wedelt die Hände über Blas. Ich frage Albrecht stumm.

Der hebt die Schultern. »Voodoo oder so.«

»Voodoo? Er braucht einen Kugelschreiber, den man ihm in den zweiten Zwischenrippenraum stecken sollte. Hast du einen Kuli? Und ein Messer?«

»Metha, ich …«

»Such ein Messer.«

Dario. Der Junge schaut aus großen Augen auf die Decke der Küche, auf mich, auf den kurzen Rest seines Lebens.

Mein Hals ist eng. »Sie wollten sich um unsere Papiere kümmern.« Ich hatte nicht einmal bemerkt, dass sie fort waren. Ich hab gelacht und getanzt. Es war, als wäre ich jung.

Jung.

Jung bin ich noch. In meiner Jackentasche finde ich das Fläschchen. Nie habe ich jemandem von dem Inhalt gegeben. Zu verheerend die Wirkung. Darios Lider senken sich über seine Augäpfel.

Jemand reißt die Tür auf. Plötzlich stehen zwei Fremde im Zimmer, als wäre es ihres, brüllen auf Spanisch.

Alba duckt sich, träufelt aber Blas etwas von dem Sud, den sie bereitet hat, auf die Stirn, spricht leise und eindringlich.

Albrecht redet mit den Fremden in einem devoten Ton, den ich an ihm nicht kenne. »Teniente Conde und sein Assistent Manolo«, sagt er dann.

»Mach keine Witze«, sage ich. Leute aus Romanen stehen nicht plötzlich lebendig vor einem, die gibt es gar nicht.

»Sie beschuldigen uns.« Albrecht sieht nicht nach Witzen aus. »Sie sagen, wir wären illegal.«

»Hab ich keine Zeit für.« Meine Knie schmerzen und ich habe mich entschlossen.

Ich drehe den Verschluss von dem Fläschchen, fasse mit dem Finger hinter Darios Zähne und ziehe den Unterkiefer nach vorn. Zögere. Mein Herz schlägt schnell. Gebe ich ihm von der Substanz, wird er lange, ewig womöglich leben. Tue ich es nicht, endet hier und jetzt seine Zeit. Beides ist falsch.

Es war auch falsch, nichts zu tun. Das war besonders falsch, weil die drei Menschen von dem Floß deshalb tot sind.

Dario atmet nicht mehr. Ich hebe seine Lider. Allmählich weiten sich die Pupillen, verlieren ihr gleichmäßiges Rund. Der Tod ist schon in ihnen.

Nein, es ist nicht egal, wie man die Ewigkeit verbringt! Behutsam tröpfele ich ihm den Stoff in den Mund, den einst mein Vater mir gab, wenige Tropfen, zehn zähle ich.

Dann warte ich.

Die Minuten schleppen sich dahin.

Ich höre, wie Albrecht mit den Männern spricht. Höre, wie Alba zaubert, höre den Wimpernschlag von Dario. Einen tiefen Seufzer. »Bien«, sagt er und greift nach dem Fläschchen.

Er greift? Er hebt den Kopf. Er …

Ich habe keine Zeit, mich zu wundern, was auch nicht richtig ist angesichts dieses Ereignisses. »Hast du das Messer, Albrecht?« Jetzt muss ich mich um Blas kümmern, schnell.

Ich stehe auf. Blas steht auch auf. Er steht. Er …

Alba schmunzelt zufrieden und tappt zurück zu ihrem Sofa, krault Olga, die still ausgeharrt hat, den Kopf und entzündet eine Zigarre.

Das kann doch nicht … Ich glaube nicht an Voodoo.

»Sie wollen unsere Papiere«, sagt Albrecht. »Jans und Sydneys auch.«

Die Männer sind noch da. Der, den Albrecht Teniente Conde nennt, trägt eine steile Falte auf der Stirn, sein Begleiter Misstrauen im Gesicht.

»Sag ihnen, dass sie sich verpissen sollen.« Das hab ich laut gesagt, glaub ich, denn Albrecht stutzt.

Ich greife nach dem Rum und nehme einen Schluck aus der Flasche. Falls ich gerade ein, nein zwei Wiederauferstehungen beigewohnt habe, muss darauf getrunken werden. Blas lacht und sagt etwas zu den Männern, die er zu kennen scheint, denn ihre Gesichter hellen sich auf, wenngleich die Verwirrung in ihnen bleibt.

»Teniente Conde, na klar.« Ich trinke noch einen Schluck. Albrecht liest zu viel.

»Cómo se llama usted, señora?« Es klingt nicht unfreundlich, obwohl ich nicht verstehe, deshalb lasse ich mein Gesicht etwas tun, von dem ich annehme, dass es zu einem Lächeln führt. Albrecht höre ich meinen Namen sagen, er zeigt auf Jan und Sydney, die plötzlich wieder in der Küche sind, erwähnt Rosalie, obwohl er das nicht sollte, redet, redet.

Dazwischen spricht Blas, schnell und fröhlich, klopft dem Teniente auf die Schulter, dessen Falte sich glättet, als Blas ihm fünf Dokumente in die Hand drückt. Ein Rest Zweifel lagert noch in seinem Gesicht, doch kurz darauf verabschieden sich die Männer.

Es wird still im Raum.

»Gracias«, sagt Dario, blickt mich lange an.

»Du weißt nicht, wofür du dankst, Junge.« Ich senke den Blick. Ich hatte keine Wahl. Es gibt keine Alternative zum Tod.

Mirtha singt, voll und leise, ein einsames Lied, bis alle mitsummen. Blas hat Alba im Arm, Sydney hat den Kopf auf dem Tisch abgelegt, Jan prostet Mirtha zu.

»Nächste Woche fliegen wir. Es geht nicht anders. Aber wir haben noch ein paar Tage in der Sonne.« Albrecht.

»Was ist passiert?« Ich verstehe nicht. Nicht einmal in meiner Sprache. Man muss nicht fremd sein, um wunderbar nicht zu verstehen.

»Ihr bleibt hier in der Nacht, morgen sehen wir.« Blas. »Ist nicht viel Platz, aber geht.« Er tritt hinter mich und küsst mich auf die Wange. Der Rum, nehme ich an. Er zieht mich vom Stuhl hoch. »Komm, ich zeige dir.«

Auf dem Flur kämpft ein Lämpchen gegen das Dunkel. Blas öffnet eine Tür, dahinter führt eine Stiege zu zwei weiteren Türen hinauf. Schließlich stehen wir in einer Dachkammer. Auf dem Boden liegt eine Matratze, Kissen, Decken, an der Wand ein Waschbecken aus Guss, so ein ähnliches war früher bei uns im Korridor angebracht, während der Einquartierung, damit die Bewohner der Zimmer sich Waschwasser holen konnten. Von der Decke hängt eine nackte Glühbirne, und die Farbe an den Wänden blättert. Aber jemand hat saubere Handtücher auf ein kleines Tischchen gelegt und Lavendel in eine Vase gestellt.

»Danke, Blas, das ist sehr freundlich von Ihnen.« Albrecht. Blas zaubert noch eine halbvolle Flasche Rum herbei, drückt sie Albrecht in die Hand, hebt freundlich die Brauen, sagt »Buenas noches!« und lässt die Tür hinter sich zufallen.

Dann sind wir allein. Von irgendwo eine Rumba, draußen die schwarze Nacht reich besternt. Und drinnen der Fremde, der Albrecht heißt. Mir ist ein bisschen leicht vom Rum, vom Leben und Weiterleben. Ich will nicht mehr wissen, wie Blas und Dario unsere Dokumente erschwindelt haben, was ihnen zugestoßen ist dabei. Ich lege mich auf die Matratze und schaue an die Decke. Sie dreht sich, links herum.

»Wir werden die Nacht hier verbringen«, sagt Albrecht, der am Fenster steht und auf La Habana schaut.

»Ja.« Mir ist nach einer Dusche. Okay, es gibt keine. Also raffe ich mich auf, entkleide mich. (Albrecht steht am Fenster. Es ist Nacht. Ich habe gerade erlebt, wie zwei Todgeweihte lebendig wurden.) Ich wasche mich am Waschbecken mit einem Stück Seife, dessen Geruch mich an Kernseife erinnert – sauber, brav, preußisch –, und schlüpfe unter die Decke.

»Macht es dir etwas aus, wenn ich mich zu dir lege?« Albrecht steht immer noch mit dem Rücken zu mir am Fenster, ein Mann mit Manieren, und müde wird er sein.

»Komm schon. Wir sind beide über zwölf.« Manieren kann man sich leisten, wenn man sonst alles hat.

Einen Moment scheint er zu überlegen, öffnet das Fenster, angenehm kühle Nachtluft strömt herein. Dann sehe ich von hinten, wie er sein Hemd aufknöpft, es ablegt, das Shirt über den Kopf zieht. Sein Rücken ist gerade und glatt, erstaunlich glatt für einen Mann seines Alters. Mit einem leicht verschämten Blick auf mich geht er zum Waschbecken. Ich drehe mich um, höre das Wasser plätschern, Stoff rascheln, seine Schritte barfüßig auf den Dielen. Die Glühbirne an der Decke erlischt. Ich höre, wie ein Streichholz angerissen wird, flackerndes Licht. Albrecht stellt eine Untertasse mit einem Kerzenstummel auf den Boden. Nach all den Verrichtungen, er hat auch seine Kleider sorgfältig zusammengefaltet, legt er sich zu mir. Die Matratze ist nicht sehr breit, und er ist ein großer Mensch, kaum zu vermeiden, dass sich unsere Körper berühren. Seine Haut an meinem Rücken. Ein verschollenes Gefühl, die warme Haut eines anderen zu spüren. Ich frage mich, wo Jan und Sydney einquartiert wurden und ob sie auch so nah beieinander liegen müssen. Oder ob Jan bei der schönen Mirtha liegt und Sydney in Albas Arm. »Ich schnarche«, sagt Albrecht.

»Doch nur, wenn du schläfst, oder?«

»Magst du noch einen Schluck?« Er hält mir die Rumflasche hin.

»Für den Tiefschlaf?« Ich nehme sie ihm ab und trinke.

Dann schweigen wir. Die Stadt ist so wach wie jede Metropole, nur ist mehr Musik als Verkehrslärm in ihr. Ab und an rumpelt ein Wagen vorbei, manchmal wirbelt Lachen herauf oder ein einsames Saxophon klagt.

»Ich habe keine Erklärung«, sage ich diesem Zimmer. Für nichts. Nicht dafür, wie wir nach Havanna gekommen sind, nicht für die Rettung unserer Retter, nicht für die Männer, von denen Albrecht behauptet, sie seien die Figuren aus Leonardo Paduras Roman.

»Wir sind auf einer Insel.«

»Ja, und?«

»Hier kann niemand weg, so ohne weiteres. Und alles Nötige muss da sein, muss erhalten werden, wenn man nichts hat. Wie die Autos wird auch Albas Zauber erhalten. Die Geschichten und Legenden bleiben da. Nichts kann weg. Allerdings konnte auch nicht viel hinzukommen seit dem Embargo.« Er macht eine Pause. »Es hat mich nicht überrascht, Teniente Conde zu treffen.«

»Sei nicht albern, Albrecht.«

»Was hast du eigentlich Dario eingeflößt? Es stand nicht gut um ihn, nicht?«

Er war praktisch tot, aber das sage ich nicht. Ich sage überhaupt nichts. Der Rum kreist in meinem Kopf.

»Weißt du, ich glaube, der liebe Gott hat Kuba gemacht, damit er eines Tages, wenn er alt ist, einen Platz hat.« In Albrechts Kopf kreist auch Rum.

»Meinst du, er ist mit Voodoo einverstanden?«

»Er wird begeistert sein, wenn man ihm damit helfen kann. Gegen seine Arthrose oder seine Demenz zum Beispiel.«

Mein Kichern klingt beschwipst. Ich rolle mich auf die Seite, stütze den Kopf in die Hand und betrachte Albrechts Profil im Schein der Kerze. Zwischen dunklen Wimpern glänzt sein Auge, darüber wölbt sich die kräftige Braue. Dem Fältchen vor dem Ohr würde mein Finger gern folgen. Es ist schön hier mit ihm. Sein Körper strahlt Wärme über die kleine Distanz zu meinem herüber. Lange hatte ich keinen warmen Leib bei mir. Die Menschen, denen ich nah war, sind längst kalter Staub. Einige Liebhaber gab es, keinen, der mein Herz berührt hätte. Und in den letzten Jahrzehnten sind sie mir einfach zu jung geworden.

Als mir gerade einfällt, dass ich mich nicht an eine unerotischere Situation erinnern kann, in der ich mit einem Mann das Lager geteilt habe, sagt Albrecht: »Dürfte ich dich küssen?«, und blickt mit seinen Augen unbestimmter Farbe in meine, tief hinein in sie.

Ich wundere mich noch über das kleine Ziehen in der Brust – denke kurz: Herzinfarkt – und darüber, dass ich seine Lippen auf meinen spüre, ohne dass ich die Frage beantwortet hätte.

Sein Mund schmeckt nach Rum, ein wenig süß. Während unsere Lippen sich öffnen, unsere Zungen das Spiel spielen, belauern sich unsere Blicke. Keiner, der zuerst hineinfallen will in diesen Kuss, sich hingeben ans Fühlen. Meine Hände tauchen in seinem Schopf unter, tasten sich am Nacken entlang, weiter über den Rücken, der sich so erstaunlich glatt anfühlt, wie er aussieht. Seine finden meinen Hals.

»Ich mag Hälse«, wispert er in den Kuss. Ich denke flüchtig darüber nach, ob ich auch Hälse mag, aber es ziehen nur Bilder vorbei von verkalkten Schlagadern, überdimensionalen Schilddrüsen und der zerfressenen Speiseröhre eines Kindes, das Putzmittel getrunken hatte. Ich stoppe den Film und den Kuss und betrachte seine Stirn, hinter der so viele Geschichten aus Büchern leben. Seine Hände gleiten an meinem Körper entlang, als wären sie längst mit ihm befreundet, finden meine Brüste, zupfen an den Mamillen, wenden sich neugierig der Taille zu, erkunden meine Hüften …

Vielleicht liegt es am Rum. Ich angle nach der Flasche, trinke, halte sie ihm an den Mund, er trinkt, ich küsse ihn wieder. Man kann ihn wunderbar küssen. Dann drücke ich ihn auf den Rücken, er lässt es geschehen, lächelt. Mein Blick streichelt seine Brust, die mit dunklem Haar bewachsen ist, wie bei einem Erwachsenen eben, mein Finger gleitet die Mittellinie entlang bis zum Schambein. Kein Schnitt, nur ein Streicheln über seinen angemessen runden Bauch. Er hält die Augen geschlossen, ich spüre die Anspannung in seinem Körper, der halb so alt ist wie meiner. Ich beneide ihn um das Altwerden. Langsam rolle ich mich über ihn, spüre sein Glied, das sich nicht recht entscheiden kann, und drücke mein Gesicht in seine Halsbeuge.

»Du riechst gut.«

Seine Arme halten mich, ein bisschen steif, wie ich finde. Es ist, als habe er plötzlich Stacheldraht ausgelegt zwischen uns.

»Ich kann nicht«, sagt er.

»Ich hab schon so oft. Ich brauch nicht. Sei nicht so ungemütlich.«

Männer denken immer, sie müssten. Okay, sie müssen ja auch. Aber vor allem sollen sie nicht ungemütlich sein, wenn sie nicht können. Seine Arme entspannen sich, und er nimmt mich bei sich auf. Schön ist das. Nah und leicht und selbstverständlich.

Von draußen swingt eine Melodie herein. Wir teilen uns den letzten Rum, legen uns dicht zueinander, eingehüllt jeweils von der Wärme des anderen, es muss ja nicht immer Liebe sein. Genau genommen kann ich mich an Liebe nicht erinnern, obwohl ich mir viel Mühe gegeben habe, das zu empfinden, was andere unter Liebe verstehen. Bücher habe ich darüber gelesen, Erfahrungsberichte gehört, Expertenrat eingeholt. Ich kann mich nicht an Liebe erinnern und ich weiß um meinen Makel.

Jetzt jedenfalls liegen wir in dieser kleinen Freude, bis der Schlaf …

Ich stehe am Hafen und sehe das Schiff anlegen, dieses riesige weiße Monstrum. Sehe, wie Menschenströme von Bord fluten, wie die Exilanten den Insulanern in die Arme sinken, wie Fremde, ausnahmslos Weiße, durch die Straßen schwärmen, Gebäude und Freiräume taxieren, Autos schätzen, Stände mit Cola und Sportschuhen aufbauen, bewimpelt und beflaggt mit Stars and Stripes. Dicke Männer in Shorts schleppen Kisten voll mit Banknoten an Land, verteilen Ein-Dollar-Scheine an die jubelnde Menge. Wolken türmen sich am Horizont, Wind kommt auf. Herren in schwarzen Anzügen schreiten begleitet von Bulldoggen den Malecón entlang. Ich sehe sie. Nur ich. Über der Menge wirbeln Dollars wie Konfetti. Und Wolken treiben heran. Der Wind peitscht die See auf. Hände strecken sich nach den Dollars, die zu Boden trudeln. Die schwarzen Anzüge lassen ein rotes Kreuz an jedes Haus malen. Sie gehen und malen, und jedes Haus wird bekreuzt, in der ganzen Stadt. Ich segele mit dem Wind weit über ihnen, sehe, wie sie die Straßen entlangwandern, hinaus aufs Land. Einen Kaffeebauern knebeln sie mit Dollarnoten, einen anderen zerfetzen die Bulldoggen. Plötzlich ein Blitz, Donner kracht. Die Anzüge heben die Arme zum Himmel, lachen in den trommelnden Regen und schreien Gott ihren Dank zu. Ich falle. Und falle, schnell und tief und …

… reiße die Augen auf. Das Herz rast, stolpert, rast. Mein Schweiß tropft auf Albrechts Haut. Albrecht. Er schnarcht. Von draußen die zarte Melodie einer Violine. Ich streiche Albrecht eine Strähne aus der Stirn. Er rührt sich leicht. Ich studiere sein Gesicht und wünsche mich in seinen Traum.

Dann warten wir auf den Tag, auf einen neuen Tag unter dem berauschenden karibischen Blau.

Dienstag, 19. Juli

19

Das Notlicht leuchtet. Rosalie blinzelt. Schatten verstellen ihr den Blick.

»Es war nur ein Traum. Ein Traum war das«, flüstert sie vor sich hin. Schließt die Lider, hebt sie, nickt. »Ein Traum.«

Sie steht auf, streicht sich das Haar aus der Stirn, eine automatische Geste, doch da ist kein Haar, stattdessen ein Verband. Ein Verband? Die Traumbilder fügen sich zu einer Erinnerung. Ein junger blonder Mensch im weißen Kittel, ein älterer, den sie nicht versteht, das Krankenzimmer mit der anderen Frau, neben ihrem Bett ein Mann, Kinder, eine Alte und Lärm, vor dem Fenster eine Baumkrone und Sonne. Sie hat Glück gehabt, hat der junge Blonde zu ihr gesagt, und in einer Woche wird sie verlegt. Wenn alles gut geht, kann sie nach einer weiteren Woche in die Heimat. Sie hat sich noch über »Heimat« gewundert. Sie weiß nicht, was das für sie ist. Man hat ihr Essen gebracht und Tee, ihre Kissen aufgeschüttelt und sie freundlich angelächelt, als ob sie die Schwestern beglückt, weil sie Glück gehabt hat. Während die Erinnerung zurückkehrt, nimmt sie eine Flasche Wasser aus der Kiste, füllt den Topf und steckt den Tauchsieder hinein. Kaffee kochen ist eine beruhigende Angelegenheit. Die anderen schlafen noch in ihren Sesseln wie gestern. Oder vorgestern? Die Tage vergehen in diesem Keller mit einer eigenen Geschwindigkeit. Zuweilen rasen die Stunden, dann wieder schleppen sich die Minuten. Auf nichts ist Verlass. Man weiß nie, was kommt. Ein heftiger Schwindel wirft Rosalie in ihren Sessel. Sie krallt die Finger in die Lehnen, schließt die Augen, atmet.

Ausruhen, einen Moment ausruhen, allmählich beruhigt sich ihr Puls. Eine kleine Lücke tut sich auf in der Zeit, und Bilder sprudeln hinein …

Es war das letzte Mal. Aber wer weiß schon, welches von den Malen das letzte war? Es könnte etwas dazwischenkommen. Etwas, das das letzte Mal zum vorletzten oder vorvorletzten machte. Etwas Unvorhergesehenes. Etwas, das dem Ende das Ende raubt, was schade wäre, denn Rosalie war sorgfältig vorbereitet. Trotzdem. Man wusste nie, was kam …

Sie hatte Himbeergeist gekauft, weil der für Malte verträglicher war als Whisky oder Brandy. Gin wäre in Frage gekommen, mit einem Spritzer Angostura und auf zwanzig Grad minus gekühltem Eis. Sie hatte *Der diskrete Charme der Bourgeoisie* nicht gesehen, Malte warf ihr die DVD mit einer herablassenden Geste aufs Bett, nachdem sie ihm einen Martini gereicht hatte, der offenbar dem Rezept aus dem Film und somit Maltes Geschmack nicht entsprach. Er ließ ihn stehen. Dafür hatte er keine Zeit. Es war auch keine Zeit für Spaß, keine für Langeweile und keine für Streit. Noch nicht einmal Zeit zum Hinschauen. Keine zum Träumen. Keine zum Verstehen. Keine zum Pommesessen, keine zum Spazierengehen, keine zum Tanzen, keine fürs Kino, keine zum Ausruhen, keine, keine, keine Zeit …

Keine Zeit für die Liebe, noch nicht mal zum Ficken. Keine Zeit für das Meer …

Hatte Malte gesagt. Rosalie hatte gewartet.

Ein, zwei Jahre lang.

Dann nicht mehr. Dann löste sie das Versprechen ein, das er ihr einmal gegeben hatte.

Sie gingen zur Spree hinunter. Oder zur Moldau. Oder zum Rhein. Oder was da gerade floss. Mit der Flasche Himbeergeist unterm Arm. (Das machen wir mal, hatte Malte gesagt. Zum

Fluss hinunter mit Wodka. Und dann erzählen wir, bis alles erzählt ist. Ganz am Anfang hatte er das gesagt.)

Die Nacht war mit Sternen bestickt. Es roch nach frischem Heu. Juni oder so.

Malte war nicht freiwillig mitgekommen. Er hatte normal keine Zeit. Sie hatte ihn überzeugen müssen. Mit Strick und Geschick. Das war nicht einfach gewesen. Malte war groß und schwer, Rosalie war nicht so groß und unschwerer. (Wir sind zu verschieden, hatte er gesagt, einmal, als sie weinte.) Aber sie hatte die Phantasie, die Hebelgesetze und sein Versprechen auf ihrer Seite, das sie nun einlöste.

Also dann – runter zum Fluss, Malte in diesem Karren, auf dem sonst die Mülltonnen an die Straße gekutscht wurden und den sie in der Nachbarschaft geklaut hatte. Malte da drauf, weil es nicht anders ging, zum Fluss – Spree, Moldau, Rhein – völlig Latte, mit dem Himbeergeist zusammen.

»Du hast mich getäuscht«, sagte sie. Endlich konnte sie sagen, was sie längst hatte sagen wollen. Wie er da so saß auf diesem Karren, gefesselt an Hand und Fuß, blieb ihm nichts als das Wort. Malte hielt viel von Worten, mehr als von allem sonst.

»Nein«, sagte er nur. Nichts weiter. Nur: Nein.

Rosalie glaubte ihm. (Das tat sie immer.) Sie wusste, dass er recht hatte. In seinem Sinne, in ihrem nicht. »Du hast mir dein leeres Herz gezeigt und gesagt: Mach da mal was rein.«

Malte starrte an ihr vorbei auf den Fluss. Zu so was sagte er nie etwas.

Rosalie nahm einen Schluck Himbeergeist, hielt ihm die Flasche an die Lippen und wartete, bis er trank. Vorsichtig war sie. Sie wollte ihn nicht verletzen. Die Wasser im Fluss flossen schwarz.

»Und dann hast du Angst bekommen. Angst, dass es so sein könnte. Und Angst, was dann passiert. Dabei wäre nichts passiert. Nichts Schlimmes jedenfalls.« Das stimmte natürlich nur halb. Man wusste nie, was kam …

Er schwieg. Keine Worte mehr. Auch keine falschen. Der Mond wanderte über den Himmel.

»Du hast mich hängenlassen, Malte.«

Zeit verging.

»Ich könnte dich umbringen dafür«, sagte sie nach einer Stunde oder zweien.

(Der Morgen konnte nicht mehr fern sein. Juni, hey, Mittsommer!)

»Ich hätte …«, sagte sie, »… dir gezeigt, wie das geht. Das, wofür man nichts braucht als sich selbst. Das, was einem das Innere wärmt. Es hätte etwas Mut gekostet, nichts weiter.«

»Nein«, sagte er.

Seine Angst war höher als die Sterne weit. Und die Scham. Und die Eitelkeit, was letztlich dasselbe war. Der Himbeergeist war alle. Sie stellte eine zweite Flasche ab.

»Na dann …«, sagte sie, hob die Hand. »Soll ich dir den Schnaps dalassen?«

»Ja«, sagte er. Himbeergeist war besser als Leere. (Alles war besser.) Und vielleicht kam ja jemand vorbei, der ihm die Flasche reichte.

Rosalie sah seine Gestalt gegen den silberschwarzen Fluss. Betrachtete sie lange, damit sich ihr Abbild in ihre Netzhaut brannte. Von den Sternen strahlte altes Licht herab, der Fluss wälzte sein Wasser zum Meer, am Horizont ein heller Streif. Es wurde Tag. Wahrscheinlich. Man wusste nie, was kam …

Eine Weile betrachtete sie noch seine Silhouette, dann ging sie. Malte schaute ihr nicht nach.

Erstarrt im Fastmorgen.

Keine Zeit.

Vor ihm fiel gerade ein Stern in den Fluss. Na ja, oder eine Himbeergeistflasche, die im ersten Sonnenstrahl blitzte.

Licht prallt auf ihre Netzhaut, als sie die Lider hebt. Wieso jetzt Malte? Rosalie hat ewig nicht an ihn gedacht. Sie fahndet nach der Scham, die sie darüber empfinden sollte, dass sie ihn, auf dem Karren am Fluss festgezurrt, sich selbst überließ. Aber sie fühlt nichts als den alten Schmerz. Malte hat nicht Wort gehalten, in nichts und nie.

Tobias in Treffurt wird sie besser behandeln, sie kann es aus seinen freundlichen Mails lesen. Treffurt, da wollte sie doch hin. Oder? Sie legt die Hand an die Stirn, muss sich besinnen. Nachdenken, was nicht so einfach ist mit einem Güterzug im Kopf. Wenigstens hört der Schwindel auf, sie zu drehen. Ihr Blick fällt auf die Tassen, die sie abgewaschen hat. Gestern? Vorgestern? Egal. Erst einmal Kaffee kochen gegen Katastrophen.

»O nein.« Sydney wird wach. »Fuck!« Er hat sofort gecheckt, wo er sich befindet. Er wollte nicht zurück. Was gibt es hier schon für ihn? Einen Keller und die Schuld. Die Leichen draußen im Geäst. Ob sie noch da sind? Ob es noch regnet? Ob die Flut inzwischen vorbei ist? Und was dann? Nach Dortmund zu den Alten, denen er nur im Weg ist? Später zurück ins Internat, zu Emily, die nicht weit von Waltershausen-Schnepfental wohnt? Sydney war schon öfter bei ihr. Gemütlich ist es da. Die Mutter gibt Cellounterricht an der Musikschule in Weimar, und der Vater arbeitet im Garten, Sydney hat ihm ein paarmal geholfen. Man hat gemeinsam den Boden umgegraben und junge Kirschbäume gepflanzt. Nie hat er sich beschwert, dass Sydney nicht kräftig genug sei, im Gegensatz zu seinem Alten, der dreimal die Woche ins Sportstudio rennt und muskelbepackt ist unter seiner Robe, wo es sowieso keiner sieht. Gut, die hat er nur im Gericht an, sonst trägt er Anzug. Mutter trägt Kostüm oder eben auch Robe. Sie ist zwar zierlich, aber mit straffen Schultern und zielstrebigem Blick. Man könnte sie für Zwillinge halten, den Richter und die Staatsanwältin.

Manchmal denkt Sydney, dass man ihn kurz nach seiner Geburt vertauscht hat, so klein, wie er ist, ganz anders als Vater und Mutter. Die Alten haben ihn zu allen möglichen Spezialisten geschickt, weil er wirklich klein ist. Mit hundertfünfzig Zentimetern liegt er unterhalb der unteren Perzentile, hat der Kinderarzt gesagt, und dass er maximal eins vierundsechzig groß wird, wenn er ausgewachsen ist. Deshalb und weil er glaubt, dass Mädchensein schöner ist, wäre er gern eines.

Kaffeeduft zieht durch den Raum. Rosalie hebt den Kopf, eine wortlose Frage, Sydney nickt. Rosalie drückt ihm einen Becher in die Hand.

»Ich verstehe gar nichts mehr«, flüstert sie. »Hast du eine Ahnung, wo …?«

»Havanna.« Er nippt am Kaffee. »Havanna ist toll. Hast du schon nachgesehen, was das Wetter macht?«

»Wie, Havanna? Ich war in einem Krankenhaus.« Sie betastet den Verband. »Glaub ich.«

»Havanna hat auch Krankenhäuser, weißt du? Sie wollten dich noch eine Weile dabehalten. Es konnte ja keiner ahnen, dass wir plötzlich wieder hier landen. Ganz von alleine.«

»Ich glaub das alles nicht.« Sie nimmt einen Schluck Frischgebrühten und kräuselt Stirn und Mundwinkel. »Schmeckt wie Spülwasser.«

»Wir müssen eben unseren eigenen Kaffee anbauen«, sagt Jan, räkelt sich aus dem Sessel, macht ein Sonntagmorgengesicht und nimmt Rosalie die Tasse ab. »Du hast echt Schwein gehabt.« Er pustet auf die Flüssigkeit und betrachtet Rosalies Verband. »Du wärst tot gewesen, wenn wir nicht …«

»… in *Ein perfektes Leben* gelesen hätten. Ist noch Kaffee da?« Jackwitz, den Sydney insgeheim längst Albrecht nennt, eine direkte Anrede aber vermeidet, legt das Buch aus der Hand, das er im Schlaf auf dem Schoß gehalten hat, schiebt die Brille auf die Stirn und reibt sich die Lider.

»Du willst doch nicht behaupten, dass wir durch ein Buch, also ich meine – ein Buch! – nach Kuba geraten sind. Irgendeine Idee, wie das funktionieren sollte, mal abgesehen von Zauberei und Wahnsinn?« Jan hat immer irgendwas zu meckern.

»Es ist ein Traum«, sagt Metha, die Sydney gut leiden kann.

»Klar, ein kollektiver Wunschtraum. Ich hab mich schon immer nach Kuba geträumt.« Rosalie reicht Metha eine Tasse. Kaffee für alle!

»Du wärst tot, wenn du ihn nicht gehabt hättest.« Sydney weiß sicher, wo er war. Nur nicht, wie er hin und wieder zurück gekommen ist, aber was spielt das für eine Rolle, wenn er weiß, wie die Seeluft duftete?

Rosalie schweigt. Sydney betrachtet ihre zusammengezogenen Brauen – sie kann es sich ebenso wenig erklären. Dabei ist diese Welt erklärbar, hat er gelernt, und Rosalie sicher auch.

»Man muss nicht alles erklären, wenn es schön ist«, sagt Albrecht. »Wir waren nun mal in Havanna, auch wenn Rosalie sich vielleicht nicht so richtig erinnert. Oder, Rosalie?«

»Ich war in einer Klinik, das stimmt. Mein Kopf tut weh. Den Weg weiß ich nicht mehr. Meine letzte Erinnerung ist …« Sie legt den Finger an die Lippen. »Hier. Keine Ahnung, was dann passiert ist.«

Metha löst ihren Blick vom Putz und strafft die Schultern. »Es ist unmöglich. Wir können nicht in Havanna gewesen sein, weil du ein Buch vorgelesen hast, Albrecht. Du weißt selbst, dass das Quatsch ist. Es muss eine andere Erklärung geben.«

Jan nickt und nimmt noch einen Schluck Kaffee, hält inne und späht in das Getränk. »Was hast du da reingetan, Rosalie?« Er hebt den Kopf. »Oder Sie, Frau Doktor? Irgendein Experiment mit irgendwelchem Dreckszeug? Die Pharmaindustrie soll ja gut zahlen.«

»Seien Sie nicht albern, Herr Rother. Ich bin Rechtsmedizinerin. Meine Patienten nehmen nicht an Studien über Medikamentenwirksamkeit teil.«

»Geschichten haben immer Menschen an Orte gebracht.« Albrecht dreht das Buch in den Händen. »An fremde, gruslige, herrliche Orte. Das ist ja der Witz an Geschichten. Ich war an so vielen auf diese Weise. Nur diesmal war es intensiver, fast, als wäre es Wirklichkeit.« Schwer zu sagen, ob etwas wie Bedauern über sein Gesicht huscht, als er zu Metha hinüberschaut.

»Und wir haben alle dasselbe erlebt, na, aber sicher doch«, knurrt Jan.

»Haben wir? Tun wir das jetzt in diesem Moment? Müssten wir nicht die Geschichten vergleichen, die wir uns von dem Erlebten erzählen? Ich wette, jeder von uns hätte eine andere.« Liebevoll streicht Albrecht über das Buch. Er guckt, als würde er sich selbst nicht glauben. »Wir haben einfach ein bisschen viel von dem Rum gehabt, jeder von uns, sogar Olga. Da könnte es doch sein, dass wir glauben, fort gewesen zu sein. Das ist schließlich ein ziemlich intensiver Wunsch, nicht?«

»Du willst doch nicht sagen, dass mit meinem Rum was nicht stimmt, Bücherfreak? Höchstens, wenn die Weiber was reingekippt haben.« Ein Auge von Jan schielt Metha feindselig an, das andere hat er zugekniffen.

»Das ist aber weit hergeholt, Albrecht. Und Herr Rother, noch einmal: Ich habe nirgends etwas reingekippt. Ich habe nicht einmal etwas zum Reinkippen. Nichts, das Kubareisen verursachen würde. Aber was ist mit Ihrem Generator? Abluftprobleme?«

»Jetzt reicht's aber, Sie …« Jan springt auf, Zorn im Blick.

»Ihr glaubt also eher an Gift als an Phantasie?« Albrecht lächelt.

»Ich glaube schon mal gar nichts.«

»Dass ich mich Ihnen einmal anschließen würde …«, sagt Metha halb amüsiert.

»Ich glaube, mit meinem Kopf stimmt was nicht.« Vorsichtig tasten Rosalies Finger über das kleine Stück Weiß, das die Wunde verbirgt.

»Da!« Sydney zeigt auf Rosalies Verband. »Das ist der Beweis. Sie war in der Klinik, in Havanna.«

»Erdstrahlen. Ich hab mal was von Erdstrahlen gelesen«, meint Rosalie.

»Ja. Und Außerirdische. Die haben uns hingebeamt. Hört doch auf mit dem Scheiß.« Jan tigert im Raum auf und ab.

»Wie sicher bist du denn, Sydney, dass du bei Rosalie einen Verband siehst?« Albrecht stützt die Ellenbogen auf die Knie und neigt sich zu Sydney herüber.

»Hä?«

»Ich sehe keinen.«

»Dann müssen Sie Ihre Brille wieder aufsetzen.«

»Ich sehe einen weißen Fleck. Ist vielleicht eine neue Mode, weiße Flecken am Kopf zu tragen.«

Rosalie prustet.

»Wer sagt dir, dass wahr ist, was du siehst? Du siehst es doch nur von dir aus.« Albrecht lehnt sich zurück. Er wirkt zufrieden, als hätte er etwas bewiesen.

»Ich sehe, was ich sehe. Ich bin doch nicht verrückt.«

»Du siehst einen Verband, ich einen Fleck. Was ist nun wahr?«

»Ich weiß, worauf du hinauswillst, Albrecht, aber das führt zu nichts. So werden wir nie herausfinden, was uns nach Havanna gebracht hat.« Metha ist echt die Normalste hier. Außerdem ist sie von Anfang an freundlich zu Sydney gewesen.

»Warst du denn in Havanna? Das kann unmöglich sein. Oder hast du ein Flugticket in der Tasche?« Der Alte kann es nicht lassen. Unwillkürlich steckt Metha die Hand in ihre Jacke. Albrecht lacht. »Wir befinden uns alle in einer Ausnahmesituation, haben ein bisschen viel getrunken und uns in *Ein perfektes Leben* gewünscht. Das muss als Arbeitshypothese erst mal reichen. Nach und nach können wir unsere Geschichten vergleichen, vielleicht finden wir eine gemeinsame *Wahrheit*, eine, die dann immer noch nichts über die Wahrheit sagt, sondern eine Übereinkunft für das ist, was wir *unsere Wahrheit* nennen können. Damit wir weiterleben können.«

»Verrät mir jetzt mal jemand, was los war? Also ohne Geschwurbel?« Rosalie schaut genervt von einem zum anderen. »Ich kriege noch mehr Kopfschmerzen von dem Zeug.«

»Ich erzähl dir gleich, was passiert ist. Erst will ich wissen, ob das Wasser noch da ist.« Sydney kontrolliert nebenher sein Smartphone. »Netz gibt es jedenfalls nicht.« Er tappt zur Tür, stöhnt auf, weil die Wunde am Bein schmerzt, und tritt in den Gang.

»Frische Luft!« Meine Schritte dröhnen auf der Metalltreppe. In der Diele platsche ich durch dieselbe braune Brühe wie am Vortag. Das Wasser ist offenbar nicht gestiegen, obwohl der Regen weiter regnet. Möglich, dass er eine Pause eingelegt hat, als wir in Havanna waren. Jetzt hängt er einen Schleier über den See, der das Haus umgibt. Wärmer ist er geworden, Dunst steigt auf und aquarelliert die toten Körper im Geäst. Sydney hat die Tür geöffnet, ich stelle mich neben ihn, und wir starren in die Trostlosigkeit. Irgendein Wunder, eine kosmische Konstellation, ein göttlicher oder teuflischer Witz, was immer es war, hat bewirkt, dass wir uns plötzlich in der Fremde wiederfanden. Sonne, Rum und Salsa, Rettung und Weiterleben. Der Tod ist geblieben, hier im Werratal, in der Mitte Deutschlands. Und die Schuld.

»Wir müssen sie fortbringen.« Sydneys Stimme schwankt.

»Es ist schlimm, sie so zu sehen, aber es gibt keinen Platz für sie.« Und sie wären nicht hier, wenn es im Leben einen für sie gegeben hätte.

»Wenigstens der Junge. Er ist klein genug. Wir können ihn beerdigen. Ganz normal.« Ohne ihm die Unterschenkel abzutrennen, meint Sydney, sein Blick haftet an mir.

»Irgendwer wird sie vermissen, sie suchen.«

»Nein.«

»Woher willst du das wissen?«

»Leute mit so dunkler Haut werden nicht vermisst, das hab ich im Netz gesehen.« Seine Augen glänzen feucht.

»Die Werra ist nicht das Mittelmeer.« Aber vielleicht hat er recht. Wir müssten nachsehen, ob sie Papiere dabeihaben, Aufenthaltsgenehmigungen, Pässe, irgendwas. Wir könnten zuerst einmal den Jungen begraben. Später, wenn das Wasser abgeflossen ist, die Frau und den Mann, bevor die Helfer kommen.

Und was ist, wenn sie nicht einfach ertrunken sind, sondern Schrot in ihren Körpern steckt?

Nein. Nein. Rother hätte niemals auf die Beerdigung gedrungen, wenn dem so wäre. Oder gerade? Keiner hat verhindert, dass sie sterben. Nur Sydney wollte, konnte nicht.

»Lass uns mit den anderen darüber reden.« Ich will Rother ins Gesicht sehen, beobachten, was es verrät. Dabei kann ich mir nicht vorstellen, dass ein Mann, der ein Schaf mit sich führt wie ein Hündchen, eine Familie erschießt. Aber ich habe auch nicht erwartet, dass er überhaupt schießt und dass ich nichts sage und vor allem – nichts tue.

Im Keller ist es aufgeräumt, Rosalie hat die Tassen gestapelt, den Müll irgendwo hingebracht und den Tisch abgewischt. Das Notlämpchen leuchtet. Albrecht sitzt daneben und liest, Jan döst.

»Und?« Rosalie.

»Es regnet, wärmer.« Ich lege meine Jacke über eine Sessellehne.

»Wir …« Sydney.

»Wenn es noch wärmer wird und das Wasser nicht sinkt,

müssen wir die Leichen fortschaffen.« Ich habe bereits den Geruch von Fäulnis in der Nase, vielleicht ist es nur der einer toten Ratte.

»Meine Rede«, sagt Jan mit geschlossenen Lidern.

»Was werden wir sehen, Herr Rother, wenn wir sie hereinholen?«

Jan reißt die Augen auf. »Was …«

»Nein!« Albrecht. »Das werden wir nicht tun, keinesfalls! Es ist nicht unsere Aufgabe, Leute zu verscharren. Dafür gibt es Bestattungsinstitute.«

»Ja, falls es da draußen überhaupt noch irgendetwas gibt.«

»Nun sei mal nicht so pessimistisch, Metha. Nur weil wir hier festsitzen, ist nicht die Sintflut über die Welt gekommen. Wir rühren die Toten nicht an. Das sollen Leute tun, die etwas davon verstehen.«

»Die Frau Doktor versteht da was von, nicht wahr, Frau Doktor?«

»Aber wir können sie nicht einfach da draußen verwesen lassen. Wenigstens den Jungen können wir in der Grube … Er ist doch ganz klein.« Sydney.

»Geh einfach nicht raus, Kleiner.« Rosalie legt ihre Hand auf seine.

Er schüttelt sie ab. »Und wenn wir noch Tage, Wochen, hierbleiben müssen? Das ist unmenschlich. Menschen begraben ihre Toten, wenigstens das.«

»Kinder in einem Loch zu verscharren ist auch unmenschlich.«

»Albrecht!«

»Ist doch wahr.«

»Weil du dir die Hände nicht schmutzig machen willst?« Albrechts Blick will meinem ausweichen, aber ich lasse ihn nicht. »Sie sind es schon, weißt du? Vom Nichtstun.«

Ich würde die Leichen schon gern untersuchen. Ich will wissen, welche Art von Schuld ich trage. Ertrinkungstod oder Schrot? Fast hoffe ich auf Letzteres, an Ersterem trüge ich schwerer.

»Wir müssen den Freak nicht fragen, wenn wir die Leute beerdigen wollen.« Jan.

»Wenn die Temperaturen steigen, beschleunigt das den Fäulnisprozess. Seine Gase werden das Haus einhüllen, in jeden Winkel dringen, nicht schlimm, aber unschön.« Ich bin daran gewöhnt.

Albrecht zieht scharf die Luft ein, als gäbe es in Kürze nicht mehr genug davon.

»Und die Ratten«, sage ich und ziele auf Albrechts Ekel.

»Mein Haus ist sauber. Ratten, pah!«

»Ratten.« Albrecht wird bleich. »Die Pest.«

»Die Pest ist ausgestorben, und Camus ist auch schon eine Weile tot.« Sydney.

»Du kennst das Buch?«

»Schule.«

Albrecht schickt mir einen fragenden Blick.

»Sei nicht so hypochondrisch, Albrecht. Es ist völlig normal, dass kleine Nager kommen. Die Pest lebt in Labors und auf Madagaskar. Jedenfalls ist sie dort zuletzt gesichtet worden.« Ich halte inne. Die Worte zögern, bevor sie sich entschließen, in die Öffentlichkeit zu treten. Mit Recht. Sie können ja nicht zurück. Ich schöpfe Atem und sage: »Dennoch bin auch ich zu der Einsicht gekommen, dass wir die Toten besser begraben sollten.«

»Guck an, so eine kluge Frau Doktor.« Jan.

»Aber wie und wo? Wir haben nicht einmal einen Sarg«, sagt Rosalie. »Ein Sarg, ein Priester und Blumen müssen! Alles andere ist unrecht. Haben wir alles nicht. Deswegen müssen wir warten und es jemanden machen lassen, der das hat. Ein Bestattungsinstitut. Ich mache jedenfalls nichts.« Rosalie verschränkt die Arme vor der Brust.

Jan seufzt. »Brauchst du auch nicht. Nur Klappe halten.«

»Die Pest«, murmelt Albrecht.

»Hast du das Buch dabei?« Sydney.

»Nein. Und ich bedauere es. Vielleicht hätte es verhindert, dass wir nun Menschen begraben müssen.«

Jan lacht kratzig. »Klar. Du hättest die Schwarzen mit Buchstabensuppe gefüttert.«

»Blöde sollen die Fresse halten.« Sydney funkelt Jan an. Der ist flinker aus seinem Sessel, als man einem solchen Riesen zutraut, und hat ihn am Shirt.

»Pass mal auf, Schwuchtel. Du befindest dich in meinem Haus.« Speichelnebel benetzt Sydneys Gesicht. »Und wenn du den Macker raushängen lässt, kannst du schwimmen.«

Einen Moment ist es still, dann flüstert Rosalie: »Jan, lass doch.«

»Gut, geh ich schwimmen. Besser als mit so einem … so einem …« Die Worte kommen gepresst. Sydney lässt sich nicht einschüchtern, trotzdem schwingt Furcht in seiner Stimme.

Albrecht packt Jan von hinten und reißt ihn zurück, sie poltern zu Boden, eine Tasse zerbricht. Blitzschnell ist Jan herum, drischt Albrecht seine Faust ins Gesicht, hebt sie zum nächsten Schlag. Rosalie schreit.

»Aufhören, Rother, sonst stecke ich Ihnen das Ding ins Fleisch.« Ein Lichtreflex blitzt auf der Schere in meiner Hand. Jan sieht den Stahl durch seine Wut hindurch. »Und glauben Sie mir, ich weiß, wo ich es platzieren muss, und würde Sie, ohne mit der Wimper zu zucken, in dem Loch hinten im Stollen versenken.«

Jan richtet sich auf, hebt die Hände. Seine Wut zerstiebt. Nicht, weil er wirklich Angst hätte, sondern einfach so. Sie kommt wie ein Tornado und verschwindet ebenso rasch, lässt ihn peinlich berührt zurück.

»*Die Pest*«, sagt Albrecht, während er sich aufrappelt und seine Hose glatt streicht. »Sie sollten's mal damit versuchen.«

Ich werfe die Schere klirrend ins Regal, danach passiert nichts. Wir sitzen wieder, warten, jeder auf seiner Sesselinsel und burgbefriedet zunächst. Rosalie kämmt mit den Fingern ihr Resthaar. Sydney daddelt auf seinem Phone. Jan trinkt Rum. Albrecht liest, betastet gelegentlich die Stelle an seinem Kiefer, wo Jans Faust ihn erwischt hat. Olga mümmelt welkes Gras und scheißt auf die Bücher. Eine Stunde vergeht, vielleicht mehr.

»Warum haben Sie eigentlich das Schaf dabei, Rother«, sage ich, nachdem wir lange genug geschwiegen haben. Wer weiß, wie lange wir noch beieinander sein müssen, da ist es besser, man baut Brücken über die Sprachlosigkeit, in der nur Missverständnis und Hass lauern.

Jan antwortet nicht sofort, er würde vielleicht, aber er gönnt mir keinen Sieg. Schließlich lenkt er ein. »Olga. Sie heißt Olga.«

»Warum haben Sie Olga dabei?«

»Hätte ich sie ersaufen lassen sollen? Sie ist noch ein Kind.«

Wieder Schweigen und das Geräusch des Generators. Keiner sagt, dass da draußen die Leiche eines Kindes von den Wellen der Werra gewiegt wird.

»Ich kannte auch mal ein Schaf namens Olga.« Das ist lange her. In meinem Leben ist alles lange her.

»Du?« Albrecht ist kein Landmensch.

»Da gibt es eine Geschichte dazu.«

»Wenn jetzt keine Zeit für Geschichten ist ... Sie führen uns hinaus, nicht wahr?« Albrecht, in dessen Augen es dunkel glimmt.

»Ja, vielleicht hast du recht. Vielleicht hatten wir wirklich nur den Eindruck, wir seien in Havanna gewesen. Wir müssen unsere Eindrücke vergleichen.«

Albrecht nickt, weiter nichts. Auch sonst vergleicht niemand. Wer weiß, was dabei herauskäme.

»Na los, erzählen Sie! Bin gespannt, was eine Frau Doktor zu Schafen zu sagen hat.«

»Es ist lange her. Und nicht so wichtig eigentlich.«

»Nun red schon.« Albrecht lebt von Geschichten. Er atmet auf, weil er sich nicht dem Irrsinn widmen muss. In der Theorie kann man die Wirklichkeit hin und her denken. In der Praxis waren wir in Havanna, was völlig unmöglich und ganz und gar ausgeschlossen ist.

»Ja, eine Geschichte. Erzählen Sie.« Rosalie zieht die Beine auf den Sessel und kuschelt sich ein, als erwarte sie ein Märchen.

»Lass sie in Ruhe. Niemand muss.« Sydney kann seine Neugier nicht ganz verbergen.

Also gut, dann soll es so sein, obwohl ich gewiss nicht die geborene Geschichtenerzählerin bin. »Es brannte Licht in den Zimmern«, beginne ich. »Tag und Nacht. Ich wusste das, weil nur ein Hof zwischen meinem und dem weißen Haus lag und ich nachts schlecht schlief. Vor Wochen war Lena gegangen. Der Streit, der sich quer durchs Haus geschlagen hatte, war vorbei. Sie verabschiedete sich nicht von Alex. Sie ging einfach.

Eine Weile sah ich zu, wie Alex nach ihr suchte. Er schaltete die Lampen ein und aus und wandelte durch die leeren Zimmer, steif und stolz wie ein König ohne Volk. Eines Nachts in den frühen Morgenstunden knipste er alle Lampen an und trug seinen Computer in den Keller. Seitdem brannten die Lichter. Überall. Der Keller war mehr ein Souterrain, ein karger Raum mit Steinen auf der Böschung vorm Fenster. Stundenlang betrachtete ich Alex' Profil, erhellt vom Monitor, und fragte mich, was er tat. Manchmal schlief ich ein. Wenn ich erwachte, saß er noch da.

Einmal kam ich vom Arbeitsamt zurück, sie hatten nichts für mich, sie hatten nie etwas für mich. Das war 1990, man hatte mich aus dem Institut entlassen. Sie entließen fast alle, kramten in den Akten, die die Reißwölfe der Staatssicherheit nicht erwischt hatten. Besetzten Ordinariate neu. Für Leute wie mich war kein Geld mehr da. Also musste ich zum Amt.

Der Postbote brachte Unmengen von Post für Alex, die den Briefschlitz verstopfte. Er klingelte, Alex hob den Kopf. Unsere Blicke trafen sich. Er sah müde aus, dann wandte er sich wieder dem Bildschirm zu, und der Postbote ging.

In der Nacht hielt der Rettungswagen vor dem Hintereingang im Hof. Als ich hinüberblickte, lag das Haus im Dunkeln. Er ist krank, dachte ich, oder tot.

Der Morgen weckte mich mit einem Licht, das die Konturen der Dächer und Bäume scharf schnitt.

Alex pflückte Gras aus den Fugen auf der Böschung. Er sah zu mir hoch und winkte. Ich winkte zurück.

›Metha! Was für ein Tag!‹ Wenn er lachte, hatte er ein Grübchen in der rechten Wange.

›Lust auf einen Ausflug in den Supermarkt?‹

Er trat einen Schritt zurück und wurde blass. ›Nein, lass mal. Ich habe alles.‹

Das bezweifelte ich. Er hatte abgenommen. ›Alles klar mit dir?‹

›Was meinst du?‹

›Alex, der Rettungswagen. Ich sehe dich Tag und Nacht vorm PC hocken.‹

›Die Arbeit. Was will man machen?‹

›Kann ich irgendetwas für dich tun?‹ Ich sah seine Hände zittern.

›Ich komme klar.‹ Er drehte auf dem Absatz um und ging davon.

Als ich vom Einkauf zurück war, brannten die Lichter im Haus, Alex' Finger glitten über die Tastatur. Ich stellte zwei Flaschen Milch vor sein Fenster. Er sah mich nicht. Oben in meiner Küche packte ich den Korb aus. Als ich in den Hof schaute, waren die Flaschen fort. Von da an brachte ich ihm immer ein paar Kleinigkeiten mit, nicht viel, das Geld war knapp. Der Rettungswagen stand noch öfter vorm Haus. Wenn Alex nach wenigen Tagen zurück war, tat er immer irgendetwas. Einmal stellte er sogar eine Azalee vors Fenster, aber sie hielt der Trockenheit nicht stand.

Dann kam der Tag mit dem Schaf. Und ich hatte ein Problem. Ruth schleppte es an, sie war wirklich ein bisschen verrückt. Es war auch noch kein Schaf. Es war ein Lamm und ein Geschenk. Mein Wohnzimmer lag im zweiten Stock. Nachdem ich ein paar Freunde angerufen hatte, die auch kein Schaf wollten, führte ich es aus und ließ es im Johanna-Park knabbern. Mit den Treppen hatte es von Anfang an Schwierigkeiten, also trug ich es nach oben. Man glaubt gar nicht, wie schwer so ein Schaf werden kann.

Das Schafproblem verschärfte sich, als ich eine Stelle im Theater annahm. So nannte ich das, wenn mich einer fragte, ich sagte nie, dass ich die Böden schrubbte. Nun, ich hatte mein Auskommen. Die Arbeitszeiten waren günstig, nur Schafe duldete man nicht. Es wartete in meinem Flur und fühlte sich einsam.

An einem Nachmittag stellte ich wie gewöhnlich Milch vor Alex' Fenster ab, das Schaf rupfte Gräser von der Böschung. Plötzlich stand Alex vor mir und machte wieder das mit dem Grübchen. Als er das Schaf sah, wurde sein Blick weich. Er kniete nieder und griff dem Tier ins Fell.

›Willst du es?‹, fragte ich.

›Ich wollte immer Schäfer werden.‹

›Es könnte bei dir wohnen. Es ist oft so alleine.‹

Alex lächelte das Schaf an, nahm es auf den Arm, trug es ins Wohnzimmer und stellte es auf den Sockel, auf dem eine Skulptur gestanden hatte, die bei einem Streit zu Bruch gegangen war. Er betrachtete es entzückt. Das Tier zitterte.

›Hör mal, Alex, so geht das nicht. Ein Schaf braucht eine Wiese. Du hast doch eine.‹

Er trug es auf den Flecken Gras im Hof. Für das Schäfchen

reichte der, es war eine Skudde, klein, freundlich und genügsam.«

»Olga ist auch eine Skudde«, sagt Jan.

Ich nicke ihm zu und erzähle weiter. »Seit Alex seine Olga hatte, gingen wir gemeinsam zum Supermarkt, manchmal sogar ins Café, plauderten über Leute und Bücher und früher. Alex übernahm die Rechnung, wie sehr ich mich auch dagegen sträubte. Anfangs musste das Schaf mit, später reichte Alex ein Foto von ihm, wenn wir ausgingen. Nachts beobachtete ich, wie im Zimmer gegenüber das Licht verlosch, ein paar Tage später ging das im ersten Stock aus.

Einmal im Café traf Alex einen früheren Kommilitonen, einen rundlichen Mann mit Knopfaugen und Glatze. ›Alexej Iljitsch Oblomow persönlich.‹ Der Mann grinste.

Alex blieb ernst. Den Spitznamen aus Jugendtagen hatte er lange nicht gehört. ›Oblomow ist tot‹, sagte er.

›Ganz tot? Das glaub ich nicht, Alexej.‹ Der andere nahm sich einen Stuhl.

›Vielleicht nicht ganz.‹

Ich kannte die Geschichte Oblomows, eines schlampigen Typen, dessen Leben an dem illusionären Wunsch nach allumfassender Geborgenheit und Sicherheit beziehungsweise an den Folgen gescheitert war.

›Doch, Oblomow schon. *Er ist für nichts zugrunde gegangen*, hat sein einziger Freund Stolz gesagt. Aber das stimmt nicht‹, sagte ich der Tischplatte.

›Nein, das stimmt nicht.‹ Alex hob mein Kinn. ›Er ist an etwas ganz anderem gestorben. Er hatte eben kein Schaf.‹ Da war es wieder, das Grübchen, das mich so freute.

Ich dachte an Ruth. So verrückt sie war, sie muss genau gewusst haben, dass man ganz ohne Schaf letztlich geliefert war.«

Ich kraule Olgas Ohr. »Das ist die Geschichte.« Ich schäme mich ein wenig für mein Erinnern und dafür, dass ich so lange darüber gesprochen habe.

»Oblomow«, sagt Albrecht. »Ilja hieß er. Ich hatte ihn vergessen.«

»Stadtkinder.« Jan.

»Was ist aus Olga geworden?« Rosalie rutscht in ihrem Sessel in eine bequemere Position, vielleicht wartet sie auf die Fortsetzung.

»Ich brauche kein Schaf.« Sydney.

»Ich weiß es nicht, Rosalie. Ich bekam meine Stelle in der Gerichtsmedizin, oder Rechtsmedizin, wie es heute heißt, zurück. Viele waren umgezogen, nach Hamburg und München, nach Berlin und Köln, deswegen brauchten sie mich wieder. Ich arbeitete viel. Eines Abends waren die Gardinen hinter den Fenstern des weißen Hauses zugezogen. Andere Leute stritten darin. Alex und Olga waren fort. Ich habe sie nie wiedergesehen.« Bedauern flutet heran. »Vielleicht sind sie gestorben.«

»Ich mag keine traurigen Geschichten«, sagt Rosalie nach einer Zeit. »Kennen Sie nicht eine lustige, Herr Jackwitz? In Ihren Büchern steht doch bestimmt eine. Wenn wir schon nichts machen können, sollten wir wenigstens nicht so trübsinnig sein. Witze«, sie wirft einen vorwurfsvollen Blick zu mir herüber, »will ja keiner.«

»Mit lustigen Büchern hab ich nichts am Hut.«

»Soll ich nach dem Wasser sehen?« Sydney.

Niemand antwortet. Ich beobachte eine Kellerassel, die gemächlich über den Beton krabbelt. Jan schläft vom Rum, neben ihm Olga. Rosalie reibt mit einem Tuch an den braunen Flecken auf ihrer Lederjacke. Albrecht steckt in seinem Buch.

»Lesen Sie einfach laut, was Sie da haben, Herr Jackwitz.« Rosalie lastet die Stille zu schwer.

»Offiziell sind beide, Edik und Wassja, doch Verstorbene«,

liest Albrecht. »Stell dir vor, sie verleihen Edik noch posthum einen Preis für Medizin, und wohin geht dann das Staatsoberhaupt mit den Kränzen? Er kann ja nirgends hin, wenn es kein Grab mit Denkmal gibt! Das ist wie mit dem offiziellen Wohnsitz. Erst musst du einen haben, und wohnen kannst du dann, wo du willst. Ediks Wohnsitz ist auf dem Friedhof, und wohnen tut er zu Hause …«

»Was ist das?« In meinem Kopf kräuseln sich Bedenken.

»Andrej Kurkow. *Der Milchmann in der Nacht.*«

»Das ist nicht lustig.« Rosalie schiebt die Unterlippe vor.

»Ich habe doch gesagt, ich habe nichts Lustiges. Früher hatte ich das. Lustiges, Albernes, richtig Komisches. Jetzt nicht mehr, seit …« Verwirrung spiegelt sich auf seinem Gesicht und Hilflosigkeit. »Wollen Sie es trotzdem hören?«

»Lies einfach.« Ich nicke ihm Ermutigung hin.

»Wo spielt die Geschichte?« Sydney klingt argwöhnisch. Ich hätte auch gern Havanna zurück, jedenfalls irgendwas mit Sonne.

Albrecht zögert, dann sagt er: »In Kiew.«

20

Schnee. Überall Schnee. Auf Straßen, Bürgersteigen, Grünanlagen, dem weitläufigen Platz, auf den Simsen der Häuser, sogar die Berehynja auf dem Unabhängigkeitsdenkmal trägt eine weiße Haube.

Schnee, sonst nichts, keine Autos, keine Busse, keine Menschen.

»Majdan«, sagt Rosalie. Das Wort bildet eine kleine weiße Wolke vor ihrem Mund. Trotz der Kälte hüpft Freude in ihrer Brust, stellt sie überrascht fest.

»Hättest du nicht ein anderes Buch aussuchen können, Albrecht?« Metha schiebt die Hände in die Taschen ihrer Jacke. Sydney zittert in seinem Shirt.

»Ich habe nicht damit gerechnet, so schnell in Kiew zu landen, und erst recht nicht mit Schnee. Es ist Juli. Mag Kiew östlich liegen, im Juli ist Sommer in Europa.«

»Ich glaub's einfach nicht.« Jan stapft kopfschüttelnd im Kreis. »Ein Buch. Ein blödes Buch. Das kann nicht sein. Hast du dazu auch eine Arbeitshypothese, Bücherfreak?«

»Wo sind die Leute?« Rosalie dreht sich und scannt den leeren Platz. »Haben die eine Neutronenbombe gezündet und es totgeschwiegen wie nach Tschernobyl?«

»Du meinst …?« Jackwitz vergisst vor Schreck, sie zu siezen.

»Neutronenbombe? Wo haste denn die ausgegraben? Ist ein bisschen aus der Mode.« Jan ist manchmal echt ein Idiot. Wieso muss er immer so auf ihr rumhacken!

»So 'n Quatsch. Neutronenbombe. Es ist kalt, da hocken die Leute zu Hause.« Sydney hüpft, seine Arme sind rot.

»Wir müssen ins Warme, sonst brauchen wir keine Theorien mehr zu bilden und uns auch um sonst nichts mehr Gedanken zu machen.« Metha läuft ein paar Schritte. »Kommt schon.«

Auf der gegenüberliegenden Straßenseite prangt der Name eines Cafés in fetten lateinischen Lettern, darauf steuert sie zu.

Olga tollt vorneweg, die Einzige, die nicht friert, obwohl es weit unter null sein muss. Die Tür des Cafés, das kein Café, sondern ein Kleiderladen ist, lässt sich nicht öffnen, das Restaurant daneben ist auch verschlossen.

»Suchen wir uns was anderes.« Metha ist schon wieder weiter.

Rosalie streckt den Arm aus: »Hotel Ukrajina. Die haben ganz sicher auf.«

»Hast du Geld?« Sydney schaut besorgt.

»Nein, aber die werden uns doch nicht erfrieren lassen.«

Jan hebt die Schultern. »Und warum sollten sie nicht? Dein Gottvertrauen möchte ich haben.«

Ein paar Fenster an der Südseite des Hotelkomplexes werfen zögerlich Licht in den grauen Tag, ganz oben flimmert Leuchtschrift. Rosalie strafft sich. Mit neuem Ziel marschieren sie quer über den Majdan, der Schnee knirscht laut in die Leere des großen Platzes. Rosalie wird mit den Leuten im Hotel reden. Sie kann das. Sie hat auch mit den Russen geredet, als die gesoffen haben, zu Hause in Neubrandenburg. Kommt ihr vor wie in einem anderen Leben. Da stöckelt sie über diesen Platz, den sie nur vom Fernsehen kennt, voller Menschen, jubelnd und singend, später voller brennender Barrikaden, von zündelnden Rednern entfacht. Wie schön wäre es jetzt, am See zu liegen und das warme Harz der Kiefern zu riechen. Am besten nicht allein. Dabei fällt ihr Malte wieder ein und dass er für so etwas keine Zeit gehabt hätte. Deswegen ist sie weg aus Neubrandenburg, um nicht allein zu sein, um ein gutes Leben zu führen. Und nun?

Fast haben sie das Hotel erreicht. »Ich rede. Ihr haltet den Mund. Ich weiß nicht, ob man hier Deutsche mag.«

»Du bist auch eine, schon vergessen?«

»War ich in Russland. Du hast mir schon mal gar nicht zu

sagen, wer oder was ich bin, Bauer. Hier gehe ich als Hiesige durch. Hoffe ich wenigstens. Ich spreche zwar kein Ukrainisch, aber das tun viele nicht.«

»Du weißt ja gut Bescheid. Woher kommst du noch mal?« Jan kann es nicht lassen.

»Neubrandenburg. Meine Eltern sind aus Wolgograd. Ich war ein paarmal da. Wäre besser gewesen, Sie hätten ein Buch aus Wolgograd dabeigehabt, Herr Jackwitz, dann könnten wir zu meiner Oma. Eigentlich ist sie meine Urgroßmutter.«

»Konsalik. Ist nicht so meins«, sagt Jackwitz und stapft weiter. Bücher scheint er nicht zu vergessen. »Müsstest du kennen, Metha. *Der Arzt von Stalingrad.*«

»Ich kenne nicht alle Ärzte«, sagt sie und trottet ihm nach.

Das Portal des Hotels ist beleuchtet, Jan rüttelt an der Glastür, sie ist verschlossen, niemand läuft durchs Foyer oder sitzt in den um niedrige Tische arrangierten Sesseln. Kein Personal hinterm Tresen. Keine Menschenseele, nirgends. Sie stehen eine Weile im Kalten. Sydneys Arme färben sich bläulich. Metha zieht die ohnehin viel zu dünne Jacke aus und hängt sie ihm über. »Wir wechseln uns ab, in Ordnung?«

»Wir müssen in Bewegung bleiben, also weiter.« Jan macht kehrt.

»Wohin jetzt? Wo treffen wir jemanden, der uns helfen könnte?« Jackwitz bleibt, wo er ist.

»Wie kommst du darauf, dass uns irgendwer helfen will? Falls hier überhaupt jemand lebt.« Metha hat wohl wenig Erfahrung mit Hilfe.

»Die Leute hier sind Christen, ukrainisch-orthodox.« Jackwitz hat wohl wenig Erfahrung mit Christen.

Sydney verdreht die Augen. »Wir klingeln eben an irgendeiner Wohnung. Die können doch nicht alle verschwunden sein. Wie viele Einwohner hat Kiew?« Er sieht Rosalie an, als ob sie das wissen müsste. Sie dreht die Handflächen nach oben.

»Meinetwegen, nur kommt, bevor wir festfrieren.« Jan schreitet aus, Olga ihm nach.

Sie laufen. An Häusern vorüber, deren Eingänge sie nicht entdecken, an Geschäften, an Bürogebäuden vorbei. Weiter und weiter … biegen ab, die St.-Michael-Straße entlang, bis Sydney stoppt und auf fünf Klingeln gleichzeitig drückt.

Die Haustür des vierstöckigen altmodischen Baus mit Halbsäulen und Stuck und einem rosa Graffito gibt nicht nach, wie sehr er sich auch dagegenstemmt. Und niemand lässt sie rein. Also weiter, andere Klingelknöpfe drücken, genauso vergeblich. Die Straße führt aufwärts, eine ganz ordentliche Steigung hat sie, abweisende Fassaden, verschlossene Tore, schneebedecktes Buschwerk, weiter …

»Das ist übrigens Bulgakow.« Jackwitz zeigt auf eine Bronzestatue mit weißer Mütze und Taube auf der Schulter. Die Taube flattert auf, als Olga herantrabt, und wirbelt die Schneemütze von Bulgakows Kopf. »Ich hätte *Meister und Margarita* dabeihaben sollen, wir wären in Moskau und nicht hier. Dort gibt es gewiss auch Bewohner. Wir könnten es uns in der Wohnung Nr. 50 gemütlich machen und bei Voland Speis und Trank eintauschen. Dafür wäre der zu haben, wenn wir ein ordentliches Feuer im Kamin entfachen, falls es in Moskau nicht ohnehin wärmer ist, was ich mal vermute. Diese Kälte ist ja nicht normal im Juli.«

»Teufel mögen's heiß«, sagt Sydney, und als er Jackwitz' verwunderten Blick auffängt: »Schule. Wir haben das Buch in der Schule gelesen. Nur zum Tauschen hätte ich nichts.« Mit seinem Phone macht er ein Selfie mit dem Bronze-Bulgakow. »Das glaubt mir sonst keiner.«

»Diese Schulen heutzutage sind gar nicht so schlecht«, sagt Jackwitz.

Sydney legt einen Finger an die Unterlippe. »Vielleicht wären die Hexen so nett gewesen, uns zur Walpurgisnacht zu fliegen, die sind da ja sowieso hin. Wir hätten zwei Fliegen mit einem Besen geschlagen: Wir könnten mit dem Bus nach Hause, also vom Harz aus, und es wäre entschieden wärmer.« Er bibbert in Methas dünner Jacke.

»In dem Buch sind Hexen?« Rosalie staunt. »Die gibt's doch gar nicht.«

»Ist ja toll, wie ihr alle auf Kultur macht. Ich frier mir hier den Arsch ab.« Jan stapft auf der Stelle. »Und was für 'n Mist, Hexen und so.«

»Die in dem Buch haben sich auch gewundert, schließlich hatten sie Sozialismus.« Sydney zittert Jackwitz ein Lächeln zu und der eines zurück.

»Der Sozialismus ist ja inzwischen verstorben«, sagt Metha.

»Bulgakows Roman nicht.« Jackwitz betrachtet die Statue. »Obwohl man seinerzeit viel dafür getan hat, dass er nie das Licht der Welt erblickt. Sie haben es nicht geschafft. Spott ist eben nicht totzukriegen. Komik brauchen wir wie Wärme.«

»Oder Schokolade«, sagt Rosalie.

»Oder wie verfressene Halbrussinnen.« Sydney feixt.

Rosalie schubst ihn grob gegen die Hauswand.

»Oder wie angepisste verfressene Halbrussinnen.«

Metha fängt Rosalies Hand ab. »Seid nicht albern, Kinder.«

»Denen ist die Restgrütze im Schädel eingefroren.« Unter Jans Stiefeln knirscht Schnee, er legt die Hand auf das Türblatt von Hausnummer 13, nur so, weil er gerade davorsteht, und siehe, es bewegt sich. Fast lacht er los vor Erleichterung, da hakt es fest. Eine Türkette. »Mist, verdammter. In was für ein Drecksland sind wir geraten? Warum musst du auch immer Zeug vorlesen, Freak? Behalt deinen Scheiß für dich, und alles wäre gut.«

»Ausgezeichnet, ja. Wir so im Keller, rundherum Wasser und Leichen, die nur welche sind, weil du die Leute nicht reingelassen hast, als sie noch keine Leichen waren. Super.« Sydney blitzt zu Jan hinüber.

Der lehnt sich mit verschränkten Armen an die Zarge und linst unter den Lidern hervor. »Bleiben wir einfach hier stehen, dann sehen wir ja, wie lange du durchhältst. Kleine gefrieren schneller als Große.«

Jackwitz hat sich zu Füßen Bulgakows auf die Stufen gesetzt, Sydney hockt an Olga gekuschelt, Rosalie lehnt sich an Jans Arm, nur Metha beobachtet die Straße. Niemand kommt.

Allmählich schwindet das Licht, die Straßenlaternen blinken, als müssten sie jemandes Weg beleuchten, doch da ist niemand, keine lebendige Seele.

Plötzlich rasselt die Kette, ein Mann tritt aus der Tür, stürzt beinahe über Jans Füße und flucht, was nett klingt, solange man es nicht versteht.

»Добрый вечер«, sagt Rosalie und schenkt dem Mann ein Strahlen. Das kann sie, auch wenn es vielleicht ein bisschen verknautscht wirkt in ihrem malträtierten Gesicht.

Der Mann, klein und drahtig, grüßt leise zurück. Er hebt die linke Hand und redet gedämpft, aber aufgeregt auf Rosalie ein, so dass sie Mühe hat, zu folgen. Er gestikuliert, um seiner Rede Nachdruck zu verleihen. Die fremden Worte zischen zu den anderen hinüber. Vielleicht würden die merken, wie Rosalie blass wird, tanzten nicht blaue Schatten über die Menschen und über den Schnee.

»Kommt«, sagt Rosalie gepresst, und der Mann schiebt eilig alle, sogar Olga, durch die Tür, kontrolliert die Straße nach rechts und links, quert sie und wird gegenüber von einer Einfahrt verschluckt.

In der Diele ist es hell, die Wände weiß getüncht, ein Klavier, Fotografien in Sepia darauf, Stühle, eine Garderobe, es ist sogar leidlich warm.

»Nikita ist bald zurück. Kommen Sie doch herauf.« Auf halber Treppe hält sich eine Frau am Geländer fest, ihr Rücken ist gekrümmt und schwer ihr Gang, als sie die Stufen zur ersten

Etage nimmt. »Es ist schön, in diesen Tagen Gäste zu haben. Es kommt ja keiner mehr.« Sie schaut sich um. »Nun kommen Sie schon, kommen Sie. Wenn Nikita Sie eingeladen hat und Sie es tatsächlich bis zu uns geschafft haben, sind Sie auch mir willkommen.«

Rosalie ist schon die ersten Stufen hinauf, winkt die vier anderen heran. Zu eisig für Überraschung und Vorsicht. Hinter einer weißen Tür finden sie sich in einem Zimmer wieder, das alles hat, was sie brauchen – Wärme.

»Setzen Sie sich. Setzen Sie sich.« Die Alte breitet die Arme aus, lässt sich selbst in einem zierlichen weiß lackierten Lehnstuhl nieder. »Verzeihen Sie, es sind ja gar nicht genug Stühle da. Wärst du so nett, Malyschka, nach nebenan zu gehen und uns noch drei Stühle zu holen?«

»Kein Problem.« Sydney lächelt mit blaugefrorenen Lippen.

Rosalie lächelt zurück. »Malyschka. Alles, was auf ›a‹ endet, ist Mädchen, denkst du, ne?«

»Bevor ich mit Arabisch angefangen habe, hab ich es mit Russisch probiert, nur kurz, dann fand ich das Arabische einfach zu klasse. Russisch ist auch schön. Vielleicht mache ich mit Russisch weiter, wenn ich wieder in dem Scheißinternat bin. Also falls ich da wieder hingeh.«

»Wieso sprechen Sie Deutsch?« Jan lässt sich in den anderen der beiden Lehnstühle fallen und streckt die Stiefel auf den polierten Dielen aus. Das Zimmer ist sparsam möbliert, ein kleiner Tisch, zwei Klaviere – ein schwarzes, ein weißes – und in der Ecke die Kacheln eines Ofens, der offenbar von nebenan beschickt wird.

»Ich war Lehrerin. Es ist mir ein Vergnügen, die Sprache wieder einmal zu sprechen. Die Gelegenheiten werden weniger. Früher kamen Touristen von überallher, auch aus Deutschland. Aber wer geht ins Museum in diesen Tagen?« Sie sieht zum Fenster hinaus in die Kälte, unter der die Stadt erstarrt ist.

Rosalie nickt, sie weiß, wie das ist. Sydney schleppt einen Stuhl an, weiß lackiert, und stellt ihn ihr hin, Metha hat sich auf einem Hocker niedergelassen, sich selbst verfügt Sydney auf eine Decke, die er irgendwo aufgetrieben hat und auf dem Fußboden dicht neben dem Ofen ausbreitet. »Ich mag Öfen. Bei uns zu Hause gibt es keine. Finden meine Eltern zu umständlich, mit dem Holz und so. Die haben Fußbodenheizung, die ewig kalt oder kaputt ist.« Sydney lehnt seinen Rücken an die Kacheln. Olga trottet noch eine Weile umher und legt sich schließlich zu ihm.

Jackwitz betrachtet die verblichenen Fotografien von Bulgakow und seiner Familie auf dem Klavier, tastet seine Taschen ab, scheint etwas zu suchen, schüttelt den Kopf. »Wo habe ich das Buch?«

»Zu Hause.« Hat Metha wirklich »zu Hause« zu dem Keller im Niemandsland gesagt?

»Nein, ich hatte es doch noch, aber …« Dass der immer alles vergisst, Rosalie kapiert es nicht.

»Sie sollten nicht in der Stadt herumlaufen bei Tage. Es ist zu kalt«, sagt die Alte. »Verzeihen Sie. Möchten Sie einen Tee? Sobald Nikita zurück ist, wird er Ihnen einen bringen.«

»Und nachts macht das nichts? Ist es nachts wärmer?«

»Jan!« Rosalie schießt einen Blick zu ihm hinüber, atmet aus und wendet sich der Alten zu. »Wo sind die Menschen? Wir sind nicht einem begegnet.«

»In ihren Häusern. Die meisten schlafen wahrscheinlich. Oder sie warten, bis … Nun, bis sich etwas ändert. Nur nach Einbruch der Dunkelheit gehen wir hinaus, um Besorgungen zu machen.«

»Wie die Leute in Andrej Kurkows Roman.«

»Du hättest uns warnen können, Albrecht.« In Methas Miene mischt sich Ärger mit Erschöpfung.

»Sie kennen Herrn Kurkow? Wie nett! Er war erst letzte Woche bei uns und hat uns Milch gebracht. Mit der Milch ist es am schlimmsten, seit es so eisig geworden ist, verstehen Sie. Die Kühe geben keine, sie kalben nicht. Und die wenige Milch, die da ist, kommt nicht in die Stadt. Die LKWs werden von Banden auf den Landstraßen abgefangen und umgeleitet, heißt es. Das geht seit dem letzten Winter so. Wir sind gar nicht aufgetaut. Kein Frühling, kein Sommer ... und wer weiß schon, wann es wieder einen geben wird.« Sie ringt die Hände im Schoß. »Dabei hatten wir so viel Hoffnung.«

Eine Tür schlägt zu, Stufen knarren, Kälte weht herein. Der Mann, der sie aufgenommen, ja geradezu ins Haus genötigt hat, setzt seinen Korb neben dem letzten freien Stuhl ab und lässt sich seufzend nieder. Rosalie betrachtet ihn. Rechts ist der Ärmel seiner Jeansjacke am Ellbogen hochgesteckt, Unterarm und Hand fehlen.

»Nikita Bogdanowitsch Wolkow«, stellt er sich vor und reicht jedem seiner Gäste die Linke. Die sagen höflich ihre Namen.

»Lidija Semjonowna«, fügt die Alte an.

Sie legt den Finger auf die Lippen, lauscht. Schweigen tritt ein, von ferne schreit ein Kind. Leise huschen Lidijas Pantoffeln über den Boden, sie bleibt eine Weile fort und kehrt mit einem Säugling im Arm zurück. Nikita holt ein Fläschchen, prüft die Temperatur an der Schläfe und reicht es der Alten. In Rosalie blitzt der Neid ihres Kinderwunsches auf, dann stilles Entzücken, als das Kind sich beruhigt, während es gierig trinkt. Alle sitzen um das Wunder der nächsten Generation herum, fehlt nur noch der Weihnachtsbaum.

»Nikita kam Weihnachten zurück. Also im Januar, Sie wissen, Rosalie.«

Rosalie sieht Nikita fragend an, der schüttelt ärgerlich den Kopf zu Lidija hinüber. Lidija spricht hastig weiter. »Er ist in Gefangenschaft gewesen«, übersetzt Rosalie. »Den Arm haben sie ihm da abgenommen.«

»Die Schweine«, sagt Jan.

»Sie haben ihn gerettet.« Beschwichtigend hebt Lidija die Hand. »Sie haben ihn rausgeholt, in ein Lazarett gebracht und behandelt. Sie haben gesagt, er soll zurückgehen und allen mitteilen, was sie wollen.«

»Was wollen sie denn?« Rosalie hat die Nachrichten verfolgt, weil Donezk nicht so sehr weit weg ist von ihrer Oma, also von ihrer Urgroßmutter in Wolgograd, also nicht sehr weit weg in einem Land, das so groß ist, dass Deutschland fünfzig Mal hineinpassen würde.

»Ein gutes Leben«, sagt Lidija und blickt jedem ihrer Gäste in die Augen.

»Und deshalb brüllen sie nach Bandera?« Rosalie reckt das Kinn vor, sie weiß Bescheid. Jackwitz schaut überrascht auf und Rosalie ins Gesicht, als sähe er sie zum ersten Mal.

»Das sind andere. Es gibt verschiedene Rebellen, viele wollen einfach keine Soldaten dahaben, die ihre Brüder, Söhne, Väter verschleppen.« Lidijas Augen sind feucht. »Ein schlimmer Krieg ist das im Osten. Und hier ist es kalt.« Das Kind nuckelt friedlich am Fläschchen. »Als Nikita zurückkam, lag Michail auf den Stufen.« Sie lächelt auf den Jungen hinab.

Rosalie sieht der Alten dabei zu. Ein schönes Lächeln ist das, eines, das Menschen nur für sehr kleine Kinder hergeben. Abgesehen von denen, die sie zu Tode schütteln, mit Kissen ersticken, vergiften, erstechen, ihre Köpfe an Wände schlagen … von denen abgesehen. Selbst die machen das nicht immer. Nur wenn sie es nicht aushalten, wenn sie ihr Hass übermannt oder wenn Krieg ist. Rosalie kennt den Krieg nicht, den Hass aber schon. Davor wird sie ihre Kinder schützen. Ganz sicher.

»Unser Michail.« Lidija wiegt ihn, seine Lieder senken sich, aber schlafen will er noch nicht, die Welt sehen will er, solange es geht. Nur lange geht es eben nicht, dann entspannt sich das rosa Gesichtchen und gleitet hinüber in den Schlaf, von dem alle annehmen, dass er selig ist, dieser Kinderschlaf. Wer weiß das schon?

Nikita spricht leise mit Rosalie, Lidija nickt dazu. Sydney in seiner Ofenecke versucht mit gerunzelter Stirn dem Gespräch zu folgen.

»Und jetzt? Ist ja total gemütlich. Aber hat sich mal jemand Gedanken gemacht, wie wir wieder wegkommen?«

»Sei nicht so miesepetrig, Jan. Irgendwie wird das schon. Hat ja das letzte Mal auch geklappt. Und überhaupt. Willst du nachgucken, wie hoch das Wasser steht? Ich mach uns jetzt einen Tee. Abwarten und Tee trinken.« Rosalie kichert und verschwindet mit Nikita in der Küche.

Altertümliche Kessel stehen auf dem Herd, in dem kein Feuer brennt, daneben ein nagelneues Ceranfeld, Geschirr, Lebensmittel in Dosen.

»Wo ist die Mutter von Michail?«, fragt Rosalie, Hoffnung auf eigenes Mutterglück regt sich in ihr, während sie Wasser aus einer Plastikflasche in den Kessel füllt, Tee in eine Kanne gibt, Tassen auf ein Tablett stapelt. »Milch und Zucker?«

Nikita nimmt beides aus einem Schrank, der aussieht, als stamme er aus der Mitte des letzten Jahrhundertes. »Michail Afanassjewitsch Bulgakow kam ohne sie an seinen Geburtsort zurück.«

»Ein Baby kommt nicht ohne seine Mutter irgendwohin, das ist Schwachsinn.«

Nikita sitzt am Küchentisch und kratzt sich am Kopf. »Normalerweise nicht.«

»Ihr müsst sie suchen.«

»Sie ist tot, schon lange. Aber Bulgakow lebt. Ich habe das immer gewusst. Wir haben sein Andenken gepflegt und in Ehren gehalten, und nun ist er zurück. Und ihr? Was hat euch hierher verschlagen? Wir haben lange keine Touristen mehr gesehen, Deutsche schon gar nicht. Die fürchten sich.« In seinen slawischen Zügen lauert der Schalk.

Rosalie schüttet Wasser auf die Teeblätter. »Kommt der Tee immer noch aus Grusinien?«

Nikita sagt nichts. Rosalie setzt sich und stützt den Kopf in die Hand.

»Ich weiß es nicht«, sagt sie. »Irgendetwas passiert und ich verstehe es nicht.«

Dann erzählt sie Nikita von der Flut, von dem Haus, von den Ausflügen, die ihnen widerfahren und die sie sich nicht erklären können, obwohl doch alles erklärbar sein sollte, die ganze Welt. Rosalie sind Erklärungen bisher ziemlich egal gewesen, sie hatte genug mit leben zu tun und damit, wie sie an ein gutes Leben kommen könnte. Sie hatte auf Malte gehofft. Er wohnte in einem prächtigen Haus, war hübsch und ein paar Jahre älter als sie, hatte eine großartige Zukunft vor sich. Nur hatte er keine Zeit. Nicht für Rosalie. Davon erzählt sie Nikita natürlich nicht, sie kennt ihn ja nicht. Sie redet von den Ereignissen der letzten Tage, so weit sie sich erinnert und ihr Russisch trägt. Gelegentlich berührt sie den schmuddeligen Verband an ihrem Kopf. Spricht weiter, während sie den Tee durch ein Sieb gießt und die Kanne aufs Tablett stellt.

Nikita lacht, nachdem sie geendet hat, und hält ihr mit dem Fuß die Tür auf, damit sie hindurchgehen und die anderen mit Tee versorgen kann. »Sicher, ihr werdet von Büchern transportiert, aber unser Michail kann nicht der junge Bulgakow sein.« Fix stellt er eine Flasche Wodka aufs Tablett, dazu eine Schale Gebäck, und folgt Rosalie durch den weißen Flur.

»Sie glauben uns nicht, Nikita«, sagt Lidija. »Dabei ist er unsere Hoffnung, wir brauchen Leute mit Mut und Spott.«

»Wir ihnen auch nicht.« Nikitas Lachen hüpft durch den Raum. Einhändig zieht er den kleinen Tisch in die Mitte, damit Rosalie das Tablett abstellen kann. Sie übersetzt. Er schenkt Tee ein und gibt reichlich Wodka in jede Tasse.

Einander nicht zu trauen ist blöd, wenn man in einer eingefrorenen Stadt festsitzt, gerade mal neun Autostunden entfernt vom geografischen Mittelpunkt Europas, der in Purnuškės, Litauen, liegt. Damit ist Kiew deutlich zentraler gelegen als Berlin. Das hat Rosalie auf Google gesehen. Und es ist ihr haften geblieben. Es ist genauso blöd wie einander nicht zu trauen, wenn draußen die Welt in einer Flut versinkt, mitten in Deutschland. Andererseits gibt es Gründe für Misstrauen. Lidija und Nikita haben die merkwürdige Idee, das Baby sei Michail Bulgakow persönlich, wiedergeboren oder so. Soll jeder denken, was er will. Handeln muss man! Denn hier wie da hocken sie im Grenzland. Fest.

»Bulgakow war Russe«, merkt Rosalie an, die sich plötzlich russischer als je in ihrem Leben fühlt, weil sie die Sprache sprechen darf.

»Ist«, sagt Lidija.

»Und Ukrainer«, sagt Nikita.

»Ich dachte, er war Schriftsteller.« Sydney reibt sich die Augen, er muss am warmen Ofen eingedämmert sein.

»Ist«, sagt Jackwitz, der schon mal die Zeit vergisst. »Ein teuflisch guter.«

»Auf den Frieden!« Nikita hebt seine Tasse mit Tee und Wodka darin. »Dass ihn unsere Kinder erleben mögen.«

»Werden sie, werden sie, falls niemand eine Bücherverbrennung anzettelt.« Jackwitz prostet Nikita zu.

»Und dazu das Netz stilllegt«, sagt Sydney.

»Falls ihn niemand vor dem Frühling findet.« Lidija wiegt das Kind.

»Und irgendwer das Lachen bewahrt bis dahin.«

Rosalie verdreht die Augen bei Methas Einwand.

Nachdem sie getrunken haben, alle außer Bulgakow, bringt Lidija den Kleinen in sein Bettchen. Ruhig ist sein Gesicht, er schläft tief auf ihrem Arm.

»Und jetzt?« Jan starrt trübe vor sich hin.

»Was jetzt? Dauernd willst du wissen, was wird. Als ob das einer sagen könnte. Du kannst deine schlechte Laune für dich behalten.« Genervt schiebt Rosalie ihren Stuhl von Jan weg und zu Nikitas hin.

»Musik?« Lidija kommt zur Tür herein.

»Gibt's hier Internet?« Sydney wischt über sein Display.

»Wir leben in Kyiv, das ist Europa. Und ja, es gibt Internet.« Lidija lächelt Sydney zu, Falten kringeln sich um ihre Augen, sie greift das Gerät aus seiner Hand, sucht in einer Schublade nach einem Zettel, schiebt die Brille auf die Nase und tippt den WLAN-Code ein. Danach setzt sie sich ans Klavier, an das weiße, klappt den Deckel auf, konzentriert sich einen Moment und lässt ihre Finger spielen. »Karamanow«, sagt sie.

Nikita geht an das schwarze Klavier und spielt mit links in die *Klaviervariationen* hinein. »Bruckner, *Erinnerung.*« Er hebt den Kopf.

Metha wiegt sich in der seltsam schwermütig halben Musik, während Jackwitz seine Hand auf ihre legt, Jan seine Tasse mit Wodka füllt, Rosalie ein bisschen weint und Sydney sein Phone im Schoß lässt, lauschend. So spielen die beiden, immer ein Stück und ein halbes, wechselnd oder gemeinsam, als hätten sie all die Monate in der Kyiver Eiszeit nichts getan als musizieren.

Spät in der Nacht verteilt Lidija die Schlafplätze, deckt Sydney zu, verfügt sich selbst nach nebenan zu Bulgakow. Nikita stellt eine neue Flasche Wodka neben Jan ab, klopft ihm auf die Schulter und hockt sich auf eine Decke am Boden.

Jackwitz betrachtet die Flasche, als wolle er sie sich für immer einprägen, er nickt sich wahrscheinlich seine eigene Erklärung ab: Ausnahmesituation und Alkohol. Wenn sie morgen erwachen, wird er die anderen überzeugen wollen, dass das die Wegbereiter für ihre Reisen sind, egal wie echt sie sich anfühlen. Hoffentlich vergisst er es nicht, Rosalie kann sich ein Grinsen nicht verkneifen.

Es dauert nicht lange, bis alle schlafen, fast alle. Der Wodka und die Musik haben sie beruhigt. Nur zu Rosalie kommt kein Schlaf, sie denkt an ihre Oma, die eigentlich ihre Urgroßmutter ist. Sie ist eine ganz andere Art Frau als Lidija, eine dralle Lustige in einem harten Leben, ohne die kluge Strenge Lidijas, dafür voller Späße und Güte. Die kleine Spinnerei, in der Viskose aus dem Holz der umliegenden Wälder versponnen wurde, schloss am Ende der Sowjetunion, und Oma musste sich ohne Einkommen durchschlagen. Inzwischen ist das Gebäude abgerissen, es hat einer hochtechnisierten Schokoladenfabrik Platz gemacht, die einem ukrainischen Staatsmann gehört. Ob die Fabrik noch existiert, weiß Rosalie nicht, zu viel ist passiert in den letzten Jahren. Oma näht Kleider für die Frauen aus der Nachbarschaft und baut im Hinterhof Rüben an, obwohl sie schon dreiundachtzig ist. Rosalie hat sie lange nicht gesehen. Wer weiß, ob es je ein Wiedersehen geben wird. Deswegen weint sie noch ein bisschen.

»Hey, alles klar mit dir?« Nikita legt ihr seine Hand auf den Arm.

Sie schnieft und wischt sich mit dem Ärmel durchs Gesicht. Die Wärme beruhigt sie. Was er alles mit einer einzigen Hand tun kann, das schaffen viele mit zweien nicht. Sie sitzen auf dem Boden zwischen den beiden Fenstern, die Rücken an die Wand gelehnt, und hören dem Schlaf der anderen zu. »Und mit dir? Auch alles okay?«

Rosalie spürt, dass Nikita bejaht. Schmales Licht fällt von draußen herein, schwere schwarze Nacht auf allem, im Zimmer die Klaviere schimmern vage.

»Was ist wirklich mit deiner Hand passiert?« Rosalie lehnt sich zu ihm hinüber und nimmt seine Wärme bei sich auf.

»Eine lange Geschichte.«

»Wenn du sonst nichts vorhast, erzähl sie mir.« Sie will der Sprache lauschen, dieser Sprache, die sie wiedergefunden hat.

Es ist ihre Vatersprache, mit Mutter redet sie Deutsch. Mutter schaut nach vorn, Vater zurück.

»Wenn du Kriegsgeschichten magst?«

»Wenn es deine ist.«

Nikita atmet tief ein, als müsse die Luft bis zum Ende der Geschichte reichen. »Ich wollte das nicht«, beginnt er. »Ich wollte nicht nach Donezk. Ich wollte überhaupt nicht in die Armee. Sie haben mich einzogen. Und wenn du eingezogen wirst, musst du hin, sonst kommst du in den Knast. Ich dachte, irgendwie wird es schon. Pjotr ist freiwillig rein. Ins Asow-Bataillon. Du weißt, was das ist?«

Rosalie wartet, dass er weiterredet. Sie weiß nicht, was dieses Bataillon ist. Sie hat vieles nicht sehen wollen, weder im Fernsehen noch auf den verschiedenen Kanälen im Netz. Nur ein paarmal hat sie sich durchgeklickt und an Oma gedacht. Da kamen Filme von zerstörten Häusern, vom Winter, von Toten, von Leuten, die Parolen brüllten. Sie hat nachgesehen, wer dieser Bandera war, weil ihr das Wort wie Bandit klang, und sie hat einen Banditen gefunden, einen miesen Nazi-Kollaborateur. Ziemlich bald hat sie aufgehört, sich durch Dokumentationen zu klicken, und ist auf ihren Dating-Channel gewechselt.

»Das Asow-Bataillon ist eine rechte Truppe von Freiwilligen, die an die ukrainische Armee angeschlossen wurde. Da ist Pjotr hin, der Idiot. Wir müssen sie ausrotten, diese Terroristen, hat er gesagt, die machen unser Land kaputt. So habe ich ihn nie reden hören, er war mein Freund seit der Schule. Ausrotten hat er gesagt. Vielleicht hat er das gesagt, weil er denen wirklich glaubt und weil er niemanden im Donbass kennt. Es ist leichter, auf Leute zu schießen, die man nicht kennt. Ich kenne viele im Osten. Zoja und ihre Familie sind von da, sie hat mit mir hier in Kyiv Kunstgeschichte studiert. Weißt du, wenn man etwas über die Geschichte unserer Kultur und anderer Kulturen weiß, kann man diesen Hunden nicht folgen.

Man kann nicht. Man muss richtige Informationen sammeln, was schwer ist in einer Zeit, in der es so viele falsche gibt. Man muss nachdenken. Und durchkommen. Zoja hat das Studium abgebrochen, als der Krieg begann, weil das Geld nicht reichte. Seit November habe ich nichts von ihr gehört.« Er senkt den Kopf und redet auf die Dielen. »Ich hoffe, sie lebt.«

»Sie ist deine Freundin?«

Neben dem Ofen rumort das Schaf und wirft sich wieder hin.

»Sie haben uns gesagt, wir sollen Verwundete aus dem Flughafengebäude holen, deswegen ist unsere Einheit da rein, also in den Flughafen.«

Rosalie betrachtet im Dunkel sein Profil. Es ist, als habe er einen eisigen Korridor von hunderten von Kilometern zwischen sich und ihre Schulter gelegt.

»Vorher haben wir uns geweigert, andere Einheiten auch. Keiner von uns wollte auf Ukrainer schießen, nicht auf Russen, Tschetschenen, Georgier. Leute aus allen möglichen Ländern kämpfen an der Seite der Rebellen, keine Ahnung, warum. Wir wollten überhaupt nicht schießen. Der Kommandeur hat uns reingeschickt, um Verwundete zu holen, aber es gab gar keine. Sie haben uns verarscht. Es war eine Offensive.«

»Dabei ist das mit deinem Arm …« Rosalie greift wieder an ihren Verband und kommt sich lächerlich vor. Das Wetter, nicht Krieg, hätte sie fast das Leben gekostet, wären sie nicht irgendwie nach Havanna geraten, falls das so war. Sie schiebt den Gedanken in einen unzugänglichen Winkel ihres Hirns.

»Es war kein Geschoss, es war ein Stahlträger. Der ist draufgestürzt. Über uns im Tower detonierte ein Sprengsatz. Frag mich nicht, wer den gezündet hat. Die oder wir? Ich weiß es nicht. Vielleicht war es sogar ein Versehen. Im Krieg passieren andauernd Versehen, und dann sind Menschen tot. Vier von uns starben, viele wurden verletzt.« Ein Zittern rinnt über seinen Körper. »Ich habe eine ganze Weile dagelegen, bevor sie mich auf einen Laster gepackt haben. Nicht unsere Armee, die Rebellen waren das. Ihr nennt sie Separatisten. Ich sage Rebellen, weil sie rebellieren gegen das Scheißleben, das ihre Familien haben.«

»Aber die wollen doch ein eigenes Land.« Manche Informationen, bruchstückhaft, sind hängengeblieben. Man kann nicht beeinflussen, was man vergisst und was nicht. Rosalie hat sich auf das Dating-Portal begeben, um eine Zukunft zu planen und den Rest zu vergessen. Und nun ist sie hier. Man weiß eben nie, was kommt.

»Sagt man das in euern Nachrichten?« Sein Kopf wackelt hin und her. Als Rosalie nicht antwortet, sagt er: »Manche ja, viele nicht. Manche schwafeln nationalistisches Zeug, wie die vom *Rechten Sektor* oder vom Asow-Bataillon, die nehmen sich nicht viel. Pjotr, der Idiot. Er war mein Freund. Jetzt verstehe ich ihn nicht mehr, weiß nicht mal, wo er ist und wie es ihm geht. Aber viele von den Rebellen wollen einfach nur regelmäßig Lohn, zuverlässig Milch, moderne Klamotten, ins Café gehen, einen PC, ein Auto … und vor allem ihre Ruhe. Ganz normal. Das wollen die, zumindest die meisten. Und was sie nicht wollen – von ukrainischen Nationalisten geknechtet werden wie unter den Sowjets, genauso wenig wie von den Hardlinern der Rebellen oder den Russen.«

»Warum ziehen sie nicht um? Meine Eltern sind auch weggegangen.«

»Die, die jemanden in Russland haben und es konnten, sind fortgezogen. Sie sind nach Rostow, nach Saratow, nach Wolgograd und auf die Dörfer. Mehr als siebenhunderttausend sind weg, vielleicht sind es inzwischen achthunderttausend, eine Million? Wer weiß das? Heute frage ich mich, was wir in Donezk sollten. Da wohnt ja kaum noch einer.«

»Kohle gibt's da und andere Sachen. Industrie und so.«

»Keine Ahnung, ob noch was steht. Hast du den Flughafen gesehen?«

»Kurz, auf Youtube. Alles kaputt, wie nach dem Krieg.«

Nikita lacht unfroh. »Wenn es nur schon nach dem Krieg wäre. Er war neu, 2012 eingeweiht, jetzt ist er Schrott. Der Tower sieht aus wie ein Skelett, und die Halle … Jedenfalls haben sie mich mitgenommen, in ihr Lazarett gebracht und mir den Rest vom Arm weggeschnitten. Hätten sie das nicht gemacht, wäre ich tot. Einen Monat haben sie mich im Lager behalten mit den anderen. Manche haben sie gefoltert, welche von uns und Zivilisten. Die haben nicht mehr gesprochen, als sie in die Baracken zurückgeschleift wurden. Brauchten sie auch nicht. Ich hab ihre Augen gesehen. Kurz vor Silvester haben uns die Rebellen gegen ihre Leute ausgetauscht, seitdem bin ich hier im Museum.«

Eine Weile hängen beide ihren Gedanken nach. Bulgakow schreit. Eine Tür klappt, leises Schlurfen, dann ist es wieder still.

»Hast du keine Wohnung? Ist doch seltsam, in einem Museum zu wohnen«, sagt Rosalie nach weiteren Minuten, in denen die Nacht die Grenze zum nächsten Tag überschreitet.

»Hatte ich, aber als ich zurück und Zoja weg war, habe ich sie aufgegeben und bin zu Mamutschka gezogen, obwohl ihr das zuerst nicht gefallen hat. Ich werde noch nicht mit allem fertig allein.« Er hebt seinen Stumpf. »Ich hoffe, ich gewöhne mich irgendwann daran.« Seine Stimme klingt nach wenig Hoffnung.

»Hat deine Ma keine Wohnung?«

»Natürlich hat sie eine, gar nicht weit von hier. Mamutschka betreut das Museum schon, seit sie nicht mehr unterrichtet. Aber die Wohnung ist zu klein für uns drei. Und jemand muss über Nacht hierbleiben. Vier Mal wurde eingebrochen, einmal war die Diele verwüstet, einmal haben sie die Tür ramponiert, weil sie offenbar nicht aufging oder weil sie zu blöd waren, das richtig hinzukriegen. Die Kasse wurde geklaut, obwohl sich das nicht gelohnt haben dürfte. Seit die Touristen ausbleiben, ist da nichts drin bis auf ein paar Griwna, die auch immer weniger wert werden. Sag mal …« Nikita greift nach Rosalies Handgelenk. »Weißt du, wie spät es ist?«

Sie trägt keine Uhr, und die Zeit ist ihr sowieso durcheinandergekommen, deshalb schüttelt sie den Kopf. »Sydney hat ein Handy.«

Flink huscht Nikita zum Ofen hinüber, wo Sydney schläft, zieht ihm das Phone aus der Hand. Sein Gesicht leuchtet auf im Schein des Displays. »Verflucht«, flüstert er. »Ich muss los.«

»Jetzt? Wie spät ist es denn?«

»Kurz nach zwölf. Ich muss etwas erledigen. Keine große Sache, bin bald zurück.«

»Erledigen? Mitten in der Nacht? Es ist kalt.«

»Muss mich beeilen. Du kannst mit, wenn du willst. Dann ist es nicht so langweilig.« Sein Lachen macht sie neugierig.

Rosalie kann sowieso nicht schlafen, also kann sie auch mitgehen. Vorsichtig schleicht sie zur Tür, die Nikita leise aufzieht und ebenso leise wieder schließt. Flur und Treppe beleuchtet er mit Sydneys Phone.

»Ich bringe es ihm wieder. Ist nur für den Fall … Dauert nicht lange. Warte«, sagt er, betritt ein Zimmer und ist rasch wieder da mit einer Steppjacke, die Rosalie zwei Nummern zu groß ist.

Draußen beißt der Frost zu. Sie laufen den Andreassteig hinunter, biegen in eine Querstraße ein, gelangen in einen Park, stapfen durch den Schnee, der die Wege bedeckt, die schmaler werden und bald als Wege nicht mehr zu erkennen sind, zwischen Büschen hindurch, die ihre weiße Last abwerfen, wenn Rosalie an ihnen entlangstreift. Über ihnen eine Kuppel hoher Baumkronen. Rosalie stolpert Nikitas Rücken hinterher.

Schließlich öffnet sich der Wald, und sie gelangen auf einen Platz, eine Wiese vielleicht. Nikita bleibt stehen, schaut auf das Gerät.

»Viertel eins. Eigentlich müsste er schon da sein.«

»Wer denn nun?« Rosalie bereut, dass sie mitmarschiert ist, um bei Eiseskälte auf weiß der Teufel wen zu warten.

»Schau«, sagt er und streckt den Arm aus. Von weitem schillern die Lichter über der Dneprbrücke wie Juwelen.

»Wundervoll! Das wolltest du mir zeigen?«

»Wir sind nicht zum Sightseeing hier. Aber trotzdem schön, nicht? Weißt du, wie es hier ist im Mai, in Friedenszeiten?« Nikita seufzt.

Eine Minute bewundern sie von oben die Lichter der Stadt.

»Ich warte auf einen Freund. Er braucht Dokumente, damit er ihn über die Grenze fahren kann.«

»Wen? Einen Flüchtling?«

Ein raues Lachen. »So könnte man sagen. Keinen lebendigen natürlich. Wir sind doch keine Menschenhändler.«

Rosalie zieht fragend die Augenbraue hoch.

»Lenin.«

»Aha. Lenin über die Grenze.« Das ist eine Auskunft, die mehr Fragen aufwirft, als Rosalie stellen mag.

»Nach Transnistrien. Dort lieben sie Lenin. Alle Lenindenkmäler gehen nach Transnistrien. Und da wir davon ziemlich viele hatten …« Er dreht die Handfläche nach außen.

»Aber ein bisschen illegal ist das schon? Die Denkmäler werden doch jemandem gehören, dem Staat zum Beispiel.«

»Der Staat hat momentan andere Dinge zu tun, als sich um seine Lenins zu sorgen. Wir versenden nicht jeden Tag einen, und auch nicht alle, nur die, die nicht auffallen. Die in irgendwelchen Ecken rumgelegen haben seit der Unabhängigkeit, kein Mensch hat sich um sie gekümmert. Ehe sie verrotten, bringen wir sie weg.«

Von weiter unten tuckert ein Motor, wird lauter, Lichter flackern durch die Bäume, ein LKW holpert auf die Wiese und bleibt stehen. Der Fahrer springt in den Schnee.

»Arseni«, sagt Nikita. »Ich hab sie.« Er zieht etwas aus der Innentasche seiner Jacke und reicht es dem hochgewachsenen, beleibten Mann, der Arseni heißt.

»Ist ein bisschen später geworden«, sagt der. »War nicht so einfach. Der Kran war kaputt. Wer ist das?« Der Riese zeigt auf Rosalie. »Früher waren deine Damen ganz.«

Rosalie greift nach ihrem Verband. Das Licht der Scheinwerfer trifft sie hart, sie schämt sich.

»Früher waren deine Kräne auch ganz. Benimm dich, Arseni. Rosalie ist Deutsche und unser Gast.«

»Deutsche können in Deutschland bleiben, die brauchen wir nicht, die hatten wir schon.« Der Große Vaterländische Krieg wirft noch immer lange Schatten.

»Sie sind auf der Straße herumgeirrt, mitten am Tag. Ich hab sie eingesammelt. Das muss man doch. Ich wusste ja erst nicht, dass sie Deutsche sind.«

»Du hast noch mehr von ihnen? Wie viele?«

»Insgesamt fünf und ein Schaf.«

»Nikita, du bringst uns in Teufels Küche. Erst Bulgakow und jetzt Deutsche mit Schaf.«

»In Deutschland sagen sie *Russin* zu mir. Was soll ich jetzt machen?«

»Sie spricht.« Arseni kratzt sich im Nacken. »Ausländer.«

»Dann halt du den Mund und zeig uns lieber den Mann. Bulgakows Voland war auch Ausländer, gewissermaßen.«

»Du hast es ihr gesagt? Bist du verrückt? Den anderen auch?«

»Nur ihr. Nun hab dich nicht so. Sie tut keinem was. Sie hat ja nicht mal einen Pass. Du hast doch keinen, Rosalie?«

»Wir sind ein wenig überstürzt los … Nein, also nein, ich habe keinen.« Sie hat keine Lust, dem Riesen von der Bücherreise zu erzählen, das glaubt sowieso keiner, sie glaubt es ja selbst nicht.

Der Umstand, dass sie keine Papiere hat, scheint ihn zu

beruhigen. Er wiegt noch einige Male den Kopf, ehe er sagt: »Also gut, komm. Bring die Illegale mit. Sie kann ruhig staunen.« Arseni klappt die Türen zum Laderaum auf, knipst eine Taschenlampe an und klettert ins Innere, Nikita und Rosalie ihm nach.

»Himmel«, sagt Nikita, während er den Lichtstrahl über die polierte Statue gleiten lässt.

Feinporiger heller Sandstein. Die Skulptur ist mit Gurten auf einer Holzkonstruktion festgezurrt, und Rosalie muss an den OP-Tisch denken, auf dem sie einmal gelegen hat, als man ihr den Blinddarm entfernte.

»Goldene Hände hat der Prachtkerl.« Nikita schlägt dem Riesen aufs Kreuz und wendet sich Rosalie zu. »Weißt du, wie das Ding vorher ausgesehen hat? Ich hab es von der Müllhalde geholt. Die müssen uns einen ordentlichen Preis zahlen, was?«

»Das werden sie! Da kannst du einen drauf lassen. Und den Rest vom Letzten werden sie auch bezahlen, da sei mal sicher.«

»Aber in Griwna, nicht in ihren komischen Rubel.«

»Bin ich dämlich?«

»Wofür brauchen die Leninstatuen? Und wo liegt eigentlich dieses Trans …« Rosalie hat noch nie von dem Ort gehört.

»…nistrien. Transnistrien liegt ungefähr sechs Autostunden von hier in Moldawien. Die denken, sie sind ein Land. Regierung, Polizei, Nationalhymne, alles da. Aber niemand sonst denkt das, auf der ganzen Welt keiner. Nicht mal Mütterchen Russland, das sie ernährt. Sie sind Grenzland.«

»Wie wir«, sagt Arseni, fördert einen Flachmann aus der Jackentasche, setzt an.

»Lass den Scheiß!« Nikita reißt ihm die Pulle aus der Hand. »Willst du das ganze Ding gefährden? Denk an deine Zwillinge. Saufen kannst du, wenn du zurück bist.« Er drückt die Flasche mit dem Stumpf an die Brust, schraubt sie zu und lässt sie in die Tasche gleiten. »Ich würde ja selbst fahren …«

»Ist das der deutsche Einfluss?« Arseni mustert Rosalie böse. »Immer hübsch an Regeln halten?«

»Los geht's. Du hast noch eine Strecke vor dir. Lass dir von Alja für unterwegs Kaffee geben, sie weiß Bescheid. Wenn du einpennst, hat niemand was davon.« Damit springt Nikita von der Ladefläche, hält Rosalie seine einzige Hand hin. Sie greift zu und landet mit einem Satz im Schnee.

»Grüß Mamutschka und Bulgakow.« Arseni winkt aus dem Fenster. Das Geräusch des Lasters verklingt in der Ferne.

Auf dem Rückweg gehen sie nebeneinander her. Nikita reicht Rosalie den Flachmann. »Null Komma null Promille, weißt du? Andernfalls käme keiner mehr irgendwo an, schon wegen der Schlaglöcher nicht. Manche sind groß wie Bombenkrater. Wenn du dich nicht dran hältst, ist das Auto weg, und du kriegst es auch nicht wieder.« Er nimmt ebenfalls einen Schluck, wegen der Kälte.

»Grenzland. Warum hat er das gesagt?« Rosalie muss an das Haus in der Flut denken, da auf der Grenze, die längst keine mehr ist, und an den Mann, dem sie in Treffurt begegnen wollte. Wie hieß er noch? Tobias, genau. Tobias statt Malte, das war der Plan. Alles, ihr gesamtes Leben, scheint weit weg, geradezu getrennt von ihr.

»Ich kann dir jetzt nicht die ganze ukrainische Geschichte erklären. Der Begriff kommt aus dem Altslawischen. Ukraine – Grenzgebiet. Und das trifft es für unser Land. Schau es dir an.« Sie gehen an einem verfallenen Bauzaun vorüber und überqueren die Gasse, durch die sie gekommen sind. Manchmal huschen Schatten an ihnen vorbei, gedrückt und geduckt, schlüpfen in Eingänge, verschwinden hinter Toren, alle beladen mit Taschen, Rucksäcken und der Last des Krieges.

»Wohin gehen die?«

»Zu ihren Verwandten, Lebensmittel besorgen, arbeiten. Was man so macht.«

»Nachts.«

»Irgendwann wird Kyiv wieder auftauen. Wir werden auf den Plätzen in der Sonne sitzen, in den Cafés und in den Gärten. Wir werden am Dnepr spazieren gehen und Prokofjew hören. Tag und Nacht. Wir werden ein gutes Leben haben. Wenn der Krieg vorbei und die Angst fort ist. Kyiv ist die schönste Stadt der Welt.« Als wäre seine Vision schon Wirklichkeit, breitet er den Arm und den Stumpf aus und dreht sich im Kreis. »Mamutschka Kyiv.« Tanzt zwei, drei Takte, hüpft an Rosalies Seite und hält mit ihr Schritt. »Die Mutter der Städte nennt man sie.« Eine Weile knirschen sie schweigend durch den Schnee, Rosalie fröstelnd, Nikita gedankenverloren. »Ладно! Jeder hält sich wohl für das Zentrum der Welt.«

»Ich nicht.« Sie denkt an den Rand von Neubrandenburg. »Ich gehöre nirgendwohin«, murmelt sie.

Zurück im Haus Nummer 13 schleichen sie die Treppen hinauf und ebenso behutsam ins Zimmer der Schlafenden, finden es vor, wie sie es verlassen haben. Nikita stolpert über Olga, als er das Phone neben Sydneys Kopf legt, schimpft verhalten und setzt sich dann wieder auf den Boden zwischen den beiden Fenstern. »So ein Ding hätte ich auch gern. Damit wäre manches einfacher«, flüstert er.

»Mit den Lenins.«

»Ja. Aber auch mit der Organisation. Meins ist weg, und für ein neues hab ich kein Geld, noch nicht.«

»Organisation? Von Lebensmitteln?«

»Und der Friedenskundgebung. Wir müssen unser Netz unterhalten und ausbauen, alle informieren. Wir wollen, dass alle aufstehen, dass alle aus ihren Häusern kommen, dass sie aus Makariv, Boyarka, aus Savyn und Kalyta anreisen, von überallher, verstehst du?«

»Was soll das bringen? Wollt ihr eine neue Regierung?

Und was soll die anders machen als die jetzt? Die habt ihr gewählt.«

»Kann sein, dass sie gewählt wurde, ich bin nicht sicher. Es gibt Gerüchte. Es heißt, die Amerikaner hätten Leute eingeschleust, die Majdan-Proteste angeheizt und die Protestierenden in den Rücken schießen lassen. Im Krieg weiß niemand Genaues, erst hinterher. Da kommen die Historiker und versuchen alles auseinanderzuknoten, die Ereignisse zu ordnen, zu verstehen. Jahrzehnte später haben alle eine Meinung zu dem, was war, und natürlich ein positives Bild von ihrer eigenen Rolle. Aber wir müssen jetzt, gerade jetzt leben. Jetzt, wo man gar nicht weiß, was richtig ist, muss man das Richtige tun. Auf die Gefahr hin, dass sich nachher herausstellt, dass es nicht richtig war. Ich war es jedenfalls nicht, das mit der Regierung. Deswegen sammeln wir uns neu, gehen auf die Straße. Friedlich. Denn Frieden wollen wir.«

»Schon klar.« Rosalie bezweifelt, dass man den herbeidemonstrieren kann.

»Es wird wärmer in der Stadt, wenn Menschen in ihr sind. Menschen, nicht brennende Autos.« Nikita reicht Rosalie die Wodkaflasche, die neben ihm steht. »Komm, einen noch. Morgen sehen wir weiter.«

»Okay. Wer weiß, was morgen ist und wo wir sein werden.« Sie trinkt einen kräftigen Schluck, denkt an das Krankenhauszimmer, das angeblich in Havanna gelegen hat, und lehnt sich ein wenig an Nikitas warme Schulter.

»Hier werdet ihr sein, wo sonst? Wann wollt ihr denn abreisen? Ich könnte euch Kyiv zeigen morgen Nacht. Wir haben großartige Kirchen. Ins Museum verirrt sich sowieso keiner momentan. Mamutschka kümmert sich um Bulgakow, und ich hätte gern was zu tun.«

Rosalie rappelt sich auf, drückt die Hand ins schmerzende Kreuz und schaut aus dem Fenster. Am Himmel ist das

Schwarz in Schiefergrau übergegangen, die Dämmerung knipst die Sterne aus. Der Tag schläft noch hinter den Häusern, aber nicht mehr lang. »Und was ist mit den Lenins?«

»Wir haben nicht jeden Tag einen Transport. Ich bin froh, wenn Arseni heil zurückkommt.«

Plötzlich ein Knall, die Scheiben splittern ins Zimmer. Feuerschein flackert auf im ersten Morgengrau. Nicht direkt vorm Haus, mehr rechts, dreißig Meter die Straße hinunter oder fünfzig, schwer zu sagen.

Mit einem Schlag sind alle wach, springen auf, Olga presst sich an die Ofenkacheln, jemand schaltet die Deckenbeleuchtung ein.

»Macht das Licht aus. Seid ihr verrückt?«, sagt Nikita. Niemand rührt sich, nur Rosalie, sie versteht, kann aber nicht sofort den Schalter entdecken, also übersetzt sie, und Sydney löscht das Licht.

Nikita späht aus dem zerborstenen Fenster, davor stapfen Schatten im Schnee. Es müssen viele sein. Man hört nur die Schritte und das Knistern der Flammen, sonst nichts, kein Rufen, kein Schreien.

Ein Schuss fällt, kurz darauf eine Maschinengewehrsalve weiter weg.

Fäuste oder Gewehrkolben donnern an die Haustür.

»Что это?«, fragt Rosalie. Und Jackwitz: »Was ist das?«

»Der Krieg«, sagt Nikita und läuft hin und her, stolpert über Olga, eilt zurück zum Fenster. Rosalie drängt sich an seine Seite und lugt hinaus. Unten steht ein Trupp in Uniform, nicht zu erkennen, welche es ist. Und was sagen schon Uniformen über die Absichten, die darin stecken? »Ihr müsst weg.«

Rosalie übersetzt.

»Wie denn?« Sydney presst sich an den Ofen.

Lidija trägt das Kind herein, es schreit nicht, wimmert nur leise, als wüsste es, dass es sich verbergen muss.

»Bücherfreak, lies was.« Jan, ausgerechnet.

»Das ist doch Unfug. Steigt auf den Dachboden. Wir sagen ihnen nichts von euch. Ich hoffe …« Lidija verscheucht ihre Befürchtungen. »Los, geht rauf.«

»Warum sollen wir uns verstecken? Wir haben nichts getan.« Rosalie sagt das auf Russisch.

»Weil wir nicht wissen, wer da draußen ist und was die über Deutsche denken. Und weil einem was getan werden kann, auch man selbst nichts getan hat, im Krieg. Und sonst auch. Los! Am Hinterausgang sind sicher auch welche von denen.« Nikita spricht schnell.

»Und was wird aus euch? Vielleicht ist es wegen der Lenins.«

Feuerschein weht herein, mit einer leichten Brise Morgenluft. Schüsse.

»Lies etwas, Albrecht. Wir können es ja versuchen. Auch wenn … Egal. Beeil dich! Lies!« Metha drückt suchend eine Hand auf seine Jackentasche.

»Ich habe nichts.« Jackwitz lässt die Arme hängen und klebt seinen Blick auf die Dielen.

»Gehen Sie, gehen Sie. Jetzt ist nicht die Zeit für Literatur.« Lidija wedelt mit den Händen. »Erst leben, dann denken. Es gibt Prioritäten. Wenn es wieder ruhig ist, sagen wir Ihnen Bescheid.« Sie drängt Sydney zur Tür.

»Du hast den E-Reader, Albrecht. Da wird doch irgendein Buch drauf sein.«

»Habe ich nicht. Er muss im Haus liegen … oder … sonstwo.«

»Hast du doch. In deiner linken Jackentasche.« Metha merkt sich alles Mögliche.

Er tastet an sich hinab, zieht erstaunt das Gerät hervor. »Woher wusstest du?«

»Ist doch jetzt egal. Lies!«

Erwartungsvolle Blicke sind auf Jackwitz gerichtet. Der schaltet den Reader ein und sucht. Unten scheppert es. Lange wird die Tür nicht mehr standhalten. »Ich finde nichts Passendes.«

Metha reißt ihm das Gerät aus der Hand, schlägt das erstbeste Buch auf, streicht über die Seiten, stoppt. Liest: »*Einfach, dass sie nicht mehr da war in seinem Leben …*«

Holz splittert. Stiefel trampeln die Treppen herauf.

Es kracht. Ganz nah.

Die Tür fliegt auf.

Qualm.

Die Welt wird tonlos.

Mittwoch, 20. Juli

21

Der Wind weht den Regen heran und wirbelt Papier und Plastiktüten durch die Gasse, die ersten dicken Tropfen schlagen kleine Krater in den Staub. Das Wetter hält die Menschen davon ab, vor die Türen zu treten. Ich sehe ihre dunklen Gesichter hinter den Fenstern, junge, alte, Frauen, Männer. Von da aus beobachten sie, wie Uniformierte uns in einen Transporter verfrachten.

Wir sind nicht mehr in Kiew. Es macht mir Angst, den Boden nicht zu kennen, auf dem ich stehe, besonders wenn er so unverhofft wechselt. Ich habe nicht die leiseste Ahnung, wohin es uns verschlagen hat, doch es ist keine Zeit zu forschen. Worte schwirren umher, ihr Klang ist rau und rissig, der Ton flach und laut. Ich verstehe nichts, weiß dennoch, was man mir befiehlt. Der Stoß in den Rücken ist international.

Ich hieve mich die Stufen zur Ladefläche hinauf, hinter mir drängt jemand nach, wird gerempelt, prallt gegen mich, ich schlage mir das Schienbein an einer Kante, heißer Schmerz, stolpere ins Innere. Dämmriges Licht sickert durch die kleine Scheibe zur Fahrerkabine, an den Seitenwänden Bänke, auf denen schwarze Schatten hocken. Ich werde weitergeschoben, am Handgelenk gepackt und auf eine Bank gezerrt. Albrecht. Ganz nah. Mein Schienbein schmerzt, die Hose klebt daran, vermutlich ist die Haut geplatzt. Wie Albrechts Braue. Blut tropft. Sie bluten ja immer wie irre, diese kleinen Risse im Kopf. Ich wühle in meiner Jackentasche. Gut, dass ich diese Jacke dabeihabe, obwohl es plötzlich heiß ist. Ich drücke Albrecht ein zerknülltes Taschentuch auf die Wunde, greife seine

Hand und lege sie darüber. »Festhalten!« Neben mir sitzt ein junger Mann mit einem Gesicht aus Basalt.

Die Heckklappen knallen, der junge Mann wird gegen meine Schulter geschleudert und bedenkt mich mit einem wütenden Blick. Der Wagen rollt an, langsam ruckelt er durch die Schlaglöcher. Mir haben die in Havanna besser gefallen.

»Hast du noch was von Leonardo Padura?«, frage ich.

»Weißt du, was die von uns wollen? Und wo … Verdammt.« Albrecht hält sich die Stirn, der Wunde wegen und weil er mir seine Verwirrung nicht zeigen will.

Auf der Bank gegenüber schaukelt ein Dicker mit hängendem Kopf neben einem Mann in fremder Uniform. Police ist am Ärmel zu lesen, darüber ein kyrillischer Schriftzug, den ich nicht entziffern kann bei dem wenigen Licht. Der Polizist stößt den Dicken in die Seite, doch dem Mann scheint das nichts auszumachen, er schläft wie betäubt.

Aufs Wagendach prasselt der Regen. Ich denke: Regen. Denke an die Flut in diesem Niemandsland, wo ich nie hatte sein wollen. Die Werra hat mir Albrecht und die anderen angespült und meinen Urlaub umgestaltet. Polizeitransporter statt Atlantikküste.

Albrecht drückt den Rest des Taschentuchs auf die Braue, blutverschmiert ist seine rechte Gesichtshälfte, dunkle Flecken auf seinem Blazer und hellrote auf dem Shirt, das er darunter trägt.

»Wie bist du da drangekommen?« Ich deute auf seine Braue.

»Einer von denen«, er nickt mit eingezogenem Kopf in Richtung des Polizisten in der Ecke, »hat meine Stirn an den Wagen geknallt, mir die Hände auf den Rücken gedreht und meine Brieftasche, ähm, an sich genommen.«

Ich sage nichts. Es gibt nichts zu sagen. Der Wagen hält kurz, biegt rechts ab und beschleunigt, zischt über Asphalt, wir müssen uns auf einer Hauptstraße befinden.

Wir fahren. Mein Zeitgefühl ist auf der Werrabrücke, die es nicht mehr gibt, verloren gegangen. Wie lange ist das her? Tage? Monate? Jahre? Ereignisse und Daten von früher strudeln durch meinen Kopf. Es ist heiß hier drin, riecht nach nassen Kleidern und Menschen. Wir fahren, ohne zu wissen woher und wohin. Die Erinnerungen kommen mit, egal wohin.

In der Nacht vom 17. auf den 18. Juni 1953 bekam ich einen Mann auf den Tisch, der an einer Kopfplatzwunde gestorben war, nicht direkt an einer Kopfplatzwunde, ich fand eine Densfraktur, ein junger Mensch mit einem Genickbruch, wie er im Alter vorkommt bei vergleichbarer Gewalteinwirkung, wie sie Albrecht gerade erlitten hat. In der gleichen Nacht wurde Dieter Teich in einem gut bewachten Sektionssaal einer zweiten Leichenschau unterzogen. Ich sah den Chef vorbeiwehen und fünf nichtuniformierte Uniformierte ihm folgen. Die Tür verschloss sich fest hinter ihnen. Die Staatssicherheitsleute konnte ich immer erkennen und nie auseinanderhalten.

Nach der Todesursache musste nicht gefahndet werden. Der Neunzehnjährige war von einer Polizeikugel getroffen worden. Und alle wussten es. Der erste Tote des Aufstands 1953 war blumenüberhäuft durch Leipzigs Straßen getragen worden, bis die strauchelnde Staatsmacht ihn der Menge abnahm und ins Institut brachte. Der Name des jungen Mannes verblasst in der Geschichte wie der Aufstand selbst, der an sechshundert Orten im Land aufflammte. Die sich an die sowjetischen Panzer, die standrechtlichen Erschießungen und die wochenlangen Notstandsgesetze erinnern, haben längst keine Stimme mehr. Stimmen, die sie erhoben hatten, um gegen die Verschärfung der Arbeitsnormen in den Volkseigenen Betrieben zu protestieren. Turbokapitalistische Ausbeutung bei kommunistischem Paradiesversprechen. Heute erhebt sich niemand mehr. Da machen sich die Leute freiheitlich fertig.

Mein Unbekannter blieb lange in der Kühlung, bis man ihn staatlich überwacht auf dem Südfriedhof verbuddelte, der Genickbruch wurde gewissermaßen chronisch. Bis 1989. Da erfuhr ich durch Zufall, wer der junge Mensch gewesen war. Niemand hatte nach ihm gefragt, jedenfalls nicht im Institut, soweit ich wusste. Nirgends stand sein Name, nicht in der Zeitung und nicht auf einem Grabstein. Er war ein verschwiegenes Opfer des Aufstands vom 17. Juni, der eine Revolution hätte werden sollen. Ich lernte seine Schwester in der Nikolaikirche kennen. Sie, Erika, saß neben mir, als sich die Gesellschaftsordnung auflöste. Sie kannte sich aus mit Revolutionen, war schon am 17. Juni dabei gewesen und hatte danach drei Jahre in Bautzen gesessen. Bautzen. Der Name der Stadt klingt in meinem Ohr noch immer nach politischem Knast und Willkür.

Man könne nicht einfach so losrevolutionieren, sagte Erika, das würde nichts, habe man ja gesehen Dreiundfünfzig. Und Achtzehn und Achtundvierzig, und Marx sage das schließlich auch. »Marx« flüsterte sie gegen das Holz der Kirchenbank. Hier redete man besser nicht von Marx, nicht laut.

Dann erzählte sie von ihrem Bruder Ernst, dass er verschollen war, und ich von der Kopfplatzwunde und dem Genickbruch. Sie weinte ein bisschen, als sich die Zweifel über die Identität ihres Bruders verflüchtigten: Ich hatte ihren Ernst auf meinem Tisch gehabt.

»Typisch«, sagte sie und schniefte. Als ich sie verwundert ansah, fügte sie hinzu: »Er wollte immer mit dem Kopf durch die Wand.« Danach weinte sie weiter, bis der Pfarrer »Amen« sagte.

Der Wagen stoppt wieder, diesmal wird der Motor abgestellt.

»Wir dürfen uns nicht verlieren«, sagt Albrecht und drückt meine Hand mit seiner blutigen, dass es schmerzt.

»Hast du deinen E-Reader noch?« Ich hätte nie gedacht, dass ich einmal derart versessen aufs Eintauchen in Literatur sein würde, doch ich will eine Chance auf noch ein wenig Leben und ein würdiges Ende. Im Augenblick sieht es nicht so aus, als käme ich meinen Wünschen näher, im Gegenteil. Und hat Albrecht nicht gesagt, Literatur wäre nützlich, um sich fortzudenken von da, wo man nicht sein will? Oder habe ich seine Arbeitshypothese falsch verstanden? Vielleicht funktioniert es gar nicht, wenn man die Orientierung verloren hat.

»Ich weiß nicht. Kann sein …« Kaum traut er sich, seine Taschen zu durchsuchen. »Vielleicht habe ich ihn vergessen.« Ratlosigkeit in seinem Gesicht.

Die Uniformierten schnauzen fremdsprachig, dieser Ton braucht keine Übersetzung. Man treibt uns, ungefähr achtzehn Leute, hinaus in den Regen, der auf unsere Köpfe trommelt. Direkt neben uns taumeln Rosalie und Jan aus einem weiteren Fahrzeug, andere Menschen, dunkelhäutige, dann Sydney mit einer Frau, die er zu kennen scheint, und zwei jüngeren Mädchen. Olga ist nicht dabei, Schafe verhaften sie wohl nicht, vielleicht trauen sie ihnen.

Seit Stunden warten wir. Manchmal setzt sich eine auf das Metallklo, ich höre ihren Urin plätschern, sie wechselt sich mit der nächsten ab. Die Nierenfunktionen der Frauen, wir sind neunzehn in einem Raum von vielleicht sechzehn Quadratmetern, scheinen intakt zu sein, obwohl man uns nichts zu trinken gegeben hat. Ich müsste auch auf dieses Klo, aber die Scham hält mich ab, noch. Außer mir, Rosalie und Sydney, den man zu uns gesperrt hat, sind sie alle Romni. Hat Sydney gesagt. Wir drücken uns in eine Ecke, sie tuscheln und werfen abschätzige Blicke herüber. Die Frau, die Gerlinde heißt, wie ich inzwischen erfahren habe, sagt etwas zu ihnen, eine lacht böse.

»Was sagen sie?« Sydney.

»Ach, nichts.« Gerlinde heftet den Blick auf den schmutzigen Boden.

»Weißt du, was sie von uns wollen?« Rosalie.

»Nein.« Gerlinde möchte wohl nicht mit uns sprechen. Die anderen Frauen sehen sie an wie eine Verräterin.

Bisher hat niemand etwas von uns gewollt, sie haben uns in diese Zelle gepfercht und sind gegangen. Von nebenan dringen unfreundliche Geräusche durch die Wand. Dort sind vermutlich die Männer eingesperrt. Ich hoffe, dass sie Albrecht nichts tun. Jan wird sich wehren, vielleicht. Nicht einmal verhandeln können die Männer, wir haben wenigstens Gerlinde, die Deutsch spricht, trotz ihrer dunklen Haut. Sie sei Deutsche, hat sie Sydney verraten, als er neben ihr in dem Transporter saß, der unserem folgte. Und Sydney hat es mir zugeflüstert. Sie sieht gar nicht danach aus. Vielleicht irre ich mich in dem Licht.

Stunden vergehen. Ich habe mich auf den Boden gesetzt, denn die Pritsche ist von vier Frauen okkupiert, und keine rührt sich weg. Wie begehrt ein verdrecktes, kunststoffbezogenes Möbel plötzlich wird. Die Luft im Raum dürfte nur noch geringe Mengen Sauerstoff enthalten. Ich rieche den Schweiß der Frauen wie meinen eigenen. Die Wunde am Schienbein pocht. Die Wände treten näher, und ich sehe die Inschriften, Kryptisches, das ich vergeblich zu enträtseln suche.

Irgendwann rappelt ein Schlüssel in der Tür, sie wird aufgestoßen, und ein Mensch in prall sitzender Uniform füllt sie aus. Die kleine Person, die der Tür am nächsten sitzt, wird hochgerissen, sie schreit, tritt gegen den Riesen, was ihr nichts nützt, und wird hinausgeschleift. Die anderen haben sich an die Wände gepresst und die Luft angehalten, diesmal hat es sie nicht erwischt.

Nachdem das furchtsame Raunen verklungen ist, wird es still, und wieder vergeht Zeit. Minuten? Stunden? Beim Vormich-hin-Dämmern zeigen sich mir Bilder in den Wandkritzeleien, Bäume, Gesichter, ich suche einen Weg, Sonne …

Havanna. Wie warm es war an Albrechts Bauch. Ich hätte den Wind gern wieder über seiner Haut und über meiner, irgendwo am Meer. Ein Ziehen nistet in meiner Brust, sobald ich an ihn denke, es ist fremd und scheußlich und schön.

»Sie machen das manchmal«, sagt Gerlinde leise, endlich redet sie. Einige der Frauen schlafen, andere brüten vor sich hin. »Holen uns aus unseren Häusern, lassen uns hier warten, kontrollieren unsere Papiere. Meistens lassen sie uns wieder gehen. Manche behalten sie ein paar Tage da und lassen sie dann gehen. Vielleicht hat es irgendwo in der Stadt einen Überfall gegeben oder eine Einbruchserie. Sie sagen, einer von uns war es, und manchmal stimmt das auch.«

»Eine von den Frauen?« Rosalie. Sie sitzt neben mir und riecht nicht gut.

»Meistens ein paar Männer. Die denken, wir verraten sie, wenn sie uns unter Druck setzen. Ich weiß nicht, ob sie je Glück damit hatten. Ich glaube nicht. Keine verrät ihren Mann oder ihren Bruder. Sie bauen uns die Häuser und bringen Geld … irgendwoher. Wir verraten einander nicht.«

Ich spüre, dass es ihr nicht lieb ist, dass sie neben uns sitzt, abseits von den Ihren, wenn auch nicht weit, denn das ist nicht möglich in diesem Raum. »Die Frauen glauben, du willst dir durch uns einen Vorteil verschaffen.« Ich glaube zu verstehen. »Aber wir sitzen auch hier. Wie sie.«

»Ich weiß nicht, was die«, Gerlinde nickt in Richtung Tür, »vorhaben. Das gab es noch nie. Weiße in der Shutka sind eben nicht gut. Warum seid ihr nicht geblieben, wo ihr herkommt?« Sie legt die Stirn auf die Hände, die sie über den Knien gekreuzt hat, ihr Haar fällt darüber bis fast auf den Boden. Ich höre sie weinen, dann: »Hoffentlich tun sie Leila und Vanessa nichts.«

Ich wende das Wort Shutka in meinem Mund, und Sydney murmelt es.

»Shutka«, sagt er dann lauter.

Ich stupse ihn mit dem Ellenbogen. »Du weißt, wo wir sind?« Mein Herz schlägt schneller, endlich Orientierung?

»Skopje.« Sydney.

»Ist das ein Quiz oder was?« Rosalie, laut. »Wo zum Geier ist Skopje?«

Ich lege einen Finger auf die Lippen. Die Frauen schießen giftige Blicke ab. »Mazedonien«, flüstere ich rasch. Sydney wird es von dieser Gerlinde wissen, die nicht aufhören kann zu weinen, weil niemand weiß, wo ihre Kinder abgeblieben sind. Möglich, dass sie entkommen konnten in dem Chaos und auf Gerlindes Rückkehr warten.

»Vielleicht sind sie einfach durchgeschlüpft und haben den Cousins Bescheid geben können.« Gerlinde, die sich beruhigen will. »Nur, was sollen die tun?« Schon ist es wieder vorbei mit Beruhigung. »Sie halten sie irgendwo anders fest. Sie werden sie schlagen, meine Mädchen, oder …«

Sydney legt ihr eine Hand auf den Arm. »Das dürfen sie gar nicht. Sie haben nichts gemacht und außerdem sind sie nicht strafmündig.« Sydney, das Juristenkind, aufgewachsen mit dem Glauben an Recht.

Gerlinde schnauft hoffnungslos. Wieder höre ich Plätschern im Stahlbecken. Die Frauen müssen den Pool eines ganzen Wasserwerks in sich tragen.

Das Schloss scheppert, die Tür fliegt auf, die kleine Person, die man geholt hatte, stürzt herein, Arme fangen sie auf.

Ich erhasche einen Blick durch den Spalt nach draußen. Da stehen sie und halten sich an den Händen, zwei zierliche Mädchen, zwölf und vierzehn vielleicht. Die Ältere lächelt, als ob es etwas zu lächeln gäbe, und hebt kaum merklich die Hand. Der Riese bellt einen Namen, die Frauen verschmelzen mit den Wänden, keine meldet sich. Plötzlich lauter die Stimmen der Männer von nebenan, aufgebracht, dazwischen, heller, die Angst. Ich sehe die Ältere den Mund bewegen und höre … nichts. Die Mädchen werden gepackt und zu uns hereingeschubst. Gerlinde schließt sie in die Arme, und nun weinen alle drei.

Ich weiß nicht, wie viel Zeit vergeht. Nach und nach leert sich der Raum, gibt den verkrusteten Boden und seine ganze Trostlosigkeit frei. Eine nach der anderen wird geholt und bleibt fort.

Nur Gerlinde bringen sie nach einer Weile zurück. »Ich habe gesagt, ihr seid meine Gäste. Verwandtschaft aus Deutschland. Der Dicke hat was in seinen Computer getippt und telefoniert. Wieso habt ihr keine Ausweise dabei?«

»Wir hatten nicht geplant …« Sydney bricht ab, weiß nicht, wie er erklären soll, was nicht zu erklären ist.

Durch das winzige Fensterchen knapp unter der Decke fällt das immer gleiche graue Licht herein, ohne Auskunft darüber zu geben, welche Tageszeit ist.

»Morgens«, sagt Sydney, als habe er meine Gedanken gehört.

Nach einer weiteren Weile, die ich nicht bemessen kann, öffnet sich die Tür. Ein Polizist kommandiert. Gerlinde und die Mädchen rappeln sich von der Pritsche hoch, die frei geworden ist, als die anderen Frauen geholt wurden. »Kommt«, sagt Gerlinde.

»Wohin?« Rosalie sieht erschöpft und ängstlich aus.

»Ihr müsst mit zu mir und dürft das Haus nicht verlassen, bis sie eure Identität bestätigt haben. Keine Ahnung, wieso sie euch überhaupt freilassen.«

Als wir uns draußen auf dem Parkplatz vor dem langgestreckten zweistöckigen Gebäude wiederfinden, sind wir nicht die Einzigen. Auf einem offenen Lastwagen hocken Frauen und Männer gedrängt beieinander. Ich erkenne Albrechts weißen Schopf zwischen den vielen schwarzen. Gerlinde legt ihrer Tochter, der Kleinen, eine Hand in den Rücken und schiebt sie vorwärts.

Ich zögere. »Wohin …?«

Gerlinde unterbricht mich brüsk. »Sie kutschieren uns zurück. Wenn sie uns zu Fuß gehen lassen, haben sie Angst, wir verschmutzen ihre schöne Stadt.« Als ich mich immer noch nicht bewege, sagt sie: »Beeil dich, wenn du keine Schläge willst.«

Um uns herum Rufe und Geschrei der Polizisten. Die Menschen auf dem Lastwagen halten still die Köpfe gesenkt. Nur Jan und Albrecht schauen über den Platz, auf dem eine grelle Sonne den Sand getrocknet hat. Sie wissen nicht, wie man sich unsichtbar macht. Sie mussten es nie, der Bauer und der Büchermensch. Sie sind weiße Männer.

Vier braune Arme strecken sich mir entgegen, helfen mir auf die Ladefläche und ziehen sich zurück, sobald ich oben bin.

Eine Staubwolke hüllt Jan und Olga ein. Der Wind bläst sie fort, ruht sich kurz aus und wirbelt neue Staubkörner auf. Die vier anderen klopfen auf ihrer Kleidung herum, als ob das irgendetwas nützen würde.

Jan streichelt Olgas Ohr, will gar nicht wissen, wie sie hergekommen ist, Hauptsache, sie ist da. Die Frage nach dem Wie und Warum hat er aufgegeben.

Über den Dächern lastet die Hitze, der Morgen lässt zögernd Licht in die Gasse. Klarer ist das Morgenlicht im Werratal, jedenfalls solange Jan nicht mit der Egge die Erde aufreißt und der Wind den Boden abträgt. Wenn einmal Kaffee auf den Hängen wächst, muss er sich darum keine Sorgen mehr machen. Um sie herum erwachen die Häuser, Hütten, Bruchbuden. Behausungen, wie Jan sie nur aus den Schwarz-Weiß-Streifen seines Alten kennt, die der sich auf einem klapprigen

Videorecorder ansah. Stimmen, Klirren von Geschirr, Schritte auf Beton, jemand singt. Morgengeräusche in einer fremden Stadt. Schon wieder. Was für ein Mist!

Sydney betrachtet die Gegend um sich herum, als wolle er sie besetzen.

Metha beschirmt die Augen mit der Hand, schaut die Gasse hinunter. Jan folgt ihrem Blick. Haus an Haus mit brüchigen Mauern, geflickten Dächern, Bretterzäune dazwischen, die aussehen wie aus Bauschutt gemacht.

»Albrecht, verrätst du uns, wo wir sind?«

»Was hast du denn da gelesen, in Kiew?«

Metha hebt die Schultern und reicht ihm den Reader, den sie immer noch in der Jackentasche hatte. Keine Papiere, aber den E-Reader.

»*Grenzfall* von Merle Kröger. Hm. Und wieso sind wir dann hier? Falls wir wirklich per Buch … eigentlich ist das ja unmöglich, aber …« Albrecht kratzt sich an der Stirn direkt neben der blutigen Kruste, die sich über eine fette Beule wölbt. »Also, wenn es denn möglich wäre und einer gewissen Logik folgte, müssten wir jetzt in einem Nest in Mecklenburg-Vorpommern sein.« Worte hat er jedenfalls schon wieder.

»Is ja nicht weit bis nach Hause. Sieht's hier aus wie McPomm?« Jan dreht sich um sich selbst und breitet die Arme aus. »Was hast du gemacht, Freak?«

»Ich habe gar nichts gemacht. Ihr hättet ja bleiben können, gemütlich bei minus acht Grad mit Bewaffneten vor der Tür, die Sprengsätze zünden. Außerdem hat Metha …«

»Hört auf mit dem Kinderkram«, sagt Sydney. »Wir müssen uns was überlegen. Wir können ja nicht ewig hier rumstehen.«

Rosalie stöckelt ein paar Schritte, ihre Absätze hinterlassen Grübchen im Staub der Straße.

Metha zeigt auf die Abdrücke. »Wenigstens regnet es nicht mehr, sonst wärst du deine Schuhe los. Sydney hat recht.«

»Siehst du wen?« Jan lehnt sich an eine Hauswand. »Die gehen bestimmt auch nur nachts raus.«

»Für jemanden, der angeblich Bauer ist und Kaffee an einem Ort säen will, wo keiner wächst, bist du ganz schön negativ.« Rosalie wirft ihm einen bösen Blick zu.

»Er wird wachsen, verlass dich drauf. Falls ich je wieder nach Hause komme.« Und falls der Regen aufhört und die Versicherung zahlt.

»Gerlinde wollte uns in ihr Haus einladen. So sagte sie doch, oder?«, fragt Metha. Niemand antwortet. Und die Straße ist leer.

Die Sonne tritt über die Dächer und meißelt Schatten in die Gasse, in der sie immer noch stehen und nichts tun. Die Häuser sind alt oder halb, verwohnte Buden, in denen schief die Fenster hängen, oder mit Säulen und Erkern versehene Neubauten, denen während der Bauphase das Geld ausgegangen ist. Blaue Plastikplanen halten unzureichend Sonne und Regen fern, weil die Dachschindeln fehlen. So etwas wird Jan nicht passieren. Er packt Sachen richtig an.

Aus einer Tür vielleicht hundert Meter weiter tritt Gerlinde mit den zwei Mädchen. Sie tragen saubere, aber viel gebrauchte Kleidung, T-Shirts und Jeans, alle drei. Ihre Haare sind gekämmt und zu Pferdeschwänzen gebunden.

»Es muss eine internationale Vereinbarung geben, die Jeans und T-Shirt vorschreibt.« Rosalie rubbelt verstohlen an den Flecken auf der Lederjacke. Die Röschen auf ihrem Kleid welken.

»Quatsch nicht, frag die, wie wir hier wegkommen.«

»Wir sind nicht mehr in der Ukraine. Vielleicht in Rumänien? Könnte sein.« Albrechts Stirn hat eine rote Stelle vom Kratzen. »Ein paar Kapitel von *Grenzfall* spielen in Rumänien. Es geht um Roma, die auf der Flucht nach Deutschland … in ein gutes Leben. Zwei sind verbrannt. Mitten auf einem Feld in Mecklenburg-Vorpommern. Man hat sie …«

Gerlinde und ihre Töchter kommen auf sie zu, die Mädchen hüpfend mit fliegenden Zöpfen, Gerlinde trägt Vorsicht im Blick.

»Du wolltest doch … « Rosalie stellt sich ihnen in den Weg.

Tiefbraune Augen wandern zuerst über Jan und Olga, dann über die anderen, begutachten Kleider, Haut und Habitus und heften sich an Sydney. Plötzlich lacht die Frau, die sich Gerlinde nennt, als hätte sie alte Bekannte wiedergefunden. »Ja, klar.« Sie ruft den Kindern etwas zu, die bleiben stehen.

»Frag sie«, sagt Jan zu Sydney, der die drei angrinst.

»Warum fragen Sie mich nicht selbst?« Die Kinder kommen zurück, schleichen wachsam an den Mauern entlang.

»Wo sind wir hier?« Jan mustert das schwarze Haar der Frau, ihre nackten braunen Arme, die abgetragenen Sandalen.

»Das ist eine seltsame Frage. In der Shutka natürlich.«

»Shutka. Natürlich.« Er presst ärgerlich die Lippen aufeinander. Die braucht ihn nicht für dumm zu verkaufen, bloß weil er sich hier nicht auskennt.

Sydney kriegt das Grinsen gar nicht aus dem Gesicht. »Das ist Gerlinde aus Dortmund. Aber so eine echte Dortmunderin bist du nich, ne?«

Die Frau gluckst. »Und ob ich eine bin! Ich verrate es deinem Onkel trotzdem. Ihr seid in Skopje. Hilft dir das weiter?«

»Skopje, Mazedonien.« Sydney nickt, auch wenn Jan nicht sein Onkel ist.

»Skopje, Jugoslawien.« Albrecht hebt wieder die Hand an die Stirn.

Metha rammt ihm den Ellenbogen in die Seite. »Da liegen die Kriege der Neunziger, letztes Jahrhundert, dazwischen. Erzähl ich dir später. Halt mal kurz den Mund.«

»Hab ich …« Er sieht ratlos aus.

»Macht jetzt nichts. Sei ruhig. Wer weiß, was die sonst denken.«

Gerlinde sagt etwas zu den Kindern, die lachend weiße Zähne zeigen. Dann auf Deutsch: »Ich muss los. Der Schulbus fährt gleich.« Sie winkt mit der einen Hand und schiebt mit der anderen die Mädchen weiter. »Schön, was von Dortmund gehört zu haben.«

»Warte.« Sydney trabt neben den dreien her. Sand klebt auf seinem verschwitzen Gesicht. »Wolltest du uns nicht helfen?«

»Dass ich das erleben darf. Deutsche bitten mich um Hilfe. Aber sicher doch. Ich geb dir einen Tipp: Verschwindet von der Straße. Hier laufen normalerweise keine Weißen rum. Geht die Gvadalahara runter, dann links bis zu der Ziegelei, daneben ist eine Bushaltestelle, dort fallt ihr nicht so auf.« Sie schenkt Sydney ein Lächeln und flitzt los.

Sydney schlendert die paar Meter zu den anderen zurück. »Habt ihr das mitgekriegt?«

»Was soll das heißen, die mögen keine Weißen? Sind wir in Afrika oder was?« Jan starrt der Frau mit zusammengezogenen Brauen nach.

Metha schaut ihr ebenfalls nach. »Sie wollte uns doch beherbergen, bis …«

Bis sie irgendeinen Weg finden. Fort von hier, wo sie nicht hinwollten. Jan ganz bestimmt nicht. Inzwischen hat sich die Gasse belebt, andere Kinder, jüngere und ältere, zanken sich um einen Ball. Teenager tauschen Blicke, Worte fliegen hin und her zwischen Jungen und Mädchen, fröhlich und frech. Vor den Eingängen rauchen Männer, schicken misstrauische Blicke herüber.

»Das ist Roma-Gebiet«, sagt Albrecht, nachdem er lange genug seine Stirn bearbeitet hat. »Das Buch hat sich wohl im Land vertan, aber nicht in der Ethnie.«

»Kommt, wir hauen lieber ab.« Rosalie zieht ihre Lederjacke enger um den Körper, obwohl die Temperaturen rasant steigen und die Morgensonne sticht. Notgedrungen, weil keiner eine

Idee hat, gehen die anderen mit. »Zigeuner. Da hat mich schon meine Oma vor gewarnt.«

»Tot sind sie dir wohl lieber?« Sydney stakst wütend neben Rosalie her. Albrecht und Metha folgen ihnen, Jan und Olga trödeln hinterher. Jan tut so, als hätte er nichts gehört. Die Menschen machen ihrem seltsamen Zug Platz, unterbrechen ihre Gespräche, sogar die Kinder halten die Klappe. Sie müssen einem Pferdegespann ausweichen, treten in die Nische eines Hauseingangs. Einem unverständlichen Wortschwall folgt Wasser, das eine Dicke in Leggins und Rüschenkleid über den Fliesenboden des Hausflurs kippt und Rosalie und Sydney, die am nächsten stehen, auf die Füße. Das Pferd hebt den Schweif und erleichtert sich.

»Leise«, zischt Rosalie Sydney zu. »Was willst du damit sagen?«

»Die Toten im Haus. Du wolltest sie nicht drinnen haben. Sie sind auch Roma.«

Metha dreht sich halb um. »Woher weißt du das?«

»Sie haben es mir gesagt.«

Jan lacht auf. »Was für ein Kraut hast 'n du genommen? Oder ist dir der Ortswechsel aufs Hirn geschlagen?«

Sydney latscht neben Rosalie her. Jan sieht, wie sein Rücken sich versteift und er schneller ausschreitet, vorbei an den maroden Fassaden und den feindseligen Blicken der Männer. Fast als wüssten sie von dem Haus in der Flut, von der Zuflucht, die ihren Leuten nicht gewährt wurde. Warum sonst sollten sie so abweisend dreinschauen? Sie haben doch keinen Grund.

22

»Einen Grund?« Gerlinde lässt die Beine baumeln. Sie sitzt auf einem Mäuerchen, das auf einer Brache unweit der Ziegelei vor sich hin bröselt.

»Zwei Stunden haben wir auf einen Bus gewartet. Wir kennen uns ja nicht aus, sind ein bisschen rumgelaufen. Einen Laden gibt's hier wohl nicht, nicht mal einen Kiosk«, sagt Albrecht. Als Gerlinde ihm die Hand reichte auf dem Polizeitransporter, der sie zurück in die Shutka fuhr, hat er seinen Nachnamen nicht verraten. Und sie ihren auch nicht.

»Eine kalte Cola – das wär's«, sagt Jan und wischt sich den Schweiß von der Stirn.

»Ihr habt einfach die falsche Farbe. Weiße kommen hier nur her, wenn sie was wollen. Polizisten, Schulbehörde, Hundefänger. Neuerdings kommen Albaner aus dem Nachbarviertel. Die sind ... Ist ja auch egal.« Gerlinde reicht die Wasserflasche herum, die sie mitgebracht hat. »Ist sauber. Seit Anfang des Jahres haben wir einen Wasserhahn direkt neben dem Haus.«

Sydney trinkt gierig, gibt die Flasche an Metha weiter und sagt: »Wieso bist du aus Dortmund?« Die Frage muss ihn die ganze Zeit nicht losgelassen haben.

»Wie, wieso? Ich bin da geboren. Wieso bist du aus Dortmund?«

»Und was machst du dann –«, Sydney umfasst die Schutthaufen, den Müll, die Mauern der heruntergekommenen Fabrik mit ausladender Geste: »– hier?«

»Leben, so gut es geht. Ich will ja zurück, aber sie lassen mich nicht.«

Rosalie starrt sie an. »Wie zurück? Bist du Deutsche? Du hast so einen altmodischen Namen.«

»Meine Mutter wollte keinen Roma-Namen, da hat sie mich

nach der Nachbarin genannt, also nach meiner Patin. Aber Rosalie ist auch nicht gerade hipp. Bist du Deutsche?«

Die beiden Frauen taxieren sich, Gerlinde zieht die Mundwinkel abwärts, als sie die braunen Flecken auf Rosalies Jacke ansieht. Der Verband am Kopf ist grau, das Röschenkleid zerknautscht. Deutsche sind sonst sauberer. Und Rosalie senkt den Blick.

»Was treibt ihr denn nun hier und wieso wusstet ihr nicht, wo ihr seid? Ist ein ziemlich weiter Weg von Dortmund, man verläuft sich ja nicht zufällig hierher.«

Metha räuspert sich. »Das ist eine komplizierte Geschichte, glaubt einem keiner. Wenn ich es nicht selbst erlebt hätte … Gab es für dich einen Grund, Dortmund zu verlassen? Hier ist es … Also es scheint, als wäre das Leben nicht einfach.« Sie ist einfach zum Du übergegangen. Eine Nacht im Knast verbindet.

»Nicht meine schönste Geschichte.« Gerlinde lacht schroff, schweigt kurz und denkt nach, dann entschließt sie sich: »Wenn ihr wollt, gehen wir in mein Haus. Falls ihr euch traut, mit einer Zigeunerin mitzugehen.« Sie blickt jedem in der Runde aus schießschartenschmalen Augen ins Gesicht. Als keiner etwas sagt, entspannt sie sich. »Ich hätte ein bisschen Unterhaltung beim Kochen, und ihr hättet erst mal einen Platz abseits der Straße. Der Bus kommt sowieso, wann er will. Oft will er nicht. Die schaffen es einfach nicht bis hier raus. Die Fahrer haben keine Lust. Wenigstens habt ihr euch nicht in eine andere Ecke vom Viertel verirrt. Kommt!« Gerlinde seufzt und hüpft vom Mäuerchen. »Außerdem musst du mir von Dortmund erzählen«, sagt sie zu Sydney und geht los.

Stickig. Sydney holt ein paarmal tief Luft, das Atmen wird nicht leichter. Das Fenster zum Hof ist weit geöffnet, lässt aber wenig von dem Qualm hinaus, den die beiden Männer am Küchentisch mit ihren Zigaretten produzieren. Sie sind groß und muskelbepackt, in Shirts und Jeans. Der an der Schmalseite des Tisches knipst ein Feuerzeug an und aus. Gerlinde sagt etwas und klopft ihm auf den Rücken. Daraufhin murren die Männer, gucken aber neugierig, packen dann ihre Zigaretten in Taschen, dazu Plastiktüten mit Broten und Wasserflaschen, und verabschieden sich polternd.

»Meine Cousins.« Stolz leuchtet in der Feststellung.

»Welche Sprache sprecht ihr?«, will Sydney wissen. Sprachen findet er spannend. Und nützlich. Man weiß schließlich nie, wohin es einen mal verschlägt.

»Zu Hause Romanes, in der Stadt Mazedonisch, wenn nötig Englisch. In die albanischen Viertel gehe ich nicht. Ist schön, mal Deutsch zu reden.«

»Haben wir deine Cousins vertrieben?«, fragt Metha.

»Nein. Nein, sie müssen zur Arbeit. Heute und morgen haben sie welche.«

Die Küche ist nicht groß, auf der einen Seite eine Küchenzeile von anno Tuck, gegenüber ein kaputter Herd, auf dem eine Kochplatte mit Topf steht. An dem Tisch in der Mitte muss man sich vorbeischlängeln, um das Fenster zu erreichen. Alles blitzt vor Sauberkeit, sogar die Kratzer und abgesplitterten Ecken, von denen es viele gibt.

»Setzt euch doch.« Gerlinde stellt Gläser hin und füllt sie mit Wasser. »Ihr könnt das Schaf in den Garten lassen. Wird sich schon mit unserem vertragen.« Sie hebt ihr Kinn zum Fenster. Dahinter ist wenig Platz bis zum nächsten Haus. Garten ist eine Übertreibung für den Flecken zwischen rauen Wänden. Olga wird hinausgebracht und Jan atmet auf, auch wenn auf dem kargen Boden nur magere Halme und mickrige Kräuter wachsen. Eine Skudde braucht ja nicht viel, aber Olga hat seit Tagen kaum eine Handvoll Grün gehabt.

»Schöne Sprache«, sagt Sydney, nachdem er sein Glas geleert und Gerlinde ihm nachgeschenkt hat.

»Romanes.« Sie hebt die Schultern, wiegt das »schön« in ihrem Kopf und die Kräuter mit dem Messer auf einem Holzbrett.

»Aus dem Indischen und von allem ein bisschen«, wirft Albrecht ein, der sich an das merkwürdigste Zeug erinnert und an notwendige Sachen nicht. »Von überall hat die Sprache ein paar Worte mitgenommen. Und Geschichten, die nie jemand aufgeschrieben hat.«

Gerlinde nickt Albrecht zu. »Das ist mein Text.« Sie grinst. »Die Sprache ist eben wie unser Leben – nie stabil und ohne Zuhause.« Paprika, Zwiebeln und Knoblauch holt sie aus einem Regal in der Ecke, packt das Gemüse auf den Tisch und putzt es.

»Woher wisst ihr das?« Sydney guckt zwischen Gerlinde und Albrecht hin und her.

»Ich bin arm, aber nicht doof. Vieles ist einfach weitererzählt worden. Ich hätte gern studiert, ging aber nicht, nicht hier. Also. Was macht Dortmund?«, sagt sie beim Zwiebelschneiden.

»Ich weiß es nicht. Zuletzt war ich an Weihnachten ein paar Tage da.« Seitdem hatte er mit den Eltern telefoniert, nach Hause fuhr er, wenn überhaupt, nur kurz. Mutter und Vater hatten ja doch zu tun. Sie kauften ihm Dinge, neue, glatte, schöne Dinge, und verschwanden in ihrer Arbeit oder sonst wo. Sydney mag Gerlinde. Wer weiß, was zu Hause gerade los ist? Vielleicht hat der Regen den Dortmund-Ems-Kanal überlaufen lassen und den Hafen, die Nordstadt, ganz Dortmund unter Wasser gesetzt.

»Schade.« Gerlinde reibt sich mit dem Handrücken die Augen. Die Zwiebeln. »Meine Eltern leben da, Nordstadt, immer noch. Mich hat man hierhergeschickt, als ich achtzehn war. *Zurück*, hieß es. Wat 'n Kappes. Ich kam zu Verwandten. In ein fremdes Haus, ein fremdes Land. Wenn ich könnte, würde ich sofort nach Hause fahren. Nach Dortmund.«

Sydney stöhnt. »Dortmund ist schon nicht toll, aber die Nordstadt? Da willst du hin? Da ist doch immer Action. Dauernd Polizei. Und wenn keine da ist, weil sie sich nicht traut, geht man besser nicht raus. Ich hatte einen Kumpel von da. In der Grundschule. Nachdem zweimal bei ihnen eingebrochen und die Wohnung verwüstet wurde, sind sie weg. Ich hab ihn nur ein paarmal besucht, heimlich.«

»Hier ist auch immer Action. Und Polizei.« Gerlinde schiebt die Zwiebeln vom Brett in eine Schüssel. »Aber das durftet ihr ja erleben. Seltsame Art, Urlaub zu machen.«

Rosalie mischt sich ein. »Deine Eltern haben dich ganz alleine –?«

»Nein. Die Behörden. Abgeschoben. Meine Eltern haben das nicht geschnallt, also das mit meinem Aufenthalt, bis es zu spät war. Sie haben sich einfach nicht zurechtgefunden.«

»Und dann sind Sie in ein völlig fremdes Land geschickt worden?«, fragt Albrecht. Er sieht verwirrt und ein bisschen erleichtert aus. »Ich bin froh, dass wir nichts mit den Behörden zu tun haben.« Er zieht den E-Reader aus der Tasche und tippt sich durch die Dateien. »Das könnte gehen«, murmelt er, schüttelt den Kopf, tippt weiter. Er greift wieder nach seiner Stirn, als könnte seine Hand die Gedanken sortieren und festhalten.

»Inzwischen geht's. Ich komme durch. Die Kinder dürfen zur Schule. Nur was mit meinem Bruder ist …« Gerlinde lässt sich auf den Hocker fallen, das Wasser in ihren Augen kommt nicht mehr von den Zwiebeln. »Ach …« Sie wischt sich zornig über die Lider, schnappt sich das Messer und hackt die Paprika in Stücke. Rosalie schaut in ihr Glas, Jan zum Fenster hinaus, Metha auf ihre Hände, Albrecht auf das Messer, das hackt und hackt. »Ich wollte nicht davon anfangen«, sagt Gerlinde. »Es ist nur … Er hat sich nicht mehr gemeldet.«

»Und jetzt?«, fragt Metha.

»Einmal täglich hatte ich Kontakt, per Telefon, vor ein paar Tagen brach er ab.« Wieder das Messer, das durch Gemüse schneidet.

»Er wohnt in Dortmund?« Sydney sieht schon den Keller seines Elternhauses unter Wasser stehen.

»Nein.« Jetzt kommt der Knoblauch unters Messer.

Niemand sagt etwas, alle warten, dass sie weiterspricht, aber sie redet nicht mehr.

Nach einer langen Weile, in der die Hitze im Raum drückender wird und die Fliegen summen, sagt sie in die träge Luft, ohne den Blick von ihren mit Knoblauchstücken besprenkelten Händen zu nehmen: »Kann mir jemand beim Wasserholen helfen?«

Jan schraubt sich hoch. »Ich mach das. Bleib sitzen«, sagt er zu Rosalie, die grau aussieht unter ihrem Verband.

»Alles klar mit dir?« Sydney will hier keine Klinik suchen müssen. Das ist in Havanna gut gegangen, weil sie Schwein hatten. Zweimal klappt das bestimmt nicht.

»Kopfschmerzen.«

Eigentlich braucht Rosalie Ruhe. Mit einem Loch im Kopf reist man nicht durch die halbe Welt.

Jan trieft. Die wenigen Schritte durch die Hitze kleben ihm sein Hemd auf den Rücken. In der Lücke zwischen den Häusern, die zur Gasse hin mit einem Bretterzaun abgegrenzt ist, warten Kinder und Frauen mit Kanistern und Eimern an dem einzigen Wasserhahn der Straße, der einfach an ein aus dem Boden ragendes Rohr montiert ist, bis eine Alte ihre Gießkanne voll hat, davonhinkt und die Nächste dran ist. Es ist ein dünnes Mädchen, vielleicht elf.

Die Sonne brennt gnadenlos auf das Geviert herab. Den Kindern scheint sie nichts auszumachen, sie albern und jagen zwischen den Erwachsenen umher. Die Gespräche der Frauen sirren in dem engen Hof. Das Mädchen dreht den Hahn zu, die Nächste kann ihre Eimer füllen. Das dauert.

»Warum seid ihr denn nun hier?«, sagt Gerlinde. Anscheinend muss sie etwas sagen, die Leute gucken schon.

»Der Bus ist kaputtgegangen, wir sind raus und haben uns verlaufen. Eigentlich waren wir auf dem Rückweg von Thessaloniki«, lügt Jan. Er war einmal in Thessaloniki, kurz nach der Schule in den letzten Ferien, und der Ort ist ihm neulich wieder eingefallen, als die Nachrichten über Griechenland berichteten, als er noch Nachrichten hören konnte, vor der Flut. Es ginge ihnen gut, den Griechen, hieß es. Tatsächlich wäre er gern noch einmal nach Thessaloniki gereist, doch da waren der Hof und der Alte und … Es hat sich einfach nicht ergeben.

Gerlinde nickt, sie glaubt ihm. Jan ist erleichtert, denn so klein ihre Hütte auch ist, ist sie doch Schutzraum, den er nicht gefährden will mit einer Lüge, bis er eine Idee hat, wie es weitergeht. Und Schutzraum geworden ist sie nur Gerlindes Sehnsucht wegen.

»Wenn die Kinder aus der Schule zurück sind, frage ich meinen Cousin, ob er euch in die Stadt fährt. Im Auto geht das, da fällt er nicht so auf. Sie wollen uns nicht in der Stadt. Sie sagen … Du weißt schon.«

»Sind die Cousins nicht eben zur Arbeit gegangen?«

»Ein anderer. Er repariert Sachen für die Leute im Viertel. Autos, Radios, technisches Zeug.« Die Frau scheint einen erheblichen Vorrat an Cousins zu haben.

Ein paar Schritte rücken sie vor in der Schlange, die eher eine Schnecke ist. Die Leute halten Abstand von ihnen. Eine dralle Mittzwanzigerin in einem Sommerkleid zischt durch ihr lückenhaftes Gebiss etwas auf Romanes zu Gerlinde herüber. Freundlich klingt es nicht.

»Sie hassen euch, so wie ihr uns.« Und Gerlinde hassen sie nun sicher auch ein bisschen. Dass Fremde angekommen sind, wird im Viertel rasch die Runde gemacht haben. Jan kennt das Gequatsche vom Dorf.

»Deutschland gutt«, sagt ein schlaksiger Junge in Jogginghose mit freiem Oberkörper, hält Jan seine Hand für ein High Five hin, der grinsend einschlägt. Alle hassen sie also nicht.

»Hauptsache, mein Cousin kriegt euern Bus repariert, dann seid ihr in ein paar Stunden zu Hause, wenn ihr nicht an der Grenze warten müsst. Da ist viel los. Für euch wird es nicht lange dauern, ihr habt ja die richtigen Pässe, eigentlich. Sie werden euch schon wieder rauslassen.« Es klingt bitter, wie sie das sagt.

Bei *Pässe* zuckt Jan. Er greift nach seiner Brieftasche, sie ist noch da. Gerlinde sieht es, und er schämt sich vor seiner freundlichen Gastgeberin. »Hast du deine Eltern mal besucht?«

Gerlinde lacht ein herbes Lachen. »Besucht?« Sie schüttelt den Kopf. »Man kann niemanden besuchen, wenn man weder den richtigen noch den falschen, sondern gar keinen Pass hat.«

»Ist es so teuer, sich einen machen zu lassen?«

»Sie geben mir keinen. Jahrelang war ich jede Woche beim Rathaus. Da sitzt so eine Kuh, die sagt, ich soll ihr nachweisen, dass ich ein Haus habe, dann könnte ich einen kriegen. Ich habe aber kein Haus. Das, in dem ich wohne, haben meine Onkel hochgezogen, ohne Genehmigung natürlich. Habe ich kein Haus, kriege ich keinen Pass. Habe ich keinen Pass, kriege ich kein Haus, selbst wenn ich Geld hätte dafür. Dabei hatte ich mal einen mazedonischen Pass. Den haben sie mir an der Grenze abgenommen, als ich meine Eltern besuchen wollte, naiv, wie ich war. Pass weg. Sozialhilfe weg. Ach, egal.« Sie winkt ab.

Vor ihnen warten noch zwei Frauen mit jeweils zwei Kanistern. Der Wasserhahn tröpfelt. Hoffentlich hält er durch.

»Und wovon lebst du?« Er könnte auf dem Hof ein paar Leute brauchen. Heute hat niemand mehr Bock auf Landwirtschaft. Die Hände wollen sie sich nicht dreckig machen, aber essen wollen sie alle. Bisher kam er so zurecht. Das meiste läuft maschinell und über Lohnunternehmer. Aber wenn er Kaffee anbaut, braucht er Arbeiter, er muss ja nicht alle offiziell beschäftigen.

Gerlinde hebt die Schultern. »Gelegenheitsjobs.«

»Aha. Und was so?«

»Was glaubst du, kann man hier machen, hm? Für altes Zeug, Klamotten, Kartons und so, krieg ich ein paar Denare.«

Das Wasser fließt etwas gleichmäßiger aus dem Hahn, die nächste Frau rückt vor, verabschiedet sich von der im Sommerkleid und stellt ihre Kanister auf. Das Sommerkleid weht durch das morsche Tor, nicht ohne Gerlinde mit einem fiesen Blick zu bedenken.

Sie wendet sich Jan zu. »Wohnst du auch in Dortmund?«

»Nee.« Jan lacht, das erste Mal seit langem, bis er merkt, dass es nichts zu lachen gibt in seiner Lage, und damit aufhört. »In Thüringen. Ich bin Landwirt.«

»Daher das Schaf.«

Jan nickt. »Daher das Schaf.«

»Das mit nach Thessaloniki reisen darf wie ein Hund. Bei uns werden die gegessen.«

»Bei uns auch. Nur Olga nicht. Ich habe sie mit der Flasche gepäppelt. Solche Schafe isst man nicht.«

»Nein, die Hunde.« Gerlinde fixiert ihn aus den Augenwinkeln.

»Und? Wie schmecken sie?«

»Bist du …« Dann sieht sie, wie er lacht, und ihr Mund wölbt sich fröhlich nach oben.

Mit wasserbefüllten Eimern und Kanistern treten sie endlich wieder auf die Straße. Ein leichter Wind fegt heiß hindurch, wirbelt winzige Körnchen in Augen und Nasen. Weiter unten parkt ein Lieferwagen mit geöffneten Hecktüren, Männer in Uniformen hieven einen Käfig auf die Ladefläche.

»Siehst du? Sie sammeln die Hunde ein.«

»Straßenhunde.« Im Süden soll es die geben. Und sie sind ja wohl im Süden.

»Die sind besser dran als wir. In Bulgarien ist es noch schlimmer. Da schlagen sie uns auf der Straße tot.«

»Du übertreibst.«

»Mein Bruder … Er musste weg. Sie sind einfach in seine Wohnung marschiert, haben die Einrichtung kurz und klein gehauen und gesagt, er soll verschwinden, sonst kommen sie wieder und das überlebt er nicht.« Gerlinde klinkt die Haustür auf und sie schlüpfen hinein, die Sonne bleibt draußen. »Er hat nicht gewartet, bis sie wiederkamen, diese Mistkerle. Ein Verwandter seiner Frau ist erschlagen worden. Dem Mörder hat man nicht mal den Prozess gemacht, obwohl alle wussten, wer es war.«

Drinnen ist es kaum kühler, nur vom Sand bleiben sie verschont. Metha hat das restliche Gemüse geputzt, Albrecht liest, Rosalie pennt, Sydney spielt mit seinem Phone.

»Zeig's ihm«, sagt Gerlinde zu Sydney und erläutert kurz, was sie meint.

»Habt ihr WLAN?«

»Hier nicht. Wenn ich ins Netz will, gehe ich in die Stadt, meistens nachts. In der Nähe der Schule ist ein Hotspot. Kannst du trotzdem ins Netz?«

»Klar. Mein Geld isses ja nich.« Sondern das seiner Eltern, das durchs Netz rinnt, und die werden es gar nicht merken. Sydney streicht übers Display, dann findet er etwas, zeigt es Gerlinde, die wischt ebenfalls über die glatte Scheibe, startet das Video, während Jan ihr über die Schulter linst. Ein ähnlicher Wagen wie der, den sie gerade auf der Straße gesehen haben, parkt neben einer unverputzten Mauer. Zwei Männer schieben einen Käfig auf die Ladefläche, darin ein großer Hund, verängstigter Blick, struppiges helles Fell, mager ist er nicht. Andere Käfige mit anderen Hunden werden dazugeschoben, Bellen und Winseln, die Türen klappen zu, und der Wagen ruckelt über die unebene Straße davon.

»Siehst du?« Gerlinde gibt Sydney das Phone zurück.

»Was machen sie mit ihnen? In Labors geben?«, fragt Jan, der nicht zimperlich ist, aber seine Tiere gut versorgt, solange ihr Leben währt. Die beiden Mischlinge, die auf dem Hof umherliefen, waren eines Tages weg, als er aus der Schule heimkam. Nicht, dass Jan sie besonders gemocht hätte. Hunde gehörten auf einen Hof. Und Katzen. Die Katzen waren geblieben. Auf anderen Höfen fehlten auch Hunde. Man hatte einen Lieferwagen in der Gegend gesehen, keine Aufschrift, fremdes Kennzeichen, niemand kannte ihn. Es wurde gemunkelt, dass die Hunde für Versuchslabors geklaut worden waren. Die Polizei interessierte sich nicht dafür, Sachbeschädigung hieß es, und sie blieben verschwunden. Das war in den Neunzigern gewesen.

»Labors?« Sie schüttelt den Kopf. »Die meisten streunen umher und kriegen von den Leuten ein paar Brocken vom Tisch.« Nebenbei rührt sie in der Pfanne, in der das Gemüse schmort und Duftwölkchen verbreitet. »Wenn die Kinder aus der Schule kommen, wird gegessen. Danach fährt euch mein Cousin in die Stadt. Er wird euern Bus schon finden.«

»Unseren Bus?« Albrecht reißt die Augen auf.

Metha stupst unterm Tisch ihr Knie gegen seines und flüstert laut genug, dass Jan neben ihr es mitbekommt: »Man braucht Lügen. Damit es weitergeht. Damit das Unwahrscheinliche so glaubhaft wird, dass alle miteinander klarkommen. Du auch mit uns übrigens.«

Gerlinde wirft Gemüsereste in den Abfalleimer unter der Spüle.

»Hast du ihn schon gefragt? Es ist sehr nett von dir, dass du das für uns machen willst.« Jan spricht rasch über Albrechts Überraschung und Methas Flüstern hinweg.

»Nein. Gleich. Ich gehe schnell rüber.«

»Und wenn er nicht will oder keine Zeit hat?« Sydney steigt einfach ein, ohne irgendetwas zu wissen, weil er nicht zugehört, sondern auf dem Phone getippt hat.

»Er wird. Er hat viel zu viel Zeit.«

»Was kostet das?« Rosalie hat nur verstanden, dass man irgendwohin fahren werde. »Ich hab kein Geld. Vielleicht kann ich dir welches schicken, wenn ich wieder in Deutschland …« Sie legt den Kopf schief und betrachtet Gerlinde nachdenklich. »Du bist echt okay. Ich verstehe trotzdem nicht, wieso eine Zigeunerin Deutsche sein kann.«

»Geht's noch?« Diese dumme Nuss soll die Klappe halten, findet Jan.

Aber sie tut es nicht. »Meine Urururur … ich weiß nicht wie viele Ur … Großmutter und der Ururur … und so weiter … Großvater kamen aus Hessen, bevor Katharina die Große sie in die Pampa an der Wolga gelockt hat. Hat die Oma erzählt. Die waren ja auch keine Russen, ne? Die Oma hat viele Geschichten erzählt, die ich vergessen habe. Der Name der Zarin hat mir gefallen, deswegen weiß ich den noch.«

»Eine Einladung nach Deutschland kostet das.« Gerlinde stellt die Pfanne von der Kochplatte und drückt sich an dem Monstrum von Küchentisch vorbei. An der Tür sagt sie: »Redet leise und lasst niemanden rein. Niemanden, hört ihr?« Sie wirft ihr dunkles Haar über die Schulter und funkelt Jan an.

»Beeil dich, Schneewittchen«, sagt er und schaut ihrem Hintern nach.

23

Die Luft ist schwer von Hitze und Kochdunst, draußen knattert ein Moped vorbei, jemand lacht hell wie spritzende Gischt. Bootfahren, wenn die Werra friedlich in ihrem Bett dahinfließt und es nach Holunder und Baldrian riecht. Wie letztes Jahr. Wie Jan es oft im Sommer getan hat. Das wär's jetzt.

»Traust du ihr?« Rosalie zupft an ihrem blonden Zopf. Der Haaransatz ist dunkel vom Schweiß, der Verband löst sich von den Stoppeln um die Wunde.

Sydney runzelt die Stirn. »Wie soll ich leben, wenn ich keinem trauen kann? Zitat: Schneewittchen.«

»Wir kennen sie nicht«, sinniert Albrecht. »Du weißt ja, wie es Schneewittchen ergangen ist.«

»Ja und? Was soll sie denn schon tun? Eine Schlägerbande holen, die uns zerlumpte Hanseln ausraubt? Guckt euch doch mal an. Wir sehen nicht aus wie Leute, die was auf Tasche haben.« Metha schiebt sich eine struppige Strähne hinters Ohr, der Knoten im Nacken ist verwildert, ihr Hals glänzt schweißfeucht.

»Am Schluss hat sie geheiratet«, sagt Sydney zu Albrecht.

»Eben.« Rosalie, erfreut.

»Eben.« Metha mit schmalen Lippen.

»Gerlinde hat gesagt, ihr Cousin fährt uns in die Stadt. Von da kriegen wir sicher einen Zug, einen Bus. Sie hat uns in ihr Haus eingeladen. Bisher haben wir Schwein gehabt mit den Leuten, die wir getroffen haben.« Jan stützt den Kopf in die Hand. »Hätte ich nie gedacht, ehrlich nicht.« Er fixiert das Muster der Plastikdecke, blaue Blümchen auf gelbem Grund. »Wie geht es in deinem Buch weiter, Albrecht?«

»Warum fragst du? Neuerdings literaturinteressiert?«

»Nicht so. Vielleicht bringt es uns was, das zu wissen. Es kann zwar nicht sein, aber …« Jan schüttelt den Kopf.

»Wenn es so wäre, wie es nicht sein kann, müssten wir in Mecklenburg-Vorpommern sein. Der Roman *Grenzfall* hätte uns dahin bringen müssen, wenn es so ist, dass … was ja nicht sein kann. Da sind wir aber nicht, und auch nicht in Berlin oder Rumänien. Ich versteh's nicht. Ich verstehe es einfach nicht.« Auf Albrechts Stirn kerbt sich eine Falte zwischen die Brauen.

»Ich finde es gar nicht so schlecht hier.« Rosalie zieht die Strähnen ihres Zopfes auseinander und flicht sie neu. »Ohne dieses Getöse im Kopf fände ich es noch besser. Als ich am … wann war das noch mal? Als ich aus Neubrandenburg wegfuhr, hätte ich nie gedacht, dass es eine richtige Weltreise wird. Ich wollte ja nur zu diesem Nest. Wie hieß das noch mal? Jedenfalls zu dem Mann, den ich aus dem Netz kenne. Vielleicht wäre das todlangweilig geworden. Es gibt jede Menge langweilige Typen. Obwohl, der …«, sie neigt den Kopf, »war eigentlich nett. Wenn er so ist, wie er getan hat, versteht er, dass ich mich ein bisschen verspäte.«

»Na klar«, höhnt Jan. »Du erzählst ihm, du reist mit Büchern durch die Welt, die sich auch gerne mal verirren. Das wird er verstehen. Dann heiratet er dich sofort. Oder er bringt dich in die Klapsmühle.«

Schritte im Flur, die Tür knarrt. Gerlinde ist zurück und schaut in fünf fragende Gesichter. »Was ist? Er macht's. Hab ich doch gesagt.«

Sanftes Aufatmen, als hinge ihre Zukunft davon ab, ob sie in die Stadt kommen. Gerlinde stellt einen Topf mit Wasser auf die Kochplatte, legt eine Packung Nudeln daneben.

»Allerdings«, sie macht eine Pause, räumt acht Teller und acht Gabeln auf den Tisch. »Allerdings erst morgen. Er muss noch ein Teil für seinen Wagen auftreiben, ich habe nicht verstanden, was kaputt ist. Aber«, schiebt sie schnell nach, »ihr könnt solange bleiben.«

»Danke«, sagt Metha. »Sehr freundlich, dass du gefragt hast. Wir können auch zum Bahnhof laufen, wenn du uns den Weg beschreibst.«

»Natürlich. Es sind etwa neun Kilometer von hier aus, zwei Kilometer durch die Shutka. Da gibt's ein paar Ecken, da würde ich tagsüber nicht hingehen. Aber wenn ihr es eilig habt. Euer Bus steht am Bahnhof? Am Bahnhof müsst ihr warten. Der ist voll. Die Polizei kontrolliert alle. Massen von Leuten sind unterwegs, manche sind schon hier ausgestiegen, weil es an der Grenze nicht weitergeht. Sie wollen nach Deutschland. Ich kann's verstehen. Habt ihr denn überhaupt nichts mitgekriegt in den letzten Tagen?«

»Nein, wir waren ein wenig abseits, wenn man so will.« Metha spricht nicht von Havanna, von Kiew und vom Regen.

»Wir bleiben. Danke für die Einladung.« Jan hat Hunger. Außerdem gefällt ihm die Frau. Sie ist mindestens so hübsch wie Rosalie und versteht etwas von Schafen. So jemanden könnte er brauchen. »Wo ist eigentlich dein Mann?«, fragt er.

Gerlinde schüttet Nudeln, die aussehen wie Reiskörner, in das sprudelnde Wasser, rührt und lässt sich Zeit mit der Antwort.

»Hier! Hier ist es!« Sydney wischt auf seinem Phone. »Wahnsinn!« Er reicht das Gerät an Albrecht weiter, der neben ihm sitzt. Rosalie verbiegt sich für die Neuigkeiten. Ein Video läuft, kommentiert aus dem Off.

Drei Züge mit Flüchtlingen stehen seit dem Vormittag an der deutschen Grenze. Der Zugverkehr zwischen Deutschland und Österreich wurde von deutscher Seite gestoppt. Das ÖRK und freiwillige Helfer versorgen die Menschen mit Wasser und Müsliriegeln. Aus dem Auswärtigen Amt heißt es, Deutschland könne in Anbetracht der Wetterlage keine weiteren Flüchtlinge aufnehmen. Das Tief Noah hat Flüsse über die Ufer treten lassen und zahlreiche Städte überschwemmt, ganze Ortschaften sind von der Außenwelt abgeschnitten, Flughäfen und Bahnhöfe mussten geschlossen werden.

Die Kamera schwenkt über die Köpfe von Menschen in Zügen – blasse Männer, erschöpfte Kinder, müde Frauen. Durch die Gänge drängen sich Helfer. Schnitt. Wasserflächen zwischen Einfamilienhäusern. Schnitt. Luftaufnahme. Felder, Straßen, Vorgärten und Plätze von brauner Brühe überflutet, kein Land in Sicht. Schnitt. Menschen auf Gleisen umringt von Uniformierten. Schnitt. Stacheldrahtverhaue. Im Wind flattert ein bunter Stofffetzen.

Zaghaft öffnet sich die Tür, und die beiden Mädchen schlüpfen durch den Spalt, stehen dicht beieinander, mit großen Augen und erhitzten Gesichtern, von denen eben das Lachen geglitten sein muss. Dann kommt es zurück, sie zappeln und hüpfen. Gerlinde sagt etwas zu ihnen, schnell und streng. Sie flitzen hinaus, kurz darauf sind sie mit zwei Hockern wieder da und setzen sich an den Tisch, in dessen Mitte die Pfanne mit Nudeln und Gemüse dampft. Wie man nur so lebendig sein kann nach so einer Nacht.

Eine Weile sind alle stumm mit essen beschäftigt, bis Gerlinde sagt: »Irgendwann gehen wir zurück nach Hause. Meine Mädels kriegen ihre Sachen dort so gut hin wie hier. Mathe klappt.« Sie streicht der Älteren eine Strähne aus der Stirn.

»Es geht«, sagt die. »Ich habe eine zwei bekommen.«

»Du kannst Mathe?« Sydney lässt seine Gabel los.

»Und eine Fremdsprache.« Gerlinde sagt das mit Stolz. »Ich habe darauf bestanden, dass sie Deutsch lernen.«

»Nur Mazedonisch ist schwer«, sagt die Kleine. »Sie haben gelacht.«

»Wer?«

»In der Schule, du weißt schon, wer.« Das Kind löffelt langsam.

»Wenn wir nach Deutschland gehen, brauchst du das nicht.«

Gerlinde streicht der Kleinen übers Haar, flüchtig, als sei ihr die zarte Geste unangenehm in der Öffentlichkeit.

»Ich gehe nirgendwohin, Mutter.« Die Größere blitzt Gerlinde an. »Ich heirate!« Sie ist nicht älter als vierzehn.

Gerlinde seufzt. »Du endest wie Tante Melodie.«

»Was ist nicht in Ordnung mit ihr?«

»Nichts, gar nichts. Das hatten wir doch schon hundert Mal. Sie ist wieder schwanger.« Gerlinde streut Salz auf den Rest Gemüse.

»Weißt du schon, was es wird?«

»Ein Junge, sagt Mara.«

»Bei den letzten dreien hatte sie recht.«

»Und bei den vieren davor hat sie sich geirrt, unsere Hellseherin. Genauso beknackt wie Melodie ist sie mit ihren Traditionen. So kommen die nie auf die Beine. Und guck dir Melodie an. Willst du so werden, Leila? Ich weiß nicht, wie sie das Achte groß kriegen wollen. Die haben doch nichts. Nichts. Melodie kann ihnen nicht mal vorlesen.«

»Aber ich kann es«, sagt Leila und steckt trotzig den Löffel ins Gemüse.

»Ich will auch heiraten«, sagt die Kleine.

»Schluss! Ich habe kein Geld für Hochzeiten. Jetzt nicht, und wenn ihr so weit seid, auch nicht. Wir reden nicht über Hochzeiten.«

»Bisschen früh«, sagt Sydney. »Ihr könnt ja erst mal erwachsen werden.« Er feixt.

»Die anderen aus meiner Klasse sind alle verlobt. Nur ich nicht.«

»Ver … echt?« Sydneys Löffel schwebt auf halbem Weg zu seinem Mund in der Luft. Leila nickt heftig.

»Traditionen, wie ich es hasse. Mit fünfzehn gibt es das größte Fest im Leben. Der Mann verschuldet sich bis ins Alter. Nur habe ich nicht mal einen. Und dann kriegst du jedes Jahr ein

Kind und lebst von der Stütze, bis du stirbst, so mit knapp fünfzig. Tolles Leben. Nicht für euch. Ihr lernt gefälligst, und wir gehen nach Deutschland, spätestens wenn wir in der Union sind. Dann können sie uns mal mit ihren Pässen.« Gerlinde steht mit einem Ruck auf, stellt ihren Teller scheppernd in die Spüle, kippt Wasser aus dem Kanister hinein und heißes aus einem Topf dazu.

»Werden wir ja sehen.« Leila schiebt das Kinn vor.

»Du trocknest ab, dann machst du deine Aufgaben.«

Das Kind rückt den Hocker vom Tisch und ist schon an der Tür, als Gerlinde noch »Aufgaben«, sagt.

»Sie wird es sich überlegen«, sagt Metha.

»Nicht, wenn sie hierbleibt. Melodie ist meine Schwägerin. Drei ihrer Töchter haben im letzten Jahr geheiratet. Drei Tage Party, richtig klasse. Das ganze Viertel war da. Und nun macht sie meine Mädchen verrückt mit der Heiraterei.«

»Ich heirate auch«, wirft Rosalie ein. »Aber ich bekomme nur zwei Kinder. Zwei sind genug.«

»Kinder sind ein Segen, sagt Melodie, sagen alle. Wenn wir schon nichts haben, habe ich wenigstens euch, sagte meine Mutter. Wir waren aber nur zu viert.« Gerlinde räumt die Teller vom Tisch, die Kleine hilft ihr. »Sie hat oft geweint, obwohl wir in Dortmund lebten. Ich habe das nicht verstanden. Mein Bruder hätte Grund gehabt zu heulen, da in Bulgarien. Deshalb sind sie ja weg.«

»Hat er auch hier gewohnt?«, fragt Sydney.

»Ein paar Häuser weiter. Er ist einiges älter als ich und ist bei der Großmutter geblieben, als meine Eltern weg sind. Sie wollten Arbeit in Deutschland, sie wussten ja nicht, was wird. Nach der Abschiebung hat er für mich gesorgt. Sie hatten keine Kinder, seine Frau kriegte keine. Irgendwann kam doch eins. Und dann sind sie nach Bulgarien«

»Warum ist er ausgerechnet dahin gegangen?«, erkundigt sich Rosalie.

»Da lebt ein Teil der Familie. Hier hatte er Ärger mit den Albanern. Ich weiß nicht genau, um was es ging. Eines Tages stand eine Truppe auf der Matte. Die haben ihm die Rippen und die Finger gebrochen. Als er wieder konnte, hat er sich seine Familie geschnappt und ist weg. Ich fürchte, er hat sich in irgendwas verwickeln lassen. Sie sind bei Nacht mit einem Kleinbus los. Er hat gehofft, die Verwandten nehmen ihn und seine Familie auf. Haben sie aber nicht. Das mit dem Zusammenhalt klappt eben auch nicht immer.«

»Ziemlich kompliziert, eure Familie.« Jan sieht auf seine Hände. »Ich hatte genug mit meinem Alten.«

Gerlinde setzt sich, nachdem sie gespült hat.

»Danke für das Mahl«, sagt Metha. »Es war sehr gut. Ich hoffe, ich kann mich einmal revanchieren.« Sie prostet Gerlinde mit ihrem Wasserglas zu.

»Du kannst uns nach Deutschland einladen«, sagt die und wischt gleichzeitig den Wunsch mit einer Geste weg. »Ich muss gleich los. Ich habe dreimal die Woche einen kleinen Job in einem Haushalt. Die Leute sind ganz okay.«

»Und was machen wir jetzt?«, fragt Rosalie.

»Am besten, ihr bleibt bis morgen hier. Wirklich. Ist zu gefährlich da draußen. Ich habe ein paar Decken für die Nacht. Bin erst spät zurück.«

»Das ist sehr liebenswürdig.« Metha.

»Und langweilig.« Rosalie gähnt.

Sydney spielt auf seinem Phone.

»Wir könnten was lesen«, schlägt Albrecht vor.

»Nein!« Laut und vierstimmig.

Albrecht hebt die Hände. »Schon in Ordnung. Ich finde was, das uns allen Freude machen wird.« Er kneift die Augen ein wenig zusammen.

»Vorlesen. Ja!« Die Kleine. Schon ist sie unterwegs und mit der Schwester zurück, noch ehe Albrecht seinen E-Reader gezückt hat. Sie hocken sich hin, die Große mit einem mürrischen, die Kleine mit einem gespannten Gesicht.

Alle sitzen um den Tisch, an dem sie gegessen haben. Gemeinsam.

»Was wird das?« Gerlinde zeigt auf das Gerät in Albrechts Hand.

»Eine Reise«, sagt der, ohne aufzublicken. Sein Finger liegt auf dem Display. »Was haltet ihr von …«

»Prinzessin auf der Erbse«, ruft Leila.

»Andersen?« Albrecht zweifelt.

»Keinesfalls«, sagt Metha etwas atemlos. »Nicht Dänemark. Selbst wenn es dort nicht regnen sollte, braune Brühe haben sie da genauso viel wie im Werratal. Wie wäre es mit *Faust*? Obwohl ich den Geheimrat nicht leiden kann. Weimar wäre aber nicht schlecht, solange man den Ettersberg ausblendet. – Jedem das Seine«, murmelt sie. »Hat am Tor vom KZ Buchenwald gestanden. Die Leute in Weimar wussten angeblich nichts von seiner Existenz. Nach dem Krieg haben die Befreier sie auf den Ettersberg getrieben, damit sie sehen.« Metha schüttelt sich. »Eine Freundin hat es mir erzählt. Sie war dort. Hat die Leichenberge nie mehr vergessen können.«

»Wo hat der denn gewohnt?«, fragt Rosalie, als ob sie Methas wirre Ansprache nicht gehört hat.

Albrecht blickt Metha an und wiegt den Kopf. Sie verstehen einander wohl besser, als ihnen lieb ist. »Zu riskant«, sagt er und fügt »die Wohnung von Mephisto, du weißt« hinzu. »Aber …« Er lässt das R am Ende rollen. »Heine?«

Metha nickt ein wenig ergriffen. Albrecht blättert, blättert weiter und findet, was er sucht. Alle Augen sind auf ihn gerichtet. Er atmet ein und …

»Warte!« Metha.

»Was?«

»Gerlinde, würdest du mir den Wasserkanister, Nudeln, Knoblauch und Paprika verkaufen? Eventuell noch ein paar Batterien, Seife und zwei Decken? Ginge das?«

»Jetzt?«

»Bitte.«

»Vorlesen, vorlesen!« Die Mädchen im Chor.

»Wozu?«

»Jan, du zahlst.« Metha fragt Albrecht nicht, seine Brieftasche ist bei ihrer Verhaftung abhandengekommen, und sonst hat auch keiner Geld. Jan zieht widerspruchslos seine Brieftasche und legt fünfzig Euro auf den Tisch. Gerlinde zuckt die Schultern, holt zwei Decken aus einem Zimmer nebenan, packt Nudeln und Gemüse darauf und stellt den Kanister daneben. »Gut?« Sie schiebt das Geld in die Hosentasche.

»Danke.« Metha nickt und legt die Arme um die Sachen. »Jetzt«, sagt sie zu Albrecht.

Er schenkt ihr einen langen Blick und beginnt.

»Im traurigen Monat November war's,
Die Tage wurden trüber,
Der Wind riss von den Bäumen das Laub,
Da reist ich nach Deutschland hinüber.

Und als ich an die Grenze kam,
Da fühlt ich ein stärkeres Klopfen
In meiner Brust, ich glaube sogar
Die Augen begunnen zu tropfen.«

»Begannen heißt das«, sagt die Kleine.

»Es ist ein altes Gedicht«, bemerkt Albrecht.

Die Kleine zieht die Stirn kraus und stützt das Kinn in die Hand. »Früher, bevor das A ein A wurde, war es ein U?«

»Klar. Die Us kommen in den Kindergarten, da wachsen sie

und werden als As eingeschult.« Sydneys Mundwinkel heben sich freundlich.

»Siehst du?« Die Kleine zu ihrer Mutter. »Immer lachen sie.«

Gerlinde legt ihr den Arm um die Schulter. »Ist nicht böse gemeint, Vanessa.«

»Halt doch mal die Klappe. Ich will wissen, wie's weitergeht.« Leila nickt Albrecht zu, Vanessa beißt sich auf die Unterlippe.

»Und als ich die deutsche Sprache vernahm,
Da ward mir seltsam zumute;
Ich meinte nicht anders, als ob das Herz
Recht angenehm verblute.

Ein kleines Harfenmädchen sang.
Sie sang mit wahrem Gefühle
Und falscher Stimme, doch ward ich sehr
Gerühret von ihrem Spiele.

Sie sang von Liebe und Liebesgram,
Aufopfrung und Wiederfinden
Dort oben, in jener besseren Welt,
Wo alle Leiden schwinden.

Sie sang vom irdischen Jammertal,
Von Freuden, die bald zerronnen,
Vom Jenseits, wo die Seele schwelgt
Verklärt in ew'gen Wonnen.

Sie sang das alte Entsagungslied,
Das Eiapopeia vom Himmel,
Womit man einlullt, wenn es greint,
Das Volk, den großen Lümmel.«

»Was ist ein Lümmel?« Vanessa.
»Psst.« Gerlinde.

»Ich kenne die Weise, ich kenne den Text,
Ich kenn auch die Herren Verfasser;
Ich weiß, sie tranken heimlich Wein
Und predigten öffentlich Wasser.

Ein neues Lied, ein besseres Lied,
O Freunde, will ich euch dichten!
Wir wollen hier auf Erden schon
Das Himmelreich errichten.

Wir wollen auf Erden glücklich sein,
Und wollen nicht mehr darben;
Verschlemmen soll nicht der faule Bauch,
Was fleißige Hände erwarben.

Es wächst hienieden Brot genug
Für alle Menschenkinder,
Auch Rosen und Myrten, Schönheit und Lust,
Und Zuckererbsen nicht minder.

Ja, Zuckererbsen für jedermann,
Sobald die Schoten platzen!
Den Himmel überlassen wir
Den Engeln und den Spatzen.

Und wachsen uns Flügel nach dem Tod,
So wollen wir euch besuchen
Dort oben, und wir, wir essen mit euch
Die seligsten Torten und Kuchen.

Ein neues Lied, ein besseres Lied!
Es klingt wie Flöten und Geigen!
Das Miserere ist vorbei,
Die Sterbeglocken schweigen.

Die Jungfer Europa ist verlobt
Mit dem schönen Geniusse
Der Freiheit, sie liegen einander im Arm,
Sie schwelgen im ersten Kusse.«

»Hast du das gehört? Verlobt. Sie ist es auch.« Leila lächelt. Und sie hört sehr genau zu. Ihre Lippen bewegen sich, als spräche sie die Worte leise mit. Gerlinde seufzt.

»Und fehlt der Pfaffensegen dabei,
Die Ehe wird gültig nicht minder –
Es lebe Bräutigam und Braut,
Und ihre zukünftigen Kinder!

Ein Hochzeitkarmen ist mein Lied,
Das bessere, das neue!
In meiner Seele gehen auf
Die Sterne der höchsten Weihe –

Begeisterte Sterne, sie lodern wild,
Zerfließen in Flammenbächen –
Ich fühle mich wunderbar erstarkt,
Ich könnte Eichen zerbrechen!

Seit ich auf deutsche Erde trat,
Durchströmen mich Zaubersäfte –
Der Riese hat wieder die Mutter berührt,
Und es wuchsen ihm neu die Kräfte.«

Nach Caput I hält Albrecht inne, schöpft Luft, blickt in die Runde. Sydneys Kopf liegt auf dem Tisch, Rosalies an Jans Schulter. Vanessa spielt mit ihren Fingern, Leila lauert auf die Fortsetzung, Gerlinde auch. Methas Hand liegt auf den Dingen, die sie von Gerlinde erworben haben, sie wartet. Wartet, was geschehen wird. Von draußen das Blöken der Schafe. Eine Fliege summt.

Als Leila »langweilig« sagt, scheppert die Haustür.

Rufe. Befehle? Das Knallen von Schritten auf Beton, von vielen Füßen im Flur. Dann drängen Polizisten in die Küche, die eigentlich keine Menschen mehr fasst. Ein Korpulenter bellt in fremder Zunge und Gerlinde versucht sich unsichtbar zu machen, doch sie entgeht ihm nicht.

»Ihr sollt eure Pässe zeigen, sagt er.«

Aber sie haben keine. Jan greift nach seiner Brieftasche, Albrecht dorthin, wo seine stecken müsste, der Polizist nach seiner Waffe.

Leila springt auf und ruft, laut, als ob sie wüsste …

»Im traurigen Monat November war's,
Die Tage wurden trüber,
Der Wind riss von den Bäumen das Laub,
Da reist ich nach Deutschland hinüber!«

Donnerstag, 21. Juli

25

Sydney schaut durch die provisorisch verbretterten Fenster hinaus in den neuen Tag und sieht nichts als gleißend weißen Nebel. In der warmen Luft steigen Schwaden auf, winzige Tröpfchen auf dem Weg in den Himmel. Nur ganz nah am Haus ist der Nebel licht. In den Sträuchern hängen die Leichen, ihre Umrisse weichgezeichnet vom Wasser in der Luft. Eine Ecke seines Hirns hatte die Hoffnung bewahrt, die Ereignisse der letzten Tage seien ein Heimspiel seiner Gedanken. Er wäre lieber verrückt als schuldig. Doch wenn der Tod einmal da gewesen ist, wird man ihn nicht wieder los.

Hinter Sydneys Rücken platscht jemand durchs Wasser. Leila! Und alle anderen sind auch da. Albrecht und Metha, Jan und Rosalie, Gerlinde und Vanessa. Olga wartet mit hängenden Ohren an der Kellertür darauf, dass sie hinunter in die Stille gelassen wird.

»Kann mir mal einer sagen …« Gerlinde hebt einen Fuß aus dem Wasser, brauner Dreck klebt daran.

»Zu Hause«, sagt Jan. »Kommt, wir gehen in den Keller, da ist es trockener. Es ist mir wurscht, wie das Hin und Her funktioniert. Jetzt sind wir da. Ich werde jedenfalls nie in meinem Leben ein Buch anfassen. Man sieht ja, wie gefährlich die Dinger sind.«

Wie die Schafe schlurfen sie hinter ihm her. Nur Sydney kann sich nicht vom weißen Nebel lösen, er will nicht ins Dunkel, egal wie sicher es dort ist. Sein Bein schmerzt. Er hätte Metha um eine weitere Dosis Schmerzmittel bitten sollen, nun ist sie mit ihnen gegangen, und Sydney hat keine Lust auf Keller. Er will hinaussehen, trotz der Leichen oder gerade ihretwegen.

Offenbar hat es während ihrer Abwesenheit einen Wetterumschwung gegeben. Wer weiß, vielleicht ist die Flut vorbei. Man kann es nur noch nicht erkennen wegen des Nebels. Mühsam zerrt er einen Sessel ans Fenster, öffnet es, lässt die Hitze durch die Lücken zwischen den Brettern und mit ihr den Geruch von Verwesung. Die Sprungfedern ächzen, als er sich in die Polster fläzt. Müde ist er und würde schlafen, schmerzte das Bein nicht so. Den ganzen letzten Tag hat er nichts von der Wunde bemerkt, und nun pocht sie. Er streift den Küchentuchverband ab, den Metha ihm gemacht hat. Zwar ist die Wunde verkrustet, aber die umgebende Haut ist rot, geschwollen und heiß. Sydney sollte Albrecht bitten, noch einmal *Der Milchmann in der Nacht* zu lesen, damit er seine Wade am Kiewer Eis kühlen kann. Er ist zu erschöpft, um die Stufen hinab- und wieder hinaufzusteigen. Ob es etwas bringen würde, ist fraglich, *Grenzfall* hat sich schließlich auch regional geirrt. Er muss an den Bruder von Gerlinde denken, der verschwunden ist. Und was macht Leila hier? Und ob Heine erwartet hätte, im Thüringischen zu landen? Dunst wabert durchs Fenster, Sydney zieht die Beine auf die Sitzfläche, das schmerzende behutsam platzierend, schließt die Augen und dämmert ins Nebelweiß.

»Kann mir mal einer sagen …« Gerlinde hat Vanessa an der Hand und sieht sich um, betrachtet Regale, fünf Sessel und den Staub.

»Zu Hause«, sagt Jan und schließt mit einer weiten Geste das Haus, die Werra, den Hof und das Umland ein. »Du wolltest doch nach Hause.«

»Erzähl keinen Mist. Wie …?«

»Wir wissen es nicht. Es passiert einfach. Und dieses Mal haben wir Glück gehabt.« Albrecht akzeptiert, was ist, weil es ist, zufrieden sieht er nicht aus. »Meine Hypothese ist vielleicht doch nicht ganz schlüssig, eine andere habe ich aber nicht.«

»Auf die Weise sind wir nach Skopje gekommen. Keiner von uns hat Einfluss darauf. Wie Albrecht schon sagt – es passiert einfach. Leila hat das Gedicht aufgesagt. – Du hast es dir gemerkt, nicht? Obwohl du es nur einmal gehört hast?« Metha kramt im Regal nach Kaffee und findet keinen. Ebenso keine Nudeln, keine Konserven, nichts. »Die Vorräte sind aufgebraucht, oder?«

Jan lässt sie in dem Glauben. Mit dem Transport der Lebensmittel von Skopje ins Werratal hat es offenbar nicht geklappt. Hätte er sich denken können. Mit diesen verrückten Transporten klappt gar nichts. Aber was macht das schon? Bald sind sie hier raus und dann gibt es alles, was sie zum Leben brauchen, wieder in Hülle und Fülle, jedenfalls Essen und Trinken. Vielleicht keine Sonne, vielleicht keine Musik, kein Lachen, keine Gemeinschaft, wenn alle erst wieder ihrer Wege gehen, ihren Zielen oder ihren Illusionen hinterherrennen.

Leila hebt die Schultern. »Vieles merke ich mir. Manchmal geht mir das auf den Wecker. Ist viel Zeug dabei, das ich nicht vergessen kann.«

Albrecht hat neben den Blutkrusten auf seiner Braue Neid im Gesicht, Metha Neugier. Aber Leila sagt nichts mehr.

»Hier ist es genauso scheiße wie auf der Wache.« Vanessa pflaumt sich in einen Sessel. »Langweilig.«

»Scheiße sagt man nicht.« Gerlindes Blick ist streng.

»Und wer hat gesagt, wir sollen Deutsch sprechen?« Leila verteidigt die Schwester. »Was machen wir jetzt?«

»Du kannst ein bisschen schwimmen gehen.« Rosalie hält sich den Kopf. »Wo ist eigentlich das Schaf?«

Jan schnellt aus dem Sessel, ist mit zwei Sätzen aus der Tür, rennt die Stufen rauf.

In der Diele ist nichts als stinkende Brühe. Sydney döst am Fenster.

»Olga?« Kein Klacken und Trippeln. Jan läuft in die Küche, Wasser spritzt, sucht in der Räucherkammer neben dem Kamin. »Hast du sie gesehen?«

Sydney blinzelt in Jans zornrotes Gesicht. »Nein.« Für die Antwort scheint er seine ganze Konzentration aufbieten zu müssen. Sie hält nur wenige Sekunden und schon hat ihn der Schlaf zurück, oder das Fieber.

Draußen im Nebel vereinzeln sich die Geräusche. Ist einem die Sicht genommen, wird das Leben lauter. Tropfen schlagen auf Wasser. Etwas klackt rhythmisch. Holz auf Holz. Ein feines Reißen. Nichts zu sehen außer weißem Dunst.

Dann ein grauer Hügel im Weiß, Olga dicht an der Mauer, sie zupft an faulen Halmen. Irgendwer muss die Tür geöffnet haben, dabei wird sie hinausgeschlüpft sein. Als Jan sich an der Hauswand entlangtastet, saugt der braune Schlamm an seinen Stiefeln. Er greift Olga ins Fell, spürt ihren mageren Körper und atmet auf. Kurz denkt er an den Alten und daran, dass er auf Olga weniger verzichten könnte als auf ihn. Nun muss er auch nicht. Was ihm die Brust wärmt. Das wäre eigentlich nicht nötig, denn es ist ohnehin warm geworden.

Wenn man bloß etwas mehr sehen könnte. Doch der Blick reicht nur ein paar Meter die Auffahrt hinunter, brauner Schlamm glänzt darauf, und bis zu den Leichen. Das Wasser ist fort und hat sie dagelassen. Ganz zurück im Flussbett können die Wassermassen unmöglich sein. Wenigstens fließt es nun nach all den Tagen, in denen es gestiegen und gestiegen ist, wieder ab.

Von drinnen ist Rauschen zu hören. Jan nimmt Olga vorsichtig am Ohr und dirigiert sie in die Diele. Die Kerzen des Kronleuchters verteilen trübes Licht im Raum, Rosalie dreht an der Senderwahl des Radios auf dem Sideboard. Jan hat es erst ein paar Wochen zuvor dem Elektromüllcontainer entrissen. Er mag alte Dinge, Radios zum Beispiel. Auf dem Hof hatte er fünf Stück im Keller, die darauf warteten, instand gesetzt zu werden. Fausto hätte das sicher hinbekommen. Der konnte einfach alles, dieser Teufelskerl.

»*... sind Einheiten der Bundeswehr im Einsatz*«, sagt das Radio plötzlich.

»Hey, wir haben Empfang!« Rosalie rast in den Keller und ist gleich darauf mit den anderen zurück. Alle starren das Radio an wie ein fossiles Weltwunder, das Radio starrt grünäugig zurück, nur Sydney dämmert weiter.

»*... wurden bisher siebenundfünfzig Tote gezählt. Über die Anzahl der Verletzten gibt es nur Schätzungen. Bis auf weiteres bleiben zahlreiche deutsche Flughäfen gesperrt, einzelne Bahnlinien sind wieder freigegeben. Auf unserer Website halten wir Sie auf dem Laufenden. Das Justizministerium empfiehlt, die Häuser, die nicht von der Flut betroffen sind, nicht zu verlassen. In einigen Städten des Ruhrgebietes kam es zu gewaltsamen Auseinandersetzungen zwischen bewaffneten Marodeuren und der Polizei. Wir informieren Sie jede halbe Stunde zur Lage. Bleiben Sie drin. Und bleiben Sie dran.*«

»Meine Eltern«, sagt Gerlinde, bleich ist sie unter dem Dunkel ihrer Haut.

»Meine Frauen«, murmelt Albrecht.

»Wir haben wieder Verbindung nach draußen, immerhin.« Metha atmet auf. »Ich habe mir Sorgen um meine Freundin gemacht. Jetzt kommt alles in Ordnung. Ihr Altenheim liegt flussfern, und Plünderer werden wohl kaum das Heim entern. Da gibt's ja nichts zu holen außer Windeln, Herzglykosiden und dem Warten auf den Tod.«

Rosalie hält sich den Kopf. »Kann ich noch eine Kopfschmerztablette haben, Metha?« Und als Metha nach ihrem Koffer greift: »Ich hab doch gesagt, dass wir gerettet werden.

Werden wir nun auch. Aber in die Steinwüste von Neubrandenburg geh ich nicht zurück. Da bin ich ja extra weg. Obwohl ich nun nicht genau weiß … also, was jetzt wird.«

Schlagersound plärrt aus dem Lautsprecher, danach folgt das Wetter.

»*Die Unwetterfront, die Deutschland über Tage im Griff hielt, hat sich abgeschwächt und nach Osten verlagert. Auf der Rückseite des Tiefdruckgebietes Noah setzt sich von Süden her Hochdruckeinfluss durch. Mit Birgid steigen die Tageshöchsttemperaturen auf 31 Grad am Alpenrand und auf 35 Grad in der Mitte Deutschlands …*«

Bei 26 Grad sind sie bestimmt schon angekommen. Fäulnisgeruch erfüllt die Diele, aber niemand beschwert sich oder schließt das Fenster.

»Warten wir, bis der Nebel sich verzogen hat. Bei der Hitze wird das ja nicht so lange dauern.« Jan kennt sich aus in seinem Land.

»Ich habe Hunger«, flüstert Vanessa und zieht Gerlinde an der Hand.

»Könnte sein, dass noch ein Rest in der Brotpackung ist. Vielleicht finden wir auch Leberwurst.« Rosalie ist für die Versorgung zuständig. Sie mogelt und behält einiges für sich, die Kaviardose in ihrer Tasche zum Beispiel und die Sektflasche, die sie ganz hinten im Kellergang versteckt hat. Vielleicht denkt sie, dass Jan das nicht mitgekriegt hat. Aber er kriegt alles mit, was in seinem Haus passiert. Die brauchen sich gar nicht einzubilden, dass es anders sein könnte. Er wird Rosalie schon noch zur Rede stellen. Verhungern werden sie jedenfalls nicht. In Deutschland verhungert niemand. Und es gibt Hoffnung, seit der Regen aufgehört hat. Das ist schon einmal etwas. Hoffnung gab es lange keine. Nur Ordnung. Von Hoffnung allein kann man nicht leben, doch ohne sie auch nicht gut.

Jan nimmt Olga unter den Arm, damit sie nicht wieder verschwindet.

»Wir können die Sessel rauftragen.« Rosalie rappelt sich auf.

»Willst du mit den Füßen im Nassen sitzen?«, fragt Jan. Das Wasser hält sich in der Diele wie in einer Wanne.

»Und du im Finstern?« In Rosalies Gesicht blitzt Widerstand.

»Du bist fit, Rosalie, oder?« Metha wirkt zufrieden. Wer Widerstand leistet, ist gesund.

»Wir warten noch eine Weile und hören immer mal die Nachrichten. Auf ein paar Stunden kommt es nicht an. Und momentan können wir sowieso noch nicht weg. Ihr habt ja gehört, was die Sprecherin gesagt hat.« Der Bücherfreak ist müde, ausgerechnet jetzt, wo die Aussicht besteht, dass es nicht mehr lange dauern wird, bis man sie rausholt, bis sie selbst fortkönnen, zurück in ihre Leben.

Sydney hockt vergessen in seinem Sessel, um ihn ist es still. Die Welt bleibt außerhalb, nur der schwere Geruch, der über allem liegt wie der Nebel draußen, findet einen Weg in sein Hirn …

Sydney sitzt am Küchentisch und baumelt mit den Beinen, gerade ist er aus der Schule zurück, hat die Tasche in den Flur geschleudert und wartet nun auf das, was aus dem Topf duftet. Mutter steht mit einem Lächeln am Herd in der großen weißen Küche, alles ist weiß und glatt und glänzend, sie rührt im Topf und sagt etwas. Er sieht sie die Lippen bewegen, der Ton ist abgestellt. Wie Vater, der seinen Arm um ihre Taille schlingt, trägt sie noch die schwarze Robe. Der Küchentisch ist voll besetzt, anders als sonst. Niko, Emira und Mario warten vor ihren Tellern.

»Schokoladenpudding«, sagt Niko, der sich neben seinem Vater die Lippen leckt, und seine Mutter streicht ihm übers schwarze Haar.

»Wo warst du so lange, Mario? Ich habe dich gesucht.« Lachend klatscht Tante Gerlinde Nikos Vater eine Torte ins Gesicht. Sahne tropft ihm von den Wangen und nimmt Haut und Fleisch mit. Eine zweite Torte fliegt Emira ins Gesicht. Sie lachen, alle lachen, Mario und Emira mit freigelegten Schädeln.

»Schokopudding!«, kreischt Niko. »Schokopudding, Schokopudding!«

Mutter rührt schneller, die braune Masse im riesigen Topf steigt.

Steigt und läuft zischend über den Rand. »Gleich fertig«, brüllt Mutter und reißt sich die Robe vom Leib, denn es ist heiß und wird immer heißer. Das braune Zeug bedeckt den Herd, tropft auf den Boden und breitet sich über die weißen Fliesen aus. Mutter rührt und singt, Vater klopft den Takt. Sydney springt auf den Tisch, denn die braune Suppe reicht ihm schon bis zum Knie und fließt weiter aus dem Topf, in dem Mutter rührt. Sydney muss hinauf auf den weißen Schrank, schafft es, an seinen Waden klebt braune Masse. Er ruft Mutter zu, sie soll aufhören. Mit einem Gesicht so groß wie der Mond greift Vater nach ihm, zornbebend, verfehlt ihn. Sydney will fort, doch es gibt kein Entrinnen. Die braune Brühe läuft den grinsenden Schädeln zwischen die Zähne.

»Wir sind nicht hergekommen, um so zu enden.« Aus dem, was einmal Marios Mund war, blubbern Blasen.

»Bleib da, Bruder!« Gerlinde streckt den Arm nach ihm aus, versucht Nikos Hand zu erwischen, Emiras Haar. Doch ihr bleibt nichts. Nichts. Die braune Brühe schluckt alles. Sydney da oben schaut nur, tut nichts, kann nicht. Plötzlich Leilas Gesicht, ihr Haar schwimmt schwarz auf dem Braun. Sie lacht nicht, weint nicht, schaut nur, schaut. Mit weiten Augen. Leila.

Vaters Hand packt sein Bein, reißt …

Das Zucken, mit dem Sydney erwacht, schleudert ihn fast aus dem Sessel. Er atmet in kurzen schnellen Zügen, kaum erreicht die Luft mit dem Nebel und der Fäulnis darin seine Lungen. Das Blut dröhnt ihm in den Ohren, und seine Wade pocht dumpf und rhythmisch. Jetzt ist er wach, hellwach. Nur Traumfetzen haken fest in seinem Hirn.

»Niko, Emira, Mario«, flüstert er, leise wie raschelndes Papier. Und dann: »Gerlinde.« Eine Mutter wie sie hätte er gern gehabt, das geht nun nicht mehr. Je weiter er ins Wache rutscht, umso weniger glaubt er dem Traum. Wäre da nicht dieser Geruch. Er schält sich aus seinem Sitz, das Bein schmerzt, und humpelt hinab in den Keller, eine Stufe nach der anderen.

Als rausche der Regen weiter und weiter, sitzen sie, reden gedämpft, lesen, dösen wie seit Tagen an diesem Ort, als gäbe es kein Draußen. Er überlegt kurz, wie er es anstellen soll. Er muss es jemandem sagen.

»Kannst du mir noch eine Tablette geben?«, fragt er Metha. Sie ist die richtige. Er spiegelt sich in ihrem Gesicht.

»Komm.« Sie fasst ihn bei der Hand und zieht ihn hinaus in den Gang, legt ihm die Hand auf die Stirn, sagt: »Mist«, und: »Kannst du laufen?«

»Nicht gut. Es pocht.«

Metha macht ein besorgtes Gesicht. »Ich muss mir das ansehen. Gehen wir nach oben, da ist es heller.«

Also wieder hinauf.

»Sieht nicht gut aus«, sagt sie, nachdem sie sich die Wunde angeschaut hat. »Hat sich infiziert.« Ihr grimmiger Blick fällt auf die braune Brühe. Da sind Keime drin.

Womöglich böse Keime, die eine ganze Nation infizieren können.

»Warte!« Metha ist schnell mit ihrem Notfallpack wieder da. »Nimm das. Ist ein Antibiotikum.« Sie reicht ihm eine Kapsel und eine Mineralwasserflasche, die vorletzte.

Sydney leert sie zur Hälfte. »Ich weiß, wer die Toten sind.«

»Und das auch.« Sie drückt ihm noch zwei Tabletten in die Hand. »Senkt das Fieber.«

»Hör mir doch mal zu.« Sydney hält Methas Hand fest. »Ich habe geträumt, ja. Aber ich glaube, da ist was dran.«

»Hoffentlich kommen wir weg, bevor du eine Sepsis hast. Finde ich jetzt wichtiger.«

»Der Mann draußen«, er stockt. »Die Leiche. Das ist Gerlindes Bruder. Die beiden anderen sind ihre Schwägerin und ihr Neffe.«

»Das ist völlig unmöglich.« Metha glaubt nicht an Träume. »Träume sind wichtig, aber man träumt sich immer selbst. Es gibt keine Vorhersagen darin.«

»Das weiß ich. Trotzdem. Schau dir die Leute an. Bitte. Du kannst das. Ich … habe mich nicht getraut. Sie hatten sogar Namen in meinem Traum. Leila war auch da.« Von seinen Eltern sagt er nichts. Und nichts von dem Grauen, das ihn geschüttelt hat.

»Das ist Unsinn«, sagt Metha, aber ihr Interesse ist geweckt, Sydney merkt es.

Jan war eine Weile oben, als die drei Menschen noch auf ihrem Floß dümpelten, lebendig. Er kam mit der Schrotflinte in den Keller. Am nächsten Tag waren sie tot. Das weiß auch Metha.

»Also gut«, sagt sie, nachdem sie ein frisches Küchentuch um sein Bein gewickelt hat. »Halt die Wunde aus der Drecksbrühe.« Damit richtet sie sich auf, seufzt.

Mehr kann Sydney im Moment nicht tun. Er überlässt sich seinem Sessel und dieser tonnenschweren Erschöpfung.

Der Tag ist luzider geworden, hat die Nebelschleier gerafft. Undeutlich zeichnen sich die Schatten der Bäume am Ende der Auffahrt ab. Der Weg scheint begehbar, sieht man von dem braunen Modder ab, der den Kies bedeckt. Die Leichen liegen am Boden neben der Hauswand. Eine Krähe landet auf dem Rücken des Mannes und fliegt kreischend davon, als ich mich nähere.

Ich streife Handschuhe über. Handschuhe habe ich immer dabei, vorsichtshalber. Meine Füße versinken im Matsch. Der Fäulnisgeruch hängt wie eine Glocke über den drei toten Menschen. Ich bin daran gewöhnt, so viele Jahre, wie ich mit ihm lebe.

Der Mann liegt mit dem Gesicht nach unten im Schlamm. Ich hoffe auf eine Brieftasche in der Jeans, vergeblich. Mir bleibt nichts übrig, als die Leiche zu drehen, um in die Innentasche der Jacke zu tasten. Gut, dass der Mann nicht so massig ist wie Jan. Eher zart ist er, mit einem vollen schwarzen Schopf. Tatsächlich finde ich, was ich suche, und noch mehr. Zwei Pässe und ein Papier, dessen Beschriftung nicht zu entziffern ist, möglicherweise ein Dokument, das die Identität des Jungen bescheinigt. Die Seiten der Pässe kleben aneinander. Behutsam blättere ich – verwaschene Fotos, Geburtsdaten, Namen in Kyrillisch. Vor Jahrzehnten musste ich Russisch lernen und nichts ist mir von der Sprache geblieben bis auf Reste des Alphabets. Damals erwartete man von mir, dass ich wissenschaftliche Artikel aus der Sowjetunion nutzte. Es gab eine Art Quotenregelung. An die Aufteilung erinnere ich mich nicht, aber ein Teil meiner wissenschaftlichen Arbeit musste sich auf sowjetische Literatur beziehen.

Angestrengt buchstabiere ich die Namen: Марио und Эмира Горал also. Die Pässe sind in Bulgarien ausgestellt. In Bulgarien? Gerlinde sagte, die Familie ihres Bruders sei von Burgas aus nach Norden gezogen, gewiss nicht als Einzige. Nur sagte sie eben auch, dass der Kontakt vor ein paar Tagen plötzlich abgebrochen sei.

Mir wird heiß. Nicht nur wegen *Birgid*, sondern auch, weil der Leichnam bis auf die Spuren des Wassers und der Nager unversehrt wirkt. Kein Schrot. Vielleicht irre ich mich. Ich hoffe es. Denn sollten sie nicht ertrunken sein, trüge ich leichter an der Schuld. Tierfraß und Wasser können andere Wunden kaschieren. Ich müsste die Leichen genau untersuchen, um Klarheit zu haben, mich von der Schuld zu befreien. Falls Sydney recht hat und dieser Mann Gerlindes Bruder ist ... Ich streife die Handschuhe ab und streiche mir über die Stirn. Als ich die Geste bemerke, die ich so oft an Albrecht beobachtet habe, lasse ich rasch die Hand sinken. Irgendetwas muss geschehen mit Mario und Emira Goral und ihrem namenlosen Sohn. Ich gehe die wenigen Meter zurück zum Eingang, denn Sydney erwartet meine Antwort.

»Ich weiß es nicht«, gebe ich zu und betrachte meine schlammverschmierten Schuhe.

»Konntest du ihre Namen lesen?«

Ich wiederhole sie, reiche Sydney die Dokumente, berichte, dass die Pässe in Bulgarien ausgestellt sind, soweit ich die Schrift entziffern kann.

»Was hab ich gesagt?« Vorsichtig blättert er, faltet das unleserliche Papier auseinander. »Niko. Hier könnte Niko stehen. Träume sind nicht immer hirnrissig.«

Ein wenig klarer scheint Sydney zu sein, vielleicht ist das Fieber gesunken. Selbst wenn wir bald aufbrechen könnten, wird er nicht so rasch behandelt werden, sollte sich eine Sepsis entwickeln. Die haben jetzt anderes zu tun. Irgendwo wird hoffentlich noch ein unversehrtes Krankenhaus stehen, in Erfurt könnte das nächste sein. Aber Erfurt ist weiter weg als Havanna.

»Gerlinde könnte sie sich ansehen und sagen, ob es ihr Bruder ist.« Sydney gibt mir die Papiere zurück.

Ich lasse mich in den Sessel sinken, schiebe die Dokumente in die Jackentasche und schüttele den Kopf. »Wenn sie es sind, was dann?«

»Dann weiß sie, wo er ist.«

Und sie wird denken, einer von uns hätte sie umgebracht, einfach totgemacht wie den anderen Verwandten in Bulgarien, dessen Mörder man nie vor Gericht gestellt hat. Aber das haben wir nicht. Wir sind nicht wie die. Wir haben nichts getan.

Lange sitze ich da mit dem Kopf in der Hand und grübele, und Sydney hockt auf der Sessellehne, nahe bei mir, wartet.

Ein Motorengeräusch ist zu hören, nicht das vom Generator, es wird lauter und dunkler. Dann entschließe ich mich und drücke den Rücken durch. »Wir müssen sie …«

Die Motoren knattern heran.

Rosalie rast die Treppe zur Empore hinauf. »Sie kommen. Sie holen uns.« Ihre Schritte donnern oben über die Dielen. »Wo ist das verdammte Ding?«

»… begraben«, sage ich, aber Sydney hört mich nicht mehr.

Mit dem Haken erwischt Rosalie den Ring an der Klappe für die Dachbodenstiege. Die Treppe rasselt herunter, ihr schneien Staub und Spinnweben entgegen. Es macht ihr nichts. Sie klettert die steile Stiege hinauf, sucht nach dem Dachfenster, klappt es auf, zwängt ihren Oberkörper hindurch. »Hallo!« Sie winkt, so gut sie kann. »Hierher! Wir sind hier!«

Über dem Haus flappen die Rotorenblätter zweier Hubschrauber.

Jan nimmt zwei Stufen auf einmal. »Komm da weg. Bist du bescheuert?«

Er taucht in das Viereck über der Empore. Es poltert, Rosalie schreit.

»Hör auf mit dem Scheiß.« Rumpeln und Tritte. Dann schiebt Jan Rosalie durch die Luke. Sie zetert, er reißt sie am Arm die Treppe hinunter. »Bist du völlig übergeschnappt?«

»Hubschrauber. Die müssen doch wissen, dass wir hier sind. Die holen uns.«

»Und bringen uns direkt in den Knast. Hast du wohl noch nicht genug von?«

Jan schubst Rosalie in Sydneys Fenstersessel. Sie hat Tränen im Gesicht.

»Was starrt ihr mich so an?« Jans Brust hebt und senkt sich schnell vor Empörung. »Wir können hier keinen brauchen.« Er zeigt nach draußen, dahin, wo die Leichen liegen.

Ich stelle mich sehr gerade vor ihn hin und drücke seinen Arm nach unten. Die Hubschraubermotoren verklingen in der Ferne. Nur Rosalies Schluchzen ist zu hören, der Atem von Jan und ein Tropfen, der auf Wasser fällt, noch einer. Und noch einer. Stetig tropft es. Laut.

»Halt endlich die Fresse. Ich mach's.« Ich beiße mir auf die Lippe. Aber gesagt ist gesagt.

»Was?« Sydney.

»Wann?« Jan.

Ich funkele ihn an. »Du wirst mir helfen, klar?«

26

Es geht nicht anders, wenn ich ans Meer will. Es geht einfach nicht. Wer weiß schon, was da draußen tatsächlich los ist. Jetzt kommen Hubschrauber, und was kommt als Nächstes? Hoffentlich haben sie Rosalie nicht gesehen, die blöde Tussi. Wie kann man nur so … Egal. Ich muss mich beeilen. Wenn ich mich recht erinnere, gibt es einiges an Werkzeug. Jan hat eine Kiste in den Kellergang getragen, jetzt wird mir klar, was er damit vorhatte. Er hat von Anfang an darauf spekuliert, dass ich die Drecksarbeit mache. Aber so kommt er mir nicht davon. Es sind seine Leichen, letztlich. Hätte er nicht rumgeballert, wären wir jetzt zu elft. Gerlinde und die Kinder müssen natürlich geschont werden. Ich werde ihnen Ruhe verschaffen. Die brauchen sie dringend, und ich auch.

»Zuerst gehen wir alle einmal hinunter und beruhigen uns.« Ich nehme Rosalie in den Arm, ihr Haar riecht staubig. »Komm. Wird schon. Wir werden alle gerettet.«

Ich wende mich vom Fenster ab, führe sie zur Kellertür und weiß Sydneys Blick in meinem Rücken. Er schmerzt. Ob mein Vorrat an Beruhigung auch für ihn reicht? Ich muss nachsehen. Vielleicht hilft ihm das Fieber, so denn die Medikamente nicht lange genug wirken, über die Nacht.

»Hast du noch Rum, Jan? Ich könnte jetzt einen brauchen. Und Rosalie sicher auch.«

Sie schluchzt schon wieder, während ich sie die Metallstufen hinabbugsiere.

Jan hat Rum. Wo er ihn versteckt, habe ich bisher nicht herausgefunden, und es hat mich auch nicht interessiert. Ich fülle alle Gläser. Wenn etwas in diesem Haus zur Genüge vorhanden ist, so sind es Gläser.

Meines hebe ich. »Auf unsere baldige Rettung!«

»Cola wäre besser für die Kinder«, wirft Gerlinde vorsichtig ein.

Ich lege mein vertrauenswürdigstes Lächeln auf. »Nur zum Anstoßen.«

Die Mädchen protestieren nicht, sondern heben stolz den Hochprozentigen.

»Wohl bekomm's.« Verhalten trinke ich, suche Jans Blick und stelle mein Glas ab. »Hast du noch irgendwo Wasser?« Ich weiß natürlich, dass kaum noch etwas da ist.

Jan legt den Finger an die Lippen, als müsse er gründlich überlegen, die Show dauert eine Weile. »In der Kammer könnte sein. Doch, doch, da muss irgendwo noch ein Kasten stehen.«

»Na, super, dass dir das jetzt schon einfällt. Wir verdursten hier, weil du vergessen hast, wo du deine Klamotten hast. Los, hol es!« Rosalie hat einen kräftigen Zug vom Rum genommen, sich selbst und Albrecht nachgeschenkt und erneut das Glas gekippt. Ihre Wangen röten sich.

»Ich helfe dir«, sage ich rasch und bin schon auf dem Weg.

Jan schlurft durchs Wasser, das nicht aus der Diele weichen will, zur Kammer.

»Hast du wirklich noch Getränke da?«

»Kann sein. Echt. Ich hatte das total vergessen.«

Bevor er die Tür öffnen kann, bin ich bei ihm. »Warte. Du kannst gleich suchen. Wir haben Wichtigeres zu besprechen.«

Er dreht sich zu mir um, Unsicherheit im Gesicht.

»Wie stellst du dir vor, dass …« Ich zögere, weiß nicht, wie ich es nennen soll. »Dass wir sie bestatten«, sage ich schließlich und nagele seinen Blick fest, ehe er ausweichen kann.

Er holt tief Luft. »Also gut.«

»Es war deine Idee, Rother. Erinnerst du dich?«

»Und woher kommt so plötzlich deine Meinungsänderung?«

»Einiges spricht dafür, dass die Leute, die du nicht reinlassen wolltest, Gerlindes Verwandte sind.« Ich ziehe die Pässe aus der Tasche und halte sie ihm hin. »Mario und Emira Goral. Den Namen des Jungen kann ich nicht lesen. Sydney sagt, er hieß Niko. Gerlinde hat den Vornamen ihres Bruders erwähnt. Außerdem hat sie ihn nicht erreicht in den letzten Tagen. Ich habe sie noch einmal gefragt und die Zeiten verglichen. Der Kontakt brach am Tag mit dem Bergsturz ab.«

»Zufall.« Jan will mir die Pässe zurückgeben, er kann sie nicht lesen.

Ich lasse sie in seiner Hand. »Und das Foto von den dreien ist auch Zufall, oder was? Liegt hinten drin.«

Er schlägt Emiras Pass von hinten auf, dann Marios, betrachtet das vom Wasser verquollene Foto, das ich schon kenne. Es zeigt Gerlinde und die Mädchen irgendwo im Grünen, sie lachen in die Kamera. Seine Wangen nehmen eine Farbe an, von der sich die Bartstoppeln besonders deutlich abheben. Einige Sekunden mahlen seine Kiefer.

»Du wirst mir helfen, verstanden?«

Der große Mann nickt verzagt. Ich hätte ihm solch ein Verzagtsein gar nicht zugetraut. »Und wie?«

»Guck nach, ob du noch Getränke hast, die bringst du runter. Wo versteckst du den Rum? Davon brauchen wir mehr. Gerlinde und die Kids bekommen einen Cocktail. Ich habe etwas gegen Schlaflosigkeit. Ist nicht sehr stark, aber es soll wohl reichen. Albrecht, Sydney und Rosalie müssen wir einweihen. Sie helfen, ob es ihnen passt oder nicht. Schließlich waren sie dabei.« Ich werde tun, was zu tun ist, aber ich werde nicht allein dafür geradestehen. Hätte ich einen Gott, würde ich jetzt um Vergebung bitten.

Jans Kopf deutet Zustimmung an. Dann dreht sich der Mann um, schickt sich an, in der Kammer zu kramen, wirkt, als wolle er noch etwas erwidern, lässt es aber sein.

Ich hatte es erwartet – der letzte Schnitt bleibt immer mir.

»Bringen wir es hinter uns«, sagt Jan, und ich ahne sein Grauen. Immerhin hat er die Toten gemeinsam mit mir die steile Kellertreppe hinuntergeschafft. Die anderen konnten oder wollten nicht. Sydney hat die Arme vor der Brust verschränkt und die Lippen aufeinandergepresst. Außerdem ist er schlapp vom Fieber. Die Zustimmung Albrechts änderte nichts an seiner plötzlichen Übelkeit, die Rosalie lallend kommentierte. Den drei Mazedonierinnen habe ich von meinem Schlafmittel gegeben. In der Kammer hat Jan tatsächlich noch rote Brause in Literflaschen gefunden, außerdem Apfelsaft, dessen Verfallsdatum abgelaufen ist, Halberstädter Würstchen, Bautzner Senf und Rotkäppchensekt. Nun, hungern müssen wir also nicht. Eine zusätzliche Taschenlampe mit funktionstüchtigen Batterien war auch dabei, was das Vorhaben nicht leichter macht, aber durchführbarer.

Vor mir liegt der Mann, der Mario hieß und Gerlindes Bruder war, daneben seine Frau und der Junge. Ich werde mit dem Mann beginnen. Er ist ein Durchschnittsmensch, so hat man mich seinerzeit während des Studiums ausgebildet: eins siebzig groß, siebzig Kilo schwer. Andere Menschen kamen nur als Absonderlichkeiten in der Frauen- und Kinderheilkunde vor. Der Mann, eins siebzig, siebzig Kilo, war die Referenzgröße für alles Menschliche. Und nun passt dieser Mann nicht in die Grube.

Ich befreie ihn von den meisten seiner Kleider und untersuche ihn genau. Keine Schussverletzungen. Jan hat mir Werkzeug zur Verfügung gestellt, viel benötige ich nicht. Zum Schleifen des Messers haben wir Apfelsaft statt Wasser über den Stein gekippt. Keinen Grat, vielmehr eine stabile Schärfe in einem tauglichen Winkel hat Jan an die Klinge geschliffen. Konzentriert hat er gearbeitet, nachdem wir die Toten in Decken gewickelt die Treppen hinab- und den Gang entlanggezerrt haben. Den Jungen hat er auf seinen Armen getragen.

Hier unten ist es kühl und trocken. Aber die Toten und wir haben Feuchtigkeit mitgebracht. Es stinkt mörderisch.

»Hierher«, ich bezeichne die Stelle, auf die Jan die Taschenlampen richten soll. Er tut es, ohne selbst hinzusehen. Wenn es drauf ankommt, sehen sie weg. Sofort schäme ich mich für den Gedanken, weil ich mich selbst nicht ausnehmen kann beim Wegsehen, und versenke ihn im Hantieren. Ich lege die Instrumente – Messer, Seitenschneider, Schere – bereit und beginne links, lege den Schnitt unterhalb der Patella zirkulär ums Knie. Die wächserne Haut klafft kaum.

»Da ist ja kein Blut.« Jan schaut nun doch hin.

»Nein. Wie auch?« Vorsichtshalber habe ich dennoch einige Küchentücher dabei, um Sekret und Geronnenes wegzuwischen, in der Tiefe muss die Arterie durchtrennt werden. Momentan bin ich mit der Patellarsehne beschäftigt, danach Außenband, Innenband, bis ich den Gelenkspalt einsehen kann. Feiner weißer, glatter Knorpel. Dieses Knie hätte dem Mann noch lange Freude bereitet. Ich brauche zehn Minuten zur Amputation des linken Unterschenkels und ebenso lange für den rechten. Ich lege beide Beine zur Rechten des Mannes und wische mir mit dem Ärmel den Schweiß von der Stirn.

Jan hockt sich auf einen Stein unweit der Grube und schaltet eine der Taschenlampen aus, Strom sparen. Die ganze Zeit habe ich schweigend gearbeitet, doch jetzt, beim Anblick des verkleinerten Mannes, entfährt mir ein Laut, der nach Entsetzen klingt. Noch nie habe ich so etwas Schreckliches getan. So etwas Unanständiges. Ich darf nicht nachdenken. Nachdenken hat zu nichts geführt, andernfalls lebten diese Menschen noch. Ich muss einfach weitermachen. »Licht«, sage ich. »Leuchte hier hin.«

Jan nuckelt an seiner Rumflasche.

»Hör auf mit dem Scheiß. Es reicht, wenn Rosalie breit ist.«

Er rappelt sich hoch und tut, was ich will.

Das Unterhautfettgewebe am Knie von Emira ist ausgeprägter. Sie war eine rundliche Person. Ich stelle mir ihr Lachen vor, während die Klinge durch die Gelenkkapsel gleitet. Nach weiteren zwanzig Minuten liegen vier Unterschenkel neben der Grube, die finster aus dem Gestein des Bodens blickt. Ich richte mich auf, meine Knie schmerzen, bin froh, dass sie das noch können, und schäme mich dieser Freude. Ruth klagte immer über ihre Knie, später klagte sie nicht mehr. Sie vergaß es einfach. Wie es ihr wohl geht? Ich werde sie besuchen und ihr Muscheln vom Atlantik mitbringen, wenn ich zurück bin. Ich nehme Jan die Flasche aus der Hand, trinke einen kräftigen Schluck, finde, dass ich den verdient habe, und sage: »Du bist dran.«

Er weiß, was er tun soll, hebt zuerst den Mann in die Grube. Der Kopf muss auf die Brust gebeugt werden, damit der Rumpf des Leichnams hineinpasst. Ich leuchte Jan. Er lässt die abgetrennten Unterschenkel hinterherfallen, danach die Frau, ihre Beine, zuletzt den Jungen, der ist klein genug. Ich werfe das Messer und unsere Handschuhe hinterher, falte die Decke und lege sie obenauf. Niemand wird diese Menschen finden. Sollte es wider Erwarten doch so sein, haben wir so viele Spuren hinterlassen, dass es auf ein paar mehr oder weniger auch nicht ankommt. Aber niemand wird sie finden, weil niemand nach ihnen suchen wird. Sie dürften nämlich gar nicht hier sein. Sie dürften nirgends sein. Sie sind illegal, selbst im Tod.

Jan schaufelt Schutt aus dem hinteren Teil des Stollens in das Loch. Währenddessen sitze ich auf dem Stein, und mein Lichtpegel beleuchtet das lose Geröll, Jans Weg zur Grube, es sind nur wenige Meter, und zurück. Ich weiß nicht, wie viel Zeit vergeht. Es ist, als seien wir von ihr abgeschieden, hier unten, wo nur das Schaben der Schippe zu hören ist, das Kollern der

Steine und sonst nichts. »Fertig«, sagt Jan irgendwann. Er zieht den eisernen Deckel hoch und lässt ihn zufallen.

Nichts als der Geruch zeugt von den Menschen, die wir begraben haben.

»Wir sollten 'ne Rede halten. Das macht man so.«

»Für wen?«, frage ich. »Sie sind nicht mehr. Sie hören uns nicht. Und wir sind die Einzigen, die wissen.«

»Wir sollten es trotzdem tun. Ich hole den Bücherfreak, der kann das.«

So ist das. Jan will wie ich nicht allein sein mit der Schuld. Obwohl ich finde, dass ihm ein größeres Stück zusteht.

Im Kellerraum ist es still. Die Mädchen hocken auf der Decke zu Gerlindes Füßen und haben die Köpfe auf ihren Schoß gekuschelt. Es sieht unbequem aus, aber alle drei schlafen tief.

Rosalie blinzelt, Albrecht blättert, Sydney sieht demonstrativ weg, als wir eintreten.

»Sag ein paar Worte. Worte kannst du doch, Albrecht.« Jan hat ihn wieder Albrecht genannt, nicht Bücherfreak.

Albrecht rührt sich nicht, liest weiter, als habe er ihn nicht gehört.

Plötzlich reißt Jan ihn hoch, brüllt: »Raus hier. Du auch.« Greift nach Rosalie, die strauchelnd zur Tür schießt.

Ich stelle mich vor Sydney, um Jans Jähzorn abzuhalten. »Wir kommen nach«, sage ich scharf und rühre mich nicht von der Stelle.

Wütend Albrecht vor sich her stoßend, stapft Jan davon.

»Kommt schon. Verabschieden wir sie.« Ich fasse Rosalie unter, die immer noch schwankt, und nehme Sydney bei der Hand. Gerlinde und die Mädchen schlafen.

Wir stehen um den rostigen Deckel der Grube herum. Ich habe sogar einen Kerzenstummel gefunden und angezündet. Der Fäulnisgeruch hängt fest an diesem Ort, unterirdisch zwischen Ost und West. Niemand sagt etwas.

Albrecht räuspert sich. »Kennt jemand ein Gebet?«

»Welche Religion?« Sydney.

»Christlich vermutlich. Aber wenn du ein muslimisches kennst, kannst du auch das sagen.«

Stille.

Ich habe mich nie um einen Gott geschert und *gottlos* als eine sympathische Bezeichnung empfunden. In diesem Augenblick tut mir das leid. Zumindest hätte ich gern ein paar Rituale in petto, dann könnte ich vielleicht Worte sprechen, die ihnen Frieden geben und mir die Schuld nehmen.

Die Stille hält an. Wachs tropft mir auf die Finger. Die Flamme der Kerze wirft flackernde Schatten an die Höhlenwände. Es sind unsere eigenen Geister.

»Verzeiht«, sagt Albrecht, mehr nicht.

Das Wort hängt im Raum wie der Geruch. Sydney legt die Hand auf die Eisenplatte. Rosalie nickt auf ihrem Stein vor sich hin. Ich will raus hier.

Jan hat die Hände vor dem Körper gekreuzt. »Wenn's mal drauf ankommt, ist alles Gequatsche weg, nicht, Freak?«

»Wenn es mal drauf ankommt, schießt man nicht, sondern redet, nicht, Bauer?«

Ich könnte ein Lied für sie singen, wie ich es für alle meine Toten tue. Aber mir fällt nur *Green Fields of France* ein, und das geht hier beim besten Willen nicht, obwohl wir auf *No Man's Land* stehen, oder vielmehr darunter.

Also sage ich: »Lasst uns gehen.«

Keiner widerspricht.

Freitag, 22. Juli

27

Die Sonne blinzelt durch die Wipfel der Fichten, gibt sich dunstumflort und trocknet den Schlamm auf dem Kies fest, auf den Zweigen der Bäume, auf den Wiesen rundum, überall hat er sich festgesetzt, der braune Dreck. Die Nebelschleier haben sich gehoben, nun kann man sehen, was ist. Noch nicht ganz klar, letzte Schwaden wabern zwischen den Ästen und über dem Boden.

Ich schaue aus dem Fenster und weiß nichts zu tun. Sogar der Nebel war früher anders. Kompakter war er, nicht so lose, nicht so feingewebt und flüchtig. Das ist eine Folge des Klimawandels, habe ich irgendwo gehört, wahrscheinlich ebenso wie diese Hitze, die mir Ströme von Schweiß über die Haut treibt, und wie die Werraflut, die nun ein Ende zu haben scheint.

Ich patsche durch den Morast, ein Vogel schreit, Fliegen summen über der Stelle, an der die Toten lagen. Der Schwarm erhebt sich, als ich vorübergehe, und gibt den Kadaver einer Ratte frei. In der Senke rund ums Haus fault brackiges Wasser. Die Brücke an der Rückseite ist stabil geblieben, darunter rauscht der Bach. Noch trägt er Zweige, Plastik und Möbelteile mit sich, die bei der Flut hineingeraten sind, aber in wenigen Tagen wird er rein sein. Nur das Gerümpel rund ums Haus bleibt von einer feinen braunen Patina überzogen.

Und mein Auto ist weg.

»Es ist weg.« Ich bin fassungslos, dass ein Auto einfach abhandenkommen kann. Es tut mir leid um den Citroën. Er ist mir ein zuverlässiger Begleiter gewesen, bis jetzt. »Er kann doch nicht einfach weg …« Ich lasse den Blick schweifen, und da ist er, gar nicht so weit entfernt. Das Wasser muss ihn zur Anhöhe getragen und dort abgestellt haben, schräg mit der Nase voran und braun besudelt steht er am Hang. Wenigstens ist er da. Ich tappe zurück ins Haus.

»Jan«, rufe ich und noch einmal lauter: »Jan!« Ich bin ein bisschen aufgeregt, wie das vor einer Reise zu sein pflegt, denn ich werde wegfahren, ans blanke Meer, wo weder Flut noch Schlamm hingekommen sind. An den blauen Ozean, mit Schaumkronen und Segeln geschmückt, so stelle ich ihn mir vor.

»Was?« Jan krabbelt aus der Kammer, einen Packen Putzlappen unterm Arm. Im Haus ist das Wasser stehen geblieben, es kann nicht abfließen. »Hier.« Er reicht mir ein paar Lappen. »Wir müssen aufwischen, sonst schimmelt alles.«

»Kannst du mein Rad wechseln? Ich habe kein Werkzeug dabei.« Das war der Grund, weshalb ich überhaupt an diesem Ort gehalten habe. Zum Glück. Aber Glück ist relativ.

»Fang schon mal an. Die anderen sollen auch mitmachen. Die sind noch unten. Wenn ihr schon hier seid, könnt ihr euch auch nützlich machen.« Er spricht, als hätten wir uns eben erst hier eingefunden und nicht Tage und Kontinente, Rum und Tod miteinander geteilt.

Ich nehme die Lappen entgegen, außerdem einen Eimer. »Es steht am Hang.«

Jan nickt. »Hab's gesehen. Gib mir die Schlüssel.«

Ich lege sie in seine schmutzige Hand.

»Rosalie!«, brüllt er in den Keller.

»Was willst du von ihr?«

»Sie ist die Einzige, die ordentlich anpacken kann. Ihr macht hier klar Schiff. – Bring den Werkzeugkasten mit«, ruft er, als er Rosalie auf der Treppe hört.

Kurz darauf schleppt sie die Kiste an, knallt sie auf den Boden, dass das Wasser spritzt. Ihre Füße stecken in Sydneys Turnschuhen, die Ärmel hat sie aufgekrempelt und den Zopf zu einem Knoten gesteckt, der seltsam neben dem schmuddeligen Verband auf ihrem Kopf thront.

Die anderen kommen die Treppe hoch. Gerlinde und die Mädchen sind schlapp und verschlafen. Kein Wunder. Mein Gewissen rührt sich ungemütlich, bis ich ihm die Alternative erkläre. Daraufhin beruhigt es sich.

Eine Stunde und zig Eimer Dreckwasser später sieht es halbwegs manierlich aus in der Diele. Man kann sie trockenen Fußes durchschreiten. Die Sessel werden aus dem Keller heraufgeschafft, ebenso Gläser, Reste von Konserven und Alkohol, Müllsäcke und zuletzt die Eimer mit Stuhl und Urin. Trotz der improvisierten Deckel verbreiten sie einen bestialischen Gestank. Albrecht eilt nach draußen.

»Wohin damit?«, sagt Gerlinde, die nicht zimperlich ist und mit den beiden Eimern in den Händen dasteht. Eigentlich gibt es eine Toilette im Haus, zwei sogar, nur konnten sie nicht benutzt werden wegen der defekten Hauswasserpumpe.

»Ins Klo«, sagt Sydney. »Wir spülen mit Wasser vom Bach nach. Ich kippe das Zeug doch nicht direkt in den Bach.« Verändert sieht Sydney aus, die Wangen gerötet, das Haar mit einem von Leilas Gummibändern zu einem Pferdeschwanz gebunden und den Pony mit einem roten Spängchen zurückgesteckt.

»Wenn ihr weiter oben Wasser holt, ist es sicher sauber.« Jan tritt von draußen über die Schwelle, hinter ihm Rosalie. »Die Quelle liegt auf halber Höhe zum Gipfel. Sie führt zwar Oberflächenwasser, aber so hoch stand die Werra nicht, dass es nicht sauber wäre nach dem Regen. Früher hatte sie Trinkwasserqualität. Jetzt würde ich es nicht drauf ankommen lassen.« Er reibt sich mit einem Lappen den Schmutz von Unterarmen und Händen. »Fertig. Die Beleuchtung musst du in der Werkstatt machen lassen. Und eine Wäsche könnte der Wagen auch vertragen. Ansonsten ist er tipptopp.« Er grinst stolz.

»Danke. Was bin ich dir schuldig?« Ich will ihm nichts schuldig bleiben, gerade ihm nicht.

Jan sieht sich in der Diele um. »Einen ordentlichen Hausputz.« Noch einmal verzieht er die Lippen, kräuselt Fältchen in die Augenwinkel, und man sieht die Last der letzten Tage von ihm abfallen.

»Sollten wir nicht los?« Albrecht hat das Inventar nach oben getragen, seine Bücher auf dem Tisch deponiert, sich aber an der Trockenlegung der Diele nicht beteiligt.

»Erst wenn mein Haus wieder sauber ist.«

»Wer weiß, was uns erwartet da draußen«, flüstert Albrecht. »Könntest du mich mitnehmen, Metha?«

»Wenn ich meine Schulden bezahlt habe«, sage ich, schnappe mir einen Eimer und marschiere los. Albrecht bleibt nichts übrig, als mir zu helfen, will er die Sache beschleunigen.

Um die Mittagszeit glänzen Diele und Küche, sogar der Staub von den Schreibtischen und Rollschränken in der »guten Stube« ist weggewischt. Jemand hat das Honeckerbild abgenommen und hinter den Schrank geschoben. Vom maroden Balkon aus kann man in ein neues Leben blicken, das, zugegeben, unter einer braunbröckligen Schicht schlummert.

Die Quelle ist über einen als Weg kaum zu erkennenden Pfad zu erreichen – ein rostiges Rohr, das aus dem Fels ragt und aus dem helles Wasser sprudelt. Nachdem Albrecht und ich den Citroën zumindest innen vom gröbsten Dreck befreit und auf die Straße gefahren haben, stoßen wir zu den anderen, die sich an der Quelle waschen, spritzen, lachen und ihre Kleider zum Trocknen in den heißen Wind hängen. Ich löse den wirren Haarknoten und halte den Kopf unters eisige Wasser, wasche das Haar mit Spülmittel und schrubbe meinen Körper, bis die Haut sich rötet. Fast nackt bin ich, wie die anderen. Niemand kümmert sich mehr um Scham. Und Albrecht hat Zeit, meine Nacktheit zu bewundern, die er schon kennt, einschließlich der kleinen Dellen und Grübchen an Beinen und Po.

Ich würde immer weiter schrubben, doch Albrecht legt mir die Hand auf den Arm. »Lass gut sein, Metha, es nützt nichts. Wir werden nicht mehr, wie wir waren.«

Albrecht hat nur im Frieden gelebt, ich nicht. Aber ich habe nichts Unrechtes getan, ich habe nichts getan. Ich habe einfach gelebt, überlebt. Und das ist eine ganze Menge, wenn man den Kaiser noch gekannt hat, obwohl es genaugenommen nicht mein Verdienst ist.

Allmählich wird es ruhiger. Gerlinde und die Mädchen hocken auf Findlingen und halten die Gesichter in die Sonne. Rosalie trägt ein schwarzes Trägerkleid, das sie sich von mir geborgt hat, und lehnt an Jans nacktem Oberkörper. Ich ziehe endlich ein Top über, dazu Jeans und Sneakers.

»Lass uns aufbrechen«, sagt Albrecht, der ebenfalls in frischen Kleidern steckt, leise. Ein wenig deplatziert wirkt er mit seinem weißen Hemd und der dunkelgrauen Hose, zu fein für den Wald. Auf seiner Stirn glitzert Schweiß.

Ich antworte nicht. Ich lausche dem Summen der Insekten und atme den Duft der Wiese, in den sich nur schwach der Geruch von Fäulnis mischt. Die Sonne scheint, das Leben ist gut. Es könnte ein Familienausflug in die Sommerfrische sein.

»Ich seh mal nach dem New Holland«, sagt Jan und löst sich von Rosalie. »Den kriege ich schon wieder flott.«

Dann hören wir es. Große Motoren dröhnen heran, mehrere Fahrzeuge müssen das sein. Der Lärm weht von der Landstraße herüber, die bis vor kurzem unter dem Wasser der Werra lag. Das Dröhnen schwillt an, kommt näher.

»Was …?« Sydney.

»Wir warten, verstanden?« Jan.

»Sie holen uns endlich. Hab ich doch gesagt. Sie kommen. Sie holen uns.« Rosalie strahlt, springt auf und jagt den Pfad entlang, den Hang hinab, ohne dass Jan sie aufhalten kann. Ein paar Meter läuft er ihr nach, dann kommt er mit verschlossenem Gesicht zurück. Derweil rattern die Motoren direkt vor der Einfahrt zum Haus. Eine Minute laufen sie weiter, rappeln und seufzen, es klingt wie die letzten Laute von Sauriern, dann stehen sie still. Kurz darauf bellt ein Hund, und wir hören Rosalie rufen: »Hier. Hier sind wir.« Der Wind nimmt ihre Stimme mit.

Niemand rührt sich, aber es nützt nichts, sich tot zu stellen. Nach einer Weile erscheint Rosalie mit einem Soldaten.

Der kompakte Mann folgt ihr auf dem Pfad mit so viel Abstand, wie notwendig ist, um die Mündung seiner Waffe auf den Boden zu halten. Er ist jung, verschwitzt und erschöpft. Neben der Aufmerksamkeit flackert Angst in seinem bartstoppligen Gesicht. Wer weiß, wie lange er im Einsatz ist? Wer weiß, was da draußen geschehen ist?

»Verletzte?«, ruft er, bevor die beiden die Gruppe erreichen.

»Alles in Ordnung«, sagt Albrecht. »Wir sind gesund.« Über Sydney sagt er nichts.

Durch die Zweige der Bäume sind Bewegungen zu erkennen, andere Männer, die zum Haus marschieren. Albrecht tritt auf den Soldaten zu, der einen Kopf kleiner ist als er, und legt Gelassenheit auf. »Die Flut hat uns überrascht, aber wir konnten uns, Gott sei Dank, ins Haus unseres Freundes retten. Uns geht es bestens. Haben Sie vielen Dank, dass Sie angehalten haben. Sicher wird Ihre Hilfe anderswo dringender benötigt.«

»Mitkommen! Alle!« Der Soldat heftet den Blick kurz an Gerlinde und lässt ihn zu den Mädchen gleiten, einen Ausdruck von Missfallen im Gesicht, dunkle Menschen irritieren ihn wohl.

»Wir gehen nirgendwohin!« Jan steht breitbeinig vor den Frauen, die Arme verschränkt. »Und in dem Ton schon gar nicht.«

»Wenn ich sage mitkommen, heißt das mitkommen.« Die erstaunlich schmalen Hände des Soldaten richten die Waffe auf Jans Bauch.

Der lacht. »Willst du mich auf der Stelle erschießen?«

»Versorgen, nicht erschießen, Arschloch. Und ich hab echt keine Zeit für Diskussionen. Alle werden zu Sammelstationen gebracht. Dort gibt's Getränke und Essen. Ihr müsst euch ausweisen und euch registrieren lassen. Dann werdet ihr untersucht. Die ersten Cholerafälle haben wir ja schon. Ihr habt wohl gar nichts geschnallt. Die Notstandsgesetze sind in Kraft. Los jetzt.«

»Was willst du denn machen, wenn ich bleibe, hm?« Jan.

Albrecht hebt versöhnlich die Hände. »Wir kommen, selbstverständlich. Ich werde mich auch ausweisen, nur brauche ich dazu meinen Ausweis. Der ist in meinem Koffer. Ich würde ihn holen, wenn das in Ordnung ist?«

Der Soldat stockt. Man kann den Kampf hinter seiner Stirn beobachten, schließlich werden Angst und Misstrauen von der Einsicht besiegt. Er nickt knapp. »Was ist mit den anderen?« Er hält die Waffe gesenkt, hat sie aber nicht über die Schulter gehängt.

»Ich muss meinen Ausweis auch holen.« Ich deute mit dem Kopf vage in Richtung Auto, das hinter dem Buschwerk nicht zu erkennen ist.

Vom Haus her Hundegebell. Der junge Mensch dreht sich weg, Albrecht und ich nutzen die Gelegenheit. Albrecht sagt noch etwas von »gleich zurück« und schiebt mich zwischen die Bäume. Hinter uns reden die anderen. Alle auf einmal.

» … wohne in Falkenheim.« Jan.

» … Sydney. Ich heiße Sydney.«

»Hab ich im Haus.« Rosalie.

»Ich auch.« Gerlinde.

Die Mädchen singen leise ein Lied in Romanes. Es trägt sie

nicht durch die Welt. Sie bleiben, wo sie sind. Vielleicht ist es die falsche Sprache, der falsche Text. Vielleicht helfen Worte und Lieder nicht gegen alles.

Ihre Stimmen werden leiser, während wir uns durchs Gestrüpp schlagen und Äste nach uns greifen, durch unsere Gesichter streifen, an unseren Kleidern reißen, als hätte die Landschaft ein Anrecht auf sie.

Am Auto angekommen, klicke ich die Türen auf, Albrecht rutscht in den Beifahrersitz und sagt: »Fahr.«

Ich zögere. Sie werden den Motor hören. Sie werden uns nicht ziehen lassen.

Die beiden anderen Soldaten, die ins Haus gelaufen sind, stehen mit dem dritten zusammen blass in der Diele. Sydney beobachtet sie und lauscht ihrem Getuschel. Drei Männer, die geschickt wurden, die Befahrbarkeit der Straße zu erkunden, die herausfinden sollen, ob der Erdrutsch, den der Hubschrauber entdeckt hat, womöglich menschengemacht war. Eine Sprengung vielleicht, durch jemanden, dem das Chaos dient. Sydney findet die Vermutung bescheuert. Die Männer haben alle außer Metha und Albrecht in die Diele getrieben. Olga versteckt sich irgendwo.

Außerdem waren die Soldaten im Keller, nun sind sie zurück und ratlos. Der Hund bellt nicht mehr. Folgsames Tier, obwohl es ein Malinois ist, angespannt und nervös. Er schlägt an, wenn seine Nase den Tod riecht. Er ist still, wenn sein Herr ihn schweigen heißt. Nur die Unruhe kann er nicht bezähmen, sie zerrt an seinen Muskeln. Tote haben die Soldaten nicht entdeckt. Sie werden das Haus gründlicher untersuchen, denn Sydney sieht ihnen an, dass sie ihn und die anderen seltsam finden. Verrückt oder schuldig, oder beides. Jedenfalls verdächtig.

»Raus! Alle!« Einer stößt Jan sein Gewehr ins Kreuz. Vanessa klammert sich an Gerlinde, Sydney hält Leilas Hand, Rosalie starrt vor sich hin. So stolpern sie vor den Gewehrmündungen her und die Auffahrt entlang bis zu den beiden Unimogs auf der Straße. Ein vierter Soldat, ein schmächtiger Mensch in mittleren Jahren, raucht vor den Fahrzeugen. Die Männer reden leise und gereizt, der Hund knurrt dazu.

»Jenseits der Kurve kommt ihr sowieso nicht durch. Da steht mein Trecker«, sagt Jan. Das ist gelogen, denn der Trecker steckt in der Böschung, aber man kann es ja versuchen. Die Soldaten reagieren nicht, der Schmächtige telefoniert. Das dauert.

»Zwei, ja. Ich gebe die Personenbeschreibung durch.« Als er fertig ist, horcht er ins Telefon. »Nur zu viert. Das Gelände ist unübersichtlich.« Er nickt. »Zwecklos für uns hier. Aber außer Landes kommen die nicht. Ich lasse Philip mit dem Hund da, der kann euch einweisen.« Wieder hört er dem Phone zu. »Nein, der Hund irrt sich nicht. Bringt alles mit.«

Schließlich steckt er das Phone weg, tritt die Kippe aus und sagt: »Ihr.« Er zeigt auf Sydney, Gerlinde und die Mädchen. »Ihr hier rein. Die zwei«, Jan und Rosalie sind gemeint, »auf den Wagen.« Niemand widerspricht.

Innen ist es dunkel. Die Motoren rumoren, die Unimogs setzen sich in Bewegung.

In dem Fahrzeug, das voranfährt, kauern Sydney, Leila, Vanessa und Gerlinde in einer Ecke hinter der Fahrerkabine, pressen sich an die Außenwand, damit sie nicht umhergeschleudert werden. Sydney will sich nicht in ein Lager kutschieren lassen, dafür hat er keine Zeit. Er hat geschwiegen, als es nötig gewesen wäre, zu schreien. Die anderen haben auch nichts gesagt und schon gar nichts getan. Man hätte etwas machen müssen – das Floß heranholen, die Familie aufnehmen. Aber sie haben am Fenster gestanden und gequatscht. Und nun ist die Schuld da, Sydney spürt sie in seiner Brust und vor allem in seinen Händen. Er hat keine Zeit für Lager und Cholera, er muss etwas tun. Und er weiß auch schon, was. Albrechts E-Reader hat er eingesteckt, der lag einfach herum, vergessen wahrscheinlich. Man weiß nie, wofür man das Ding gebrauchen kann.

Der Unimog schüttelt sie durch die Landschaft. Durch das kleine Fenster zum Fahrerhaus sieht Sydney schlammbraune Flächen, die mal Felder waren, vorüberziehen, verwüstet der Mais, Seen über den Weiden. Die Werra leckt noch am Rand der Straße. Träge wuchtet sie ihre Wasser mit all dem Müll und den Toten darin zum Meer.

28

»Los, raus! Haut ab.«

Der Schmächtige zerrt Rosalie von der Ladefläche, Jan springt in den Matsch. Die Unimogs haben angehalten, irgendwo im Niemandsland. Von weitem sind die Giebel der Häuser im Tal zu erkennen. »Falkenheim«, flüstert Jan.

»Verpisst euch. Wir haben auch noch was anderes zu tun.« Der Malinois bellt aufgeregt aus dem Fahrerhaus. »Schert euch heim und wagt es nicht, abzuhauen. Sie finden euch. Überall.« Zorn blitzt über das Gesicht des Schmächtigen.

Rosalies Augen runden sich, sie blickt Jan verdutzt an.

Der Stämmige öffnet den Laderaum des anderen Unimog und stößt einen überraschten Laut aus. »Sie sind weg! Alle. Wie kann das? Ich hab doch … Verdammte Kacke.« Er flucht, bis der Schmächtige heran ist und selbst die Leere begutachtet.

»Scheiß drauf. Komm. Beeil dich.« Er reißt den Stämmigen an der Uniform, knallt die Tür zum Laderaum zu und klettert auf den Fahrersitz. Das Monster schnauft, seine Räder greifen nach dem Asphalt. Mit einem Satz rettet sich Jan ins verdreckte Gras. In einer Wolke aus Wasser und Schmutz verschwinden die Fahrzeuge, nur ihr Motorengeräusch hallt noch lange durch die Hügel.

»Kannst du mir mal sagen …« Rosalie steht wie versteinert am Straßenrand.

»Ehrlich gesagt nicht.« Jan rappelt sich auf. »Vielleicht neue Befehle. Oder nicht mehr zuständig. Der Typ hat gesagt, sie finden uns. Wer sind diese ›sie‹?«

Rosalie hebt die Schultern und späht in die Richtung, in der sich die Unimogs entfernt haben, als könnten sie plötzlich zurückkommen. »Und jetzt?«

Jan dreht sich zu ihr um, lässt den Blick an ihr vorbeigleiten.

Da ist es. Ein paar Meter jenseits der Einmündung der Straße, die bergan und nach Westen führt. Erde, Schutt und Geröll versperren die Uferstraße, winden sich in den Fluss, der über die Massen von Material dahinrinnt – das Ungeheuer, zu dem die Werra angeschwollen war, ist zu einem Ungeheuerchen geschrumpft. Der Fluss hat Erdmassen mitgerissen und sich einen Weg darüber hinweg und mitten hindurch gebahnt. Aber auf der Straße kommt man nicht weiter. Deshalb haben sie warten müssen, eine Stunde oder länger im Dunkel und in Angst hinten auf der Ladefläche. Deshalb die Wut der Männer. Weil Jan recht hatte. »Sie haben nichts gefunden. Wie auch? Ein Erdrutsch ist ein Erdrutsch, nichts sonst. Verschwörungsheinis.« Er grinst.

Vielleicht hat man sie woandershin gerufen, wo es mehr Tote gibt oder wichtigere. Zu einer größeren Katastrophe, gegen die drei tote Roma, von denen nur ein Hund etwas ahnt, gar nichts sind.

Jan nimmt Rosalie am Arm. »Gehen wir. Lass uns sehen, was übrig ist da unten.« Er zeigt in Richtung Tal. »Also, wenn du willst.«

»Und dann?«

»Machen wir alles neu. Und bauen Kaffee an. Also, wenn du willst.«

Sie tastet nach dem Verband über dem Loch in ihrem Schädel und überlegt, wägt ihre Möglichkeiten und Hoffnungen ab, denkt an Neubrandenburg, an Tobias und Malte und daran, dass Bäuerin gar kein schlechter Beruf ist.

Schließlich wirft sie den Zopf über die Schulter und sagt: »Ich will.«

29

»Ich hätte nicht gedacht, dass wir das schaffen.« Ich halte ausreichend Abstand hinter einem roten Opel, um nicht den spritzenden Dreck auf der Frontscheibe zu haben. Zum Auffüllen der Scheibenwaschanlage war nun wirklich keine Zeit. Gut, dass der Diesel im Tank noch tausend Kilometer weit reicht.

Wir fahren weg vom Fluss. Hinter den Bergen ist es grün. Halbe Kühe grasen in den Wiesen, die Füße im Nebel.

»Die Bücher«, sagt Albrecht. »Es tut mir leid darum.«

Im Radio rauscht ein Sender, bis ich einen neuen suche und die Verkehrsnachrichten erwische. Straßensperrungen, Staus und Umleitungen, aber nicht auf der A4 und nur unwesentliche Behinderungen auf der A9. Gerade kreuzen wir die Gera oder vielmehr die Landschaft, die sie nunmehr unbegrenzt von ihrem Bett durchfließt. Seen über Feldern und brauner Schlamm dort, wo ihr Wasser abgelaufen ist. Militärkolonnen schleichen an einem Stau in der Gegenrichtung vorbei.

»Weißt du schon, was du tun willst, wenn du zu Hause bist?«

»Sicher. Ich fahre in Urlaub. Willst du mit?« Ich lache ihn von der Seite an, als sei die Frage nicht ernst gemeint.

Albrecht schweigt, und ich zittere ein bisschen vor Scham. Ich hätte ihn gern bei mir.

Nach neunhundert Metern, ich habe die Leitpfosten mitgezählt, sagt er: »Warum nicht?«

Ich atme aus. »An den Atlantik?«

»Hast du nicht genug Wasser gehabt?« Ein Grübchen vertieft sich auf seiner Wange.

»Ich möchte blaues, kein braunes.«

»Der Atlantik ist nicht blau.« Er blinzelt durch die Frontscheibe. »Ich kann mich nicht erinnern, ihn je blau gesehen zu haben.«

Ich sage nicht, dass er sich an einiges nicht erinnern kann. Ich sage stattdessen: »Lass uns nachsehen.« Nun lächelt er doch.

Das Radio meldet alle halbe Stunde neue Katastrophen, Versammlungsverbot und neuen Tod. Hin und wieder schneidet die Sirene eines Polizeiwagens durch die Lethargie, die mit der braunen Brühe übers Land geschwappt ist. Auch die Saale und sogar die Weiße Elster haben Felder, Häuser und Wege versenkt. Wir fahren darüber hinweg, auf dem feuchten Asphalt der deutschen Autobahn.

Mein Haus steht da, wie ich es verlassen habe, groß und grau. Auf den Fensterscheiben blinken Sonnenstrahlen. Einen Moment bleiben wir im Wagen sitzen und hören dem Klicken des Motors zu.

»Komm«, sage ich. »Ich mache Kaffee.«

Im Treppenhaus ist es kühl und riecht scharf nach feuchtem Putz. Albrechts Schritte hallen hinter mir. Ich schließe die Tür auf und lasse ihn ein. Mir kommt es vor, als sei ich jahrelang fort gewesen. Der Anrufbeantworter meldet zwölf Anrufe, elf vom Institut, die werden alle Hände voll zu tun haben, einer vom Nexö-Heim. Ich will nicht hören, was die zu sagen haben, fülle Kaffeepulver in die Maschine, ein bisschen mehr als sonst, wir brauchen etwas Starkes jetzt.

Nachdem ich den frischen Kaffee in Tassen eingeschenkt habe, kann ich es nicht mehr aufschieben.

»Sie haben angerufen?«

Ich werde zur Station verbunden und es dauert noch zwei Altenpflegerinnen lang, bis sich meine Befürchtung bestätigt. Mit einem Klick unterbreche ich die Verbindung.

»Ruth ist tot.«

Albrecht kennt Ruth nicht, aber er versteht, dass etwas passiert ist. Er sieht meine Leere. Dafür bin ich ihm dankbar und dafür, dass er keine Fragen stellt, sondern meine Hand nimmt. Wenn man die Letzte aus der Welt ist, die man kannte, ist man einsam, allein mit den Erinnerungen, mit den Geschichten, mit der Vergangenheit, die niemand mehr teilt. Deswegen halte ich Albrechts Hand fest, und er muss mit der Linken seinen Kaffee trinken. So sitzen wir in meiner Küche, der Kaffee wird kalt, und der Nachmittag geht dahin.

»Wir sollten losfahren«, sage ich irgendwann.

»An den Atlantik?«

»An den Atlantik.« Ich erhebe mich, mein Nacken schmerzt, ich reibe über die verspannten Muskeln, egal. Der Schmerz in der Brust zerrt heftiger, den werde ich von nun an für immer in mir tragen, es sei denn … »Könntest du sie aufschreiben?«

»Was?« Albrecht steht auch auf. Er folgt mir durch den Flur, lehnt sich in die Tür und sieht zu, wie ich Shirts, Hosen und Unterwäsche in einen Koffer packe. Ich weiß nicht, wie lange es her ist, dass ein Mann in meiner Schlafzimmertür gestanden hat. Aber ich werde mich erinnern, daran und an alles andere. Wozu sonst bin ich noch auf der Welt?

»Ich will los. Unterwegs suchen wir ein Geschäft, und du kleidest dich ein. Es wird ja wohl nicht ganz Europa in der braunen Brühe abgesoffen sein.« Das hoffe ich jedenfalls. Gürtel, ein Sommerkleid in Blau, Sandalen und Turnschuhe, aus dem Bad hole ich Haarklammern und Parfüm. »Ich fahre und du schreibst, in Ordnung?«

»Was denn?«

»Alles. Alles, was ich dir erzähle. Kann sein, der Weg reicht nicht, um die Geschichten aufzuschreiben. Es sind wirklich viele Geschichten, weißt du. Dann fahren wir so lange, bis wir fertig sind.«

»Aber ich …« Seine Augen begleiten meine Hände. Kleid vom Bügel nehmen, zusammenlegen, einpacken. Schuhe in eine Tüte stecken. Gürtel aufrollen. »Zuerst müsste ich telefonieren.«

»Telefon liegt in der Küche.«

Seine Schritte entfernen sich. Ich schließe den Kofferdeckel, stelle das Gepäck auf den Boden, ziehe die Bettdecke glatt. Sauber ist es hier.

Ich liege auf dem Bett und spüre die Schwere in meinen Gliedern, eine wohlige Schwere, wäre nicht der Schmerz um Ruth, der wie Splitter gesprungenen Glases in meiner Brust sticht. Auf der Innenseite meiner Lider blitzt es silbrig. Nach den Blitzen entrollt sich ein Film. Grün. Baumwipfel. Blau. Das Meer. Ruth wandert über den Strand, fort von mir.

Bleib, rufe ich ihr nach. Sie winkt, ohne sich umzudrehen. Kleiner wird sie, immer kleiner, bis sie im Dunst der Küste verschwindet. Neben mir geht Albrecht, meine Hand in seiner, um unsere nackten Füße spült die Brandung. Gemächlich folgen wir Ruths Spuren …

Weiches auf meinen Lippen und die Spitze einer Zunge, die Einlass fordert. Meine Traumbilder zerstäuben, rasch streife ich Shirt und Hose ab. Man muss die Feste feiern, wie sie fallen. Aber er hat es nicht eilig, lässt meinem Körper Zeit, sich zu freuen, bevor er mir nahe kommt. Seinen Blick versenkt er in meinem, hält ihn, lässt mich nicht fort, nicht zurück und nicht allein. Kein Tsunami ist dieser Akt, kein Erdbeben, keine Explosion, sondern ordentlich gemachter Sex aus Kenntnis und stabilem Stoff, bestickt mit Feinem, das mein Inneres rührt und das ich nicht benennen will, als könnte ich bannen, was keinen Namen hat. Aber es bleibt, als er schweißbeperlt neben mir atmet.

»Morgen«, sage ich. »Morgen fahren wir.«

»Du hast Zeit, plötzlich?« Der Schelm.

»Ich könnte nach Wein Ausschau halten.« Noch ehe er antwortet, bin ich an der Tür.

»Riesling?«

»Müller-Thurgau. Ich bringe Wasser mit.« Zu heiß ist es für Wein pur, die Nacht hat noch nicht einmal begonnen.

Kurz schlüpfe ich ins Bad, und da entdecke ich sie. Eine Furche zwischen den Augenbrauen, die ist neu. Wenn ich die Brauen zusammenziehe, kann ich sie vertiefen. Ich recke mein Gesicht näher zum Spiegel. Da ist noch eine, am Mundwinkel, zart, aber sie ist da. Mein Herz klopft hoffnungsvoll. Der Anfang ist gemacht, das Ende womöglich absehbar. Eine zaghafte Freude meldet sich in meiner Brust, mischt sich mit dem, was ich nicht nennen will, nun doch nennen sollte, wegen der Zukunft, damit sie ein Ende hat.

Ich flitze in die Küche, nehme Wein und Wasser aus dem Kühlschrank, Gläser vom Bord, zurück ins Schlafzimmer. Da liegt Albrecht, ausgestreckt, die Arme hinter dem Kopf verschränkt, prächtig, schaut durch seine Gläser auf das, was kommt. Auf mich.

Es ist ein tiefer Blick, den er trägt. Mein Puls knallt hoch, obwohl ich weiß, dass er gemacht ist. Ich kenne diese gemachten Blicke, das ist ein Spiel, das ich einmal beherrschte, als ich noch Zeit hatte. Seit ich von der Furche in meinem Gesicht weiß, habe ich keine mehr. Ich gieße unsere Gläser zu voll, und wir heben sie.

»Auf den Atlantik«, sagt Albrecht.

»Auf die Liebe«, sage ich.

»Auf den Atlantik und die Liebe.«

»Auf den Atlantik, die Liebe und die Geschichten, die du aufschreiben wirst.«

»Auf den Atlantik, die Liebe und das Erinnern.«

»Auf den Atlantik, die Liebe, das Erinnern und den Tod.«

Ich klirre mein Glas an seines, bevor er weitertoasten kann und wir die Nacht nüchtern verbringen müssen.

30

Dortmund ist im Wesentlichen heil geblieben, sogar der Norden. Gerlinde sucht den Namen ihrer Eltern auf der Klingeltafel. Sydney blickt an dem großen grauen Kasten aus den Achtzigern nach oben. Vanessa hüpft von einem Bein aufs andere, sie kennt die Großeltern nicht. Leila löst sich nicht von Sydneys Hand. Bevor er auf seinem Phone die Website der *Dortmunder Nachrichten* aufrief und vorzulesen begann, ihr Gesicht beleuchtet vom Display seines Phones da in dem finsteren LKW, hat sie ihn gefragt, ob er ihr Verlobter sein will. Er hat »ja, ja« gesagt und weitergewischt, bis er die Website fand. Seitdem sind sie verlobt. Verlobt. Er kichert in sich hinein.

Die Tür summt, und sie treten ins Treppenhaus, da riecht es nach Kreuzkümmel, Waschpulver und Schmutz. Farbe blättert von den Wänden. Im ersten Stock vibrieren Bässe hinter einer Tür, sie müssen in den dritten, schweigend steigen sie die Stufen hoch.

Die rechte Wohnungstür ist offen und ausgefüllt von einer Frau mit pechschwarzem Haar und einem weiten bunten Kleid, hinter ihr lugt ein dürrer Alter mit grauen Wangen ins Treppenhaus. »Kind«, sagt die Frau, und ihre Augen schwimmen.

Nach einem tränenreichen Hallo sitzen sie dicht gedrängt in der kleinen Küche. »Warum hast du nicht angerufen? Ich hätte gebacken. Habt ihr Hunger?« Behutsam streicht sie Leila und Vanessa übers Haar. »Wie groß sie sind.« Sie entdeckt Sydney. »Das ist aber nicht deine.«

»Nun setz dich doch mal, Mama. Ich mach das schon.« Gerlinde gießt das sprudelnde Wasser in die Kanne, und ein Duft von Minze und Melisse wölkt durch den Raum. »Nein, das ist nicht meine.« Ein Blick zu Sydney, verschwörerisch.

Sie trinken Tee und reden, über Skopje, den neuen Wasserhahn neben Gerlindes Haus, die Cousins – und über Mario. »Ich habe nichts von ihm gehört. Plötzlich ist der Kontakt abgebrochen. Ich hatte gehofft, er, Emira und Niko hätten sich zu euch durchgeschlagen.«

Sydneys Magen zieht sich zusammen, er legt den Keks zurück auf den Teller, den die Mutter hingestellt hat. »Ob wir wohl einmal Nachrichten schauen dürfen?«, fragt er. »Ich wüsste gern …«

»Die bringen doch nur Schlechtes. Das Schlechteste in der Welt zeigen sie. Ich schau mir das gar nicht mehr an. Aber wenn ihr unbedingt wollt.«

»Macht den Fernseher im Wohnzimmer an. Aber leise.« Gerlinde wackelt freundlich mit erhobenem Zeigefinger. »Ist doch in Ordnung, oder?« Die Mutter schmunzelt nur versonnen.

Sydney verschwindet nach nebenan, Leila begleitet ihn. Der Raum ist vollgestopft mit Möbeln, kaum Platz dazwischen. Leila drückt auf die Fernbedienung. Eine Sendung, in der Familien ihre Wohnung neu eingerichtet bekommen. Sie zappt weiter. Eine Kochsendung. Eine Gerichtssendung. Ein Trickfilm. Es dauert lange, bis sie einen Nachrichtenkanal findet. Da wird gerade vom Klimagipfel berichtet. Es ist zu warm.

Sydney grübelt. Er hat einen Plan. Aber kriegt er hin, was er vorhat? Oder ist das Ganze zu groß für ihn, der immer zu klein war? Er sieht Leila von der Seite an. Zu groß für einen, vielleicht. Aber er wird es nicht allein tun. Und wo er die Kohle herbekommt, weiß er auch schon.

Die Nachrichtensprecherin verweist auf eine Sondersendung. Sydney versteht Mazedonien. »Mach mal lauter«, sagt er.

»… Serbien, Albanien und Mazedonien haben die Beitrittserklärungen unterzeichnet und sind ab heute vollwertige Mitglieder der Europäischen Union. Die Staatschefs der Länder treffen sich im Augenblick auf Malta, um bi- und trilaterale Vereinbarungen zu konkretisieren. Ich übergebe jetzt das Wort an meine Kollegin …«

Ein Jahr danach

31

Letzten Monat kam eine Mail von Rosalie. Ich musste sie mir von Albrecht vorlesen lassen, meine Brille taugte nichts mehr. Am Nachmittag bin ich in den Supermarkt und habe mir eine neue gekauft. »Lesehilfe« nennt sich das Ding, plus drei Dioptrien, sie steht mir nicht. Hundertzwanzig Jahre bin ich ohne Brille ausgekommen, und nun habe ich ein hässliches Ding in Hellblau. Sie hatten keine andere in der Stärke. Albrecht hat gelacht. Ich liebe es, wenn er lacht, der Anlass ist mir egal. Das Rauschen des Ozeans und sein Lachen – was will ich mehr?

Bis wir diesen Platz zum Leben fanden, dauerte es viele Wochen. Ich wurde einfach nicht fertig mit meinen Geschichten. Albrecht schrieb und schrieb, aber nach jeder Nacht, die wir in einem kleinen Hotel oder im Auto verbrachten, sprudelten neue Geschichten aus meiner Erinnerung.

Margarete. Sie kam aus der Chirurgie herüber. Man hatte die Praktikantin geschickt, um einen Befund abzuholen. Manchmal trafen wir uns zum Kaffee, sie war ein paar Jahre jünger als ich, enthusiastisch und neugierig, und stammte aus Kiew. Als fertige Landärztin tat sie, was man als Ärztin zu tun hat. Sie behandelte Menschen. Auch Kinder von Regimegegnern. Dafür wurde Margarete Blank kurz vor Kriegsende geköpft.

Über die Jahre kommt ganz schön was an Geschichten zusammen. Je mehr aus der Versenkung mitten in meinem Wagen landeten, je öfter Albrecht nachfragte, niederschrieb und wieder fragte, umso häufiger mischte er Eigenes bei. Episoden, die ihm wieder einfielen, Menschen und Lebenswege, Orte und Bücher. Seite um Seite schrieb er in seiner verkrochenen

Handschrift, stapelte sie auf der Rückbank und beschrieb neue Blätter. In den Pausen, in denen ich über trockene Feldwege schritt oder in kleinen Lädchen das Nötigste für den Alltag besorgte, heftete er sie zusammen und sortierte die Bündel in Umschläge, die fett und prall davon wurden.

Die Gegenden, durch die unser gewundener, unbezeichneter Weg führte, hatten viel Wein, und wir hatten nicht die Kraft, ihm zu widerstehen. Jeden Abend tranken und liebten wir uns in den Schlaf. Jeden Morgen begrüßte Albrecht freundlich die Furche zwischen meinen Brauen, die sich vertiefte, und all die neuen Falten, Riefen, Flecken und Hügel in meinem Gesicht. Nach dem Frühstück fuhr ich und redete, er schrieb. Oder er redete, und ich lauschte dem Geräusch seiner Stimme, sie knarzt manchmal und perlt, wenn er lacht.

Irgendwann sagte Albrecht, wir müssten nicht fahren, um Geschichten aufzuschreiben, wir könnten einfach irgendwo wohnen, falls es mir nichts ausmachte. Mit einer Hand am Steuer rezitierte er:

»Der September gibt sich als wackerer Blender.
Er staubt das Grün noch einmal ab
und stellt die Sonne schräg.
Er pflügt und mäht, drischt und sät.
Für den Winter.
Revolutionärinnen schickt er aufs Land,
den Juden ruft er Shana tova!
Zur Schule treibt er die Kinder.
Er fährt die Sommerlieben ein
und hängt die Trauben hoch.
Denn keine und keiner soll
ohne Wein weinen
im November.«

Ein selbstgerechter Blick traf mich von der Seite. Ich konterte mit Lene Voigt:

»Gogle nich, gogle nich.
Menschenskind, ich warne dich!
Bei der Gogelei ist oft
Der Erfolg nich der erhoffte.
Manches Feierchen entstand
Un nahm forschdbar iwerhand.
Un in ibrigen un so –
Brennt manch' Herz gleich lichterloh.
Manches Mädchen, ach so jung,
Deserhalb ins Wasser gung.
Menschenskind, ich warne dich:
Gogle nich!«

»Könntest du mir das übersetzen?« Albrechts Grinsen gerann, als er wegen eines Jeeps auf die Bremse steigen musste.

»Sächsisch sollte obligate Zweitsprache werden. Die Nazis haben Lenes Gedichte verboten, die Roten unter Ulbricht auch. Klingt halt, als hätte man nicht alle stramm und würde sich lustig machen. Was Lene auch getan hat. Ein fröhlicher Mensch war sie nicht. Sie hat sich durchgeschlagen. Ich habe sie im Pfauensaal im Zoo getroffen, sie las ihre Gedichte. Nach der Veranstaltung haben wir beim Bier geplaudert. Am 22. April 1914 war das. Da ahnte sie noch nichts von den Katastrophen. Vom Tod ihres kleinen Jungen, von der Scheidung, der Schizophrenie. Halt mal an der nächsten Raststätte an. Ich brauch einen Schnaps, wenn ich dir die Geschichte erzähle. Sie hat sogar den ollen Geheimrat ins Sächsische verhohnepipelt.«

Möglicherweise hätte Albrecht den Vorschlag, einen Ort zum Bleiben zu suchen, eher gemacht, aber er nahm wohl an, dass ich das Fahren liebe, dass ich durch die Welt streifen will, und mochte nichts sagen, zumal ich unser Leben finanzierte. In den letzten Jahrzehnten hatte ich kaum Geld gebraucht. Das Haus war meines, Urlaub machte ich keinen, und sonst lebte ich bescheiden zwischen Institut und Bett. So hatte sich einiges auf meinem

Konto angesammelt, und das investierte ich nun zweckmäßig in die Geschichten, die Albrecht aufschrieb. Das war der Deal, als er die Stelle in seinem Verlag kündigte. Gut möglich, dass er ihn vergessen hat, denn sein Vergessen hat er nicht überwunden.

Aber nicht nur Albrecht wünschte sich einen Ort zum Bleiben, mein Wunsch war es auch. Mein Rücken schmerzte, ich schob es auf das ungewohnt lange Fahren. Der Herbst neigte sich dem Winter entgegen, es wurde Zeit für ein Dach. Das fanden wir unweit von A Guarda an der Mündung des Rio Miño, dem geteilten Fluss – Nordufer Spanien, Südufer Portugal. Der kleine Bungalow war unbewohnt, weil er keine hundert Meter vom Flussufer entfernt lag und angeblich schon häufiger unter Wasser gestanden hatte. Wir mieteten ihn zur Hälfte des Preises und richteten uns ein. Ein bisschen Wasser, selbst Hochwasser, sollte uns nicht mehr schrecken. Ich fand, dass Albrecht als Hochwasserfolge eine echte Errungenschaft war. So sagte ich ihm das natürlich nicht. Überhaupt sprach ich nie davon, wie ich zu ihm stand. Aber wir spazierten am Strand entlang, jeden Tag, und schauten aufs Meer, dorthin, wo die Azoren liegen müssen, die mit den Hochdruckgebieten geizen.

Mein Gesicht zeigte es mir täglich im Spiegel: Ganze Armeen von Falten ergriffen Besitz von ihm. Lag es an Albrecht? Daran, dass ich ihm ein Gefühl entgegenbrachte, das mir bis dahin versagt geblieben war? Oder lag es an diesen unerklärlichen Reisen, die wir gemacht hatten, oder an der Flut, oder an den Geschichten, die ich in mir fand und die er aufschrieb? Ich verhängte den Spiegel mit Chintz und pfiff auf Begründungen.

Es ist einfach ungerecht. Jahrzehntelang habe ich das Altern herbeigesehnt, damit der Tod eine Chance bekäme. Jetzt aber geht es mir viel zu schnell. Freuten mich anfangs die Fältchen und der Schmerz beim Aufstehen, betrachte ich inzwischen die Runzeln und die weißen Strähnen mit Sorge. Wie viel Zeit mir wohl noch bleibt?

»Beeil dich«, ruft Albrecht, hebt den Koffer in den Kofferraum und stellt zwei Taschen dazu. Morgensonne glitzert überm Fluss und wirft einen langen, tiefen Schatten hinter unser Haus. Es ist früh, Zeit aufzubrechen, der Weg ist weit.

»Kommst du mit zum Strand?«

»Jetzt?«

Ja, jetzt. Ein letzter Blick aufs Meer, den ich mitnehmen kann. Wer weiß, wohin uns der Weg zurück noch führt. »Bitte.«

Albrecht schließt den Kofferraum und schlendert zu mir herüber. Das helle Hemd steht seiner braunen Haut gut. Auch ich bin reisefertig, habe mir das Haar gefärbt und aufgesteckt, ein leichtes rotes Kleid angezogen, sämtliche Nägel in der gleichen Farbe lackiert und nicht mit Make-up gespart. Ich habe nicht damit gerechnet, dass Altwerden so aufwendig ist. Die Fensterläden am Haus habe ich geschlossen, blind steht es nun im grünen Rasen. Der wird vertrocknen, wenn ihn niemand gießt. Ich schüttele den Kopf. Unfug, in wenigen Tagen sind wir zurück.

Albrecht legt mir den Arm um die Schultern, rechts werde ich von meinem Stock begleitet. Das Gehen ist unsicher geworden, deshalb habe ich mir einen anfertigen lassen, ein elegantes Stück, dessen Griff gut in meiner Hand liegt. Wir wandern den vertrauten Weg zwischen Steinen und störrischen Gräsern entlang, unsere Schritte klacken auf den von Wind und Wasser gebleichten Bohlen. Vom Haus zum Meer führt ein Holzweg, der Weg zum Fluss auf der anderen Seite ist betoniert.

Kühl ist dieser Morgen, mich fröstelt leicht. Die Hügel, die sonst dunkelgrün die Bucht umgeben, haben sich neblig verhüllt. Der Atlantik brandet bleiern an, spritzt lustlos Gischt über die Steine und zieht sein Wasser zurück. Ich habe ihn mir anders vorgestellt, murmele ihm dennoch einen Abschiedsgruß hin. Er wird es verkraften.

Die ersten Minuten fahren wir die schmale Straße am Fluss entlang, weiß gleißende Schwaden lagern über ihm, kaum Verkehr, zweiundzwanzig Stunden Fahrt liegen vor uns, sollten wir auf Pausen verzichten, behauptet das Navigationsgerät. Albrecht biegt ab. Eine breitere Straße führt uns weiter nach Westen, ab Biarritz nach Norden, nicht über Paris, sondern über die Schweiz. Die Landschaft gleitet vorüber, aus den Lautsprechern swingt es sanft.

Als Herbst und Winter vergingen, tröpfelten die Geschichten langsamer aus meiner Erinnerung. Albrecht schrieb jeden zweiten Tag eine auf, bald nur noch jede Woche eine, bis der Strom schließlich versiegte. Von da an saßen wir stundenlang am Ozean und sprachen nicht viel. Oder ich briet Fisch und Albrecht ging ins Dorf zu Juan auf einen Kaffee. Oft blieb er lange weg und kam so schweigsam zurück, wie er fortgegangen war, musterte mich von der Seite, wenn er glaubte, ich bemerkte es nicht, mit Blicken voller Zweifel. Nachts hörte ich ihn durchs Haus wandern. Oder er tippte seine Aufzeichnungen in den Computer, bis es Tag wurde.

Melanie schrieb ihm kurz vor Weihnachten eine letzte wütende Nachricht, nachdem er ihre Anrufe über Wochen ignoriert hatte. Ich las sie heimlich und hätte erleichtert sein sollen, war es aber nicht.

Dann kam Rosalies Mail, mit der sie uns auf ein paar Tage ins Forsthaus einlud. Alle hätten zugesagt, schrieb sie, wir müssten unbedingt kommen und mit ihnen feiern, für Unterkunft sei gesorgt. Ich habe keine Ahnung, wie sie meine Mailadresse herausgefunden hat, ich hatte sie ihr nicht gegeben.

Jedenfalls freute Albrecht sich über Rosalies Einladung, und ich tat es, weil er es tat.

Wir wechseln uns beim Fahren ab, in meinen Pausen schlafe ich. Mich nervt der Nebel, der uns bis in die Nähe von Basel begleitet. Dort fällt mir ein, dass es womöglich gar keinen Nebel gibt. Eine Katarakt macht sich nicht plötzlich, sondern allmählich bemerkbar. Als wir an einer Raststätte halten, schaue ich in den Innenspiegel – Nebel. Das Licht der Taschenlampe zeigt ihn mir in meiner Pupille. Grau ist sie, falls ich mich nicht täusche. Ich denke kurz über den Ersatz meiner Linse nach. Albrecht kommt vom Klo zurück, fragt, ob ich etwas aus dem Shop brauche. Ich schüttele den Kopf und mache ihm den Fahrersitz frei. »Ich kann nicht«, sage ich. Wenigstens ankommen sollten wir. Über ein Linsenimplantat werde ich später entscheiden, darüber, ob es sich noch lohnt. Und vielleicht ist es gar nicht schlimm, wenn ich nicht alles so genau erkenne, ich muss mich einfach daran gewöhnen.

Nur den Brief von Ruth, der ungeöffnet in meiner Tasche wartet, will ich noch lesen, bevor es zu spät ist. Ich taste über das glatte Kuvert und suche Mut, endlich hineinzusehen. Ruths letzte klare Momente wollte ich mir erhalten, aber dann lag da der Brief im Postkasten, ungelenk mit meiner Adresse beschriftet. Ich nahm ihn und trug ihn über das Jahr hinweg, fürchtete, ich würde Wirres und Unwürdiges finden oder ein leeres Blatt, was noch schlimmer wäre. So habe ich den Brief in die Hand genommen und fortgelegt, immer wieder, doch nun bleibt mir keine Zeit mehr zum Aufschieben. Also ziehe ich ihn aus der Tasche, streiche mit einem Finger über die Schrift und ratsche das Kuvert auf.

Albrecht beobachtet mich aus den Augenwinkeln. »Was ist das?«

Behutsam falte ich die Seiten auseinander, gebe keine Antwort, lese still die verzitterte Handschrift, die so wenig mit Ruths ehemaliger Akkuratesse zu tun hat. Ich fühle Albrechts Blicke unruhig über mich gleiten.

Liebe Metha,

ich weiß nicht, wann Dich dieser Brief erreichen wird. Ich weiß nicht, was kommt und was mit uns wird. Bevor alles vorbei ist, will ich Dir etwas erzählen, das ich Dir all die Jahre verschwiegen habe. Du fragst: Warum jetzt? Weil es mich mehr und mehr einfängt und ich nur noch wenige freie Tage, ja Augenblicke habe. Ich wollte Dir immer erzählen, was passiert ist, weil ich dankbar bin, dass Du mich in Dein Haus geholt hast, trotz meiner … Du weißt. Ich schreibe es schnell auf, denn ich bin nicht sicher, wie lange ich noch kann. Die Minuten sind fürchterliche Biester, sie entkommen mir dauernd.

Da steht noch etwas Unleserliches, der Rest der Seite ist leer. Ich blättere um. Oben auf der nächsten Seite ist eine Sonne gekritzelt, ein Haus, ein Baum, wie von einem Kind gezeichnet. Die Schrift darunter ist gestochen scharf auf vergilbtem Papier. Das muss Ruth lange vor ihrer Verwirrung geschrieben haben.

Das Vergessen rückt näher. Ich spüre es. Nebenan ist ein Mann eingezogen. Er sitzt nie auf dem Balkon. Ich sitze immer draußen, sommers wie winters. Vor ein paar Tagen habe ich ihn aus dem Wagen steigen sehen. Sein Gang, seine Gesten, obwohl gealtert, kamen mir seltsam vertraut vor. Aber ich konnte mich irren.

Ich zünde mir eine Zigarette an und huste. Einen Schluck Wodka gegen die Kälte. Dann lege ich Buchstaben aneinander. Kein Wind heute. Der Wind ist mein Feind. Er wirbelt die Worte ins Nichts und facht die Feuer an. Ich weiß nicht, ob ich noch genügend E's habe. Mir kommt es so vor, als seien gerade die E's abhandengekommen. Das ist natürlich lächerlich. Wer braucht schon einzelne E's, wenn er nicht die ganze Geschichte kennt?

Ich kenne sie, kenne sie in- und auswendig. Noch. Manchmal bin ich nicht mehr sicher, in welcher Reihenfolge sie zu erzählen ist. Vor Jahren habe ich sie bei mir getragen, immer.

Es war eine Geschichte, die ich behalten wollte. Sie handelt vom Altwerden, hätte ich fast gesagt. Aber das stimmt nicht. Vom Versehrtsein handelt sie, von der Hoffnung auf Heilwerden, einer vagen Hoffnung ohne Boden. Sie war das Einzige, woran ich mich nach dem Brand noch erinnerte. Als der Grund schließlich verkauft wurde, auf dem die Ruine meines Hauses stand, nach der Atemlosigkeit und dem Schmerz im Fegefeuer der Krankenstation, nach der Erkenntnis, dass das, was von meinen Augen geblieben war, keine Tränen mehr hervorbrachte. Als sie mich später, viel später, in diesem Zimmer abluden, hatte ich sie immer noch. Ich flüsterte sie den Pflegerinnen zu, bis sie nicht mehr hinhörten. Dann entdeckte ich die Jahreszeiten auf dem Balkon. Seitdem sitze ich hier draußen und beobachte ihren Wandel.

Zuerst habe ich sie immer wieder gelesen, die Geschichte.

Aber eines Tages, es war im Sommer, Gluthitze dem Regen nah, habe ich eine Schere geholt und die Absätze auseinandergeschnitten. Das war nicht einfach. Meine zur Klaue verkrümmte Linke gehorcht mir nicht immer. Früher ist sie schön gewesen, kräftig genug, um die Brennnesseln aus der Erde zu reißen. Ich habe die Absätze neu zusammengesetzt, aber es nützte nichts. Immer endete die Geschichte im Uferlosen. Ich habe die Sätze voneinander getrennt. Auch die einzelnen Worte halfen nicht weiter. Nie wusste ich, wo ich zum Beispiel »Spazierstock« unterbringen sollte oder »Bandoneon«. Also teilte ich die Worte in Buchstaben. Ich sortierte, stapelte und zählte sie. Nachts, wenn ich nicht schlief, legte ich sie aneinander. Ich kannte die Geschichte.

Den Mann aus dem Nachbarzimmer habe ich heute im Speiseraum gesehen. Guten Abend, Madame, sagte er und starrte mir ins Gesicht. Plötzlich war da seine Stimme, nicht dunkel, eher brünett, behaglich mit einer Unklarheit, einer nachgiebi-

gen Rauigkeit wie das Fell eines Bisams. Ich sagte nicht Guten Abend, Hans. Meine Lippen formen die Laute kaum, für die meine Stimmbänder keine Töne finden. In seinem Gesicht stand das Entsetzen, das mein Anblick in jedem Antlitz spiegelt. Ich nickte nur. Mein Lächeln ist fortgebrannt.

Ich suche ein großes E und lege es auf den Tisch. Auf dem Balkon nebenan geht das Licht an. Guten Abend, Madame, sagt er mit seinem Lächeln wie hinter Glas.

Früher hätte ich mit einem Blick, einem Wort das Glas splittern lassen können. Das Lachen explodierte auf seinem Gesicht, das müde war von verpassten Gelegenheiten, früher schon.

»Lass gut sein, Hans«, flüstere ich.

»Verzeihen Sie, ich kann Sie nicht verstehen.«

Ich weiß, Hans, ich weiß, schreibe trotzdem auf einen Block und schiebe ihm den Zettel zu.

»Ich kann nicht laut sprechen«, liest er vor. »Sie können nicht laut sprechen.« Ich nicke. Es tritt eine Pause ein. »Darf ich Sie besuchen?«

Komm, schreibe ich. Einen Moment später geht die Tür. Er tritt zu mir auf den Balkon, lässt den Mantel an und setzt sich.

»Ein Memory«, sagt er, den Blick auf meine Buchstabenhaufen gerichtet.

Ja, ein Memory. Ein Geschichtenmemory.

»Es soll gut gegen das Vergessen sein.«

Ich lache ein hässliches Geräusch in die Nacht.

»Wissen Sie, mit dem Vergessen ist das so eine Sache. Sie haben mich hier untergebracht, weil sie meinen, dass ich nicht mehr alleine leben kann. Ich bin vergesslich, sagen sie.«

Ich nehme ein I und lege es neben das E.

»Möchtest du?«, flüstere ich und schiebe ihm mein Glas hin. Er schenkt mir das Hinter-Glas-Lächeln und trinkt. Dann nimmt er ein F und legt es vor sich, betrachtet es eine Weile und legt ein O hinzu.

»Dabei bin ich nicht vergesslich. Ich weiß noch alles. Alles, was war.«

Das S ist etwas verknittert, ich lege es trotzdem und ein F gleich daneben. Er wühlt in den Buchstabenhaufen. Wird mir alles durcheinanderbringen, der Mann. Ich fürchte um die E's.

»Erzähl mir eine Geschichte«, sage ich.

Er blickt auf, und ich kann beobachten, wie sich die Gedanken hinter seiner Stirn verwirren.

»Das habe ich schon einmal gehört«, sagt er. »Wenn ich nur wüsste …« Er legt einen Finger zwischen die Brauen. Denk nach, Hans, denk nach.

Jetzt wieder finde ich ein E. Sein Blick wendet sich nach links, als lausche er einem Erinnerungsfetzen. Dann fährt er sich durchs Gesicht, eine hilflose Geste, die mein Inneres trifft, und legt ein L und ein U. Aber ich kann nicht aufhören. Jetzt nicht mehr, nicht nach all der Zeit. Erzähl mir eine Geschichte, schreibe ich auf den Block.

»Eine Geschichte. Ich habe lange keine mehr erzählt. Früher hatte ich viele. Ich war umgeben von ihnen. Es waren so viele, dass ich sie aufschreiben musste. Wenn ich nur …«

Ich zünde eine zweite Kerze an und sehe, wie er zuckt, als er mir ins Gesicht schaut. Dann glimmt ein Fünkchen in seinen Augen. »Da war einmal …« Aber es verlischt, und er legt ein R und ein E. Immer nimmt er die E's. Ich suche nach einem U. Der Tisch ist voller Buchstaben, keine Stapel mehr, keine Ordnung. Er zieht ein S unterm Glas hervor.

»Fertig«, sagt er triumphierend. Ich lese. FOLURES. Endlich fertig. Dabei ist nichts fertig. Und wenn ich FOLURES lese, wird auch nichts fertig. Ich ergattere wieder ein E, gieße einen neuen Wodka ein, proste ihm zu.

»Fertig«, sage ich. Er liest. EISFEUER. Erkennen lodert in seinem Blick.

»Es war kalt. Dezember. Der Rauch hatte schon den Flur er-

reicht. Ich konnte nicht bleiben, Ruth. Konnte nicht.« Er fährt sich mit beiden Händen durchs Gesicht.

»Du hast es versprochen«, sage ich. Ein Windhauch löscht die Kerzen.

Ich sah ihn gehen. Die Nacht war schwarz. Eisig. Ich stand auf. Zerknüllte Laken. Draußen zerrte der Sturm an seinen Kleidern. Ich öffnete das Fenster, rief seinen Namen, aber er hörte nicht. Dann nahm ich die Bögen vom Tisch, schwarze Buchstaben auf weißem Grund, sonst nichts, konnte mich nicht rühren, las und las. Eine Geschichte. Rauch quoll durch den Türspalt. Eine heitere Geschichte von Sonne und Meer, vom Fortgehen und Altwerden und fremden Stränden. Schließlich warf ich einen Mantel über und ging hinaus in die Bombennacht. Mitten durchs Feuer. Ich entkam ihm nicht. Am 4. Dezember 1943 war das.

Kurz legt er einen Finger auf meine Klaue, sagt »Ruth«, und Vergessen versiegelt sein Gesicht. Auf Wiedersehen, Madame, sagt er. Seine Schritte hallen. Mir scheint, er hinkt ein wenig.

Der Wind frischt auf. Ich muss meine Buchstaben zusammensammeln. FOLURES. Ich starre auf das Wort, warte, kann mich nicht rühren. Dann verschiebe ich die Buchstaben, ordne, verschiebe sie wieder, lese. Noch einen Schluck Wodka. Schließlich fügen sie sich meiner Rechten, und ich lege UFERLOS.

Nebenan auf dem Balkon geht das Licht aus. Mir ist kalt. Ich klaube die Buchstaben zusammen und übergebe sie dem Wind. Dann nehme ich den Block mit ins Zimmer und schreibe.

BEFRIEDET.

Wieder eine Kritzelei, diesmal zwei Strichleute in weiblich und männlich. Die folgende Seite nur mit wenigen Zeilen in zittrigen Lettern beschrieben.

Sei mir nicht böse, Metha, ich kann einfach nicht warten, bis es so weit ist. Ich kann nicht, verstehst Du? Ich will nicht gänzlich FOLURES werden. Du hast mich über die Jahre gefragt, wie es passiert ist, und ich bin die Antwort schuldig geblieben, weil ich nicht wollte, dass Du mich für eine dumme Pute hältst. Aber jetzt möchte ich, dass Du davon weißt, bevor ich meinen Weg gehe. Du wirst mir verzeihen, und im Himmel tanzen wir Polka.

Deine Ruth

Meine Zähne sind so fest aufeinandergepresst, dass die Muskeln schmerzen. Trauer würgt in meinem Hals, keine Tränen, die nach draußen fänden. Albrecht zerrt mit seinen Blicken an mir, die er immer wieder von der Straße nimmt. Wir fahren schnell und schweigend wie durch einen Zeittunnel.

»Das muss gewesen sein, ein paar Jahre bevor ich Ruth traf. Sie ist mir ja einfach über den Weg gelaufen, damals im Institut.« Ich schlucke und hefte meinen Blick auf die Fahrbahn vor uns. Sie hat nie erzählt, was sie da wollte. Wenn ich sie danach fragte, sagte sie ›Nichts weiter‹, lächelte meine Zweifel weg, so gut sie konnte. Nun weiß ich nicht, was ich denken soll.

»Willst du mir davon erzählen?«

Etwa fünf Kilometer dauert es, bis ich ja sage. Das alte Papier raschelt in meinen Händen. Dann lese ich ihm den Brief vor.

Ruth ist tot. Ich will, dass er von der Frau weiß, die so viele Jahre Fröhlichkeit in meinem Haus verbreitet hat, trotz all ihrer Narben.

Nachdem ich geendet habe, sagt Albrecht: »Soll ich die Geschichte aufschreiben?« Für ihn mag es eine von vielen sein.

»Nein. Es ist nicht meine.« Aber nun gehört sie mir. Und dir, falls du sie nicht vergisst. Ich jedenfalls werde sie mir merken, Ruth auf ein Glas Wodka einladen und eine Polka mit ihr stampfen. Bald.

32

Beinahe hätten wir die Einfahrt verpasst, das heißt, wir haben sie verpasst, zweimal. Als ob eine eigens dafür geschaffene Wolke uns die Zufahrt verwehren will, verdichtet sich der Nebel, je näher wir dem Haus kommen. Auf der Suche nach dem Abzweig und dem Rückweg ins Tal bremst Albrecht plötzlich, dass der Wagen schlingert, und prescht zwischen die Fichten. Ich höre es schon krachen, kneife die Augen zu, doch es passiert nichts.

Das Forsthaus ist nur zart umschleiert und lädt uns ein mit seiner offenen Tür. Die Fassade hat man gereinigt und das Dach neu gedeckt, kein Gerümpel mehr drumherum, stattdessen frisch gepflanzte niedrige Hecken aus Fichte, dazwischen gepflegter Rasen und Rosenbüsche in Kübeln beidseits des Eingangs. Ein Märchenschloss im Niemandsland – wer hätte das gedacht?

Albrecht parkt neben einem kleinen roten Nissan. Auf der Fläche, die ich als mit Buschwerk bewachsen in Erinnerung habe, stehen vier Fahrzeuge. Albrecht reibt sich den zartroten Streifen auf seiner Stirn, den er aus Skopje mitgebracht hat. Müde sieht er aus. Die Fahrt hat länger gedauert als erwartet.

Ich ziehe den Riegel, die Autotür schnappt auf, mühsam stelle ich erst einen Fuß, danach den anderen in den frischen Kies, rutsche auf die Sitzkante und hieve mich hinaus. Gerade hinstellen, die Schultern strecken, den Stock platzieren, loslaufen. Die ersten Schritte sind die schwersten – Anlaufschmerz durch die Arthrose. Sie hat sich über die meisten meiner Gelenke ausgebreitet. Nach einigen Metern komme ich in Gang und schaffe es unfallfrei, aber bedächtig zur Haustür. Längst hat Albrecht Taschen und Koffer ins Haus geschleppt. Das Hallo der anderen tönt aus dem Inneren. Ich traue mich nicht die wenigen Stufen hinauf. Sie werden mich nicht erkennen, sie werden mir nicht glauben, dass ich die bin, die ich war. Und vielleicht bin ich das auch nicht mehr.

Ich atme ein und nehme den Weg ums Haus herum. Hübsch sieht es hier aus in diesem Sommer, läge nicht feiner brauner Staub über allem – dem Kies, den Hecken und Wiesen, dem Steg hinterm Haus, als wäre die Zeit stehengeblieben.

»Wo steckst du, Metha?« Albrechts schnelle Schritte hinter mir. Er schlingt die Arme um das, was einmal meine Taille war. Obwohl ich kein Gramm zugenommen habe, ist sie nicht mehr da. Der Brustkorb hat sich den Beckenkämmen genähert. Das passiert beim Altern, man muss sich mit der Garderobe darauf einstellen. Albrecht zieht mich herum, er kommt mir höher vor als früher. Einen Moment stelle ich mir vor, wie meine Wirbelkörper aussehen – zusammengesintert und ein bisschen ausgefranst an den Grund- und Deckplatten, dazwischen papierdünne Bandscheiben.

Die Freude auf seinem Gesicht wandelt sich, als er in meines blickt, nur kurz, dann hat er sich wieder im Griff. Wenn ich ihn nicht mögen würde, dächte ich, ich hätte Ekel gesehen. Mir ist, als splittere etwas in meiner Brust.

Ich tue keinen Schritt. Mein Stock steht zu mir. Wir sind ganz allein hier draußen, und ich würde es gern bleiben. Doch Albrecht schiebt behutsam seinen Arm unter meinen und führt mich den Weg zurück. »Komm schon. Ich habe es ihnen gesagt.«

»Funktionieren die Toiletten?« Ich weiß nicht mehr, was mich geritten hat, Rosalies Einladung zu diesem Fest anzunehmen. Egal, nun bin ich da.

In der Diele ist es hell. Weiße Wände, weiße Türen, die Treppe zur Empore weiß gestrichen, der Kronleuchter hat alle Kerzen aufgesteckt, Strahler illuminieren die ehemals dunklen Ecken, vor dem Kamin ein Ensemble bequemer Sitzmöbel.

Menschen stehen bunt und fröhlich inmitten des Lichts, halten Sektgläser in den Händen, reden und lachen, Musik erfüllt den Raum. Albrecht geleitet mich zu einem Sessel. Ich bin froh, dass ich sitzen kann.

Die Tür zur Küche ist einem breiten Durchgang gewichen, der den Blick auf eine neue Terrasse an der Rückseite des Hauses freigibt, beschwingtes Volk sammelt sich auf ihr.

Rosalie küsst mich auf die Wange, ohne zu zucken. Sie sieht umwerfend aus. Ihr Haar hat sie zu einem Bob schneiden lassen, der auf einer Seite kürzer ist, die einzige Erinnerung an das Loch im Schädel. Unter dem glänzenden grauen Stoff ihres Kleides wölbt sich, kaum sichtbar, eine Schwangerschaft. Sie drückt mir ein Glas in die Hand und schwebt davon.

Sydney wirft sich in den Sessel neben mir. Er ist gewachsen, der Junge, wenngleich nicht als Junge zu erkennen. Sein Haar fällt auf die Schultern, Paillettenshirt und Röhrenjeans trägt er. »Schön, dass ihr da seid.« Er legt mir die Hand auf den Arm, ich ziehe ihn weg. Wie kommt er zu dieser Geste? Weil ich alt bin?

»Ja, freut mich auch, dich zu sehen«, sage ich steif. »Ist ja sehr hübsch geworden hier.«

»Jan hat das Haupthaus nicht wieder aufgebaut. Wir waren vorhin unten im Tal und haben uns die Stelle angesehen, wo es stand. Neue Hallen hat er bauen lassen, hat bei der Versicherung ein bisschen, sagen wir mal, aufgerundet.« Er lacht verschmitzt. »Und bei dir? Alles in Ordnung?« Er schaut mir ins Gesicht und ich sehe, dass absolut nichts in Ordnung ist. Verwunderung und Sorge, immerhin, sind in seinem. Er ist ein guter Junge.

»Ist eine lange Geschichte. Viele Geschichten sind es. Albrecht hat sie aufgeschrieben und ins Netz gestellt. Wenn sie dich interessieren, findest du sie da als E-Book. Läuft prima.« Albrecht hat ordentlich getrommelt und seine alten Kontakte aufleben lassen, außerdem warten alle auf den letzten Teil, auf meinen Tod, deshalb behält er mich.

Leila hockt sich neben Sydney.

»Und bei euch?«, frage ich.

Sie macht verliebte Augen und erzählt von der Shutka. Sie haben sogar eine Lehrerin für ihre Mädchenschule einstellen können, sagt sie. Zweiundzwanzig Mädchen und Leila und Sydney. Seine Eltern finanzieren das Projekt mit eigenen und mit Mitteln aus einer Stiftung, wiewohl nicht ganz freiwillig.

»Wenn sie mich wiedersehen wollen, müssen sie«, sagt Sydney und lacht. Sein Lachen hat sich verändert, Verachtung hat sich hineingeschlichen. Er beugt sich zu mir herüber und flüstert: »Ich habe ihnen alles erzählt, fast alles. Von dem Bus mit der netten Oma und den anderen, die ertrunken sind. Sie haben gesagt, man kann Leute nicht gegen ihren Willen retten und dass sie froh sind, dass ich lebe. Ich habe ihre Gesichter nicht gesehen, wir haben telefoniert. Aber es wäre das erste Mal, dass sie das sind.«

»Du glaubst ihnen nicht?«

Sydney schüttelt den Kopf. »Sie haben immer so Sachen gesagt. Gestimmt hat es nie. Und jetzt ist es mir egal. Aber dass sie unsere Schule unterstützen, ist schon okay. Sie haben irgendwas gemacht, damit ich in Skopje bleiben kann, keine Ahnung, was. Die mit ihren Connections und Rechtszeugs. Ich muss nur in den Ferien heim.« Für einen Moment senkt er den Kopf. »Ich hätte nie gedacht … Und ich kenne den Preis nicht.« Dann schaut er mir ins Gesicht. »Ist ja auch wurscht. Mädchenschule ist cool. Hauptsache, man macht was und quatscht nicht nur, ne?« Lächelnd steht er auf, hebt die Hand und schlendert zu Vanessa hinüber. Sie ist auch gewachsen, die Kleine, und sieht bezaubernd aus in ihrem dunkelblauen Kleidchen.

Rosalie schwenkt ein Tablett mit Häppchen durch den Raum, Roastbeef auf grobem Weißbrot, Käse und natürlich

Kaviar. Ich zupfe sie am Arm, sie hält inne und beugt sich zu mir herab.

»Wo ist Olga?«

Rosalie reicht mir ein Canapé mit rosa Fleisch und einem Zweiglein Bohnenkraut.

»Wir haben die Tiere abgeschafft«, sagt sie, lächelt dabei ein helles Lächeln. »Wir mussten. Alle. Wir werden keine Zeit haben für Tiere.«

Ich lege das Schnittchen auf den Tisch und fröstele.

Gerlinde und Vanessa haben mich kurz und irritiert begrüßt. Leila erzählt mir, dass Mutter und Schwester immer noch in Dortmund leben, in der winzigen vollgestopften Wohnung ihrer Großeltern. Gerlinde hat ein paar Putzjobs, schwarz, versteht sich. Sie kriegt keine Stütze, sie ist jetzt EU. Vanessa geht zur Schule, lernt, oft bis spät in den Abend. Was soll sie auch sonst tun? Sie ist die einzige Romni in ihrer Klasse. Sie hat keine Freunde.

Die Musik schwillt an, die Lichter werden gedimmt, eine Frau beginnt zu tanzen.

Jan plumpst in den Sessel, aus dem Leila gerade aufgestanden ist, und nippt an seinem Rum.

»Schön geworden.« Mit dem Arm umfasse ich, was ich meine, und lasse Olga auf dem Canapé aus.

»Und es wird noch besser, wenn wir erst so weit sind. Fausto!«, ruft er hinter sich.

Ein kleiner alter Mann tänzelt heran, aus seinen Zügen sprüht das Leben. Fausto deutet eine Verbeugung an und reicht mir die Hand. Mit der anderen schlägt er Jan auf die Schulter. »Ich hätte nicht geglaubt, dass es klappt. Wenn's so weitergeht, machst du meinem Konkurrenz.« Fausto verschwindet aus meinem Blickfeld.

»Er hat es echt nicht geglaubt, der krumme Hund.« Jan lacht und ich verstehe nicht, wovon er redet. »Warte.« Er reckt den

Kopf und wartet mit. Dann drückt mir Fausto ein Tässchen in die Hand. Es zittert auf der Untertasse, mir fällt es schwer, es zu halten. Beide beobachten mich neugierig. »Koste«, drängt Jan.

Ich probiere, und ein zartbitteres Aroma breitet sich auf meiner Zunge aus – vortrefflicher Kaffee, womöglich der köstlichste oder der zweitköstlichste, den ich je getrunken habe, denn er schmeckt nach Havanna. Ich sage es ihm.

»In ein paar Jahren wird der gesamte Hang voll davon sein«, sagt Jan stolz, trinkt und kleckert auf seinen Anzug.

»Wir haben ein Säckchen Bohnen mitgebracht, damit ihr lernt, wie richtiger Kaffee schmeckt.« Faustos Zähne blitzen. Er zieht eine Frau an sich heran und stellt sie als seine Nichte vor, kaffeebraune Haut und ein Berg schwarzen Haars, sie steckt in engen grauen Hosen und einer zartgelben Bluse. Fausto und die Nichte sind extra aus Kuba eingeflogen zur Feier des Lebens.

Jan tupft sich den Kaffee vom Revers. »Ich bin so froh, dass du es geschafft hast.« Dass Fausto überlebt hat, die Flut im Vorjahr, meint er. Die Freude darüber leuchtet aus ihm, oder ist es der Rum, von dem er schon wieder eingießt? »Fausto ist einfach abgehauen, nach Kuba, kurz bevor Falkenheim unterging. Er hat mir nichts gesagt, der Blödmann. Dabei hatte er voll Schiss, das hab ich gemerkt.« Seine Zischlaute verwischen ein wenig. »Ich hab gewusst, dass etwas im Busch ist. Er hat mir nichts verraten, der Sauhund! Und dann ist er einfach weg nach Kuba. Wir hätten ihm über den Weg laufen können.« Jan schraubt sich hoch, schwankt und hängt sich an Faustos Schulter. »Aber jetzt isser wieder da.«

Aus den Augenwinkeln sehe ich Albrecht die schöne Nichte mustern, nachdenklich interessiert schaut er durch seine Gläser auf ihren runden Hintern. Wenn ich ihn nicht mögen würde, wäre mir das egal. Aber so fällt mir das Atmen schwer.

Eine Ratte nagt an meinem Herzen, ich spüre ihre Zähne. Hätte ich geahnt, was meine Wünsche mit sich bringen, hätte ich sie nicht gewünscht.

Ich schenke mir Rum aus Jans Flasche ein, kippe das Glas in einem Zug und behalte die Flasche bei mir. Der alte Fausto tanzt mit Jan am Arm. Seine Nichte wiegt sich geschmeidig, Albrecht sieht es, und ich sehe sein Begehren.

Mühselig stemme ich mich aus dem Sessel, versenke den Rum in meiner Tasche und schlurfe, vorsichtig den Stock setzend, über die neuen Fliesen. Hier werde ich nicht mehr gebraucht. Die Tasche schlägt mir gegen die Flanke. Ich will nach draußen auf die Bank, die genau dort aufgestellt wurde, wo die Toten im Gebüsch hingen. Das Buschwerk ist gerodet, der Weg ums Haus gepflastert. Man kann ihn begehen und erlebt keine Überraschungen.

Bevor ich die Haustür erreiche, werfe ich einen Blick auf die Kellertür, daneben ist die Toilette. Gut, also dahin. Innen ist alles weiß, hell beleuchtet und riecht sauber. Ich drehe den Wasserhahn auf, und der Strahl plätschert ins Becken. Ohne dies geht es nicht. Harnverhalt habe ich seit ein paar Tagen, wenn ich nicht für mich bin oder die Möglichkeit besteht, dass jemand kommt, ein Graus auf den Autobahnklos. Ich hebe mein Kleid, setze mich auf die Brille und warte.

Denk an etwas Lässiges, denkt es in mir. Nur fällt mir nichts ein. Andererseits ist das auch schon egal. Lange werde ich nicht mehr sein. Und da ist es letztlich gleichgültig, wie viel Volumen meine Blase fasst. Vor einem ernsthaften Problem mit einer Überlaufblase schützt mich das Ende meiner Tage. Nach einer Weile spüre ich, wie endlich der Urin rinnt, warm, und der Druck im Unterbauch nachlässt. Dann wasche ich mir die Hände, man hat seine Gewohnheiten, und trete wieder in die Diele.

Alle reden, tanzen, trinken, niemand bemerkt mich. In den

letzten Monaten hat sich der Prozess meines Verschwindens beschleunigt. Je tiefer sich das Alter in meinen Leib gräbt, desto unsichtbarer werde ich, auch kleiner natürlich, wegen der ausgefransten Wirbelkörper. Eine Weile sehe ich den anderen beim Feiern zu. Noch ein Schluck Rum aus der Flasche, danach drücke ich die Klinke der Kellertür. Offen …

Ich drehe mich um, und mein Blick klettet sich an Albrechts Hand, die am Rücken der Nichte herabgleitet. Fröhlichkeit glänzt auf seinen Zügen. Mich beachtet er nicht. Ich bin zu weit weg, zu klein und zu alt. Geworden.

Bevor ich mich die Treppe hinabwage, habe ich noch etwas zu erledigen. Ein elend weiter Weg zurück zum Wagen. Ich nehme ihn in Angriff, denn aus der Art, wie Albrecht mit der Nichte tanzt, schließe ich, unser Deal ist geplatzt. Es war eine Verabredung gegen das Vergessen, die er einseitig gekündigt hat. So will ich mich nun auch nicht mehr gebunden fühlen. Nur dem Vergessen will ich noch beikommen. Zuweilen habe ich Albrecht beneidet darum. Mit jedem Vergessen ist ein neuer Anfang gemacht. Anfänge, in denen Erwartung pocht und ein bisschen Angst zittert, die den Puls hochtreibt und die Sinne schärft.

Weil bei mir die Fähigkeit des Vergessens nun einmal spärlich ausgeprägt ist, habe ich die Erinnerungen geordnet. Ich werde sie hierlassen. Nur nicht in Albrechts unsteten Händen. Hätte ich nicht die Hoffnung, dass sie irgendwem nützlich sein könnten, dass es wichtig ist, sich an die Katastrophen zu erinnern und an die kleinen Glanzlichter zwischen ihnen, wäre es vergeblich gewesen, all das Zeug in meinem Kopf zu behalten. Und jetzt, kurz vor dem Ende, will ich mir einen Grund glauben, der mein elend langes Leben rechtfertigt.

Diffuses Sonnenlicht zerfasert am braunen Staub über den Hecken, dem Kies, den Rosen. Eine Amsel ruft den Abend oder den Regen. Ich schleppe mich zum Wagen. Im Kofferraum liegen fette Packen von Umschlägen, in ihnen steckt mein Leben, außerdem der Laptop, mit dem Albrecht es veröffentlicht hat. Manchmal habe ich ihm über die Schulter geschaut, wenn er einen Text hinzufügte, morgens während die Sonne ihre ersten Strahlen auf den Strand legte und auf die Brandung blinzelte. Er überließ mir seine Linke und ich stellte ihm einen Kaffee dafür hin. Das waren gute Tage in einem guten Leben.

Es heißt ja, das Netz vergesse nie, aber ich werde einen Beitrag dazu leisten, dass es ihm leichter fällt. Ich quetsche mich auf die Rückbank mit dem Laptop auf den Knien, fahre den Rechner hoch, logge mich ein und … zögere. Es kommt mir vor wie Verrat, und das nur wegen einer Nichte, wegen des Ekels in seinem Blick, wegen des Schweigens in den letzten Tagen?

Ich blättere mich durch meine Geschichten. So also liest sich mein Leben – chronologisch, geordnet, formatiert. Seltsam, ich habe es anders in Erinnerung. Nur lebt man vorwärts, ohne Ordnung und Format, einfach so. Aufgeschrieben wirkt mein Leben banal. Ich blättere weiter, forsche nach der Intensität, die den Ereignissen einst innewohnte. So eingepfercht in Worte und Sätze scheint sie verloren gegangen.

Stopp! Was ist das? Ich lese einige Seiten und erkenne Ruths Geschichte, zumindest halb. Wahrscheinlich hat Albrecht sie sich in Gänze nicht merken können. Trotzdem hat er sie hinzugefügt, nicht in Ruths und nicht in meinem Sinne.

Ich durchsuche alle Ordner und verschiebe sie in den Papierkorb, jeden einzelnen, dann Papierkorb leeren. Fertig. Außerdem finde ich den Button, mit dem ich die Dateien, die bereits online sind, löschen kann. Mein Finger schwebt bebend darüber, dann drücke ich ihn, werde gefragt, ob ich das wirklich will – und bestätige. Ja, ich will. Verrat gegen Verrat.

Im Bruchteil einer Sekunde ist die Seite, auf der umgeben von deutscher Geschichte mein Leben lagerte, leer. Beruhigt fahre ich den Rechner herunter, stemme mich aus dem Sitz, lege den Laptop zurück in den Kofferraum und nehme stattdessen die Umschläge heraus. Ein ganzer Packen ist es, zu schwer, um ihn unter den Arm zu klemmen, denn rechts muss mich mein Stock begleiten. Also trage ich die Umschläge jeweils zu dreien hinüber zur Bank und deponiere sie darunter. Ich muss den Weg fünf Mal gehen und bin froh, dass mich niemand sieht: Wer seinen Sekt im Freien trinken will, steht auf der Terrasse hinter dem Haus, hier bin ich allein. Ich bücke mich, schiebe den Stapel so weit an die Hauswand, dass man ihn nicht auf den ersten Blick entdeckt, und breite meinen Schal darüber, er ist dunkelgrün. Ich lasse mich auf die Bank fallen. Mein Atem jagt nach Luft, in der, wie mir scheint, immer noch Fäulnis lagert. Die Toten, hier haben sie sich verfangen, in dem Gebüsch, das längst gerodet ist, aber ihr Dagewesensein ist geblieben. Ich werde sie besuchen.

Ein Vogel schimpft von einem Ast. Ich sitze eine Weile und höre mir seine Beschwerde an. Nachdem ich wieder zu Atem gekommen bin, was lange dauert, raffe ich mich auf und schlurfe über den sorgsam gepflasterten Weg, quäle mich die drei Stufen hinauf und trete in die Diele. Als hätte er mich erwartet, läuft mir Sydney vor die Füße.

»Könntest du etwas für mich tun, Kind?«

Er reicht mir ein Sektglas von einem Tablett, das gerade vorbeischwebt, und prostet mir zu. Seine Wangen glühen heiter. »Was immer du willst.«

Wenn das mal kein großzügiges Angebot ist. Diese Jugend. »Ich meine es ernst«, sage ich.

»Ich auch«, sagt er und lacht.

Meine Zeit läuft ab. Ich höre die Minuten ticken. Also frage ich ihn. »Ich habe Papiere dort unter die Bank gelegt. Es sind wichtige Papiere. Überlebenswichtige. Würdest du sie an dich nehmen und an einem sicheren Ort deponieren, bis du Lust hast, sie durchzugehen? Mach ein Buch daraus, später, wenn Zeit vergangen ist. Würdest du?«

Sein Gesicht wird ernst. Oder meins spiegelt sich in seinem. »Es ist dir wichtig, nicht?«

»Ist es. Würdest du? Ich hab sonst niemanden.«

»Sind die Sachen geheim? Also ich meine, darf Leila sie sehen?«

Ich nicke zum zweiten Teil der Frage. »Sie muss. Sie wird nichts vergessen.«

Er braucht noch einen Moment, bis er zustimmt und mir die Hand reicht. Guter Junge, oder gutes Mädchen? Ich schaue zu, wie er den Weg entlangschlendert, sein Haar schwingt seidig, und die Pailletten auf seinem Top glitzern wie Schuppen. Er zeigt auf die Umschläge unter der Bank, ich nicke, und er zieht den Stoß hervor, nimmt ihn auf den Arm und verfrachtet ihn in den roten Nissan. Als er fertig ist, reicht er mir meinen Schal.

»Wem gehört der Wagen?«

»Einer Freundin von Leila, sie hat uns gefahren. Sie ist auch meine Freundin. Wir haben jetzt gemeinsame Freundinnen. Hat Leila euch nicht bekannt gemacht?«

Ich verneine. »Und wieso ist der Wagen offen?« Ich mache mir Sorgen um meine Geschichten.

»Ist er nicht.« Er lässt den Autoschlüssel vor meinem Gesicht baumeln. »Ich wollte nur unser Geschenk rausholen. Moment.« Er huscht wieder rüber zum Nissan, nimmt ein Päckchen aus dem Kofferraum und klickt den Wagen zu. »Tassen aus der Shutka, selbstgetöpfert. Die werden doch jede Menge Geschirr brauchen für ihren Kaffee.« Sydney grinst, und ich entspanne mich.

Ein wirklich hübsches Mädchen ist er geworden. Ich hoffe, er bekommt, was er sich verspricht. Mädchen sein ist nicht einfach.

»Ich passe auf die Papiere auf«, sagt er. Ich glaube ihm.

»Lies es. Es sind Geschichten. Sie sollen weiterleben, gerade in uns Frauen. Lies sie.«

»Danke, Metha, das tue ich.«

Wir sehen uns in die Augen. »Nun los, geh rein, tanzen.«

»Mach ich.« Damit verschwindet er zwischen den Menschen, kurz taucht sein Rücken noch einmal auf, dann ist er weg. Ich kann mich endlich der Kellertür zuwenden. Es wird Zeit für mich. Ich spüre es.

Vorsichtig hebe ich die Füße über die hohe Schwelle, entdecke den Lichtschalter und drehe ihn. Neonlicht flackert. Nichts hat sich verändert.

Schritt für Schritt und mich ans Geländer klammernd, wobei mir der Stock im Weg ist und die Tasche, steige ich die Stahltreppe hinab. Sie scheppert. Unwahrscheinlich, dass mich jemand hört, alle sind mit Frohsein beschäftigt. Und niemand wird in den Keller wollen an diesem Festtag, an dem sie den Sommer feiern und das Glück, davongekommen zu sein. Ächzend setze ich mich auf die unterste Stufe und ruhe aus. Der Weg von oben nach unten hat mich Jahre gekostet.

Ich sitze und warte auf Luft und darauf, dass mein Herz seinen Takt wiederfindet. Ich langweile mich schnell, das habe ich immer getan, und es ist geblieben. Die Jungen denken, wir seien eine andere Spezies, wir Alten, eine von einem anderen Stern. Aber so ist es nicht. Man bleibt die, die man ist. Jedenfalls ist das bei mir so.

Nachdem ich mich ausgeruht habe, so gut es eben geht, rappele ich mich auf und hinke den Gang entlang. Ich werfe einen Blick in unser Übergangsquartier. Nichts als eine leere Kaviardose auf einem der Regale ist von unserer Flutgemeinschaft geblieben. Der Generator ist still. Das Haus muss ans Stromnetz angeschlossen worden sein. So hält der Fortschritt Einzug mitten in Deutschland.

Die Tür auf der Stirnseite des Gangs ist abgeschlossen, aber ich weiß ja, wo der Schlüssel hängt. Also trete ich ins Dunkel, krame mein Smartphone aus der Tasche, auf dass es hell werde. Wird es, aber nur zwanzig Zentimeter vor meinen Füßen. Da meine Schritte ohnehin nicht weiter greifen, macht das nichts. Diese kleinen Schritte. Kein Parkinson, nur die Arthrose: Mein Gesicht bewegt sich noch.

Es dauert eine Ewigkeit, bis ich am Ende des Stollens ankomme, im letzten Jahr brauchte ich für den Weg nur vier Minuten. Ich leuchte die grob behauenen Wände ab, den Schutt vor dem Weg in den Westen und den rauen Boden. Und da ist der Stahldeckel. Blumen liegen darauf. Rosen, wahrscheinlich von den Stöcken neben dem Eingang. Wer sie wohl hingelegt hat? Sydney kommt am ehesten in Frage, trotz der neuen Verachtung in seinem Lachen. Den liebenswürdigen Teil von sich selbst hat er behalten.

Kühl ist es hier. In einem Berg hält sich die Temperatur konstant, egal was oben gerade passiert. Ob Grenzen gezogen werden oder fallen, egal. Ich setze mich auf einen Stein, ziehe den Rum aus meiner Tasche und trinke einen Schluck, warte auf die Wirkung, nehme noch einen. Er wärmt mein Blut.

»Du hättest etwas tun können«, sagt das Kind.

Der Mann, die Frau und das Kind sind hier. Ich weiß das, ich habe sie selbst hiergelassen.

»Ja«, sage ich und trinke, der Rum ist stark und aromatisch.

»Wir wollten nichts von euch«, sagt der Mann.

»Ich weiß«, sage ich.

»Wir wollten nur ein gutes Leben«, sagt die Frau. »Hier. Obwohl es bei euch dauernd regnet.«

»Jetzt regnet es nicht.«

»Ich hätte gern einen Hund gehabt«, sagt das Kind.

»Und ich ein Fahrrad.« Die Frau.

»Ich wollte sie nur beschützen.« Der Mann.

»Ich weiß«, sage ich wieder. Oder ich denke, dass ich es sage.

Ich bin sehr müde. Langsam lasse ich mich vom Stein gleiten und bette meinen Kopf auf die Stahlplatte. Die Rosen duften noch.

Da ist etwas in meiner Brust, das nicht aufhört, direkt neben dem Herzschlag, ein Schmerz, der bis zuletzt bleibt. So liege ich lange. Im Kalten mit diesem Schmerz. Ich höre dem Rasseln in meinem Inneren zu, ich weiß, was es bedeutet.

»Wir haben einander geliebt«, sagt die Frau. »Wir brauchten nur einen Platz dafür.«

Liebe? Was ist das schon? Ein Cocktail aus Botenstoffen im Hirn. Jetzt macht er einem anderen, mir unbekannten Cocktail Platz, der keine Gedanken mehr aneinanderfügt, nur noch lose Fäden flattern lässt. So also ist das Vergessen?

Mein Atem hält für einige Sekunden inne, als habe er keine Kraft mehr, rasselt dann doch weiter. Hinter meinen Lidern türmen sich Bücherberge.

Ich hätte noch fortgekonnt. Nun nicht mehr.

Ich spüre meinen Körper nicht, kein Schmerz mehr, höre das Rasseln seltener werden, anhalten, weiterrasseln, nicht lange, und es wird ganz aufhören.

Bilderfluten und von weit her Musik.

Albrecht. Seine Hand in meiner, es war eine gute Hand, sein Lachen perlt und seine Gläser glitzern, dahinter verschmelzen seine Augen zu einem einzigen, das größer wird und größer, so groß und grau wie der Atlantik.

Dort hätte ich gern gelebt.

Quellen

Heinrich Heine: *Deutschland. Ein Wintermärchen.* Gedicht (Erstveröffentlichung 1844 bei Hoffmann & Campe), Leipzig: Insel Verlag 2012

Merle Kröger: *Grenzfall.* Roman, Hamburg: Argument Verlag/Ariadne 2014

Andrej Kurkow: *Der Milchmann in der Nacht.* Roman, deutsch von Sabine Grebing, Zürich: Diogenes Verlag 2010

Leonardo Padura: *Ein perfektes Leben.* Das Havanna-Quartett: Winter. Roman, deutsch von Hans J. Hartstein, Zürich: Unionsverlag 2005

Lene Voigt: *Säk'sches Gemiese.* Gedichte. Leipzig, München: A. Bergmann 1936, Originalausgabe (letzte Ausgabe vor dem Verbot der Werke der Autorin durch die Nazis)

Dank!

Meiner Familie sage ich Dank für ihre Geduld, Gudrun Lerchbaum und Siegfried Völlger für ihre konstruktive Kritik. Besonderer Dank gilt meiner mutigen Verlegerin Else Laudan, die mein Projekt zu einem Buch werden ließ.